你不该那么美

王继强 著

时代出版传媒股份有限公司
安徽文艺出版社

图书在版编目（ＣＩＰ）数据

你不该那么美/王继强著. —合肥：安徽文艺出版社,2021.1
ISBN 978-7-5396-6877-2

Ⅰ．①你… Ⅱ．①王… Ⅲ．①长篇小说－中国－当代
Ⅳ．①I247.5

中国版本图书馆 CIP 数据核字(2020)第 026002 号

出 版 人：段晓静
责任编辑：张星航　　　　　　装帧设计：徐　睿

出版发行：时代出版传媒股份有限公司　www.press-mart.com
　　　　　安徽文艺出版社　　www.awpub.com
地　　址：合肥市翡翠路 1118 号　邮政编码：230071
营 销 部：(0551)63533889
印　　制：合肥创新印务有限公司　　(0551)64456946

开本：710×1010　1/16　印张：24　字数：350 千字
版次：2021 年 1 月第 1 版
印次：2021 年 1 月第 1 次印刷
定价：58.00 元

（如发现印装质量问题，影响阅读，请与出版社联系调换）
版权所有，侵权必究

生活的现实是最考验人心的

王继强（笔名彊彊）老师的大作要付梓了，这是一件可喜可贺的事。对于这部现实主义题材作品，我深深地感到作者对现实的关注要远远超过对他个人的关注。这是一般人做不到的。在与王老师不多的交流中，我深知他的为人和做事的风格，在这部作品中同样印刻这样的烙印。

作为一位勤勉的基层作者，王老师关注的世道人心是具体而多面的，直接说来，他每天都在与他笔下虚构的这些人物对话，他甚至知道这些人在想什么。不言而喻，王老师把自己最大的耐心和诚意倾注在这些人物身上，按理来说，他堪称一位追求完美的道德主义者。但是，王老师恰恰没有把道德至上作为武器去批判谁，他总是在乡村中寻找一种逻辑，并且通过这种逻辑把人物言行背后的合理性，哪怕是悖论还原出来，使得我们无法对这些乡民产生恨意和怨愤，这是中国化的现实语境，几百年来都在以不同的方式呈现着。同样，王老师在这部小说塑造的主人公身上寄寓了浓郁的理想主义色彩，这个人物的成长不仅仅来自他的出身，也不仅仅来自他曾在部队熔炉中接受教育的背景，而且还有这个人物身上整个"善"为化身的普通人的一种本能，恰恰是在"丑"与"美"、"假"与"真"较量时的那种智慧来自自我成长过程中的修为。这也是作者极为浓墨重彩的地方，反映了作者在人物的道德刻画与自我成长的互动中，对后者的表述更富有文学色彩，也具备了一个作者对于文学理解的水准和高度。

当很多年轻作家抱怨现实主义题材如何难写时，王继强老师做了很好的探索，他将笔触直接点到他自己的生活，他的生活就是这样粗陋，他面对的就是这样一个现实的处境。但是以翟五毛为代表的新一代人在传统面前所表现出的不同凡俗的修为，在改变着乡村，这种改变不仅仅是表面的人际关系，还有深层次的组织结构。这也是中国农村发展最为深刻的地方，之所以难，首要改变的不是生产力，而是生产关系，资源配置上的公平、正义；除此之外，小说也令我们思考一个问题：农村改革，农民利益的再分配，绝不是仅靠道德层面上的力量就能解决的，还需要一种先进的制度保障。而这些，正是作者通过小说告诉我们的。

现实主义需要一种面对颓败而不馁的精神，更需要一种哪怕面对死亡也向死而生的勇气。我们今天的文学似乎缺了这么一点"硬气"。我想，王继强老师给我们带了一个好头，不避问题，不怕困难，思考我们生活中那些不尽如人意的东西，然后，心怀善意，以一种更大的"善"回应现实中的那些"邪恶"。这不是妥协，而是文学中最为暖心的"理想主义"。

翻开书写中国农民的若干画卷，不一而足，所有问题都指向了人性中的劣根性。王继强老师跳出了这样的思维，他把目光转向了更为现实的利益诉求。当代的中国农村的深层次问题需要给予更多的关注。这也是这部作品潜藏的价值，我为王老师这种无私无畏的探索精神和自我牺牲精神深深地折服。

愿越来越多的"美人村"走上幸福的康庄大道，祝福幸福的人们内心都有一个"翟五毛"。

此为序。

吴长青
2018年5月于北京

（吴长青，中国文学评论家协会网络文艺委员会委员、著名作家、爱读文学网总编。）

目　录
CONTENTS

第 一 章　生命大如天 …………………………………………… 001
第 二 章　兄妹情 ………………………………………………… 003
第 三 章　怎么就没点怜悯心呢 ………………………………… 007
第 四 章　初露锋芒 ……………………………………………… 010
第 五 章　老爸要你接班 ………………………………………… 013
第 六 章　美丽的传说 …………………………………………… 016
第 七 章　跳崖 …………………………………………………… 021
第 八 章　楼王之所 ……………………………………………… 024
第 九 章　五毛第一计 …………………………………………… 028
第 十 章　猴子捡块姜 …………………………………………… 030
第十一章　韩羞草耍小脾气 ……………………………………… 034
第十二章　不露面的投标人 ……………………………………… 038
第十三章　水玲玲的障眼法 ……………………………………… 040
第十四章　为女人递纸 …………………………………………… 045
第十五章　分你一杯羹 …………………………………………… 050
第十六章　撞上枪口 ……………………………………………… 053
第十七章　狭路相逢 ……………………………………………… 057
第十八章　泪水的威力 …………………………………………… 060

第十九章	难以报答的救命之恩	064
第二十章	十号一号	068
第二十一章	孤家寡人	073
第二十二章	惊世骇俗的谈话录	077
第二十三章	笑掉大牙的算法	081
第二十四章	石和尚来电话	086
第二十五章	自有对策	090
第二十六章	来了一批炒房客	095
第二十七章	火神庙对峙（上）	099
第二十八章	火神庙对峙（下）	103
第二十九章	二万元去哪了	107
第三十章	各施心计	111
第三十一章	袁世通被撞飞了	117
第三十二章	无钱的尴尬	122
第三十三章	宾馆里的陷阱	128
第三十四章	女局长的住宿问题	133
第三十五章	一号桥事件	137
第三十六章	加压	141
第三十七章	纱门纱窗效应	144
第三十八章	秦川投资	148
第三十九章	密谋加害	152
第四十章	大鹏饭庄救游客	155
第四十一章	刘荒与"风水宝地"	158
第四十二章	新来的导游	162
第四十三章	客栈之夜	167
第四十四章	疯狂的赌场	170
第四十五章	林中"僵尸"	174

第四十六章	龙小艺失踪	177
第四十七章	穿越二百五十万年	180
第四十八章	情痴	183
第四十九章	艺术农业	187
第 五 十 章	关于0.01	193
第五十一章	降级使用	196
第五十二章	困兽犹斗	200
第五十三章	刀架在脖颈上	203
第五十四章	绝密会议	207
第五十五章	师兄杀到	211
第五十六章	尴尬的角色	216
第五十七章	打黑方案	221
第五十八章	水晶洞探秘	225
第五十九章	瓮中捉鳖	229
第 六 十 章	武喆承包花场	233
第六十一章	绝情崖	236
第六十二章	冰美人	239
第六十三章	遁道	243
第六十四章	燕窝飞了	247
第六十五章	县长亲戚买"宝地"	251
第六十六章	竖鼎	254
第六十七章	"拖"的妙用	257
第六十八章	忽悠真爽	262
第六十九章	立字为据	266
第 七 十 章	五毛被拘	269
第七十一章	林岚送衣	273
第七十二章	代理主任	278

第七十三章　拒签合同 …………………………………… 282

第七十四章　告到村部 …………………………………… 286

第七十五章　林岚担当 …………………………………… 289

第七十六章　舍不得穿的红裤衩 ………………………… 292

第七十七章　投案自首 …………………………………… 295

第七十八章　鲍一虎献策 ………………………………… 298

第七十九章　愤怒的土地 ………………………………… 303

第 八 十 章　林岚归来 …………………………………… 307

第八十一章　沉默的五毛 ………………………………… 311

第八十二章　冷眼 ………………………………………… 315

第八十三章　扔到楼下的红裤衩 ………………………… 318

第八十四章　林岚调兵 …………………………………… 322

第八十五章　鲍一虎再出阴招 …………………………… 326

第八十六章　危机四起 …………………………………… 331

第八十七章　林岚免职 …………………………………… 334

第八十八章　要的就是这句话 …………………………… 338

第八十九章　苦闷 ………………………………………… 342

第 九 十 章　陆俊上门 …………………………………… 347

第九十一章　兄弟,哥求你了 …………………………… 350

第九十二章　合力镇周鹏 ………………………………… 354

第九十三章　软禁 ………………………………………… 358

第九十四章　骆枫暗访 …………………………………… 362

第九十五章　勇者仁慈 …………………………………… 367

尾声　人间天堂 …………………………………………… 372

后记 ………………………………………………………… 376

第一章　生命大如天

太困了,翟五毛想好好睡一觉。

刚眯着,"轰隆隆"一阵巨响,接着是蓝光闪掣,大地摇撼,山崩地裂,房屋倒塌——一场灾难性的地震发生了!

连长带着特种兵连第一时间冲到了震区!

余震不断,全连战士舍生忘死,将被掩埋在废墟中的生命一个个救出……

"两班倒"的时间到了,战士们刚要撤回休息,探测仪又探测到废墟中有生命迹象!

连长和战士们就"唰"地把目光投向那有着生命迹象的废墟,就见那处是一片横七竖八乱糟糟堆压在一起的砖块和钢混框架,框架最大缝隙不足二十厘米,人很难进去,连长打开手机要调救援犬。

这时,翟五毛跳出,说:"连长,生命大如天呀!我进去知道怎样救人,狗不能!"

连长看了看这个身形既小又瘦的一班长,想到征兵那年,身高仅一米五六的他非纠着缠着要当特种兵,硬是把几个带兵人磨叽得见了他就吓得转脸离开,但连长从那闪烁的小眼睛里,看出了他的机灵,又听说他会些武功,想到特种兵部队说不定什么时候能用得上这种人,于是把他破格征了。

现在见他主动请缨,连长觉他说得有道理,一挥手:"翟五毛,上!"随后补充一句,"注意安全!"

翟五毛答道:"是!"一个跃身,跳到钢混缝隙处,双手向前一伸,就地趴下,"呼!呼!"几下,掏出洞口碎砖,再偏头,脸贴地面,两肩紧耸,双腿一前一后撑蹬,三爬两爬,进了缝隙,几番挣扎,终于摸到一只小脚,肉墩墩的小脚!知道是个婴儿。

搂抱已不可能,只能拖着走,转念一想,不行,掩埋的时间过长,这倒着一拖,准会给婴儿造成更大伤害!于是再摸,就摸着了婴儿那圆圆的脑袋,翟五毛一乐,快速将卡在婴儿身边的碎砖泥块抠去,再小心翼翼将婴儿脑袋掉到自己面前,这才搂住腰,一步步后退……

不早不迟,就在这时,余震开始了,那些倒塌的变形钢混框架一阵挤动,将翟五毛双腿死死卡住!

……

第二章　兄妹情

翟五毛醒了，混浊的小眼珠转了一圈，整个病室除了另两张铺着白被单空着的病床和拉得严严实实的淡青色窗帘以及亮着的日光灯，就他一人静静地躺在这里。

很静。

他想着刚才梦中的一切，想着他被送进医院开刀、拼接腿骨碎片、缝针、打石膏、上夹板的痛苦……

病床前那根长长的晶亮的输液管里的液体在一滴一滴地注入他的体内……

手机响了。翟五毛以为又是战友发来的慰问短信，急忙打开。啊？不看便罢，一看心跳骤然加剧，短信尾行赫然显示三个字：妹，豆蔻！

翟五毛不敢相信，急将手机凑到眼前，离眼过近，屏上文字模糊；将手机举到高处，高处过远，文字更是模糊；再将手机远近拉扯几次，待那文字清晰稳定，他才边看边惊喜地大叫："啊，真是我妹来信啦，真是我妹来信啦，我妹终于给我来信啦！"

叫完，就双手捧着手机，迎着光亮，反复看："哥，我们在报上都看到你的事迹了，可把妹吓死啦！"

啊，多贴心的话！

他想到了义妹，想到了十年前的那次——

那时柿树上的柿子黄了，橙黄橙黄。

"哥，柿子熟了！"

"嗯，熟了。"

"去摘吧？"

"摘！"

兄妹俩学着大人模样,找来长竹竿,将竹竿梢头劈个丫口,用小棒将丫口撑开,举着长竹竿,来到树下,将柿子一个个夹下来,插上竹签,放进篮里。
"放仓里捂。"
"嗯,放仓里捂。"
仓里有稻谷,那是捂柿的绝好地方。
稻仓有门,离地面有一人高,十一岁的义妹浑身是肉,爬不上去,就喊:"哥,快来帮忙。"
五毛过来,看了看,问:"咋帮呢?"
义妹说:"托呀!"
五毛皱皱眉头:"咋托呢?"
义妹瞪他:"这都不知道?"就啪啪地拍打自己肥嘟嘟的屁股。
五毛犹豫,没动。
义妹凶狠地催道:"怎么像根木桩?托呀!"
瘦小的五毛无奈,只得弯下腰,张开双手,托住那被一条红花白点的裤衩包裹着的小肉臀,再咧嘴,咬牙,憋足力气往上托呀托呀,直托得义妹像只花蛤蟆趴在仓门墙上。
义妹催:"使劲呀!"
五毛用力托,还是托不上去。
"用力呀!"
五毛又托,手腕发酸,皱着眉头叫冤:"妹,哥托不动呀。"
"你咋就这没用呢?托个人都不行!"
这话戗人。
翟五毛不服,使出吃奶力气,托呀托呀……五毛浑身一阵酥麻,就感觉自己正干着一件犯罪的勾当而紧张得心怦怦跳!
义妹感觉到了,噌地跳到地面,用肉拳头砸着小五毛的脑壳,骂道:"哥坏,哥坏,哥坏死了,坏死了!"
后来义母知道了,三天两头同义父袁世通吵闹,说义父不该救了他这个坏孩子,只要这坏孩子在家多待一天,她的女儿豆蔻就多一分危险!
吵闹长了,义父没办法,只得单独盖了两间土墙草棚,让十三岁的小五毛去那土屋自己住。
五毛后来外出学武了,参军了,但他还是时时想着义妹……但那种想,只能放心里,从不敢对外人说,更不敢向义妹提及。

一晃十多年过去了,他和义妹不仅很少见面,更是没敢通信、打电话。这次负了伤,义妹却主动发来短信,他能不感动? 能不高兴? 能不勾起那段令他陶醉多年的回忆?

翟五毛将短信看了又看,想了又想,最后决定立即给义妹回信。脑瓜一转,又觉不妥:用文字回信多不亲热,也不礼貌,只有在电话里亲口说,那才显得亲切、真诚、痛快、过瘾!

五毛拨了电话,通了。

"妹,这短信是你发来的?"

对方嗔怪:"呆,不是妹发的,还能是谁呀?"

翟五毛乐了,乐得有点晕,那一向伶俐的舌头也变得迟钝,只挠头嘿嘿地傻笑:"妹,知道吗? 见到你的短信,哥真是太幸福太幸福了!"

义妹说:"哥,伤好了,就回来吧!"

又一声"哥"!

就为这一声"哥",翟五毛整整等了盼了十多年呀。现在终于听到了,他能不感到温暖,能不乐晕吗? 于是,他就陶醉得迷迷糊糊问道:"妹,你真的想哥回来?"

对方不高兴了,说:"不是妹想你回来,还能是谁呀?"

翟五毛更是陶醉,随后清醒过来,说:"妹,哥这次不行。"

对方惊讶:"怎么又不行?"

五毛说:"哥还想在部队待两年,哥实在舍不得离开我的部队,我的战友!"

对方声音提高了:"舍不得战友,就舍得你妹?"

后一句话再次把五毛推进了陶醉的面糊盆,想了想,老毛病犯起,就想使个坏,去撩义妹的心思,说:"妹,你现在咋这么急着盼哥回来呢?"

对方不傻,也反问:"你说呢?"

翟五毛见义妹不进他的圈套,本想直接说出来,但不敢,想了想,又使坏:"妹,手机里说不清楚,哥用短信发过来!"

就"嘀嘀嘀嘀",在手机上点了一排字:"妹,哥这么多年好想好想妹……"

翟五毛以为这样的短信发过去,义妹定会在回复中大骂臭骂死骂,或者根本就不会回复!

可翟五毛想错了,五秒钟不到,短信就回过来了,也是一行字:"哥,既然想那就快些回来呗!"

你想,这样一句话,让一个想了十多年、等了十多年的大男孩能不馋得涎水稀里哗啦垂挂一地?

第三章　怎么就没点怜悯心呢

由于腿伤,翟五毛已不能适应特种部队工作了,只得复员。

那天,他上了车,开始还沉湎于对部队首长、战友的留恋中,当想到这是回家,是回到义妹身边,是要去接受义妹那个对他极具吸引力的承诺时,他心旌动摇了,疯狂了,就觉得自己这天所乘的大客车已不再是普通的大客车,而是一艘飞飙在海洋波峰浪谷间的快艇。

苍翠的崇山峻岭是这"快艇"飙上的波峰;繁华都市的街道是这"快艇"跌入大海的浪谷;更有那奔流在"快艇"两边广袤的平原、山丘,以及平原山丘上那些齐整的白墙红瓦的农舍、苍郁的绿树、盛开的鲜花、啁啾的飞鸟、公路两旁挂满红灯笼标识的各式各样的"农家乐"、山庄……无一不给这位乘坐在"快艇"中即将返回故乡的退伍军人、习武者增添着无限的美感、遐想与憧憬!

他想到了家乡。

"家乡也是这样美吗?"

由家乡又想到了义妹。

"义妹现在是什么样儿?十年了,她变得怎样了?还是那样泼辣,还是那样胖嘟嘟的可爱?还是……女大十八变呀,她或许已变得更美了!"

"嘣!吱——"

车停了。

夜幕降临时,班车到了终点站。

车门打开,乘客纷纷下车。

外面下雨。有的乘客撑伞走了,有的用包或是胳膊肘遮在头上走了,有的光着头冒着雨匆匆向车站屋檐下跑去……

翟五毛醒过神来,见同座的乘客动作有些迟缓,他没动,只是极有礼貌地坐在原位上耐心等候,待同座收拾完行李准备下车时,他问了句:"都带齐了？"

同座回头看了一眼，向他笑笑，也走了。

翟五毛这才站起，抻了抻上身草绿色短袖衫，来到过道，伸头向行李架看了看，见就剩他那只长长方方鼓鼓囊囊的迷彩军包在上面，就踮起脚，伸出双手，抓住军包一只角，用力往外拉扯。

军包很沉，足有五六十斤。翟五毛个小，力小，就扣紧军包两只角，拉呀拉呀，直拉得嘴角不停地向左右两边扯动，终于将军包拉出了行李架，正要再拉，"嗵"！军包掉落到过道上。

翟五毛弯腰将沉重的军包搬到座位上，右手抄起左边的军包带，挂上左臂，再抄起右边的军包带，抓起，重重往身后一悠——可能是太沉，也可能是力气太小，军包刚悠到左膀边，又反弹回来，重新落到座位上。

再悠，再反弹到座位上。

老司机看见，过来帮忙，将军包服服帖帖架到翟五毛背上，见他一身军人穿着，问："探亲？"

"不，退伍。"

老司机"哦"了一声，又问："哪里人？这么晚了，去哪？"

翟五毛感激地看一眼司机，说："美人村的，回美人村。"

老司机一惊，说："那还有二十多里山路，天都黑了，又下雨，要是……"

见司机不往下说，他问："要是什么？"

老司机犹豫了一下，说："那地方不安全，你干脆在卡子口住一夜，明天一早回去吧。"

翟五毛看了看司机，见他一脸中肯，心存感激，说："不怕，家乡的路，熟着哩。再见。"说着，要下车。

老司机提醒说："外面下雨哩！"

翟五毛这才想起，将右手伸到颈后，摸索着拉开军包拉链，从中拿出雨衣，两手抓住，如渔家撒网一样，一个旋动，连人带包一起罩住，立即变成动漫中的"海绵宝宝"，蹦跶两下，见周身服帖，颠颠颠下车，出站，踏上回美人村那条依然破败不堪的土公路……

这条土公路因长久失修，路面被大大小小车辆碾轧得坑坑洼洼，经连绵秋雨的冲刷，坑洼处积满泥水，路面石子被洗刷得煞白，整条公路就像一个被打成百孔千疮白骨森森的可怜的巨人伸展在那里！

"家乡的路怎么还是这样破呢?"翟五毛想到沿途见到的柏油路,心情沉重。

雨越下越大。夜色越来越浓。

"怎么就没一辆车过来呢？要是有,就一定得拦住。"想着,翟五毛回头看了看。

来路除了由浅入深的夜幕外,什么也看不见。

"走吧,反正就两个小时的路程。"想着,翟五毛又耸动一下身后的背包,继续像海绵宝宝样一颠一耸地前进。

一道亮光,一道从身后射来的亮光!

翟五毛一阵惊喜,回头看,是一辆红色轿车,红色轿车一摇三晃地颠簸着开过来了!

翟五毛看清,那车是辆高级保时捷。他早早侧过身,为显示心情急切,他咧嘴笑着并不停地向保时捷驾驶室里招手。

保时捷真的稍稍减缓了速度。

翟五毛已看清那开车的是一位长发女郎,一边乐着,一边做着上车的准备。

可美女司机只向翟五毛看了一眼,不知什么原因,很快又将那长发半掩的面孔转过去,"嘀！嘀！"两声,车速提起,车两旁溅起的泥水就如大鹏展开的双翅,在破败的公路上疯狂扑扇……

"怎么就没一点怜悯心呢?"被溅得满身泥水的翟五毛嘀咕着,一边狠狠向那远去的红色保时捷吐了口唾沫。

大约走了半个小时,翟五毛还在想着那个毫无怜悯心的司机女郎,就在这时,听到前面一阵叫喊:"救命呀！救命——"

"不好,出事了!"

翟五毛想起老司机的话,不祥的感觉顿时涌上心头!

情况危急,容不得犹豫。翟五毛立即"噌噌噌噌"飞跑向前,五分钟不到,就看见公路中央停着一辆轿车,细看,正是刚才那辆红色保时捷……

第四章　初露锋芒

几个歹徒正冲驾驶室叫嚷。

"开门！开门！哥儿们要上车避雨！"

一个猴脸小子更是叫得惊喜："美人儿！美人儿！车里是个鲜嫩的美人儿！"

接着车门就被捶打得厉害：

"开不开？不开老子就砸啦！"

"真砸啦！"

"砸！"

……

翟五毛就听到那美女司机的哭叫。

翟五毛不容多想，立即掀去身上雨衣，"噌噌"几步，腾空跃起，横着身体来个双箭齐发，"嗵嗵嗵"一阵猛踢，直踢得四个只顾砸车玻璃的歹徒一个一个呀呀怪叫，晕头转向，待缓过神来，才看清刚才踢他们的竟是一个小男孩！

其中一个马脸光头吼道："哪来的小杂种，竟敢坏爷的好事？"

翟五毛这时已落地站稳，双手叉腰喝道："你们几个人欺负一个弱女子，还是男人吗？"

四个歹徒伸长脖颈仔细看了看翟五毛，见他既矮又瘦，拎起来也不过几十斤，就一个个胆壮了起来，不约而同地一阵狂笑："哈哈哈，没想到在这'三不管'的地盘上竟还有人敢指责老子的不是！"

说完又是一阵狂笑。

笑完，马脸光头对另外三个说："你们好好看住那美人儿，我先看看这小子几斤几两！"说着，蹲个马步，双腿蹬离地面，张开两臂，两爪一前一后，迅猛向翟五毛头部插来……

翟五毛识得，马脸光头使的是恶虎扒沙招式；他更知道，自己身材矮小，如果让马脸光头那魔爪抓住,就一定会被高高拎起,重重扔下,即使不是摔个半死不活,也会摔得遍地找牙!

翟五毛有了准备,见那魔爪伸来,不慌不忙,说:"你们这些二十八天不出鸡的坏蛋,竟敢打我?"说着,举起身后背包,重重向马脸光头砸去。

马脸光头已看清,嗵的一拳,将那五六十斤重的背包捅到数米之外。

这一砸,更激起马脸光头的怒火,怪叫一声,张开那只葵花盘般的魔爪,再次向翟五毛头顶抓来!

翟五毛看清来意,不紧不慢,等那魔爪从空中压下,噌地一跳,轻盈地跳至三米之外。马脸光头扑了空,更是恼火,一蹬脚,吼道:"小子呃,看招!"说着,猛地蹲下身,先是横着一个扫堂腿,接着又是一个晴空霹雳,想用他的铁腿将翟五毛拦腰铲断!

翟五毛机灵,不等铁腿扫来,来个微风拂柳,就地一躺,哧溜一声,早已溜到马脸光头身后……

这一溜,正溜到那个瓦刀脸脚下!瓦刀脸一见,急忙叮嘱另两个同伙:"你们看好小娘儿们,让老子来教训这小子!"说着,嗵地一脚踢去!

翟五毛又是噌地一跳,跳到马脸光头这边。马脸光头见翟五毛跳过来,更是咬牙切齿当顶一拳,见翟五毛又跳到一旁,知道这小子会些功夫,气得高叫:"留一个看那娘儿们,其他人跟老子一起上,非将这小子捶扁不可!"

小个子歹徒忙对瘦子大个说:"钱哥,这娘儿们我看着,你去帮忙!"马脸光头、瓦刀脸和姓钱的三个歹徒从三个方向将翟五毛围在中央,一个个咬牙切齿,挽袖攥拳,嗷嗷叫嚷着摆开向翟五毛进攻的架势。

这时,车上女司机急了,大声喊道:"兄弟,快报警,快报警!"

翟五毛对三个歹徒说:"你们放了那女孩,我可以不报警;如果不放,就别怪我不客气!"

马脸光头听了哈哈大笑,说:"你小子死到临头,还想吓唬老子?你报呀,报呀!老子还要当着警察的面弄得那娘儿们呼爹唤娘哩!"说着,一招手,向另两个同伙吼道,"上!废了这小子!"

说着,三个歹徒同时张开双臂,构筑一圈"栅栏",一步步向翟五毛围拢上来……

就在这时,只见翟五毛从衣袋内掏出一物,连连点动手腕,就见三股白烟像三支利箭快速飞向三个歹徒面部!

第四章 初露锋芒

片刻工夫,三个歹徒就怪叫着用双手揉眼,极其痛苦地嘶叫道:"呀呀呀,痛死我了！痛死我了！"

这时,翟五毛已扑到车前,飞起一脚,将那小个歹徒踹得连滚带爬地逃走！

美女司机这才喊道:"小兄弟,快上车！快上车！"

翟五毛看一眼那几个正在揉眼惨叫的歹徒,知道环境险恶,不敢久留,匆忙找到背包,挎上肩膀,一个箭步上了车……

第五章　老爸要你接班

夜里十一点,翟五毛到了义父家。

义妹、义母早在门口迎候。

见五毛背个大行李包,义妹袁豆蔻立即上前接过,说:"哥,我来。"

义母见五毛淋得满头雨水,也没了往日的凶狠,急忙找来毛巾,一边擦着衣上的水珠,一边说:"豆蔻,快带你哥去换衣。"

翟五毛说:"妈,不用换,里面没湿哩。"四周看了一下,问,"妈,爸呢?"

义母说:"他当个芝麻大的官,比人家当皇帝还忙哩,一天到晚都见不到他的人影。"

袁豆蔻忙说:"妈,哥刚回来,你说那些干什么!老爸还不是为村里的事着急吗。"

翟五毛急问:"村里怎么啦?"

义母愤愤道:"还不是那些人死脑筋,好好的新楼房不住,偏要住那些鸟不生蛋的山畈边!"

翟五毛没听懂,问义妹:"什么楼房啊?"

袁豆蔻瞟一眼五毛,故作埋怨道:"你头脑那么聪明,怎么连这都不懂?现在不是搞'城镇化'建设吗?老爸辛辛苦苦建了一个新区,本想让乡亲们都住上高楼大厦,可那些老乡就是不愿搬进去,惹得开发商天天来催。老爸能不着急吗?"

翟五毛已听明白,说:"老爸真是够辛苦的。"

义母说:"辛苦个啥?吃力不讨好,我早就不要他干那个受气的主任了,他就是不听。"

袁豆蔻不高兴,说:"妈,当干部,哪有不受气的?你怎么老是说爸的不是呢?"

"当个村主任也不容易哩!"翟五毛见母女俩争起,一边劝解,一边拉开背包拉链,从中拿出一沓紫红殷殷的布料,递给义母,"妈,这是我为您和老爸买的两套真丝布料。"紫红布料上全是茶碗口大的金黄色的圆圈,圆圈里全印着一个个字体各异的寿字。翟五毛指着布料说:"妈,如果我没记错的话,您二老明年就是六十大寿了,我想了想,也没别的好买,就买了这套布料,算是提前给您二老祝寿了。"

"我五毛的记性真好,连你老爸老妈的生日都记得这么清楚。"义母接过布料左看右看,脸上乐得如一朵盛开的花儿,"买这么贵的布料,那要花多少钱啦?"

翟五毛又送给义妹一串珍珠颗颗足有指头尖大的珍珠项链。

义妹自然高兴,迫不及待地套到脖颈上,就地转上一圈,带动那珍珠项链也跟着一阵飞扬。

这时,袁世通回来了。就见他梳着油亮的背头,过得满面红光,大腹便便。见了五毛,自是一番亲热,正想问些情况,见五毛浑身湿透,说:"衣服都湿成这样了,还不快去冲把澡,把衣服换掉!"

老伴试探着问:"那就让五毛……"

袁世通明白,说:"这事不是商量好的?五毛的旧房搞'城镇化'给拆了,新区虽有房,那也得等五毛看了再说,今晚就住我们楼上……"

女儿一扭浑圆的身体,忸怩道:"爸!"

鬼精的五毛已看出义妹是在假装,也故作犯难,挠着头皮说:"爸,要是家里不好住,我就到陆俊或是青山家住几天,没事的,我们从小就是好朋友。"说着将背包拉链拉上。

袁世通说:"那怎么行?这是我和你妈事前安排好的。豆蔻,带你哥上楼去冲把澡。"

袁豆蔻一扭身,早咬着嘴唇上楼去了。

翟五毛侍弄一番那沉甸甸的迷彩军包,只待义父再三催促,才装着皱了皱眉头,提包一步步上楼。

二楼两个卧室,楼梯右边是豆蔻住的,室内正亮着灯;左边那间空着,没灯,黑黢黢的。

五毛正要去左边,义妹豆蔻从右边卧室出来,说:"哥,进我这边嘛。"

听着这醉人的叫喊,翟五毛早已没有了楼下那种矜持,就如狸猫般一个急转身,进了义妹卧室,搂住义妹,边亲边咕叽:"妹,那话可是你说的,那话可是你说的……"就要忙着下一步。

袁豆蔻力大,一扭身,挣脱开,闪到一旁,睁着两眼看着五毛。

翟五毛呆了,问:"妹,那话不是你说的?"

袁豆蔻说:"是我说的。但现在不行!"

"为什么?"

"要等结婚那天。"

"结婚那天?"

"对,结婚那天!"

袁豆蔻见翟五毛突然一脸沮丧,立即笑起,并用两只肥嘟嘟的小手捧着五毛的脸,边轻轻拍打,边神秘兮兮地说道:"到那天给你,才叫浪漫!浪漫,懂吗?哥!"

一个大山里的女孩也懂得浪漫,这是多新潮的话呀!翟五毛高兴了,乐得两只小眼睛不停地在义妹身上闪烁,想着想着,又想起了那事,又凑到义妹身边咕哝道:"回来又不给,那、那叫我回来干吗?"

袁豆蔻又是一笑,继续用那肥嘟嘟的小手拍打着翟五毛的腮帮:"傻哥,知道吗?这次是老爸要你回来的!"

"老爸要我回来?"

"嗯。"

"爸要我回来干吗?"

"要你回来接他的班呀!"

"接班?"翟五毛一愣,追问道,"接老爸什么班?"

袁豆蔻说:"哥,知道吗?老爸就要退休了,可他还没退,村里就有人盯着老爸这个主任的位子了……你这次回来无论如何也要把老爸那个位子接过来!只有那样,老爸才会安心。"

翟五毛笑了:"妹,瞧哥长的这丑样子,是个当官的材料吗?"

袁豆蔻两眼瞪大:"你能当班长,怎么就不能当主任?"

翟五毛见义妹那瞪着的眼睛怪吓人的,只好说:"妹,当村主任是得经过村民选举、上级同意,不是哪个想当就能当上的!"

第六章　美丽的传说

翟五毛虽然没能如愿,但义妹天天晚上还是陪他玩得很开心。

这天早上,翟五毛醒得很迟,正想再多赖一会儿床,就听楼下有人叫喊他义父,细听,是好友陆俊的声音,急忙起床,下楼一看,果真没错,就喊:"陆俊,你咋来了?"

陆俊比五毛长一岁,今年二十七,身高一米七〇,不胖不瘦,标标致致,但性格懦弱,是个树叶落下也怕砸碎脑壳的胆小鬼。

两人见面,自是一番亲热,相互问长问短。

叙过旧,翟五毛问道:"陆俊,这么早找我老爸有事?"

陆俊说:"是的,高总大清早就跑到村里找你老爸了。"

五毛问:"哪个高总?"

陆俊说:"就是开发新区的高总高丽娜。"

翟五毛一惊,想起那晚他救的那个女士,于是问:"她大清早找我老爸干吗?"

陆俊说:"这你不知道,我们村建了个新区,可新区建起来,村民都不愿去买房。她一个开发商投资那么多钱,房子卖不出去,能不着急?你老爸去哪了?"

这时,义母从厨房出来。

翟五毛问:"妈,老爸去哪了?"

义母看了两人一眼,说:"你老爸爱到山上锻炼,可能是去山上了吧。"

翟五毛信了,说:"那我打电话找他。"

义母阻止说:"没用,他早上出门从不带手机。"

翟五毛对陆俊说:"那我们去找吧?"

陆俊看着南面,站着没动。

翟五毛觉得奇怪,问:"想什么呢?"

陆俊皱了皱眉头,指着南面骚客、美人二山说:"山那么大,我俩去哪找?"

翟五毛也向那两座大山看了看,眼睛一眨,说:"你不是说高总有急事找我老爸吗?不想办法把我老爸找回来,高总不是更着急?"

陆俊觉得翟五毛说得在理,只好答应:"那去找吧!"

两人骑着电动车,几分钟就到了上山的必经之道:"黄金通道"。

"黄金通道"是一段一百多米长的沙石路,路宽六七米,路两旁一色长着合抱粗的银杏。时值深秋,银杏的叶儿黄了,走进这林荫道,就如走进一条深深的金碧辉煌的长廊。停好车,翟五毛和陆俊走在这"长廊"里,全身也染成一片金黄,两人相互看了看,更觉得精神,脚步也迈得轻快起来。

出了"黄金通道",前面被一高坝拦住。两人刚登上三十多级水泥台阶,眼前便豁然开朗,就见两峰山下是一片开阔的湖面,湖面在高山绿树红叶的映衬下,微波荡漾,山影倒立,倒立的山影间有白云流动,苍鹰、白鹤翱翔……

翟五毛知道,这就是有名的美人湖。

美人湖之名来自美丽的传说。

那是数百年前,美人村出了两位美女,一个叫何素美,一个叫毕高丽,两人不仅知书达礼,更是长得美艳绝伦,走路如风摆柳,说话似银铃响。

可两人到了二十岁还没出嫁。这倒不是村中缺少年轻的小伙,更不是没人前来提亲,只是两位姑娘心气高远,村中小伙虽多,但那都是些识字不多,说话粗野,整日只知在田间埋头劳作,或者得闲就泡在纸牌、麻将桌上厮混的一帮胸无大志之人!这样的小伙当然无法打动两位姑娘的芳心。

姑娘心气越是高远,慕名求婚的人越是踊跃。外地那些纨绔子弟,无不纷至沓来,有的带上绫罗绸缎,有的带来金银珠宝,可还是无法赢得姑娘们的青睐。

那时美人村还没有这个好听的名字,叫蛤蟆凼。别看当时村名丑陋,村规却相当严厉,其中一条:姑娘长到十八岁,必须出嫁;实在嫁不出去,就罚姑娘家良田二亩,放在村里充当公田;更有甚者,村中的道路更由不得嫁不出去的姑娘行走!

因此何素美、毕高丽两位姑娘,只能整日被关在家中。

一天,已经二十五岁的何素美和毕高丽,几乎同时得到一条消息,说两年前东山来了一位青年,整日在半山腰泉池处磨墨练字,不分春夏秋冬、酷暑严寒,渴了喝山泉,饿了嚼白茅,晚上就睡在泉池旁岩洞中边研悟古帖,边手蘸泉水摹字。

两位姑娘被那青年锲而不舍的精神所打动,在一个月朗风清的深夜,她俩偷着跑出门,刚走进"黄金通道",两人不期而遇。

性急的毕高丽问:"素美,你这深夜去哪?"

何素美心地灵巧,眼瞅西山撒谎道:"闭关久了,去西山顶放松放松。你呢?"

毕高丽也编着谎话:"我也去东山脚听听山泉。"

……

偌大的东西两座高山,一个姑娘在西山巅,一个姑娘在东山麓,而那练字青年却在东山腰,山高林密,何能相见?

坐在西山巅那块白玉石上的何素美,就默默地憧憬着东山腰那练字青年的潇洒;坐在东山麓滴水泉处的毕高丽,一边手撩泉水解闷,一边猜想着东山腰那磨墨青年的倜傥。

单是心仪,不能相见,有何意义?于是两位姑娘又想起心思。

何素美饱读诗书,久不见那青年,就坐在石上唱一首《沉醉东风》:

一自多才间阔,几时盼得成合?今日个猛见他门前过,待唤着怕人瞧科。我这里高唱当时《水调歌》,要识得声音是我。

何素美嗓音婉转悠长,山下的毕高丽听出了意味,怎甘落后,想:"你能以唱歌表白对那青年的爱慕之心,我也能以咏诗来表达我的思念之情。"于是她那用宽厚嘹亮的嗓门吟起温庭筠的《南歌子》:

一尺深红胜曲尘,天生旧物不如新。合欢桃核终堪恨,里许元来别有人。井底点灯深烛伊,共郎长行莫围棋。玲珑骰子安红豆,入骨相思知不知。

何素美听了更不相让,再唱一首《折桂令》:

平生不会相思,才会相思,便害胜思。身似浮云,心如飞絮,气若游丝。空一缕余香在此,盼千金游子何之。证候来时,正是何时?灯半昏时,月半明时。

毕高丽就念王雾的《眼儿媚·杨柳丝丝弄轻柔》:

杨柳丝丝弄轻柔,烟缕织成愁。海棠未雨,梨花先雪,一半春休。
而今往事难重省,归梦绕秦楼。相思只在:丁香枝上,豆蔻梢头。

那些日,山峦唱,山麓吟,白天唱吟,夜晚唱吟,可还是吸引不了东山腰处那磨墨练字的青年。

西山峦只得再唱:

怕黄昏忽地又黄昏,不销魂怎地不销魂。新啼痕压旧啼痕,断肠人忆断肠人。今春,香肌瘦几分,缕带宽三寸。

东山麓再吟:

折花枝,恨花枝,准拟花开人共后,开时人去时。怕相思,已相思,轮到相思没处辞,眉间露一丝。

还是不见那练字青年的到来。

终有一天,两位姑娘警觉了,不约而同地来到东山腰泉池处,青年不在,唯有那清澈见底的泉池旁端坐一位老者。

老者正在当年那青年磨墨的砚台上一轮一轮地磨墨。

问老者,老者答道:"那青年经过八年苦练,已写得一手行云流水、有根有骨、入木三分的好字!"

何素美急问:"老伯,现在那青年去哪了?"

老者说:"那青年钻研心强,只是担心自己写字的功夫不到家,又远出寻师访学去了。"

毕高丽心有不甘,问道:"老伯,难道我们天天在山上唱歌吟诗,他就一点也没听见吗？"

老者摇头笑道："那青年练字已进痴迷境界，哪能听到你们的唱吟？"

两人虽是失望，但又不愿放弃，坚信只要继续唱吟下去，那青年总有一天会回来。于是，两人又各自回到原处，继续日夜唱吟。

终于，两人唱吟困了，乏了，疲了，倦了，就静静地躺在西山峦的白玉石上和东山麓那滴水泉边睡着了。天长日久，躺在白玉石上的何素美就风化成一尊横亘在西山山脊上的睡美人，而躺在东山麓滴水泉边的毕高丽也羽化成一片湛蓝的湖水！

从此，西山就改名为美人山，两山之间由毕高丽羽化成的湖就叫美人湖，蛤蟆凼也改名为美人村。

至于东山后来为什么改名为骚客峰，而不叫磨墨山或是练字山，翟五毛知道，那里另有一段更凄美的故事……

第七章　跳崖

这时,山下已有三三两两的游客背着大包小包陆续上山。

翟五毛走了一阵,还想回头看看山顶处那个睡美人,但来路已被密密匝匝的树林挡住,只能见些近处的树干树梢以及花花哨哨的天空。正感失落,就闻到一股花香,便想起这美人山上有很多的奇花异草佳木秀树,于是问义父:"爸,旅游业现在在全世界都是热门产业,我当兵那地方,巴掌大一个村庄,栽几棵树,在石头上刻几个字,再挂几个红灯笼,就叫某某山庄、某某农家乐了,就能吸引远近一辆辆大巴载着游客去游玩。我们有这么好的条件,为什么就不能开发出来,吸引更多游客来游玩呢?爸,现在开发旅游区可是赚大钱啊。"怕这还不能说服义父,他又把这次回来沿途看到的处处美景说了一遍。

袁世通挺着大肚走在前面,说:"唉,怎么不想呢。可这个'三不管'的地方,交通不便,人心涣散,我们怎么开发旅游区啊?"

正说着,有游客来问去百丈泉的道路。

翟五毛回答后,又来了一队游客,问"古人类遗址"在哪?

袁世通说:"你们跑错山了。"说着就指向对面骚客峰山腰处。

翟五毛见游客来来往往,心中激动,又问义父:"爸,每天这么多游客,要是把景区开发出来,再培训些导游,那游客来了,就不会像无头苍蝇到处乱窜了,村里也有了一定的经济收入,这是方便别人、有利自己的事,为什么不大胆去做呢?"

袁世通说:"谁不是这样想的?可开发景区要钱啦,那是一个钱两个钱能开发得了的?"

翟五毛说:"我们可以招商引资呀。外面搞开发不都是这样做的吗?"

"唉,你不当家不知当家的难处啊!"

袁世通正说着,脚下一滑,一个趔趄,眼看就要摔倒,翟五毛眼疾手快,一个箭步扑上前拦腰抱住义父,问:"爸,怎样?"就在袁世通身上四处摸揉。

"没事没事。"袁世通说着站稳,就见身后路面已被滑出一个长长的印迹,于是叹道:"五毛啊,爸老了,这些大事就靠你们年轻人去办喽。"

"爸,现在不是说五十六十不算老,七十八十真正好,九十正成熟,百岁才谈老。你才多大呀,怎么就说老呢?"翟五毛说着,就想到刚才老爸滑倒的事,"爸,咋就不想办法把这路修一修? 俗话说,要想富,先修路。趁你还是村主任,把路修好了,既方便了游客,也让我们本村的人上山下山有条好走的路呀。"

袁世通又是叹气:"难啦,我们这个鸟不拉屎的地方,谁把这地方放在心里呀,以往我也去镇里县里跑过,一听说美人村要搞建设,你猜他们怎么说?"

翟五毛双手搀着义父的胳膊,问:"怎么说?"

袁世通说:"全是一个动作两个字。"

翟五毛闪动小眼睛问:"什么叫一个动作两个字?"

袁世通已恢复到原来的状态,推开义子的手说:"一个动作就是摇头,两个字就是'免谈'。你想,从卡子口修到这美人山下,少也得有二十三四里吧,这是一个钱两个钱能修起来的? 这么多钱,我变也变不出来呀!"

经这么一提,翟五毛忽然想起,高兴地一挠头,说:"爸,现在还真有个好条件,我有个战友的老爸在县交通局当一把手,我先打个电话跟战友说一声,你再去找他老爸,说不定就成了!"

袁世通也惊喜起来,问:"那局长真是你战友的老爸?"

翟五毛说:"那还有假? 我马上就打电话。"

说着,翟五毛掏出手机,正要按键,就见一对青年骑着摩托车呼啸着向山上冲来,翟五毛急忙拉着义父闪到路旁。

这时,就听"哐当"一声,摩托车连人带车一起摔下了山涧!

翟五毛一见,也顾不了义父,沿着陡坡哧溜一声滑下山涧去救人。

刚赶到的陆俊见状也滑了下去,工夫不大,翟五毛、陆俊一人背着一个,从缓坡处挣扎着爬上来。

袁世通见两个男女青年面部全是血渍,急忙问:"怎么样? 伤着筋骨没有?"

翟五毛说:"情况不明。"

陆俊说:"不管怎样,先让戚医生检查一下。"

翟五毛问:"哪个戚医生?"

陆俊说:"就是往日那个走南闯北的郎中戚一鸣,他现在在骚客峰半山腰办了一个诊所。"

翟五毛这才急忙说:"爸,你先回去吧,高经理正等着哩。我和陆俊把这两个人送到戚医生那里去。"

袁世通再次看了看一对摔着的年轻人,说:"跟戚医生讲,一定要仔细检查,马虎不得。"

翟五毛和陆俊一人背一个,沿着山道向骚客峰半山腰奔去……

第八章 楼王之所

两个小时过去了,还不见陆会计回来,更见不到主任袁世通的影子,高丽娜在村主任办公室坐不住了,一会儿走到窗口朝土路那边张望,一会儿回到椅上坐下;坐不了片刻,要站起,又到窗口张望……

她后悔了。

"当初为什么那么任性,非要来这里开发呢?"她问自己。

那是她第一次来美人村,在招标会上,她听信了袁世通那一番天花乱坠的演说,真的就看中了美人村这地方的自然环境,就相信袁世通真能在短时间内把美人山开发成江南第一流的旅游胜地,就相信只要把美人村这个新区建成,村民就会踊跃前来购房。于是,她按照惯例,承诺只要把新区给她承建,就送袁世通一套单门独院的二层楼房。袁世通果真答应,把新区工程给了她。可工程完成,说是楼价过高,没一个村民愿来购房!

钱投进去了,楼房建起来了,没人来购买,这积压的大量资金,谁能耗得起呀?高丽娜一次次找村主任袁世通想办法,可老奸巨猾的袁世通得到好处后,见村民工作难做,就变成缩头乌龟,整天东躲西闪,回避不见。高丽娜没办法,只得一次次从温州老家赶过来。

袁世通终于回来了。

他腆着大肚,不慌不忙一步步走进村委会大院,上到二楼。

高丽娜连忙站起,迎到门口说:"袁主任,我的活菩萨,可把你等来了!"

袁世通看着这位年轻的女老总,微笑着说:"让高总等急了,对不起,对不起,快坐,快坐。"

高丽娜回原位坐下,说:"老主任真是大忙人,清早就出去了。"

袁世通用手抹了一下座椅,坐下说:"你这新区楼房卖不出去,我能不着急吗?一大早就去动员那些村民。"

高丽娜知道袁世通是在虚与委蛇,也不客气,说:"袁主任,我这次来,就是……"

不等高丽娜说完,袁世通已伸手在自己那油顺乌亮的头发上轻轻拍打几下,说:"高总,这次你来得真巧,马上就有人要到新区买房了。"

高丽娜描画过的细眉一扬,问:"真的?"

袁世通笑道:"我骗东骗西,还敢骗你高总吗?"

高丽娜急问:"那是谁家?"

袁世通笑道:"是我义子。"

高丽娜更是惊讶:"你义子?"

袁世通说:"这还能假?我那义子刚从部队复员回来,他原有的房子在建新区时拆了,正没房住哩。"

高丽娜高兴了,说:"袁主任,有你义子带头到新区买房,只要我们下一步配合好,事情就好办了。"

袁世通点头:"那是,那是。"

第二天一早,高丽娜正在售楼部等候袁世通的义子来选房,就听门外传来脚步声,接着看见一个小孩模样的人向这边走来,她以为那是谁家的小孩无事来这里看新鲜,也不把他放心上,还在揣想着袁世通义子的模样。

"高总在吗?"

高丽娜抬头一看,吃惊了,就认出进来的不是小孩,而正是那晚救过她的那个小兵蛋子!她又惊又喜,结结巴巴问道:"你、你、是你?"

翟五毛也认出对方,惊问道:"你是这里的老总?"

高丽娜点头。

翟五毛更是惊讶:"难怪那晚你说这里有工程,原来这新区是你建的。"

高丽娜又是一阵点头,随后试探道:"你是……?"

翟五毛说:"我来买房啊。"

高丽娜"啊"的一声张大了嘴:"你就是……?"

翟五毛说:"我是袁主任的义子,我老爸不是同你说过了。"

"哦,哦,哦……"

高丽娜这才慌乱起来。她怎么也没想到,那晚遇到的小兵蛋子竟是袁世通的义子!想到那晚开始没带这小兵蛋子上车的事,更是尴尬,又想,上次已得罪过他一次,这次再也不能得罪他了,要是再得罪他,以后就更无法与那个老奸巨猾的袁世通打交道了!

高丽娜想着,急忙站起,问:"先生贵姓?"

翟五毛说:"免贵姓翟,羽佳翟。"

高丽娜连忙伸手示意:"翟先生请坐,翟先生请坐。"就叫服务生给翟五毛沏茶。

翟五毛没接茶,只瞅着桌上那盒"中华"香烟,伸手拿过,从中弹出一支,拿在手上把玩。

高丽娜见了,急忙拿起打火机,"叭"地打着,双手护着将火递到翟五毛面前,妩媚一笑,说:"翟先生点着,点着。"

翟五毛吹灭了火苗,说:"不会。"继续把玩那支香烟。

高丽娜以为这小兵蛋子还没忘记那晚搭车的事,更是紧张,立即致歉道:"翟先生,真对不起,那晚……"

翟五毛将烟卷放在鼻前横着闻个来回,笑道:"那是风过雨过的事,还说它干吗?高总,带我去看房吧。"

高丽娜见翟五毛不提那搭车的事,心中稍稍平静下来。"有这小子来买房好哇,他会功夫,日后要是再遇到色鬼歹徒什么的,只要一声呼喊,他定能出来相助!"想着,高丽娜更加热情,笑着将长发拢到颈后,像对待亲弟弟一样拉住翟五毛的一只手,说:"翟先生,我带你看房去。"

刚出门,袁豆蔻赶到,见高丽娜拉着五毛的手,顿时醋意上来,冲过去夺过翟五毛的手,说:"哥,我陪你去。"

翟五毛只得依从。

来到广场,高丽娜指着售楼部上面说:"翟先生,我看你就在这上面买一套吧。"

翟五毛仰头看了一下,问:"为什么?"

高丽娜说:"这幢楼正居小区中央,面对广场,视野开阔,空气清新,闲暇时,无论是站在窗前还是站在阳台上,凭楼眺望,青山绿水,尽收眼底,清风徐来,更是令人心旷神怡。用我们搞房产的行话说,这楼可是楼王之所呀!"

翟五毛笑道:"高总真不愧是搞房产开发的,简直把这楼说神了。当官我不敢说,但我住进小区,一定能起个带头作用,对后面动员村民进新区买房,或许大有帮助。"

高丽娜连忙说:"那是,那是。"接着又问,"这楼一共五层,不知翟先生想买哪层?"

翟五毛说:"为了上下方便,就买二楼吧。"

高丽娜说:"那不行。二楼我已住了。"

高丽娜又说:"翟先生,我建议你买三楼。"

袁豆蔻听说让五毛住在高丽娜楼上,立即有了戒心,说:"高总,你为什么非要我哥住在你楼上呢?四楼,五楼就不行?哥,我看别在这里买,还是换一栋吧。"

翟五毛知道义妹话中意思,笑着说:"就买三楼吧。俗话说三楼金四楼银,五楼虽好爬死人。三楼挺好的。"

袁豆蔻见五毛心意已决,气得转身离去……

第九章　五毛第一计

　　翟五毛选好楼层后，与高丽娜签了协议，缴了首付，将该办的手续都办好，这才急忙赶回义妹家，听说义妹已上楼睡了，知道她在生气，于是匆匆赶去楼上。

　　袁豆蔻屁股对着床外，尽管翟五毛再三呼喊，她仍是佯装睡着。

　　翟五毛喊了一阵，见义妹不搭理，只得坐到床沿，看着义妹的背脊发愣。看着看着，就装着激情上来，半趴在义妹背后磨蹭，边想把义妹扳仰过来，可是每扳一下，那身体就动一下，手一松，身体又转过去了。

　　翟五毛折腾了一阵，见丝毫不起作用，只得捺着性子说："妹，我俩都这么大了，很快就要结婚了，只要结了婚，我俩一起住在那三楼，别说是一个美女住在我楼下，就是三个五个美女住楼下，有你在，有哪个敢在老虎头上拔毛？"

　　一句话将袁豆蔻逗笑了，"噌"地坐起，说："这可是你说的噢，今后只要你敢同哪个女人勾搭，被我袁豆蔻看见，那可不要怪我不给你留情面噢！"

　　翟五毛连连点头说："那是，那是。"

　　此后，翟五毛就忙着新房装修。直到有一天，他突然想起一事，连连叫道："呀，这些天，只顾了房屋装修，竟把大事给忘了！"连忙掏出手机，给战友打了电话。

　　凑巧，战友一听，连忙告诉翟五毛，说他老爸局里正来了一批建设"美好乡村"的修路指标，资金全由省财政下拨，叫他抓紧去县里争取。

　　翟五毛一听，喜出望外，连忙找义父商量。

　　这天下午，袁世通正躺在客厅藤椅上小憩，听五毛说县局来了修路指标，先是睁开睡眼，两腿伸直，长长伸了个懒腰，接着就是那句"一个动作两个字"的论调，见五毛不高兴，就坐起，说："五毛，这不是老爸不想作为，而是事实就是这样，你叫我有什么办法呢？"

翟五毛看着义父那昏昏沉沉眼囊臃肿泪水汪汪的模样，就知他那副皮囊已被女人掏空，心中既恨又痛，就说："爸，这么好的机会，要是不去争取，实在可惜。你要是怕去，就换个人去试试，行就行，不行拉倒。"

袁世通又打了个哈欠，说："五毛，那你去跑一趟？"

翟五毛惊讶，说："爸，我既不是主任，也不是村委，去了算老几？"

袁世通说："你是局长儿子的战友啊。真要问起来，你就说美人村正在动员村民搬迁，村委腾不出人手，才派你去的。局长要是不信，就让他打电话问我就是了。"

翟五毛半是讥笑地说："爸，你不是说县里人从不把美人村放在眼里吗？我要是说到你，他们会给你打电话？"

袁世通用手抹了抹背发，说："这你就不知道了，现在那局长原来就是我们乡的书记，我和他的关系可不是一般呀。只要说到我，他一定会打电话的。"

听义父这么一说，翟五毛更有了信心，答应道："爸，那我就去试试。"

见五毛答应，袁世通站起，边在室内兜着圈子，边甩动两只胳膊："五毛，你就这样去空手套白狼？"

翟五毛说："现在上面不是不允许行贿送礼嘛，我带包好香烟就是了。"

第十章　猴子捡块姜

　　争取到修路指标,翟五毛非常高兴,真的领着三位俊男到酒楼撮了一顿,吃饱喝足,又骑车回到美人村,各自回家休息。
　　翟五毛直接去了义父家。
　　那时袁家正在吃午饭,袁世通见五毛进来,问他吃过没有。
　　翟五毛说:"吃过了。爸,您老不着急,慢慢吃。"
　　袁世通见五毛兴致高昂,知道事情办得顺利,问:"办成了?"
　　翟五毛坐在一只小竹椅上,说:"成了。"
　　袁世通问:"是你战友老爸帮的忙?"
　　翟五毛说:"不,是一分发俊男主动让给我们的。"
　　袁世通一怔:"分发俊男?"
　　翟五毛答得肯定:"对,是个分发俊男。"
　　袁世通急忙问:"那俊男多大年龄?"
　　翟五毛说:"四十多岁。"
　　"长什么模样?"
　　"三七分发,一米八的个子,十分英俊,还有一副好嗓子……"
　　"咔嚓"一声,筷子掉地下了。
　　袁世通惊问道:"那人说一口北京话?"
　　翟五毛帮着义父捡起筷子:"嗯。"
　　袁世通"啊"的一声,说:"五毛,你知道那是谁吗?"
　　翟五毛摇头:"不知道。"
　　袁世通用筷头敲着碗说:"我的妈呀,那是我们镇里新来的书记!"
　　"啊,新来的书记?"翟五毛也吃惊了。
　　"是呀!他姓骆,是骆枫书记!"
　　"难怪咯。"翟五毛的小眼睛也变大了,"我还没把话说完,他就一口答应把那修路指标给我们美人村。原来是我们的书记呀！"于是更加高兴，"爸，骆书记这次能把公路指标给美人村，那真是把我们拎起来看呢。"

正吃饭的袁豆蔻就用眼睛瞪他："你怎么这样说话呢？"

翟五毛意识到刚才的话欠妥，挠头傻笑："哦，哦，我的意思是说骆书记这次很器重我们美人村哩。"

袁世通沉默了一会儿，自言自语道："唉，要到这个修路项目，不知是福还是祸哟。"

翟五毛觉得奇怪，从小竹椅上站起，来到袁世通面前，问："爸，人家都说要想富，先修路。现在我们要到修路指标了，资金又全是国家给的，这怎么叫不知是福是祸呢？"

袁世通不再说话，推开饭碗，回房间去了。

回房间也不能平静。

"镇领导本来对我的工作就很不满意，这次要修路指标，我自己不去，却让几个村民出面，领导能不说我老袁又在偷懒吗？"袁世通坐在藤椅上越想越烦。

但他毕竟是在村主任这位子上干得手上长老茧的人了，很快，他有了主意。

第二天吃过早饭，他骑着那辆半旧不新的摩托车，平时三十分钟骑到镇政府的路程，这天二十分钟就到了。

骆枫书记虽是新来乍到，但对美人村这位村主任的情况还是有所耳闻的，见袁世通进来，他仍然客气地泡茶让座。

袁世通坐下，接过茶，首先把这次没有亲自去县局要修路指标的事反复作了解释。

骆枫明白他解释的目的，只问："老袁，修路的事，村里是怎么打算的？"

这次要修路指标纯是翟五毛那小子闹起的，村里哪有什么打算！袁世通见书记问起，只得尴尬地笑笑，把球踢了过去："骆书记，今天我就是来听听领导的意见，看镇里领导对这次修路具体是怎么安排的。"

骆枫已知道美人村对这次修路还没有足够的思想准备，于是只得把镇里的想法说了："老袁啊，镇里对美人村修路已讨论过多次了，这次从卡子口修到美人山下六公里的柏油公路，财权人权全都交给你们美人村自己去管。"

袁世通脑海里一阵轰鸣,那一双肿胀的眼睛在僵硬地眨动——既惊喜又害怕呀!

他想到了建新区的事。

建新区投标前夕,黑道头子石和尚找来了,非要由他来承建新区工程!也该袁世通侥幸,因为那次石和尚的承建工程证书不全,被评审团取消了资格。可石和尚并不死心,直到竞标结束后,他还在纠缠袁世通,非得要承建新区工程。弄得袁世通实在没办法,只得说:"要是你石老板还相信我的话,等以后村里有了大项目,我再为你考虑考虑,怎么样?"

那本是一句推托的话,可被石和尚紧抓不放了,他说:"好,我石和尚绝对相信你的话!"

现在真的有了大工程,而且是财权人权都交到了村里,石和尚能不来找我?袁世通想着,心里阵阵发凉,经过再三思考,还是哀求道:"骆书记,这工程的财权人权还是归镇里管吧。我们村人手少,管不了这么大的工程!"

骆枫书记当然不知道袁世通想的那层意思,只说:"老袁啊,以往镇里县里之所以不敢把大项目交给你们,就是担心你们美人村人办不了大事。这次决定把修路的任务全权交到你们手上,就是鼓励、锻炼你们美人村,要敢于办大事,办好事!怎么事情还没开始,你就打退堂鼓呢?"

袁世通光亮的脑门上沁出了汗珠。

骆枫见袁世通紧张起来,为了不挫伤他的积极性,就转换了话题:"袁主任,昨天去县里要指标的那个小青年是谁呀?"

袁世通这下来了精神,连忙说:"骆书记,那、那是犬子。"

骆枫一阵惊喜:"哦?是你儿子?"

袁世通急忙纠正:"不,是、是我义子。"

骆枫更是赞扬:"你那义子可了不得呀!不仅人机警,头脑灵活,干事更有一股韧劲,真是将门出虎子呀!"

袁世通受宠若惊,连说:"书记过奖了,书记过奖了。"

骆枫见袁世通思想已放松,又把话题转回到公路建设上:"袁主任,美人村确实是个偏远、闭塞的穷地方,但我们相信,只要这次把公路修通,再把美人山景区开发出来,美人村一定是个前途无量的好地方!"

老于世故的袁世通见骆书记这么一说,自知再装尿也无益,于是挺直腰杆说:"骆书记,有你骆书记这句话,不是我袁世通自吹,这次我——哦,不,是整个美人村的干群,一定要把公路修好,把美人山风景区开发出来,让更多的游客到我们美人村游山玩水,绝不让骆书记失望!"

骆枫见袁世通说得信誓旦旦,以为他真的有了决心,很是高兴,也点头说:"那好哇,修好这条公路,就是你们美人村迈向美丽、富饶乡村的第一步!"接着交代了这次修路的具体任务和要求,最后催促道,"袁主任,事情就这么定了,你现在回去抓紧落实吧。"

袁世通点头告别,踏上摩托车刚出政府大院,又想到他对石和尚的承诺,就不停地用手摸着头上的背发,嘴中"啾啾"地念道:"这、这、这真是猴子捡块姜——吃不得又甩不得!……该怎么办呀?"

袁世通想了一路,也没想出好办法,只得分头给村委打了电话,通知下午两点在村委会召开"两委"会议……

第十章 猴子捡块姜

第十一章　韩羞草耍小脾气

听说这次公路从卡子口一直修到美人山山脚下，而且都是柏油路面，仅上面投资就有一千多万元，美人村人是既欢喜又担忧。欢喜的是，偏僻的大山里很快就有一条进出方便的公路了；担忧的是，美人村捞来了一块"唐僧肉"，又不知那些村干部该如何去抢着撕咬了！

担忧者的想法很快就得到验证。

"两委"会上，当主任袁世通提出落实工程负责人时，性情耿直的民兵营长卫青山第一个发言，说："袁主任，这还不是秃子头上的虱子——明摆着？你是一把手，这么大的工程，你不负责谁负责？"

袁世通"哼"了一声，高深莫测地笑了笑。

他是个贪婪的人。村民说他"不是不捞钱，只是没钱捞"，这一千多万元的修路工程，他能舍得大权旁落？

他的心计是，如此大的工程，大权独揽是必须的，但自己不能站在最前沿，因为最前沿最危险，一旦出了问题，就没有退路；要想得到好处，就得退居二线，二线安全，即使出了问题，前有挡箭牌，后有退路，进退有据，上下自如！

见村委都盯着他，他不慌不忙地抬手在背发上悠悠地向后抹了两下，笑道："青山啦，不是我不愿出马，而是我担心自己年纪大了，精力跟不上，一旦出了问题，那就不是我袁世通个人的损失，而是全村人的损失呀！"接着又强调，"骆书记说了，这工程是对我们美人村人能不能办大事、办实事的一次关键性的考验！你们想，我能不慎重吗？"

这时，妇女主任韩羞草见大家杯中的茶水浅了，立即提起身边的暖水瓶，逐一给大家加水。

往日开会，韩羞草也曾为大家泡过茶倒过水，但从没像这天勤快。大家也没朝深处想，只是礼节性地夸一句"韩主任泡的茶就是香"。

韩羞草刚来到袁世通身边,听他说到为难处,就妩媚地眽一眼,娇嗔地说:"这工程负责人,就你主任点名好了,还有谁不听你的?"

袁世通那对昏花老眼也极快地同她对视一下,说:"真要我点名啊?"

陆俊附和说:"就你袁主任点名好。"

袁世通这才看了看对面精瘦如猴一直没发言的副主任鲍一虎,再次问大家:"真要我点名?"

卫青山和陆俊说:"当然是你点名。"

袁世通微微咳嗽一声,说:"鲍主任,这工作还是你多辛苦一点吧。"

鲍一虎也是一位久经考验的村干部,他当然知道负责这项工程能捞到多少好处,见袁世通直接点到他,自然高兴。但为掩饰自己的急切心情,他还是故作谦虚地推让:"主任,这么大的工程,我能负责得了吗?还是请别的村委、比如青山营长、陆……"

袁世通打断说:"就你好了,别再推三阻四了。"

鲍一虎心定了,稍停一会儿,提了个条件:"主任,你真的要我负责这工程也行,那我得提个要求。"

袁世通说:"讲。"

鲍一虎说:"如果真要我管,还得给我配个助手。老虎还有打瞌睡的时候,管那么大的工程,我总得有个拉屎撒尿的时间吧。"

袁世通觉得也对,想了想说:"那就叫青山协助吧。"

卫青山向来看不惯鲍一虎那阴死阳活的模样,连忙摇手说:"我治保工作都忙死人了,哪有时间管工地?不行。"

袁世通又看了看陆俊和韩羞草,觉得这两人都不合适,嘴里"咝"了一声,说:"那让谁来配合呢?"

陆俊说:"我提个人,保证合适。"

袁世通问:"谁?"

陆俊说:"五毛刚回来,正闲在家里没事,由他出来协助鲍主任,一定能管好这修路工程!"

卫青山说:"同意。"

韩羞草想到那次去县局要指标的事,也赞成道:"对了,五毛兄弟有韧劲,一定能干好这事!"

袁世通暗地一乐,想,这正好,五毛是我义子,有义子来协助鲍一虎,更便于自己掌控工程情况。于是他很有城府地看了大家一眼,假情假意地问:"除了五毛,就没有别的人了?"

大家异口同声说:"那就难找了。"

袁世通又问:"鲍主任,你看呢?"

鲍一虎早看透了袁世通的心思,也想,翟五毛那小子精明,又是袁世通的义子,背靠大树好乘凉,出了事可以推到那小子身上!于是点头同意。

袁世通说:"那好,会后鲍主任再找五毛谈一下,就说这是村委会决定的。"

接着进入第二项内容:讨论工程招标。

韩羞草再次提着暖水瓶给大家的茶杯加水。

"临走时骆书记一再叮嘱,要尽快把修路工程招标方案拿出来,再到镇电视台做个广告,在全县范围内——不,范围还可以更大些,公开招……"

话没说完,已走到袁世通面前的韩羞草就睁着乌亮的眼睛,嘟着小嘴问:"这上是田,下是田,肥水为什么要流到人家田?修公路是我们美人村的事,为什么自己家里人不能干,非得跑到外面去招标?"

说着,那暖水瓶口猛地一坠,一溜开水正冲到袁世通的手腕上,痛得他"啊哟"一声,胳膊一甩,正捣在韩羞草那地方,一边斥道:"瞧你,水都滴到我手上了!"

众人见了,想笑不敢笑,只得一个个捧起茶杯,以喝茶遮掩自己那咧着的大嘴。

韩羞草听说修路工程要招标,第一个想到的就是自己的丈夫。

韩羞草的丈夫叫陆登山,是个瓦工。建新区那年,陆登山想捞个"二包"工程做,就把当时只有二十三岁的漂亮老婆"献"给了村主任袁世通。就那么一"献",不仅真的捞到了"二包",还让老婆当上了美人村的妇女主任。从此,老婆就顺理成章地成了袁世通的另一个情人。

现在村里有了这么大的工程,平时不知占了自己多少便宜的袁世通,不首先考虑让她丈夫来承包这项工程,而要到外面去招标,她韩羞草能不恼火?能不借机使点颜色给袁世通瞧瞧?

袁世通当然明白韩羞草话中意思,也不顾手腕疼痛,用昏花老眼瞟了韩羞草一下,说:"你们的心情我都理解,但骆书记说了,这次美人村的公路承包一定要按正规程序走,再也不能瞎驴子骑瞎马——瞎闯了!"

"谁是瞎驴子瞎马？我不就是随便提个意见嘛,听不听由你,我说话算个屁呀!"说着,韩羞草愤怒地将暖水瓶往地下一放,转身就走,不料左脚尖正好绊倒暖水瓶,"叭"的一声,水瓶炸了,开水淌了一地……

第十二章　不露面的投标人

散会后,袁世通回到办公室,正准备去找韩羞草解释一下,门外进来一个人。

袁世通一怔,语气中充满着紧张与慌乱:"你、你来了。"

袁世通见马脸人不请自进,只得让了座,问道:"有什么事?"

马脸人叫马彪,是美人山黑道中的老二,更是石和尚的得力干将。马彪进屋后,四下扫了一眼,半是讽刺道:"找你袁大主任还能没事?"

"你说。"

"说什么?投标呗。"

袁世通一惊,知道最担心的麻烦事还是来了!但为了不使对方看出自己的紧张,他仍装作没听明白,问:"投什么标呀?"

马彪提高了音量:"你们美人村能有几个标?不就是要修那条破公路吗?"

看着面前的马彪,袁世通又想到韩羞草刚才在会上耍的小脾气,就更不知道如何处理这两家都要承包修路工程的难题了!他想了很久,终于找句话来推托:"马老板,投标广告还没发出去,现在怎么投标呀?"

马彪不理,从衣袋里掏出一包软中华,弹出两支,扔一支给袁世通,自己叼上一支,再掏出打火机,"当"的一声,将喷着火苗的打火机伸到袁世通面前。

"不抽。"袁世通说着,就去整理桌上杂乱无章的文件。

马彪瞅了一眼,自己点了香烟,叼在嘴上,再掏出手机点击几下,伸到袁世通面前,说:"你同我老大说吧。"

袁世通只得接过手机,就听里面问道:"袁主任吗?"

一个不紧不慢的男中音。

袁世通立即回答:"哦哦哦,你——"

"真是贵人多忘事啊。连我的声音都听不出来了?"

袁世通又说:"哦哦哦,石、石、石老板!石老板,您、您现在在哪里?有什、什么事?"

"怎么?你答应我的事,竟忘啦。"石和尚阴沉地不紧不慢地问道。

袁世通已紧张得反复用手在光亮的背发上抹着,舌头僵硬起来:"这、这、这……"

"袁主任,我俩谁是谁呀?还需要'这这这'吗,嗯?"

"那、那……这、这投标是、是要——"

"你说的我都懂。这次已不是上次了,这次竞标所需要的证件,我一样不少地叫老二带去了!"

袁世通正想说什么,对方已挂了机。

"袁主任,你是要这些东西吧,瞧,全都带来了!"马彪已从手包里掏出了各种证书,什么营业执照、工程资质证、技术职称证……应有尽有,一应俱全。

看着这一本本证书,袁世通几乎要崩溃了!

"主任,还缺什么,你尽管说。我大哥说了,凡是你们工程所需要的证件,我们马上就去把它办来。再不会像上次那样,被你用几本小小的证书就把我家老大卡在门外了!"马彪说着,向四周看了看,见无别人,又从包中掏出一个纸包,打开,全是一沓沓百元的纸钞!他把十万元纸钞攒到桌上,说:"我大哥说了,这事办成了,他日后还会给你更多的好处!"

说完,马彪转身离去……

第十二章 不露面的投标人

039

第十三章　水玲玲的障眼法

经过简单装修，再买来几件家具，翟五毛就搬进了"楼王之所"三楼302室居住。

这天，他正在新房收拾，就接到鲍一虎的电话，说要他去村部一下。翟五毛当即答应，一路小跑来到村委会，刚进大院，正碰上那个马脸人，顿时觉得这人有些面熟，就多看了几眼，一时又想不起在哪里见过，只得皱皱眉头，上了二楼。

这时，鲍一虎双手托着脑袋靠在办公椅上想着修路的事，听到楼梯脚步声，知道是翟五毛来了，急忙坐正身体。

"鲍主任，你喊我？"翟五毛敲门后问。

"这么快，真不愧是当过兵的。"鲍一虎夸奖道。

翟五毛刚坐下，见茶水送到面前，感激地接过，说："鲍主任，有什么事？"

鲍一虎把协助修路的事说了。

翟五毛点头说："行。刚回来，正闲得着急哩。协助你不敢讲，帮你跑跑腿倒是可以的。"

鲍一虎见翟五毛说话爽快，更不像自己想象的那样痞气，心里更加踏实，说："兄弟，丑话讲在先，我们美人村是个穷地方，你这次协助村里修路，报酬少得可怜，每天至多补助一包香烟钱。"

翟五毛笑笑说："鲍主任，修桥铺路，是行善积德的事，补不补助都无所谓。"

鲍一虎更是高兴。

他想，都说翟五毛这小子难缠，没想到只是个小嫩兵蛋子！这就对了，老马难驾嫩驴好骑，有这小子来协助，事情就好办了。

鲍一虎还不放心，又映着那双猩红眼给翟五毛施压："兄弟呀，这次村里让我俩来抓这么大的工程，弄得不好，那就是扒灰佬戴枷呀！"

翟五毛没听明白:"鲍主任,这话是什么意思?"

鲍一虎说:"吃力不讨好呀!"

翟五毛觉得鲍主任说话幽默,就跷起二郎腿,说:"不就是抓质量,抓工期吗?这有多大难处?"

鲍一虎深沉地一笑,说:"嘿,这些难处,你很快就会知道的!"说着,就把公路的测量和动员公路两旁村民搬迁的事说了,最后问道,"五毛兄弟,为了加快工程进度,我想让这两项工作同时进行,不知你愿干哪一项?"稍停又说,"按理说,我是应该去抓村民搬迁的事,可我这个副主任啦,每天不知道从哪里来的那么多事情……"

翟五毛明白鲍主任的意思,放下二郎腿说:"那村民搬迁的事就交给我好了。"

最头疼的事解决了,鲍一虎又装出关切的样子提醒道:"兄弟,那搬迁工作可不同一般,复杂得很啦。别人不说,单就是那个孙背时的老婆,就够你受的了!"

翟五毛问:"孙背时老婆怎么啦?她总不会是不食人间烟火吧?"

鲍一虎再如一位老大哥一样提醒道:"他那老婆在一号桥边开了爿小店,生意非常好,现在要她搬迁,你说,能没有难度吗?"

翟五毛说:"这怕什么?猴子不上树,多打几遍锣就是了。"

鲍一虎见翟五毛说得轻松,怕说多了他会退缩,于是伸出大拇指:"好兄弟,那就看你的了!"

翟五毛当过兵、学过武,知道什么叫"知己知彼",得知孙背时的老婆工作难做,连晚找到好友陆俊、青山、文生等,问了情况。却也奇怪,他们的口径几乎是一致,都笑着说:"你去了自然知道呗。"翟五毛见他们都不愿明说,只得作罢。

为方便跑路,第二天一早,翟五毛去了卡子口,本想买辆豪爵牌摩托车,但看那家伙太高大,自己矮小,担心上下不方便,于是选了辆不高不矮正适合他骑的爱玛车。

骑上崭新的爱玛车,他第一站去的就是一号桥孙背时老婆水玲玲的小店。

孙背时不在,只有水玲玲在店里。

水玲玲这年二十九岁,虽是一个孩子的妈妈了,但人长得小巧,单眼皮,

第十三章 水玲玲的障眼法

薄嘴唇,一双杏仁眼更是顾盼动人。

小店不大,只在三间住房的堂前摆了两节柜台,柜台后放了一顶一人多高的商架橱,橱里摆些烟酒零食等小百货。

小店离南面美人山五里,离西面村委会三里,离新建小区更近,不足一里。美人村一千多户人家,离卡子口又远,村民买日常生活用品,大多只有上水玲玲这家小店,再加上来往的游客购买饮料食品等等,店里的生意确实不错。

这天,水玲玲做完本村几笔生意,热情地将他们送出门,正要返回店堂,就见卡子口方向驶来一辆黑色轿车。

她认出那是辆高档豪华奥迪车,于是,她那单眼皮小眼睛就紧紧盯住那轿车,就见车子越开越慢,刚到店前,就"嘎"的一声停住,从车里下来一位满身珠光宝气肩挎金丝边小黄包的女士。水玲玲眼前顿时一亮,异常热情地迎上去,甜甜地问:"小姐,有什么需要我为您服务的吗?"

女士伸出细长的蓝色美甲指着美人山问:"请问那山上有水卖吗?"

水玲玲明白了,小眼睛一眨,更是热情地说道:"小姐,哪个山上没有水?可那水都不卫生,哪是你们这些金贵人能喝的?还是买些矿泉水带上吧,矿泉水卫生!"见女士犹豫,又说,"我这矿泉水绝对正宗。"

女士又问:"山上能买到吃的吗?"

水玲玲用手向美人山画了一圈,说得更加玄乎:"那么大的山,就两个场子卖吃食,你要是运气不好,两天两夜都找不到,那不把你这么贵重的身子饿扁啦?还是买点带着好,有备无患嘛,小姐。"

女士信了,耸动一下肩上的金丝小黄包,领前向小店走去。

水玲玲回头看了看那辆奥迪车,见车里还有一个男子,歪心思上来,于是明知故问:"小姐,就你一个人出来游玩?"

已到店门口的女士说:"我老公在车上哩。"

水玲玲说:"呀,小姐生得这么嫩生,要是买了那么多吃的喝的,怎能拿得动?还不快把你先生也喊下来。"

女士觉得也是,就将老公喊了过来。

水玲玲见那男人年纪轻轻,已腆着一个"啤酒肚",十个指头就有四个戴着金光闪闪的方形金箍,便知道这是一位有钱的老板,于是暗地打了个电话,再领着两个游客进店,一边为客人拿饮料食品,一边吹嘘着她小店价廉物美。

　　这对夫妻虽然对水玲玲的吹嘘有些反感,但对她的热情还是满意,于是买了饮料食品,结过账,说过感谢的话,回到车前。

　　男士正要进驾驶室,突然"呀"的一声惊叫,急忙将饮料食品放下,弯腰到车前一看,就见车前胎瘪塌塌的!"这是怎么回事?刚才还是好好的哩,怎么突然就瘪了?"

　　女士也过来,蹙眉问道:"真是刚才瘪的?"

　　男士没好气地说:"不是刚才瘪的,我能开到这里吗?"

　　女士正不知该如何是好,水玲玲热情地跑过来,问道:"怎么了?车子坏啦?"

　　女士指着那只瘪轮胎说:"车胎爆了,轮毂也坏了,不能走了!"

　　水玲玲假装上前看了看,说:"这没事。离这里两里路,就有个专门修车的铺子,那修车人的手艺可好啦。"

　　女士看到了希望,说:"只要有修车的地方就好办。"

　　男士还是皱着眉头说:"两里多路,这车怎么去呀?"

　　水玲玲更是热情:"那容易,我马上打个电话,就有人来帮你把车拖过去!"

　　男士这才放心说:"那就麻烦老板了。"

　　水玲玲掏出手机,打了电话。

　　片刻工夫,一个尖嘴猴腮的驾驶员开着一辆破旧的拖拉机过来。

　　男人叫刁三,三十四五岁,到了近前。他熄了火,跳下车,问了情况,就从车厢拖出一圈钢丝绳,套了轿车的前挂钩。

　　女士正要招呼老公上车,刁三向她伸出两个指头,说:"先把运费付了。"

　　女士问:"二十?"

　　刁三将猴颈一缩,一脸怪笑:"你女人的钱真大。二百!"

　　男士怒了:"你宰人啦?"

　　刁三二话不说,解下套在奥迪车上的钢丝索,甩进拖拉机车厢,转身要走。

　　女士急了,一把拉住,哀求道:"大哥,大哥,好商量,好商量。少一点,一百吧,一百吧。"说着,拉开小黄包的拉链。

　　"不行,少一分也不行。"刁三说着,上了拖拉机。

男士也是走南闯北的人,大白天的哪受过这种窝囊气?伸手抓住刁三衣服,说:"走,走,我们到政府评理去!就宰人啦?!"

刁三腾地跳下来,伸手抓住男士的衣领,说:"嗬,你是哪来的狠人,竟敢和我动手?"说着,举拳要打……

第十四章　为女人递纸

不等拳头落下,手腕早被一只铁钳般的手给紧紧攥住!

刁三一看,认出是翟五毛,说:"你——"

翟五毛听说刁三这些年不干别事,专和水玲玲配合,靠扎过路人车胎向车主索要钱财过日子,于是将他拖到一旁,把他趁车上人离开的瞬间,上前扎破车胎的事说了。

刁三见车主在场,不敢争辩,只得将火气憋在肚里。

为缓和矛盾,翟五毛一脸歉意地来到男士面前,说:"先生,对不起,那师傅要钱确实多了,这样,你们就给五块钱吧。"

小夫妻俩不再多说,交了钱,让刁三将车拖去修理。

水玲玲刚回到店里,见翟五毛跟过来,更是一脸的不高兴,说:"五毛兄弟,拳头往外打,胳膊向里弯,你怎么能这样处理事情呢?那不是叫我们美人村的人丢脸吗?"

翟五毛半真半假地笑道:"玲玲姐,这是什么年代了,你们怎么能干这种缺德的事呢?"

一句话说得水玲玲蹦跳起来,她责问道:"兄弟你这话多难听,我水玲玲啥时干过缺德事?"

翟五毛还在笑:"玲玲姐,你们今天的行动,我都看得一清二楚。是你趁游客离开车时,暗中给刁三打了电话,等你把游客带进小店,刁三就趁这段时间,用铁钉把人家车胎扎破,再跑到不远处的拖拉机上等你电话……玲玲姐,我没冤枉你俩吧?"

水玲玲狡辩:"车主找人把车拖去修理,我不能不帮个忙呀!"

翟五毛早已从货架上拿出一瓶汽水,丢过钱,打开瓶盖,边喝边说:"玲玲姐,我回来不久就听村里人说过,你们这样做已不是一年两年了!"

水玲玲虽然嘴皮厉害,但见翟五毛说得有鼻子有眼,不好再抵赖。

翟五毛为不让水玲玲过于难堪,见她不狡辩,就把话题转到搬迁的事上。

水玲玲正为这天讹诈失败而气恼,听说要她搬迁,两股火气一道迸发:"你小五毛说得倒轻巧,要我搬迁?要我往哪里搬?搬到露水窝里去住呀?"

翟五毛喝了口汽水,抹一下嘴唇,耐心解释:"玲玲姐,新区的楼房不是早建好了吗?你去选一套,不就行了?我们村里是急等要从这里修公路啊!玲玲姐,你想,要是把那柏油公路修通了,你以后开店进货,多方便呀!"

水玲玲丝毫不动心,薄嘴唇一弹,说:"你小五毛说话就像嗑瓜子样!新区楼房那么贵,谁买得起?你给我钱呀?你帮我买呀?"

翟五毛咂了一下嘴,又挠起头皮。他知道,新区楼房卖三千八百元一个平方,这种楼价对一个农户来说,确实是够高的!但他很快明白过来,他这次是来动员水玲玲搬迁的,怎么扯到楼价上来了?这不是牛头不马嘴吗?就又把话转到正题上:"玲玲姐,你说的那楼价高是事实,可我们这修路更是全村的大事,你们这沿公路两旁的农户要是不搬迁,我们这公路就没法修了。"

水玲玲毫不退让:"路修成修不成,管我什么事?我一家人要生活,要住房,你叫我搬迁,这往哪里搬?不开店了?一家人不生活了?你给我把这些事解决掉呀。"

翟五毛来前确实想过,于是咧嘴笑道:"姐,我还真为你想了个好办法。"

"什么好办法?"

"姐先搬到小区去住,如果那儿好,你一家人就永远住在那儿;如果觉得那儿不好,等我们把公路修通了,你再回到一号桥边新建一套更大的房子,把小店开成大店……哎呀呀,这不对,在新区那里开店绝对比在这里开店好!为什么呢?姐,你想,现在不是在搞城镇化吗?我们美人村上千户人家,三千多人口,要是都搬进新区去住,那每天的消费该是多大呀!姐,你开了这多年的店,凭你经商的经验,要是在新区开个大店,开个超市,那全村的生意不全给你做啦!"

翟五毛一番鼓动,还真说动了水玲玲,她说:"那、那等我男人回来商量商量再说吧。"

翟五毛懂得弦紧易断的道理,于是同意。

第二天,翟五毛又来到小店。

水玲玲一见,顿时哭起来,边哭边说:"我那砍头死的,昨晚回来了,他说,你们要拆这小店,他就喝药水死在店里给你们看!五毛兄弟,我那男人你不是不知道,他是个赌鬼,输了钱他什么都能干得出来,他说要死在店里,绝不是吓唬人的,他真能做得到啊。五毛兄弟,不是我不同意你们拆这小店,真是没办法劝动我那个砍头死的男人啊!"

翟五毛很快就了解到,水玲玲在家里是个说一不二的当家婆,怎么会被她男人的一句话给吓倒呢?于是知道这是水玲玲在编话威胁村里,想了想,翟五毛来了主意。

这天一早,翟五毛又来到小店,见水玲玲忙着做生意,自己就端条独凳在一旁坐了,说:"玲玲姐,你忙,等你把生意忙完了,我们再谈谈。"

水玲玲忙完了生意,见翟五毛还是坐在那凳上,就装着看货架,说:"哟,香烟没啦。"转身进了商架后的库房。

水玲玲在库房狠狠折腾了一阵,才抱着几条颜色各异的香烟回到店堂,先将整条的香烟放在柜台上,再慢腾腾一条一条地架上货架;架了大半后,又将剩余的几条一一拆开,再将拆开的香烟一包包地摆放到玻璃柜橱里……

翟五毛想借这时间说那搬迁的事。

不等开口,水玲玲又说话了:"五毛兄弟,你不着急走吧?帮我看一下店,我去涧沟里打点水来。"说着,折身出了店堂,从厨房拎了一只红色塑料桶,去屋东面的山涧打水去了。

过了好一会儿,水玲玲拎着半桶水慢悠悠地从那山涧台阶一步步登上来。

翟五毛急忙走过去,接过水桶,一边拎着领前走,一边说:"玲玲姐,今天来还是为……"

水玲玲又发话了:"兄弟,卡子口那边我还有一批货,说好今天去拉回来的,要是兄弟你不走的话,就帮我看一下店,我一个小时就回来。"

翟五毛早就看出水玲玲是在有意回避,心想:嘿,我一个走南闯北的人,竟给你一个小女人耍来耍去,等着吧,我会让你求我的!

翟五毛想着,也不表露,只是挠着头上的黄发,"嘿嘿"地笑着:"玲玲姐,俗话说,无事不进店堂,这一个多小时,我怎么敢替你看店呀?"

水玲玲也故作为难,说:"那我只好把店门关了。"

翟五毛说:"对,这样也好,我就能陪你到卡子口去拉货了。"

说到这份上,水玲玲别无办法,只得将店门关了,上了锁,两人拖着板车去了卡子口。

从卡子口把货拉回来,翟五毛仍然跟前跟后,弄得水玲玲实在无奈,只好找话说:"兄弟呀,你老是这样跟着我,要是给豆蔻妹子知道了,这多不好啊!"

翟五毛挠头笑道:"姐,没事的,我和我义妹的关系是铁打的,她绝对相信我。"

就这样,那天从早到晚,都是水玲玲走到哪里,翟五毛跟到哪里,从不提小店搬迁的事,尽说些美人村的美好未来,答应待景区开发出来,让水玲玲去景区当导游之类的开心话。

听说能当导游,女人高兴了,问:"五毛兄弟,我真能当导游?"

翟五毛说:"就凭玲玲姐这张巧嘴,还有你这等好身材,好相貌,当个导游小姐那还不是两只手断了一只手——独手!"

水玲玲想到开店起早摸晚、爬起爬倒的辛苦,又问:"五毛兄弟,你真能让我当导游小姐,说话能算数?"

翟五毛挺起那瘦瘦的胸脯,趾高气扬地说:"我翟五毛说话不算数,但我义父说话算数啊。"

"那……"水玲玲正要说什么,突然腰杆一弯,双手捂起肚子,皱起眉头说,"五毛兄弟,你还得帮我看一下店,我这下真的有事了!"

翟五毛满口答应:"行行行,姐你去你去,我给你看店就是了。"见水玲玲勾着腰向屋外厕所走去,他一阵暗笑,想:"等着吧,我会让你哭着求我翟五毛的!"

果然,十分钟不到,水玲玲就在厕所那边叫起来:"兄弟,快帮个忙吧。"

翟五毛明知故问:"玲玲姐,帮什么忙呀?"

水玲玲说:"快帮我送个东西。"

翟五毛当然知道她需要什么,但还是拿腔拿调:"玲玲姐,送个什么东西呀?"

水玲玲说:"纸。"

翟五毛又拉长声调:"玲玲姐,什么纸呀?"

厕所里发火了:"你说是什么纸呀!"

翟五毛不急不躁:"玲玲姐,你不说拿什么纸,我怎么知道拿什么纸呢?"

水玲玲只得说:"就是擦屁股的!"

翟五毛说:"哦,那纸啊,知道了。"说着站起,进店拿了纸,走到厕所门前,见门关着,又问:"玲玲姐,我一个大男人怎么送进来呀?"

水玲玲大声嚷道:"从门缝里塞进来。"

翟五毛将纸从门缝刚塞进一半,又缩回来,说:"玲玲姐,那你也得答应我一件事呀。"

水玲玲没接住纸,又蹲下,说:"你这小矮子真是坏透了!还是说那搬迁的事吧?"

翟五毛说:"还是玲玲姐聪明,将来一定能当个好导游。"

厕所里又是一阵臭骂:"你这个小滑头,还不快把纸塞进来,我已蹲得受不了了!"

翟五毛说:"玲玲姐,你蹲得受不了,我任务完不成更难受啊!"

水玲玲确实是两腿蹲得发麻,就哀求道:"好兄弟,姐答应你还不行吗?"

翟五毛还是不放心:"姐你真的答应搬迁了?"

里面又嚷:"姐什么时候骗过你?小砍头死的,存心让你姐蹲死呀。"

翟五毛又问:"姐,你说话不会变卦吧?"

水玲玲说:"小砍头死的,再别拿你姐开心了好不好?"

第十四章 为女人递纸

049

第十五章　分你一杯羹

听说翟五毛已把水玲玲工作做通,袁世通打心眼里佩服义子的能耐,晚上多烧了两个菜,让豆蔻把五毛叫过来一道吃饭。

自从搬进新区,翟五毛一天三餐,除了偶尔在外蹭一顿外,就是在家自烧自吃,常常是咸一顿淡一顿,吃得索然无味。听说义父喊他过去吃饭,翟五毛自然高兴,下楼骑上车乐颠颠地去了。

"五毛,水玲玲真的同意了?"翟五毛刚进门,袁世通就问,一面喊豆蔻把那听黄山毛峰开了,为五毛沏了一杯热茶。

翟五毛知道义父说的是水玲玲家搬迁的事,他挠挠头,微带几分炫耀说:"爸,水玲玲真够狡猾的,开始只要提到搬迁的事,她都想蒙我,可到最后,她还是被我蒙住了,这就叫生姜喝烧酒,辣手对辣手。爸,你觉得我这事做得咋样?"

袁世通见义子骄傲的样子,就笑着嗔怪:"想办法说服对方,这是对的,但也不能让人家一个女人上厕所……"

翟五毛急忙说:"爸,像水玲玲那样软硬不吃的人,不使点怪招,她会求我吗?她不求我,我能做通她的思想工作吗?"

袁世通说:"你一个大男子汉,再使怪招,也不该把人家的卫生纸给藏起来。这事要是传出去,多难听呀。"

翟五毛挠头苦笑道:"爸,那也是我实在没办法的办法呀!"

袁世通理解义子的难处,就让豆蔻去房里拿出藏了五年的郎酒,与五毛对喝起来。

就在这时,副主任鲍一虎来了,在门外就叫嚷:"呀,主任,你家的酒好香啊,我在半路上就闻到了。"

袁世通自然是添了碗筷,让鲍一虎一道喝酒。

鲍一虎见翟五毛在场,担心袁世通会责怪他不该把那最难做的农户搬迁工作交给五毛,就抢先说:"主任,这次要不是五毛兄弟把那个水玲玲给镇住了,要想在短时间内让公路两旁的村民都搬走,那困难就更大了!"说着,主动与翟五毛碰了一杯。

袁世通更是高兴,也与鲍一虎碰了一杯,说:"还不是你鲍主任会用人,把这么难的工作交给我五毛去做。"

鲍一虎听不出袁世通这话是褒还是贬,只得装糊涂,说:"主任,我这次之所以把五毛兄弟放在风口浪尖上,就是要让他好好锻炼锻炼,没想到,果真旗开得胜。这兄弟是大有前途啊!"

袁世通就自豪地一抹乌亮的背发,自夸道:"你说得好咯,我五毛从小在外闯荡,这么多年哪是白闯的?你知道我为他的闯荡交了多少学费呀。"

鲍一虎频频点头:"对对对。五毛兄弟,我俩共同敬你老爸一杯,感谢主任对你的培育之恩!"

翟五毛敬过义父的酒后,又将酒杯斟满,举到鲍一虎面前,说:"鲍主任,也得感谢你这次对我的信任。"

"吱"的一声,两人把酒吞了。

翟五毛又要斟酒。

一直站在身边的袁豆蔻见五毛吞得猛烈,担心他会醉,立即上前拉住他的手说:"哥,你少喝一点,这样会醉的。"

果真不假,几圈下来,翟五毛就面红耳赤,两眼模糊。

袁世通见五毛过量了,就对豆蔻说:"快扶你哥去休息。"

袁豆蔻扶着翟五毛上楼去了。

鲍一虎见翟五毛已走,就将座凳向袁世通身边移过来,说:"主任,除了少数几户外,公路两旁的村民大多已同意搬迁了,路基测量工作也基本完成,剩下的工作就是工程招标了,只要招标结束,整个工程就能动工了。"

说到招标,袁世通又仰靠到椅背上,哀叹道:"这工作难呀!"

鲍一虎眨了一下猩红眼,试探道:"老主任是不是担心韩主任那边……"

袁世通见老伴不在场,喃喃地说:"是啊,韩主任自那天走后,就一直没来上班了。"

鲍一虎把嘴凑近袁世通耳边,说:"那你干脆就把这工程给她丈夫……"

袁世通连连摇头说:"不行啊。别说镇里再三要求这工程要公开招标,就是不公开招标,也轮不到她丈夫承包啊!"

鲍一虎问:"为什么?"

袁世通只得把石和尚已来投标的事说了。

鲍一虎似乎早已得到这消息,只是点了点头说:"是的,这事确实让你为难了。不过,假如这工程不给韩主任的男人做,韩主任就会更……"

鲍一虎走后,袁世通还在想着如何去做好韩羞草的思想工作!

起初,袁世通虽然口头上喊着公开招标,但真实意图还是想把这工程交给他情妇的丈夫陆登山去做的,可偏偏黑道头子石和尚这时候出现了!

怎么办呢?袁世通反复权衡,最后下了决心,宁可得罪情人,也不能惹恼黑道头子!

他想用钱去平衡他对情人的亏欠。

"羞草,工程是没法让登山做了,我这里还有点钱,就算分给你一杯羹吧!"

他有钱。那天,石和尚派马彪送来的十万元好处费,他只交了八万元给老伴,剩余的两万元就藏在客厅空调里!

第十六章 撞上枪口

菜地里的白菜生虫了,这天一大早,老伴拿着手持式喷雾器,带着"滴杀死"去了屋后的菜园地,她要赶在露水未干前,给那些生虫的白菜打一遍药水。

袁世通见机会来了,就拖把椅子放到客厅空调下,扶着墙壁站到椅上,把藏在空调里的两万元钞票取出来,塞进夹克衫口袋里。吃过早饭,他装着如平时一样,用手抹着头上的背发,干咳一声,腆着福肚,出了大门。

他本想先去修路工地上看一看,当远远看见那边的挖掘机、推土机已在工作时,他又懒得跑了,连村委会也不进,径直去了韩羞草家。

韩羞草家在村委会西边,与刘棉花家仅隔着一道小山冈。

袁世通沿着机耕路,很快就到了那栋令他经常魂牵梦萦的二层小楼房,就见那楼房的院门紧紧关着,他用手在那铸着犰的仿紫铜门上轻轻敲了几下。

先是没人应,再敲两下,就有了脚步声。

正等候,就听得"咣"一声响,铁门拉开,身材苗条的韩羞草亭亭玉立在大门中央。

韩羞草见是袁世通,一张俏皮的小脸顿时暗下来,转身进屋去了。

袁世通知道韩羞草还在气头上,连连喊道:"羞草、羞草,你、你、你……"就追了进去……

骆枫把修路的任务交给袁世通后,心中始终不踏实。这天,正好接到县交通局秦川副局长的电话,说毕局长开会回来了,他对美人村修路的事始终不放心,要她去实地查看一下。

骆枫听了高兴,说:"那好哇,我也正要去美人村看看哩。"

半小时不到,秦副局长开车到了铜锣镇。

秦川副局长这年二十六岁,这天仍是穿着一套黑色正装,只是少了脖颈上的紫红领带,使那白皙的脖颈下露出一道浅浅的"V"字形肌肤。

骆枫早在楼下迎候,见秦川从驾驶室伸出头来,就说:"先到办公室喝点水?"

秦副局长摆动一下短发,说:"还是先去美人村吧。……怎么,就你一个人? 上我车吧。"

骆枫说:"不,我们有车。"想了一下,又说,"美人村的路况不好,你还是乘我们的车吧,这样方便。"

秦川也不客气,就把她的私家车停进镇政府大院,与骆枫和组委杨政一道坐了镇里的"大众",去了美人村。

这天,初冬的暖阳高照,几人心情很好,一路谈论国家这些年飞速发展的大好形势,谈着翟五毛带着俊男靓女到局里要修路指标闹出的尴尬事。

骆枫不免笑话秦川:"谁叫你是个颜值这么高的女局长呢? 他们这样做,还不是一心想征服你,把那个修路指标要到手!"

秦川笑道:"再想要指标,也不能用那些下三烂的手段呀。"

骆枫说:"我到镇里工作后才知道,基层的干部难当啊,他们每次想到上面要点东西,哪个不是绞尽脑汁,想尽了办法!"

秦局川点头说:"这倒也是。"

……

过了卡子口,通往美人村的老公路的两面已画了拓宽的石灰线,负责勘测的技术人员正在路基上架着测量仪在测量;挖掘机、推土机以及运土车,都在忙碌……骆枫、秦川见了,觉得这速度远比他们预想的要快得多。于是二人相互看了一眼,点头含笑,表示满意。

这时,一股淡淡的幽香飘来,秦川深深吸上一口,问:"什么花,这么香?"

组委杨政是本镇人,知根知底,接过话说:"秦局长没来过美人村吧? 这里的花草多,只要进来,到处都可闻到花香。"

秦局长觉得奇怪:"这都入冬了,怎么还有花开?"

杨政说:"美人村山上一年四季都有花开,即便没有花开,那树也是香的。"

秦川以为是骗她,说:"你杨组委也学会虚夸了,美人村真有这么好的花草树木吗?"

杨政说:"我要虚夸干什么? 耳听为虚,眼见为实,不信哪天我带你到山上去看看。"

秦川来了兴趣,说:"现在最大的热门产业不就是旅游业吗?美人村既然有这得天独厚的条件,为什么不开发出来?一旦开发成旅游区,这里岂不有了取之不尽用之不竭的财源吗?"

骆枫说:"镇里早就有这个打算,只可惜美人村现有的班子不行,缺少办大事、办实事的人才,没办法呀!"

秦川说:"那就换呗。"

杨政说:"谁不想换?可到哪里找人来换?能干的年轻人都外出打工了,在家能干的人不愿干,想干的人又干不了!怎么换?"

花香阵阵飘来。

秦川突然说道:"要是有机会,我还真想来这里哩。"

骆枫一阵惊喜,说:"你来挂职村主任?"

秦川摇头笑道:"挂什么村主任?我要来就来当开发区老总,把这美人山景区开发出来!"

……

谈笑间,就看见前面一幢幢高耸的楼房。

骆枫知道快到美人村村委会了,就对杨政说:"给袁主任打个电话,就说秦局来了。"

杨政拨了手机号,关机。

骆枫不悦,说:"大白天的,怎么关机呢?"就叫司机把车直接开到村委会。

副村主任鲍一虎早上骑车到修路工地上兜了一圈,见一切正常,又回到村部办公室,刚想坐下来在电脑里玩《斗地主》,就见公路上黄尘滚滚,一看,是辆黑色"大众",知道上面来人了,立即关了电脑,拿出修路的资料,坐在桌前像模像样地看着。

骆枫、秦川来到一楼,见资料员小李在夹报纸,就问村里有哪些领导在家。

小李说:"鲍主任在楼上。"

正说着,鲍一虎下来,说:"哦,是骆书记、杨委员呀,快到楼上坐。"

杨政问:"鲍主任,袁主任去哪了?"

鲍一虎眨了眨猩红眼,装着想了一阵的样子,说:"可能、可能是到修路工地上去、去了吧。"

骆书记说："我们刚从那边过来,没看见呀。"

鲍一虎舌头僵硬了："那、那、那可能,可能是、是到别的地方去了。"

杨政很不耐烦,问："到底去哪里了?"

鲍一虎见对方脸色不对,只得说了实话："那可能是到、到韩主任家去了,因为最近韩主任闹了点小情绪。"

杨政说："那你快去把他喊回来,就说县里领导找他有事。"

骆枫说："不,韩主任家离这里有多远?鲍主任带我们去一趟。"

鲍一虎顿时紧张起来,说："我、我是具体负责这次修路的,马上还要到工地……"

骆枫说："带我们找到袁主任你就回来,不会影响你的工作。"

杨政也说："刚才我们看了,工地上很正常。既然书记说了,那你就带我们去吧。"

鲍一虎见没法推托,只得领着县镇两级领导去了韩羞草家。

韩羞草家的院门虚掩着,骆枫等人正要进去,就听室内有男女说话,细听,听出那男音正是袁世通的声音,骆枫、秦川也没朝那方面想,继续往里走。

刚到堂前,就听到房间里有女人的浪笑,骆枫等人这才反应过来,窘得进也不是,退也不是!

骆枫顿时脸色铁青,震怒道："太不像话,简直是无法无天!"

袁世通已觉察到外面来了人,慌慌张张爬起来,穿上衣服,出门一看,连个人影也没有了……

第十七章　狭路相逢

这天上午,翟五毛去村委,想把村民搬迁的事详细向鲍副主任汇报一下。

刚到村部门口,就看见门前停着一辆黑色"大众",知道是上面来领导了,正想绕过去,又见车的另一边有人撅着屁股正在猛扎车胎。翟五毛认出,上前一脚,重重踢在那人屁股蹲儿上,吼道:"又干缺德事啦。"

刁三正将车胎扎得"吱吱"冒气,见翟五毛踢他,立刻嬉皮笑脸说道:"头子的车,扎了没事。"

翟五毛更是恼火:"上次我都说过,多少好事不做,怎么专干这种缺德的事情?"

刁三两眼眨巴,强词夺理:"缺德?我缺德,还是这些坐车的人缺德?他们吃饱了没事干,就坐车到下面来吃喝玩乐。我扎破车胎,让他们放点血,这怎么叫缺德?"

翟五毛说:"那是哪年的事了,还拿来当理由?"

刁三说:"那怎么啦?我就要这样对付他们。"

翟五毛说:"好,你嘴硬,我马上去举报!"

正说着,鲍一虎领着一班人从西边过来。翟五毛本想再吓唬吓唬刁三,可不等他过去,就认出那个走在最前面的,正是上次被他捏过手腕的女局长!"那次做得太荒唐了,今天要是见了面,该多尴尬!"想到这一层,他一个急转身,如一只精兔样跳上拖拉机,钻到驾驶室方向盘下躲藏起来。

刁三觉得奇怪,站在驾驶室门口问:"怎么啦?不举报啦?"

翟五毛见刁三声音过大,连忙将他拉进驾驶室,小声吼道:"闭嘴。"说着,继续往方向盘下蜷缩。

正在村委会大厅看报纸的司机,见书记等人回来,急忙丢下报纸,可不等到车前,就听到车轮"吱吱"的冒气声!上前一看,惊叫道:"书记,坏啦,我们的车胎被人扎通了！"

骆枫问："那还不快想办法把它补起来？"

司机说："车不能走了，找谁来补？"

鲍一虎说："不碍事，前面有个修车铺，叫人把车拖过去就是了。"就看见不远处的拖拉机，喊，刁三，镇领导的车坏了，快来拖到修理铺去。"

拖拉机响了，"嗵嗵嗵"地冒着黑烟开过来。到了跟前，刁三下来，装模作样走到小车边，先是用脚踢了踢车胎，再打一个响指，接着向司机伸出一个食指。

司机是本镇人，知道路途远近，生气道："几步路？要这么多？"

刁三两手一甩，说："不给拉倒，那你就自己去吧。"说着，跳上拖拉机，开着就走。

一直藏在方向盘下的翟五毛急了，伸手按住方向盘，说："你还没帮人家把车拖去修理，怎么就要走？"

刁三说："他不给钱，谁帮他拖？"

翟五毛说："人家领导是来工作的，怎么能乱要钱？开回去！"

刁三说："当领导的更应该给钱。想白吃我们小老百姓呀，没门！"拖拉机继续向前开。

翟五毛急了，伸出一只手紧紧抓住方向盘，威胁道："回不回去？不回去，我马上就当着他们的面，把你的老根底掀出来！"

刁三想到翟五毛刚才躲藏的尿相，心中有了底气，放慢车速，说："有本事你去掀我的老根底呀，去呀，去呀！"说着，真的拉开了车门。

翟五毛当然不敢下去，正要再次往方向盘下蜷缩，秦川已看见，伸手指过来，说："呀，那不是上次到局里要指标的小青年吗？"

骆枫也看见，就喊："你缩在那里面干什么？出来呀。"

刁三担心翟五毛出来会说出他干的缺德事，一边用脚使劲将翟五毛往方向盘下蹬踩，一边撒谎说："你们看错了，那是一只装沙的口袋！"

鲍一虎也认出，走到骆枫面前说："骆书记，那是我们袁主任的义子，叫翟五毛。"

骆枫更是惊讶，说："那还不快叫他过来。"

鲍一虎跑到拖拉机前，见翟五毛像一只扁巴巴的布袋塞在方向盘下，就喊："五毛，你缩在那里干吗？骆书记喊你哩。"

翟五毛见狭路相逢,无处躲藏,只得壮着胆,跳下拖拉机,一脸傻笑地走到骆枫面前:"骆书记,嘿嘿,嘿嘿……"一边使劲地挠着头上的黄发。

秦川已主动走过来,笑着说:"在来的路上,我和骆书记还一再谈到你哩,来,握个手。"

翟五毛见女局长那脸笑得灿烂,原有的一点尴尬已消除了大半,就在拉住那只雪白粉嫩的手抖动时,又看见手腕处几个乌紫乌紫的手指印!

第十七章　狭路相逢

第十八章　泪水的威力

镇领导在陆家发现袁世通和村妇女主任干那苟且之事的消息很快在全村传开,最后得出结论,袁世通这次是非下台不可了!

接着又是一条消息,说袁世通下台,村主任这位子非是副主任鲍一虎接任不可!理由有二:一、那天骆书记去找袁世通,为什么不喊张三李四,偏偏要喊他鲍一虎带路?这不是信任他嘛。二、鲍一虎本来就是村副主任,没有功劳有苦劳,这次选主任,就是排队也该排到他了!

议着议着,又有人忧愁起来,说:"唉,这美人村又不知要乱到哪年哪月才是个头咯!"

消息传出后,最糟糕的莫过于袁世通一家。

袁世通得知骆书记从韩羞草家愤然离去,就知道自己的事情败露,气得整天睡在床上不吃不喝。

老伴知道了这事,更是不依不饶,先是揪着袁世通又打又骂:"你这个老猪料,我对你哪点不好啊?你平时白天黑夜不归家,我都以为你是忙着村里的事,我理解你,心疼你,总是把饭菜热在锅里等你;你回来了,我怕饭菜冷了会伤了你的胃,又端到锅里热了又热,让你吃得舒服,吃得受用。可谁知道,你吃饱喝足了,却跑到外面去搞人家的女人,我的妈呀,我怎么受得了啊?我要活不成咯!"

翟五毛知道了,匆匆赶来劝解。

当时是劝停了,可等翟五毛一走,老伴还是指着袁世通骂:"老猪料,这下好了吧,镇里书记亲自把你逮到了,看你这老脸还能往哪里放,看你这主任还怎么当,你这主任还能当得下去吗?……"

女儿豆蔻实在听不下去了,就怒吼道:"妈,骂得多难听呀,这要是传出去,我们还能出门吗?"见妈仍在骂,没办法,只得跑上楼蒙头大睡。

一天,袁豆蔻刚睡着,就乱七八糟地做起噩梦。一会儿梦见老爸钻进了人家女人房间；一会儿梦见单大杆子、刘棉花送给她家的"干股"钞票突然燃起了熊熊大火，直烧得房产老板送给她家的这栋楼房火光冲天；就在这时，又见陆登山那些包工头送给她家的大鱼大肉呼地变成了一架架轰炸机，"呜呜"地盘旋在她家这楼顶上追着她的家人，用机枪"嗒嗒嗒"地扫射……

她吓醒了，起身来到楼下，见老妈睡在西头卧室，老爸躺在东头卧室，往日热热闹闹的客厅却变得冷冷清清，冷清得令她发怵。

她想，老爸已是六十岁的人了，该是颐养天年、享受天伦之乐的年纪，要是顺利地退休，那该多好啊！可是，这次竟要被免职。免职，多难听的话，不仅对老爸，就是对她这个做女儿的，也是终生无法抹去的一块污点呀。

她恨老爸，恨老爸不该做出那种对不起儿女的丑事。

转念一想，她的心又软了，就想到她所住的这套宽敞的二层楼房。要是老爸不当村主任，开发商会送他这套楼房吗？由此又感谢老爸，感谢老爸为她积蓄了这笔不菲的资产！

这样一想，她就想起老爸已三天三夜没吃没喝了，又动了做儿女的恻隐之心。于是，她急忙去厨房熬了冰糖莲子汤，端进东卧室："爸，喝点。"爸微微睁开眼睛，看了看，摇摇头，重新闭上。就在闭眼的瞬间，她看见老爸那双眼睛里竟流出了几颗浑浊的老泪……

"爸，人是铁饭是钢，不吃不喝怎么行呢？"

袁世通还是两眼紧闭。

袁豆蔻无奈，只得坐在床边发愣。

可能是袁豆蔻坐久了，袁世通终于哀叹一声，说了心里话："蔻啊，爸退下来无所谓，只是有件事一直放心不下！"

豆蔻忙问："爸，什么事你说，做女儿的会帮你想办法。"

"我最担心的就是山上那两个股份，你棉花婶我不担心，最担心的就是单大杆子！那人我知道，一旦我手中无权了，他会立刻退掉我的股份的！"

袁豆蔻说："爸，不要那股份就是了。"

"蔻啊，你咋这样傻呢？你一个女孩子家，又不会挣钱，现在上美人山的游客越来越多了，山上那两个店的生意一定会越来越好。老爸当初所以设法在大鹏饭庄和棉花客栈要了两个股份，不就是为你考虑的，为你留个好饭碗，现在怎能说不要就不要了呢？"

袁豆蔻是个很有心计的女孩，见老爸说得动情，略一思考，便有了主意，说:"爸,既然您老这么说了,女儿设法保住那两个股份就是了!"

袁世通睁开昏花老眼,问:"蔻啊,你有什么办法呢?"

豆蔻说:"只要老爸把这莲子汤喝下,女儿自有办法把这事搞定。"

袁豆蔻待老爸喝完莲子汤,又说好说歹劝老妈也把莲子汤喝了,这才给翟五毛打了电话。

这天下午,翟五毛正站在公路边看着拆迁户搬迁,听义妹说二老已开口喝了莲子汤,长长地舒了一口气。下工后,他骑着爱玛车去卡子口中药店买了西洋参,就匆匆赶到义父家,先是看了义父义母,见二老虽是各睡一房,但终究不再争吵,更见二老脸上都有了红红的润色,这才放了心。得知义妹在楼上,他又跑上去。

房门关着,义妹在里面哭泣。翟五毛慌了,急忙开门进去,见义妹侧身向床里睡着,就问:"妹,怎么啦?哭什么呢?"

袁豆蔻哭得浑身颤抖。

"妹,说话呀,哭有什么用?"

还是哭。

白天老爸说的如何保住山上两个股份的事,袁豆蔻想来想去,最后想到只有让翟五毛设法接下她老爸村主任这个班,才能保住山上那两个股份!

她知道,别看五毛瘦小,表面嘻嘻哈哈,玩世不恭,很听她话,其实他内骨子里却是个极有主见、极其倔强的人。要说服这样一个男人去主动竞选村主任这个角色,她除了用自己的眼泪,实在想不出更好的办法。

她更知道,翟五毛虽是内心强大,但心地善良,只要她的眼泪流淌多了,就一定能融化他那颗善良的心!只要他被她的泪水所打动,他就会一步步走进她的圈套,只要他进入圈套,她就可以驾驭他,使唤他,就不愁保不住山上那两份干股!

翟五毛见义妹这晚只哭不说话,已意识到定有大事,只得一问再问:"妹,你说话呀,说话呀。有什么大事你说出来,哥帮你想想办法就是。光哭怎么行呢?"

袁豆蔻见五毛已开始入圈套,哭得更是伤心:"哥,你听说了吗?老爸这次村主任是绝对当不成了。"

这事翟五毛早已听说,就劝:"妹,老爸已是六十岁的老人了,干了一辈子村干部,也该歇下来颐养天年了。有我俩在,还愁二老今后没有好日子过？"

袁豆蔻突然转过身，擦去眼泪，愤愤说道："我不是担心老爸退下来没好日子过，我是不甘心让那个姓鲍的接替我老爸的位子。"

这事翟五毛也听说过，更劝："妹，人家鲍主任已当了多年的副职，这次顶上来，也是应该的。"

袁豆蔻"噌"地坐起，用拳头捶打翟五毛的胸脯："你忘啦？你忘啦？当初叫你退伍，不就是想要你接替老爸的班吗？你现在怎么还替那姓鲍的说话呢？"

翟五毛一边任由豆蔻捶打，一边说："妹，妹，人家姓鲍的要接老爸的位子，那也只是传说，镇上还没有正式决定哩。"

袁豆蔻停住捶打，说："哥，算妹求你了，这次你一定得想方设法，把那村主任的位子夺过来。"

翟五毛笑了，说："当干部也不是打架，要夺就能夺得了的。村主任是要经过镇领导提名，由村民选举才行。"

袁豆蔻重新躺床上，号啕大哭道："你这个没良心的，我老爸喊你回来，不就是要你接他的班吗？呜呜，可现在眼看那位子就要被姓鲍的夺去了，你咋就这么不为我老爸想想呢？你咋就这么狠心呢？呜呜！"说着，又是捶打又是哭闹。

翟五毛这下彻底慌了。

"知父莫如子，可义父没有子，只有义妹一个女儿，瞧这女儿哭得多么伤心，多感人啊。我这个做义子的，还常说是最疼爱义父，可与义妹比起来，那还差得太远哩。"想着，翟五毛蹙起一双淡眉，劝道："妹，让哥好好想想，行吗？"

第十八章　泪水的威力

063

第十九章 难以报答的救命之恩

副主任鲍一虎听说袁世通这次下台是铁板钉钉的事，又想到那次骆书记要他带路去找袁世通的事，更觉得这次美人村改选，那主任一职非他莫属。因此他这些天工作格外积极，整天骑着摩托车，不是到修路工地上查看路基挖掘情况，就是到公路两侧那些拆迁户去征求意见，了解他们的所需所求，要么就去各村民小组走走看看，同那些正在山田山畈忙农活的村民聊上几句……

总之，他要笼络村民的心，确保选举那天，村民把那神圣的票投给他鲍一虎！

这消息当然瞒不过翟五毛，他本来懒得去理睬，但想到那天义妹的哭诉，心中又开始矛盾，久久拿不定主意。

看着美人村这地方不能发展，他确有自告奋勇站出来竞选村主任的想法；但想到鲍一虎已是多年的副主任，如果自己参选，鲍一虎若败选，他又于心不忍；当想到义父的期望，他又不能不犹豫……

"义父是我的救命恩人，是我的再生父母啊，我翟五毛怎么能让他老人家失望呢？可是……可是……可是……我该怎么办呀？"

那些天，他想着，问着，但还是无法回答自己！

他纠结，他茫然，更是无奈。

那是四岁的时候，父母离异了，小五毛跟随母亲生活。

一天，母亲到菜地去了，小五毛正在门前玩耍，来了个老乞丐。老乞丐先是靠在门边乞讨，叫了几声，见家中无大人，就来到小五毛身边，用手在小五毛头上轻轻抚摸了几下，小五毛就迷糊了，然后就被老乞丐牵着走了。

不知走了多少路，到了一家小院，老乞丐开了院门，将小五毛带进院里，反锁上铁门，再将小五毛领进一间低矮黑暗的油毡棚里。

棚里地面铺着稻草,稻草凌乱,上面尽是些破衣、破絮之类乱七八糟的东西。小五毛渐渐苏醒,就看见草铺一角还蜷缩着一个同他年龄相仿的小男孩,那小男孩昏睡着。

小五毛这时已完全清醒过来,他不知道这是什么地方,只是害怕极了,就想起妈妈,就哭。这时老乞丐过来,拿着巧克力豆哄道:"不哭,妈妈很快就会来的。来,吃糖,这糖好吃。"

小五毛不吃,还是哭。

脏兮兮的老乞丐就瞪起两只恶狠狠的大眼睛,吓唬道:"再哭,就把你丢到山上给狼吃掉。"

小五毛真的不再哭了。

棚里渐渐黑暗下来,可还是不见妈妈到来,小五毛又哭。

又是那可怕的眼睛和声音。

小五毛就吓得偎在草铺边缩成一团。直到傍晚,才听到铁门响。

老乞丐在棚里答道:"来了。"

随着"吱呀"一声响,小五毛就看到从棚子外射进一线亮光,跟着亮光进来几个高矮不一的小乞丐。过了一阵,又进来几个。

小五毛就看清那些蓬头垢面、比他年龄稍大的男孩女孩,有的右肩不知所终,只剩肩头处一个浑圆的肉包;有的小腿不见了,剩下两根干瘦如树丫的半截腿杆;有的不是少胳膊就是缺腿……而且个个面黄肌瘦,骨瘦如柴。

这时,老乞丐已从毡棚后面端来香喷喷的肥肉、整鸡……不等小乞丐们围拢上来,老乞丐已把那只瘦得就如枯竹节般的魔爪伸出来,声音沉闷而严厉地叫道:"拿来。"

小乞丐们一个个瑟缩着身体,有手的伸手,没手的就坐在乱草铺上,用双脚夹着破旧搪瓷缸,将搪瓷缸里的硬币纸钞一个不少地全让老乞丐拿走。

老乞丐清点完,就将那肉和整鸡撕碎,一份份分给小乞丐们……

这时,小乞丐们既没有痛苦,也没有悲伤,只是嬉笑着用手或双脚拿着夹着那肉那鸡吃着笑着……

小五毛也有一份。

只是那个一直蜷缩在草铺一角的小男孩还是一动不动地躺在那里,老乞丐既没叫他，也没给他晚餐。

那晚，小五毛啃着可口的鸡，吃着大块的肥肉，在某个瞬间，他甚至还觉得这儿的生活真是不错。可这个他觉得不错的生活很快就被眼前那极其残忍的一幕给彻底击碎。

那是第四天上午，那些畸形的男孩女孩带着各自的破旧搪瓷缸，一个个出去了，毡棚里就剩下他和那个一直躺在草铺边缘的小男孩。小五毛正感到孤寂，老乞丐过来，将那一直沉睡的小男孩抱进了隔壁毡棚，接着就从那反锁着的门里面传出一声声沉闷的响声……

待回来时，那个小男孩的双腿已不知去向，老乞丐那干瘪而肮脏的嘴角却露出一丝阴森的狞笑……

一个星期过去了，同样是在一个上午，小五毛遭到了同样的厄运……

不知过了多久，小五毛醒来，却发现自己躺在一张舒适的床上，他看到了天花板上的吊灯，看到身上铺着的方格花被……

他想爬起，可怎么也动弹不了。

他伸手去摸自己的腿，双腿还在，只是被白纱布厚厚地缠了一层又一层！

就在这时，美人村的治保主任——就是后来的村主任、小五毛现在的义父袁世通，心疼地走过来，说了事情经过。

原来那老乞丐是几个月前从外地带着五六个小乞丐流窜到卡子口镇一个废弃的毡棚里，不料后来被政府发觉，镇派出所及周边的治安小分队连夜出击，端了老乞丐的巢穴。

当时美人村的治保主任袁世通冲进毡棚时，见老乞丐正在给小五毛断肢，就迅猛扑上，揪捕了老乞丐，救出了小五毛。

袁世通见小五毛可怜，不顾老伴的反对，带他去南京最好的G医院接上了双肢，回家后，为使他早日恢复健康，还是不顾老伴的反对，天天上街买猪骨煨汤，一口口喂给小五毛吃。待小五毛双腿能下地了，袁世通每天除了上村里工作，就早早回家，不是牵着小五毛锻炼走路，就是背着到山畈边呼吸新鲜空气……

两年后，小五毛的双腿就恢复如初了。

袁世通见五毛虽然瘦小，但两眼有神，知他长大后必有出息，又因身边只有一个女儿,于是将小五毛收为义子,供他读书,送他学武,送他参军……

想着义父这些恩德,翟五毛一直觉得无以报答,现在义父就要退下来了,他老人家唯一的愿望,就是盼望他能接任村主任这个位子……

"这能行吗?我能这样做吗?……我该怎么办呀?"

一向点子奇多的翟五毛只得在纠结中自问,在茫然中呼喊……

第二十章　十号一号

村民的议论并非空穴来风,镇里很快就把袁世通村主任的职务免了。

美人村不可没有领头人。

镇里本想让副主任鲍一虎临时主持一段工作,但组委杨政说这人心术不正,想当官而又不愿干实事,由他主持,美人村无法发展。

大家正没有主张,骆枫书记忽然想起那个要公路指标的翟五毛,于是同镇长戴昌商量,将翟五毛和鲍一虎两人列为村主任候选人,交由村民选举。

袁豆蔻得到消息,立即找到翟五毛,兴颠颠地问道:"哥,你真找了镇里?"

这是根本没有的事,他翟五毛这次所以能被列入候选人,纯粹是一次机遇。但这话不能对义妹说,于是翟五毛撒着谎,咧嘴笑道:"妹吩咐的事,哥还能不照办吗?"

袁豆蔻更是高兴,说:"哥,这就对了。"就在翟五毛脸上亲了一口。

村民早就对袁世通不满,听说要选新主任,情绪自然高涨,选举那天,凡是能来的选民都来了,把村委会那个五百个座位的会议室挤得满满当当。

主席台长桌上铺着浅蓝色桌布,每个座位上都放着一个红纸做的席卡。

为凸显两位候选人,主持人特意让鲍一虎和翟五毛坐在骆枫书记身边。谁知骆书记和鲍一虎都是一米七几的个头,而翟五毛身高才一米五六,在两个高个的衬托下,他更显得单薄矮小。

翟五毛当然知道自己的短处,心有不甘,就拿出军人的姿势,坐得笔挺,高昂着头,尽量将细短的脖颈一挺再挺,又将那双平时最活泛的小眼睛闪动的频率尽量控制在三秒钟一次——自我感觉一切"达标"后,再用眼珠扫视一下台下黑压压的选民,他要让这些选民感觉到,他翟五毛也是高大的、机警的、沉稳的,更有一种能当村主任的不凡气概。

轮到主持会议的杨政讲话了。

他首先介绍了主席台就座的成员,再就说了这次改选的目的,接着介绍了两位候选人的简历。

投票开始。

以姓氏笔画为序,排在选票第一位的是鲍一虎,第二位是翟五毛。

家门口的塘,深浅自知。村民都知鲍一虎是个口是心非、很有心计的人。有的选民手中的笔刚点到他名下,就跳过去了;有的已在他名后画了圆圈,突然发现忙中出错,又将那圆圈涂去,重在翟五毛名后划个圈。

选举结果,除了少数几个选民对袁世通有意见而迁怒到翟五毛身上没有给翟五毛投票外,其余的圆圈全划给了翟五毛。

翟五毛高票当选后,骆枫书记要他讲话。

翟五毛这下慌了。

"书记,我也没准备呀,讲什么呢?"他看着身边的骆书记叫苦。

"表个态,就说说你当主任后,怎样带领全村群众尽快地把美人村建设成一个美好乡村吧。"骆枫书记开导他。

翟五毛终究脑瓜灵活,经书记这么一点拨,立即想到在部队时,连长每次讲话,都在小本上先拟出几条,然后按照那几条讲下去,自然讲得头头是道,条条在理。于是,他很快就在脑海里拟出了一二三四五条。拟好后,翟五毛这才站起来,先向台下选民深深鞠了一躬,再向主席台左右两头分别鞠了躬——他的机灵处就在这里,趁转身之际,将两个脚尖踮起,腰杆挺直,使那矮小的身材陡地又升高了三厘米,见一切程序走完,他才说道:

"尊敬的领导、各位代表,大家好。从今天起,我这个新当选的主任,要向全村村民承诺——"

接着双手按着主席台桌面,正要说他那一二三四五条,台下有选民发话了。

"翟主任,在你承诺之前,先回答我一个问题:居民新区建起来了,楼价那么高,我们买不起,你当主任了,能不能把楼价降下来?"

翟五毛想到自己在新区买个80平方米的楼房,就花去他几近所有的积蓄和退伍费,确实感觉现在的楼价是个压在村民身上最沉重的"大山",于是响亮答道:"楼价,我会尽最大努力把它降下来。"

台下爆出一片掌声。

有选民又问:"乡下人住着单门独院的小楼有什么不好?为什么非要我

们一起搬进小区，挤到一块，上楼下楼多麻烦呀。翟主任，不搬进小区就不行吗？"

翟五毛从来没想过这个问题，正不知该如何回答，就看见坐在台下第一排的陆俊。

翟五毛就想起上小学时，老师每喊他上黑板做作业，只要遇到不会做的，他就打个暗号，让陆俊给他提示。现在这问题又答不上来了，翟五毛只得向陆俊勾起一个食指。

陆俊此时也正为翟五毛迟迟不回答选民的提问而着急，见他用指头勾出个问号，明白了他的意思，也举起左右两根食指，连接成一个"一"号，意思是"非搬不可"。

可能是时间久远，也可能是过于紧张，翟五毛理解错了，见陆俊伸出一个"一"号，立即响亮地回答那个选民："可以不搬。"

吓得陆俊一声惨叫。

又是一阵热烈的掌声。

选民又问："主任，山外的农田都平整成一片片的'井'字田，全部实行机械化操作了，我们什么时候也能做到那样呀？"

翟五毛离开农村多年，对这些知之甚少，不知从何答起，这时想到坐在身边的骆枫书记，就回头向他求教。

骆枫书记已识破翟五毛做暗号的伎俩，也仿着陆俊用两根食指一横一竖拼成一个"十"号。

翟五毛立即心领神会，高声说道："各位代表，刚才骆书记给我发了信号，农田改造这是必须的，机械化操作更是必须的！"

又有选民问："翟主任，我的问题是：美人山的游客越来越多了，我们能不能在自己的承包那一块山上盖房做生意，挣点游客的钱，请你回答。"

对于这个问题，翟五毛无须去向任何人求答案。美人山自小就是他心目中的伊甸园，而现在这块伊甸园却变得如此松散、混乱，甚至是丑陋与凶险，而她真正最有价值最美的一面却被世俗、自私给深深地掩埋掉。他不甘心自己心目中的伊甸园就这样永远沉沦下去，他要趁担任村主任期间，尽自己的一切努力，把这块伊甸园开发出来，把她那最有价值最美的一面展示在世人的面前。想到这些，他毫不犹豫地回答道："为了美人村的未来，从今以后，任何人都不得在美人山上乱搭乱建。"

这时,鲍一虎站起来说:"翟主任的意思不论是现在已住在山上的,还是想上山盖房的村民,统统都要搬进新区去住。"

会场顿时炸开了锅。

高壮憨直的雷大宝跳起来扯着嗓门问:"美人山是我们自己的承包山,我们要在自己山上做点小生意,挣点零钱用,为什么不可以?"

翟五毛正要回答,在山上开饭庄的单大杆子也站起来叫嚷:"要我们搬下山,那我们山上开店的损失谁来赔偿呀?你这个穷村有钱赔吗?能赔得起吗?"

在山上开客栈的刘棉花更是附和道:"就是啊。下了山,我们的生活谁给保障啊?"

……

……

主持会议的杨政见会场一时大乱,急忙站起,用双手做着下压的态势,大声喊道:"都坐下,都坐下,有话一个个说,一个个说!"

选民这才逐渐安静下来,重新坐回座位。

骆枫示意翟五毛继续讲。

翟五毛又闪动小眼睛,说:"各位代表,我当村主任后,首先请各位把自己的QQ号给我,我要在QQ上建个群,这样,你们有什么意见和要求,可以随时发到群里;我有什么想法和意见,也发在群里。这样,就更有利于我们相互交流,相互沟通,共同监督,共同前进。"接下又说,"至于现在山下的人想搬到山上去做生意,山上的人不愿意搬到新区买房……这些我要逐个去调查了解,待调查了解清楚后,再给你们答复。在未答复之前,谁也不得各行其是,想怎么干就怎么干。"

这话说得柔中带刚,会场自然又是一番议论。

这个说:"别看这个翟五毛,人长得没有锤把子高,说话还真有些分量!"

那个说:"哪个当官的开头不是劈头三斧子,三斧子过后,还有招吗?"

更有人讽刺:"要不然他怎么叫'嘴无毛'呢?嘴上无毛,办事不牢。我看他也只是有些嘴上的功夫。一句话,走着瞧吧。"

……

骆枫书记见众说纷纭,又向杨政递了个眼色。

杨政明白,重新站起,用手向下按了按,说:"大家安静,安静。现在请骆书记讲话。"

骆书记是第一次到美人村当着村民面讲话，大家自然感到新鲜，会场顿时鸦雀无声。

骆枫站起，深深向选民鞠了一躬，说道："同志们，翟五毛同志在领导岗位上是有历练的。"他这个时候不能不给矮小的翟五毛树立威信，"他在部队虽然只是个班长，但他领导的那个班在他们那个部队可是小有名气啊，他个人立功获奖不算，单是他那个班就立了一个集体一等功和两个三等功，由此可以想见到他的组织能力了；你们知道翟五毛同志为什么要退伍吗？不是因为他入伍期满，而是因为他在抗震救灾中，为抢救灾民的生命负了重伤，不能再适应他那个特种兵的工作才不得已退伍的——这就足见这位同志的勇敢和献身精神。"接着又赞扬道，"翟五毛同志今天有件事做得特别好，就是要在QQ上建个群，这样，大家有什么不同的意见和想法，就可以发到群里，相互交流、相互讨论、相互沟通，这就更有利于办事公开、公平、公正我还要告诉大家一点，翟五毛同志在武校是练过轻功的，他的轻功可是了得呀。"说到这里，骆枫停了很长一段时间，见选民都把目光集中过来，又说道，"你们听说过吗？退伍回来那天晚上，他一个人就接连打退了四个歹徒，救了美人村的房产开发商高丽娜总经理。"

会后，没等翟五毛送镇上领导出村大院，单大杆子、刘棉花和正想上山做生意的雷大宝、朱山豹等人就凑到一块，挤眉弄眼议论道："书记最后那句话是什么意思，想吓唬我们呀？"

朱山豹说："他不说几句大话撑着，那小矮子能镇得住谁呀。"

雷大宝说："管他呢，聋子不听狗叫。别听他们那一套就是了。"

正说着，就见房产开发高高丽娜妖妖冶冶跟屁虫般跟在翟五毛身后从院门外进来，边走边说："我的大主任，今后我那新区售房的事，就全靠您支持呢，主任，是不是这样，我明天来请您……"

这时，副主任鲍一虎从楼冲下来，说："不行，老主任说了，明天要办移交手续，翟主任哪有时间管你们售楼的事。"

第二十一章　孤家寡人

第二天上午,翟五毛早早来到村部。

进了一楼政务大厅,见资料员小李正在洒水拖地,翟五毛问:"小李,老主任他们来了?"

"都没来。"小李边拖地边回答。

翟五毛以为是自己来早了,见墙边有不锈钢长椅,就到那里去坐着等候。等了一会儿,见义父还是没来,就去报架上拿了份省报来看,先浏览了一下报上的大标题,见义父还没来,又坐下细细地看大标题下的文字。报纸快看完了,义父还是没来。

"这是怎么啦?昨晚不是说得好好的,上午八点来办交接吗?现在都九点多了,怎么还不来呢?"翟五毛有点急了,就将报纸送到报架上,然后去了二楼自己的办公室,见桌上堆放着大堆小摞的文件和资料,就知道这是义父昨晚或是今天一大早整理出来的,很是感动,自言自语说道:"真是太辛苦他老人家了。"

翟五毛又等了一会儿,还是不见义父到来,也不见其他村委上班,觉得独个儿坐这里无味,重新回到一楼大厅,转了几圈,又从报夹上拿了份《经济日报》,重新坐在不锈钢椅上边看边等候。

看了一会儿,觉得报上文字枯燥无味,又将报纸放回原处,再向门外看了看,还是不见人来。他这才真正着急起来,就在身上盲无目的地乱摸一气,就从上衣口袋里摸出一包中华香烟。

这是他准备在办交接时散给几个村委抽的,见村委都没来,就拆开香烟盒,从中弹出一支,用手捏了捏,横在鼻前来回闻着,不知怎么就想到美人村这个"三不管"的来历。

翟五毛想着这个曾被抛弃的"无娘儿",现在县里镇里已将村委班子作了调整,又在这里修公路,还要把美人山开发成风景区……想着,心里激动,更有一种跃跃欲试的感觉;可看到这天办交接手续,一个村委也不露面,他又不能不感到孤寂、悲凉,甚至是悲哀。

"这都是说得好好的,怎么连一个村委也不露面了呢?"

翟五毛见久不来人,知道村委是在给他下马威,本想去问问小李,但还是忍住,觉得自己既然已是主任了,就该有点主任的涵养,更要大度一些。

这样想着,翟五毛又捺住性子,重新上到二楼主任办公室,从桌上资料中翻出一本《美人村十年规划》,坐下来细细翻阅。

就见规划中有一段文字:

……新区建好后,将所有村民集中到新区居住。在新区内建好文化中心、休闲公园、超市、酒楼。将美人山开发成风景区,将景区"百丈泉"加工成长年不断的瀑布;将美人湖里放上游艇,还有古人类遗址、诗仙池、银桐树、金丝楠木林……全开发成景点,让山上山下,连成一体,吸引游客前来旅游。

看到这里,翟五毛嘴中"啧啧"称赞,心想:"如此美好的规划,为什么就没一件落实呢?"

正想着,鲍一虎进来了。

翟五毛以为他是来上班,连忙站起,边递香烟边热情地说道:"鲍主任来啦?"

鲍一虎也不接话,只是闷闷地说:"翟主任,给你打个招呼,从今天起,我就不来上班了。"

翟五毛见他脸色不好,以为病了,说:"鲍主任一定是在公路上过于劳累,那你就在家多休息几天吧。"

鲍一虎说话声提高了,更冲:"累算个屁。我是来告诉你,副主任我不干了。"说着掉头离去。

翟五毛正要追出,险些撞着进来的妇女主任韩羞草。

翟五毛又是客气地笑脸相迎,同样说声:"韩主任来啦。"

韩羞草那僵硬的小脸挤出一丝笑容,说:"翟主任,妇女资料都放在我那办公室桌上,麻烦你收捡一下。这妇女主任我不干了。"说过,也转身要走。

翟五毛急了,猛跨一步,拉住韩羞草衣袖,说:"韩主任,现在计划生育工作抓得这么紧,我翟五毛刚接手,村里工作又不熟悉,你这时候怎么能说不干呢?"

韩羞草回头看了翟五毛一眼,勉强笑道:"翟主任,这里不是还有小李吗?让她干就是了。"

翟五毛说:"小李是搞资料的,让她突然接手全村的计划生育……"

不等翟五毛说完,韩羞草又说:"不懂没关系,好歹我家离这不远,有不清楚的,叫她找我就是了。"

见韩羞草那坚决的样子,翟五毛只得松手。

韩羞草走后,翟五毛再无心思看那规划,只是仰头靠在椅背上,看着这偌大个办公二楼,就他一人,一种从未有过的孤独感涌上心头。"唉,什么叫孤独?什么叫孤家寡人?我今天才真正领会到了。"

这时,陆俊来了。

翟五毛一阵惊喜,急忙坐起,都是老同学,说话也不客气:"怎么到现在才来?是不是想给我点颜色看看?"

陆俊连连摇头说:"你乱想什么呢?我给你颜色看干吗?"就蹙眉问道:"这次修路,石和尚也投标了?"

翟五毛点头说:"投了。听说他是个黑势力的人物,是吗?"

陆俊见这里没有外人,便放低声音说:"是呀。真正要拿颜色给你看的人,应该是那个石和尚哩。"

翟五毛一笑,说:"他有那么大能耐?"又问,"青山怎么没有来?他不是民兵营长吗?"

陆俊说:"你上次不是见过了,他对当村委不感兴趣,上班总是这样。"

翟五毛"哦"了一声。

陆俊见翟五毛不再说话,知他有很多难处,就提议说:"主任,你上任的第一件事,就得把那公路投标的事落实下来,要不然石和尚会制造更多麻烦的。"

翟五毛说:"可现在村班子都是人齐马不齐的,就是把招标工作落实了,又有谁来抓呀?"

陆俊觉得也是,问:"那、那你打算怎么办?"

翟五毛见陆俊也没有好办法,想了想,说:"陆俊,是不是这样,鲍主任和韩主任刚才已提出不干村委了,你明天到卡子口找个好点儿的饭店,我想请一下他两位。"

　　陆俊一听蒙了,说:"他俩也不是小人,不干就算了,还捧着、哄着他们?"

　　翟五毛说:"别的就不说了,你就按照我说的去办。对了,还有卫青山,也要把喊到。"

　　陆俊知道老同学的脾气,便不再多话,只问:"还有你义父呢?"

　　翟五毛眉头皱了很久,最后还是摇了摇头。

第二十二章　惊世骇俗的谈话录

这天晚上,翟五毛正在家里想着那天自己在卡子口请了一桌酒,把鲍主任、韩主任喊去一顿吃喝,果真有效,他俩当场就表示服从安排,会协助他翟五毛把村里工作做好。

嘿,撑门杠撑不住门,黄篾筷子却能撑住!这话真有道理。

翟五毛想着,浑身一阵轻松,正要考虑下一步如何搞好公路招标和楼房降价的事,房产开发商高丽娜找上门来了。

"主任,恭喜恭喜您呀。"高丽娜这天穿得花枝招展,进门后,她那一对眼睛就在翟五毛面前闪着没停。

翟五毛觉得不自在,想到这夜晚,偌大个房里就这一对男女谈话,很是不妥。想着,连茶也不泡,只让高丽娜坐在客厅中央那张韩式桌旁,他自己到墙边处的沙发上坐了。

"高总,这么晚来,一定有事吧?"

"当然有事啦,没有事还敢进您主任这三宝殿?"

"有事你直说。"

"主任啦,现在您已是村里的主任了,那新区楼房销售的事,您可得多多关照呀。"那双眼睛还在不停地向翟五毛这边睃来睃去。

翟五毛已感觉身上起了一层鸡皮疙瘩。为了早早结束这种尴尬的场面,他也不兜圈子,直截了当地说:"高总,为了村民早日到新区买房,我也正想找您谈谈楼价的事哩。"

"好嘛。那你主任就说说这楼价该怎么个谈法吧。"高丽娜也赶到沙发上坐了,似乎觉得坐得不够近,又将身体向翟五毛这边移动了两下。

翟五毛已能闻到女人搽的香水味了,更显得手足无措。为防万一,他找出了理由:"高总,这楼价的事,不是一两句话就能说完的,我们还是明天到村部去详细谈吧。再说,这夜已深了,您也该早点休息了。"说着,站了起来。

高丽娜当然看出这是翟五毛在下逐客令,于是也站起,将身上裙子拉扯整齐,摆了摆手,说声"拜拜",回二楼去了。

"怎么同开发商谈楼房降价的事呢?这楼价究竟降到什么样的价位才算是真正合理呢?"翟五毛整整想了一夜。

实事求是地说,建筑上的事,翟五毛是一窍不通,楼价为何飙升这么快,这么猛,这么高?其中底细,他全然不知。为了便于同高丽娜商谈,自己必须事前做些功课。

翟五毛不敢耽搁,高丽娜走后,他锁了门,独自来到村部,上到二楼办公室,开了灯,打开电脑,点出一排字:"楼价为何如此之高?"

电脑很快就显示出 N 条信息。翟五毛拉动鼠标一一筛选。突然,一条信息跳入他的眼帘——

"现在买房,只有傻瓜才会掏钱!"

开典当行同学的话,简直令我振聋发聩,目瞪口呆。我连忙虚心请教。于是,同学就对我说出一番匪夷所思、惊世骇俗的话。

同学说:"你知道,我的典当生意完全是靠钱生钱。第一次买房时,虽然我有能力一次性付清全款,但我还是不愿意把那么多的现金被房子压死。那时,正流行'零首付',于是,我一分钱没花,贷款 18 万买了房,贷款期限为一年。

"一年期满,要还房款和利息了。也不知道是我幸运,还是我倒霉!那时,我的资金被一笔业务占用了。为了业务,我不仅还不起房款,还得另外新增贷款。迫不得已,我找老关系——银行的信贷部经理沟通。当我吞吞吐吐把延期还房款并另外新增贷款的要求说出来后,没想到,信贷经理却诡秘地一笑,非常爽快地答应了。

"信贷经理给我出的主意很简单:让我老婆以两倍的价格,贷款买我的房子,贷款期限也是一年。

"两倍的贷款,那就是两倍的利息啊!你这不是变着方法剥削我吗?我还没有反应过来。

"'如果到时,你不还款呢?'信贷经理很镇定。

"见我不明白,信贷经理又说:'被银行收房有什么大不了?你不会算账吗?'经理当场就给我算了一笔账,收房后,除去税费,我还整整白套到国家17万。不,这17万我可不能一人独吞,至少要分给那放贷人和这经理几万……

"这就是我第一次买房的经历。

"我后来的买房经历都与此类似,也就是:坚决不掏一分钱,全部用银行的贷款买房子;然后,如果遇见不明真相的投资者(说是投资者,其实是傻帽)买房,那就高价卖给他。如果一直没有投资者买房,那就不断地把自己的房子加价转贷给自己,不断地用银行的钱来还银行的债。

"并且,我是开典当行的,与银行的关系是一般人无法比的。一般老百姓买房,大都选择20年按揭,而我买房从来都是只贷款一年,到期了才还本金和利息。这样操作,不用交月供。而贷款到期后,我只需做做'纸面文章'转贷款一下。实际上,我一分钱也不用掏。"

我说:"我不信,在实际生活中能有如此荒谬的事情?你讲的是'童话'吧?"

同学说:"兄弟!我是和你对光,才给你讲这些掏心窝的话。你怎么可以不相信我呢?你要怎样才能相信我呢?"

我说:"你就给我讲点实际的例子吧!"

同学说:"你知道王二麻子是怎么发家的吗?"

王二麻子是我的另外一个同学,现在是开发房地产的亿万级富翁。我说:"那你说说。"

同学说:"想当年,王二麻子那个落魄啊,就连他注册公司的注册资金,也是我临时拆借给他的。如今,别看王二麻子表面风光,他买地皮的钱,是从银行贷款的;修房子的钱,是建筑商垫资的。总之,他就是一个完全的'空手道'。

"房子修好后,王二麻子在正式开盘前,通常要举行一个'内部认购会'。这个内部认购,其实就是王二麻子召集公司内部员工和一些像我这样的、相熟的炒房客(或者干脆是一些从招聘会上收集的、众多的、应聘者的'身份证复印件'),以这些人的名义来买房子,全部用银行贷款来买。这,就是所谓的'开发商囤房'。并且,此次交易上报给银行的交易价,必须比实际的内部交易价提高30%。为什么?因为贷款买房要首付两成啊,举个例子,如果你想收回100万,那你就必须以130万的楼价向银行贷款。这样,银行给你的钱就是:130万×0.8=104万;你实际装进口袋的钱就是：104万—4万（给相关银行人员的"好处费"）=100万。

"就这样，通过开盘前的内部认购，王二麻子其实已经成功地全部收回了投资，把所有的风险转给了银行。到这时，王二麻子才会开始打广告卖房子，并归还'买地的银行贷款'和'修房子的建筑商垫资'。"

我说："后面又怎么操作呢？"

同学说："你怎么那样笨啊！稍微聪明一点的人都能想到，后面的操作方法，其实与我炒房的方法是一样的，也就是：如果遇见不明真相的投资者（说是投资者，其实是傻帽）买房，那就高价卖给他；如果一直没有投资者买房，那就不断地把自己的房子加价转贷给自己，不断地用银行的钱来还银行的债……"

翟五毛越看越糊涂，越看越生气，"咔咔"几下，将网页一一关闭，接着用那瘦小的拳头砸着桌面，吼道："岂有此理，岂有此理，我们买房人竟成了傻瓜，竟成了傻瓜！"就在室内猛转了几圈，自言自语道，"管他千种手段，万般理由，我翟五毛只认一条死理，当地狮子当地舞，坚决同开发商把楼价一笔笔算出来！"

第二十三章 笑掉大牙的算法

房产开发商高丽娜原本对翟五毛接任村主任充满信心,以为这小子办事有魄力,雷厉风行,有他出面,就一定会很快将新区楼房销售出去。可万万没想到,他刚上任,就在会上宣布,要把楼价降下来!

"小主任说这话的真实意图是什么?难道也像他义父一样,先把狠话放出来,等我去送好处?他要多少好处?给了好处,他就能帮我把楼房销售出去吗?他义父不是得了我的好处,什么也没解决吗?要是他也是那样怎么办?岂不是鸡飞蛋打两头落空?!"

她急了,就白天想,夜间想,想来想去,就想到房产界那个最具代表性的事例。

那是个老开发商,工程刚结束,他就把楼价定下来了,每平方米八千八百元,是个绝对吉利的数字!可市长发话了,说:不行,非得降到六千六百元不可!

老开发商急了,就白天酒宴请,晚上红包塞,市长还是铁面无私,话说得斩钉截铁:"六千六就是六千六,谁涨一个子儿,就拿谁是问。"

老开发商慌了,只得到市场买了上千年的古玩字画去找市长的老上级,再拿出小砖头般的金条塞给市长夫人,可市长还是那话:"六千六就是六千六,谁涨一分钱就拿谁是问。"

整整干了十八年的老开发商没招了,只得整天在售楼部哀声叹气,辗转反侧!

女儿得知情况,安慰道:"老爸,别急,让女儿去。"

老开发商看着娇嫩的女儿,心疼地说:"女儿啊,老爸已把该想的办法想尽了,都没能说服市长,你一个女孩子,要是市长发起脾气来,还不把你吓哭啦。算了,算了,别把我女儿吓坏了吧。"

女儿说:"爸,你老放心,女儿自有女儿的办法!不信,你就坐在售楼部等着。"

女儿那年十八岁,正是花季妙龄,人长得又漂亮,她去了,赶在市长刚要下班前的一刻去的。

女儿不像她老爸,见了市长就谈楼价,谈楼价下调的难处;她不谈,专夸市长办公室的简洁,专夸市长办公室草绿窗帘的高雅,专夸市长穿的西服的得体……夸着夸着,就挨近了雅格尔西服,就仰望西服上端那张老脸,就摸着那西服上的纽扣,那纽扣就渐渐地解开了……

从此,那传得沸沸扬扬每平方米六千六的楼价重又回到了八千八!

……

高丽娜从那经典事例中挖出了她理解得最为经典的经典:手段,手段,成大事必不可缺的就是手段!

面对现在的困境,该用何种手段去对付那个小村主任呢?高丽娜一时想不周全。她不急,凭她的经验,当务之急是要摸清翟五毛那小子高调叫嚷降楼价的真实意图。只有了解清楚了他的真实意图,才可对症下药!

想透了,她要来个姜维探营,就趁着夜晚进了翟五毛家。谁知那小子不沾腥,非得要白天到办公室去谈。

"好,白天就白天!看你这个小翟五毛究竟能怎么谈?"

第二天,翟五毛把会计陆俊喊到了他的办公室。

胆小的陆俊听说要与开发商算楼价,立即想到一个问题,惊乍乍地问道:"主任,你知道高总和我们的关系吗?"

翟五毛摇头说:"不知道。"

陆俊说:"那高总是贺宝的女友。"

翟五毛一听,惊得两只小眼睛瞪得滚圆滚圆:"这、这、这是真的?我咋不知道。"

陆俊说:"你回来才几天,怎么能知道?"

贺宝是美人村人,自小与翟五毛、陆俊就是同学,初中毕业后,贺宝去了温州高丽娜老爸的服装厂打工,高丽娜老爸见贺宝诚实能干,渐渐把他从车间组长提升到经理助理,后又提为副总。那时,刚毕业回家的高丽娜见贺宝长得个儿高,既沉稳又机灵,一来二往,两人就产生了感情。高丽娜学的是建筑专业,对服装行业不仅不懂,更是不感兴趣,见贺宝在厂里干得风生水起,不服输的她也想自己闯一番事业,恰在这时,听说贺宝老家要建新区,高丽娜更是迫不及待要去竞标。温州人经商经久不衰的诀窍,就在于敢将自己的子女从小放进商海里摔打,父亲见女儿执意要去,也不阻拦,没想到女儿在美人村还真的中了标,虽是后来在售房中遇到很多困难,但老父亲为了锻炼女儿,还是让她独自在外摔打……

翟五毛听了,心中五味杂陈,既敬佩高丽娜勇闯商海的勇气,又怜悯一个年轻女孩在外摔打的艰辛!于是不停地皱眉挠头,口中"咝咝"地吸着凉气。

陆俊明白翟五毛心思,也左右为难,说:"主任,这事真有点棘手哩。降楼价吧,以后我们怎么面对贺宝?不降吧,这么高的楼价村民确实承受不起。再说,你已在选举会上向选民承诺过,要是楼价降不下来,你怎么向选民交代?……这怎么办呀?"

翟五毛停止挠头,拿定了主意,说:"等高总来了,该怎么谈就怎么谈,该怎么算就怎么算吧。"

陆俊再次提醒:"可我们和贺宝是同乡同学,关系不一般呀。"

翟五毛说:"我是算账,也不是算关系……"

正说着,高丽娜到了,而且是携带一股香风进了办公室,那两条大美腿在薄如蝉翼的长裙遮掩下,显得既白又长。

翟五毛故意半开玩笑地说:"高总真是只要风度不要温度啊。"就喊,"陆会计,快给高总泡茶!"

高丽娜坐下,接过陆俊泡来的茶水,快人快语单刀直入:"主任,你一再说要把楼价降下来,我今天就是想听听你是怎么个降法?"开始探营。

翟五毛见对方来势凶猛,自己则稳扎稳打,说:"高总,事情一步步来,要想谈楼房降价,首先得把楼房实际造价算出来。"

高丽娜一笑,说:"楼价不是早就算过了吗?还要怎么算?"

翟五毛说:"楼价不重算,我怎么知道楼价该降多少呢?"

这是高丽娜始料未及的,她的阵脚开始有点乱。但很快又镇定下来,以一个已积累一定经验的年轻开发商的胆识,仍不露声色,平静地问道:"主任,那你说说这楼价该怎么个算法?"

翟五毛不假思索地答道:"很简单,就是把新区这些楼房的实际用材、开销,还包括征地,小区绿化、美化等等,一笔笔算出来。"

高丽娜心里"咯噔"一下,但表面仍装作镇静,"噗"地一笑,说:"我的大主任啦,楼价出炉有这种算法吗?"

翟五毛知道高丽娜在鄙视他,心里不爽,于是挺直腰杆,严肃地说:"高总说得没错,现在市场楼价是没有这种算法,但你高总也是走南闯北见过世面的人,'实事求是'这话,相信你不会没听说过吧?我之所以要一笔笔把楼价算出来,就是坚持实事求是。别人怎么算,我翟五毛管不着,但美人村的楼价,我翟五毛就要坚持这样算!"

高丽娜"嘿嘿"一阵仰天长笑,说:"主任啦,你这种算楼价的方法要是传出去,还不让全世界的人都笑掉大牙呀。"

见高丽娜说话很损,翟五毛已感觉这女老板并不是自己想象的那样"可怜",于是反驳道:"高总,笑掉大牙还会长起来,可楼价不实事求是地算出来,老百姓那些苦苦挣来的血汗钱,就只能被你们这些开发商白白地吸走,再也回不来了。"

高丽娜已领教到这小主任的厉害,想了想,只得反击:"主任,我们这楼价可是经过上级部门批准的,你这样算,上级会同意吗?"

翟五毛小眼睛飞快地闪动,说:"我相信上级更会讲求实事求是,我们只要坚持实事求是去算,上级一定会同意。"接着就说得一字一顿,"这就叫当地狮子当地舞。"

高丽娜放下手中茶杯,严肃地反问道:"我的主任,要是上级不让你这头狮子当地舞呢?"

翟五毛知道高丽娜在威胁他,也不退让:"真到了那一步,只有一条——"

"哪一条?"

"新区楼房的事,我翟五毛推手不管。"

陆俊见状,立马刀切豆腐二面光,说:"高总,我看为了新区楼房早日卖出去,你就听我们主任的吧。"

高丽娜见小主任放狠话,自己倔脾气也上来,说:"亏得你们和贺宝还是老同学,他昨晚还给我来了电话,让我给你们传个话,这楼价的事,真不讲情面也没关系,好歹谁离开谁都能活得下去。"

陆俊担心的事出现了,急忙看主任。

翟五毛知道高丽娜在戳他的软肋,就对陆俊说:"给高总茶杯加点水。"见高丽娜傲然坐着不动,他只得用软话相劝,"高总,贺宝和我们自小确实是最好的同学,但桥归桥,路归路,楼价与同学没有必然的联系,我们还是实事求是把楼价算出来,好吗?"

高丽娜见对方软下来,自己也另有了主意,说:"行,主任既然这样说了,我也没办法。真要算,你就定个具体时间吧。"

翟五毛一笑,说:"今天不是你通知我的吗?现在就算呀。"

高丽娜故作突然想起,说:"哟,主任,我只顾同你争辩,倒把一件主要的事给忘了。"

"什么事?"

"我是来告诉你,我公司的会计出差了,今天楼价算不成。"

"那你改在哪天?"

"明天行吗?"

"明天?行。"

高丽娜站起,诡秘地点头一笑,走了。

看着离去的高丽娜,翟五毛心中突然涌起一丝怜悯……

第二十四章　石和尚来电话

翟五毛见高丽娜果真派她的会计与陆俊算起楼房的实际造价，心中暗喜，觉得只有这样，他这个房地产的门外汉，才能真正做到心中有数，才能拿出充分的理由去说服高丽娜将楼价降下来，为村民省下一笔不菲的本来就不该多花的钱！

初战告捷，翟五毛自然高兴。这天上班，他在办公室一边揩抹桌椅，一边想着下一个重要任务。"只要把公路招标的事落实下来，又是一场胜仗！"正想着，陆俊进来，见主任在忙，就站在一旁说："主任，楼房实际造价算出来了。"

翟五毛更是高兴，停住手上活儿，问道："多少？"

陆俊想了一下，说："每平方米三千不到，两千出头吧。"

翟五毛不高兴了，说："你是会计，怎么对数字这点敏感性都没有？三千不到是多少？两千出头又是多少？这对我说了有什么用？"

陆俊小心翼翼地说："我不是来说楼房造价的……"

"那你来干什么？"

"我想马上把那些算出来的详细数字打印出来给你看。"

"那你打呀。"

"可、可……"

"可什么？"

"没有打印纸了。"

"那你还不去买？"

陆俊皱着眉头说："村里一分钱都没有，我到哪里去买呀？"

翟五毛更是恼火，说："你平时大脑不是挺灵活的吗，这个弯子都转不过来，去店里赊呀。"

陆俊苦笑道："卡子口、铜锣街那些文具店都有我们的欠账，现在只要听说美人村赊账,他们马上就摇手,谁还肯赊给我们呀?"

翟五毛挠头了。

他知道办移交时,村里账上确实没有一分钱了!

想了想,他只得放软语气说:"那你就辛苦一点,先把那些数字抄一份给我。"

桌上手机响了,翟五毛接电话:"喂,您好。"

"你是翟主任吗?"

"是。您是谁?"

"我是谁不重要,重要的是我那件事你是怎么考虑的?"

翟五毛不知对方话中意思,于是问:"对不起,我不知道您说的那事是指什么事?"

"就是公路投标的事啊!"对方又补充一句,"翟主任,只要你把修路这工程给我做,那对你、对你们村,都是极有好处的!"

这不是在威胁人吗?

翟五毛立即想到美人山上那个石和尚,想了想,强忍住怒火,说:"既然是竞标,我怎么能随意把一个工程给你呢?"为不至于激怒对方,他又补充了一句:"到时候你来嘛,反正是公开竞标,大家都有这个权利。"

陆俊早已听清楚,急忙问道:"是石和尚吧?主任,这工程可千万不能给他承包呀。"

翟五毛问:"就因为他是黑道?"

陆俊点头说:"正因为他是黑道,所以一旦给他承包了,他就会肆无忌惮地偷工减料,你发包方还说他不得,说了,他就会明里暗里害你。这些教训,早先就发生过多次了。主任,我们是老同学,所以才敢提醒你呀。"

翟五毛皱了皱眉头,问:"这石和尚究竟有什么来头,为什么这么多年盘踞在美人山上,就没人敢动他?"

陆俊又小心翼翼向门外看了看,见无人过来,于是说:"十年前,石和尚就纠集一班人来到美人山,在水晶、石佛两个洞里开设赌场,牟取暴利。这人诡计多端,更是心狠手辣。刚开始,上面也曾派人上山搜捕,可没等上山,他们不仅跑得无影无踪,更是找机会摸到那些搜捕他的领导家,要么将那家孩子从楼上扔下,要么就强暴领导的老婆!你想,对这样一个残暴的人,谁还敢轻易动他呀。"

翟五毛听后愤然说道："对如此猖獗的黑道头子，为什么就不加大抓捕力度呢？"

陆俊摇头说："你再加大力度也无济于事。"

"为什么？"

"因为石和尚有个窃听器，十里范围内，只要稍有风吹草动，他都可以随时掌握到信息，不等警察上美人村，他们早就跑得无影无踪了，你怎么去抓捕？"

翟五毛这才知道美人村这么多年为什么一直是个穷、散、乱的地方，更明白了原村委会无作为、不敢作为的真正原因所在！

"看来，要想尽快将美人村发展起来，不搬掉石和尚这块绊脚石，一切都是空谈！"翟五毛揪心地想着。

"是啊，这承包修路的事，你可千万要慎重啊！"陆俊再次提醒。

翟五毛笑着问："我要是让石和尚在这次竞标中彻底失败，他又能怎样呢？"

陆俊一阵哆嗦，说："主任，主任，你就千万省点事吧，石和尚可不是个好惹的家伙呀！"

当天傍晚，翟五毛接到义妹电话，说老爸叫他过去吃晚饭。

翟五毛自然求之不得，骑着爱玛车去了。

袁世通见义子过来，开门见山问道："五毛啊，你上午接到一个电话吧？"

翟五毛觉得奇怪，问："爸，你怎么知道？"

袁世通从藤椅上坐起，说："石和尚已打电话给我了，说他这次是下定决心要把修路工程揽到手，他托我跟你带个话，这次无论如何也得给他个脸面。"

翟五毛扑闪着小眼睛说："爸，这工程是公开竞标，我怎么给他脸面？何况他还是黑道上的人呢。"

袁世通说："正因为他是黑道上的人，这个忙你才得非帮不可！"

翟五毛问："为什么？"

袁世通说："别看石和尚是黑道上的人，但他非常讲义气。他说了，只要你这次把工程给他承包，他日后会每月给村里一定的办公经费。五毛啊，村里的情况还有谁比我更清楚？账上一分钱都没有了，你现在是主任，没有钱你怎么办事啊，五毛，为了你的工作，这个忙你就帮了吧，要不然……"

翟五毛见义父越说越紧张,急忙问:"爸,要不然会怎么样?莫非那石和尚对你……爸,五毛是您的儿子呀,您老如果有什么难处,就直接说出来,儿子会想尽一切办法来帮助你!"

袁世通知道五毛虽是养子,但对他确实非常孝顺,从没把他当成外人看,现在见五毛说到这份上,就把这次投标收了石和尚十万元好处费的事说了,最后说:"五毛,你想,要是像你这样公开竞标,万一石和尚不能中标,他已在电话中暗示过,他不会放过你,当然也包括我和我的一家人呀,五毛。"

翟五毛听说义父收了石和尚的好处费,顿时瘫软下来,揪心而又无奈地说道:"爸,你既然知道石和尚是黑道上的人,怎么能收他的钱呢,他那不是明摆着用绳索往你脖颈上套吗?"

袁世通说:"唉,五毛,这你不懂,我那时是村主任,不收他的钱,我不能安稳事小,更连累美人村也不得安宁呀,收了他的钱,虽是对不起村民,对不起政府,但对我、对美人村……五毛,这也是老爸实在没有办法呀。"

翟五毛知道义父说的也是实话,想了想,只得安慰道:"爸,竞标还没开始,你先别着急。等竞标结果出来,我再见机行事。"

袁世通更是紧张,说:"五毛啊,你这话更让我担心了,要是他石和尚中不了标,他真的会对你、对我,甚至对我们全家要下狠手的。五毛,算老爸求你一回了。"说着,就要给翟五毛跪下!

翟五毛慌了,急忙将义父拉起,依偎在义父腿边,满噙泪水地说道:"爸,五毛无能,但五毛这次一定会想尽一切办法,保护好我们全家,请你老放心好了。"

袁世通虽然知道五毛有些功夫,但还是放心不下,再三叮嘱道:"五毛啊,那你千万千万要小心噢。"

第二十五章　自有对策

招标会在即。

翟五毛与镇领导通了电话,并准备亲自到县局走一趟,把他战友的老爸毕福林局长和秦川副局长一并请到。

骆枫书记提醒道:"还是从简出发吧。竞标会就不要请那么多领导参加了,到时候我让镇司法所和土地所把公证人、唱标人安排好,再让派出所带几名警员到现场维持秩序;你主要把这次竞标的程序安排好,就行了。"

翟五毛见领导为他考虑得很周到,自是感激,放下电话,又找韩羞草丈夫陆登山密谈了一次。

一切安排停当。

竞标那天,陆登山等十多位竞标人陆续进场,稀稀拉拉分坐在村委会二楼会议室前三排。

这时,就见一位穿着灰色风衣的马脸大个子男人阔步走进来,先是扫一眼前三排,见都坐了人,自己就在第四排中央坐了。随身跟进的两名黑衣大汉就坐在他一左一右。

坐在台上的翟五毛见了,想起那天在村委会门前见到的那个马脸人,问身边的卫青山:"那马脸是石和尚的人?"

青山小声道:"是的。他叫马彪,石和尚的拜把兄弟排老二。"

翟五毛"哦"了一声,遂向唱标人递了个眼色。

唱标人先是拿出表册核实了竞标人名单,见已到齐,就让工作人员给竞标人每人发一份竞标说明书,请大家仔细阅读,做好竞标前的半小时准备。

马彪打开说明书一看,顿时慌了手脚,遂与两个大汉商量,也无结果,只得敲动脑壳,思想一阵,还真想出了办法了,就用眼睛在前三排搜寻,最后搜到面熟的陆登山,想:"他搞建筑,懂得工程预算,老子今天就盯住他,只要他举牌,老子就举!"

半小时过去,公证人宣布竞标开始。

十多位竞标人纷纷举牌……

"你们举吧,老子今天非得让你们一个个都输趴下去不可!"

马彪想着,凡见有人举牌,他就三万五万大额度地降低标价……十多个轮回后,那些修路行家便知再拼下去,就无法承建这项工程,只得一个个偃旗息鼓,静看别人动作。

又拼了十多分钟,整个竞标场上就剩下两个举牌的:一个是马彪,一个是陆登山!

马彪见陆登山举牌势头不减,想,你姓陆的敢举,老子就举,就不信压不住你这个土鳖!

陆登山渐渐狡猾起来,每次举牌,最多只比马彪多降一两千元。

马彪却不管,还是见他举他就举……

陆登山终于不举了。

马彪见竞标人都放下了牌子,更是高兴,不仅将牌板高高举起,还将牌板反复地在空中摇晃……

唱标人这时就喊:"有没有举牌的了?有没有了?"接着喊,"1——",

除了马彪之外,已没有第二个人举牌。

唱标人再喊:"2——"

还是马彪那块牌板在空中摇晃。

唱标人问:"有没有了?有没有了?有没有了?"

还是那一只高高举起的标牌在摇晃!

"竞标结束!"唱标人喊后,并没有敲响手中的木槌。

马彪高兴得将手中标牌砸在桌上,高喊道:"老子中了,老子中了!"就要上台签约。

这时,台上公证人大声喊道:"所有竞标人都到台前来,都到台前来!"

马彪不知还有什么程序,大摇大摆到了台上长桌前,两位公证员当众拆开一只密封的信封,从中拿出盖着红色印章的标底。

马彪上前一看,气得大叫:"不行!最后举牌的是老子,这中标应该就是老子!你们那不算数!不算数!"

公证人立即上前问道:"你是哪个单位的?怎么这样说话,竞标说明书早就发给你们了,难道你没细看?"

马彪"呼啦"一声扯掉竞标说明书！自知这天只顾盯着陆登山,而忘了细看竞标说明书！哑巴吃黄连,有苦说不出！为了面子,嘴上还是强硬地嚷道:"你们这里有鬼,老子不服,不服!"说着,一拂敞开的灰色风衣,带着两个黑衣大汉回石佛洞去了。

石佛洞在骚客峰山腰处。

全洞按"N"形走向,由北向南穿山而过。

北面为进洞口,洞口宽敞,进洞三十余米,有一个大大的天井,天井下一块足有两百多平方米的平地,白天光亮从天井口照射下来,天井里的明亮度绝不亚于洞外。过天井是一条宽三五米、长数十米的石巷,过石巷是一溜平摆着三个各能仅供一人进出的扁洞,进扁洞五六米,三个分洞又汇合到一处,形成一个高有十多米的拱形大厅,大厅可容上百人,这就是石和尚的"聚义厅"。聚义厅上面坠满着钟乳石,其中一块钟乳石长得酷似弥勒佛,这可能就是石佛洞名的由来。

过"聚义厅",又是一条三十多米长的石巷,石巷左壁有两个酷似北方窑洞的石窟。石和尚第一次进洞,就看中了这两个石窟,几经改造,两个石窟一个成了他的卧室,一个成了他的客厅。

石和尚大名叫石仲德,这年四十六岁,身高一米八,长得腰圆膀阔,光头大脑袋,两只臃肿的眼泡下深深隐着一双细长而整日似睁非睁的眼睛,由于他的寡言少语,这双眼睛更让他的那班弟兄们望而生畏。

石和尚有个情妇,叫崔青草,这年二十八岁,生得窈窈窕窕,黝黑的肤色更映衬得那双大眼睛乌亮动人。她与石和尚是在赌场认识,从此形影不离。

这天将近中午,石和尚躺在"客厅"那铺有驼绒的石椅上,看似正在闭目养神,实则焦急地等待下山的马彪。

崔青草知他有心事,也不敢打搅,只是偶尔送点茶水过来,宽慰几句,再默默回到隔壁卧室。

洞中无电,石桌上点着油灯,刚送来的茶水正冒着袅袅热气,热气吹得灯火忽闪忽闪,明灭不定。

石壁有响声。

石和尚知道是谁来了,瓮瓮地说声:"进来。"

马彪气呼呼进来,见石和尚躺着,说道:"大哥,我们上当了,那小子骗了我们!"见石和尚闭目不语,又补充道:"大哥,这次竞标失败,不是我们考虑不周,而是那小子事前就设好了套,大哥,他们真是设了套了啊!"

石和尚指着左边一张石凳说:"坐。"两只肿枣般的眼睛还是闭着。

马彪说:"这次没完成大哥交给的任务,我马彪不坐。"

石和尚睁开肿枣眼,坐起,身体微微前倾,将油灯芯向上挑拨几下,洞中顿时亮起来,他那肥胖的脸上挤出一丝狞笑:"老二,这次没拿到那工程,大哥早已预料到了。"

马彪惊讶地问:"啊,大哥,你预料到了?"

石和尚嘴角翕动,说:"今非昔比,美人村现在的主任,可不是当初那个姓袁的了。"

马彪觉得奇怪:"大哥,你怎么知道?"

石和尚捧起茶杯,喝上一口茶水,不紧不慢地说:"袁世通那老家伙,只要见到金钱,叫他干什么都可以;而现在这个小子,别看他年轻瘦小,人可比鬼还要精明三分!这次上台,我原以为他第一个动作,就是要除掉我们参加竞标的资格,但那小子不仅没有那样做,反而是高调让我们去参加了。"

马彪说:"大哥,那他还不是让我们落标了吗?"

石和尚往后一仰,重新靠上石椅,闭上双眼,冷冷地说道:"那小子的厉害之处正在这里!"

马彪似乎明白过来,显得更是焦虑:"大哥,那小子既然敢耍弄我们,难道我们就这样白白饶了他不成?"

石和尚不再说话。

马彪再叫:"大哥,要是不给那小子一点颜色看看,他一定会得寸进尺,那我们今后就无法在这美人山待下去了!"

停了很久,石和尚突然问道:"老二,听说那小子又在动员山上的村民下山买房,是吗?"

马彪说:"那小子动员村民下山买房是假,真正意图是要撵我们滚蛋!大哥,你不能不防啊!"

又过了一段时间,石和尚缓缓说道:"老二,你把老三叫过来。"

马彪尽管不知老大又耍什么心机,还是拨通了手机:"老三吗?大哥喊你马上过来!"

一个小时后,老三苟乃仕从美人峰水晶洞匆匆赶了过来。

苟乃仕是石和尚的"军师",这年四十二岁,佝偻着腰,一张肋条脸,说话一副女人腔,加上两只不停转动的小眼睛和几根黄胡须,一看便知是个狡诈、善于出坏主意的家伙。石和尚在石佛洞和水晶洞各设一赌场,苟乃仕平日主要负责水晶洞赌场和掌握美人峰那边的动静,只有遇到重大事情,石和尚才通知他到石佛洞来。

苟乃仕进了洞窟,见石和尚躺在石椅上,他佝偻着腰,一副女人腔毕恭毕敬地问道:"大哥,有什么吩咐?"

石和尚瓮声瓮气慢吞吞地问道:"那边情况怎样?"

苟乃仕立即回答:"大哥放心,我那边一切正常。如有情况,我会随时向大哥报告的。"

石和尚又问:"那棉花客栈和刘荒的生意做得怎样了?"

苟乃仕两只小眼睛滴溜溜转动一番,说:"回大哥,他们两个的生意都很正常。"

石和尚轻轻"哦"了一声。

苟乃仕见老大不再说话,就问马彪:"老二,公路竞标怎样?"

马彪丧气地说:"翟五毛那小子给老子下了套,要不,老子绝对能拿到手!"

苟乃仕看了马彪一眼,走到石和尚身边,小声说:"大哥,这次没拿到修路工程,对我们是个极不好的预兆啊!"

石和尚坐起,盯着苟乃仕说:"老三啊,今天喊你来,大哥要交给你一个任务。"

听说将任务交给了老三,马彪很不高兴,上前一步说:"大哥,什么任务只交给老三,那我马彪干什么?"

石和尚看了马彪一眼,说:"老二,对付美人村那小子,大哥自有办法。这次行动你一定要听老三的。谁要敢胡来,就不要怪做大哥的到时候不客气!"

马彪听了,只得回到原位,不再说话……

第二十六章　来了一批炒房客

凭高丽娜多年从事房产开发的经验,一平方米楼房的实际造价是多少,她心里当然一本清账,根本用不着细算。那天她之所以答应派会计与村里算楼价,实际是缓兵之计;暗地里却回老家招来一批职业炒房客,短短几天,她不仅没将新区的楼价降下来,反而将楼价从原来的三千八百元一下猛炒到五千八百元,每平方米足足暴涨了二千元!

消息传开,全村都炸了锅!

翟五毛QQ群里的呼声更是爆满。

翟五毛心知被骗,与村委们商量后,就和会计陆俊气嘟嘟来到新区售楼部总经理办公室,见高丽娜正与几个陌生人在一起嘀咕,知道他们是在商量炒房的事,他脸色顿时黑了下来,单刀直入地问:"高总,经过我们双方当面核算的楼价,你不仅不执行,反而突然猛抬了楼价,这究竟是怎么回事,你必须给我们一个合理的解释!"

几个炒房客见这矮子脸色难看,说话口气强硬,知道不便坐这里,于是一个个灰溜溜地离开了。

高丽娜也被那沉下来的脸色吓了一跳,急忙对外喊道:"倩倩,靓靓,快给翟主任、陆会计泡茶,泡茶。"一边示意翟五毛和陆俊到沙发上坐。

两个年轻漂亮的服务小姐送来茶水。

翟五毛既没坐,也没接茶水,只说:"高总,我和陆会计今天来的目的,就是要讨个明确的说法,这楼价突然上涨的依据是什么,你必须说清楚!"

高丽娜知道翟五毛来者不善,自己也不敢坐,装出一脸无奈说:"主任,有句话你应该懂吧,商品社会,物价都是由市场决定的,这楼价的上涨,纯是根据市场的需求,我怎能管得了呀?"

翟五毛问:"那我问你,刚才那几个人是干什么的?这楼价突然猛涨,是不是他们炒起来的?"

高丽娜毫不掩饰:"没错,这楼价是他们炒起来的。但主任你想过没有,我这么多楼房,美人村人都不愿买,而这些炒房客却愿出高价购买,我要是不卖,那我这头脑不是进水啦?"

翟五毛心中的怒火在一阵阵蹿跳,但为了解决问题,他还是竭力克制,说:"高总,我们可是有言在先,新区楼房建起来是给美人村村民住的,不是让炒房客来炒的!听说你已准备把这里的楼房全都卖给那些炒房客,有这回事吗?"

高丽娜显然早有思想准备,为先发制人,她淡然一笑,说:"主任啦,卖给炒房客,那我也是按合同办事呀!"

翟五毛"哦"了一声,问:"合同有这样的规定?"

"有哇!"

"哪一条?"

"乙方权利和义务的第6条:'若村民不愿到新区买房,乙方有权将多余楼房向外出售。'"高丽娜说着,从桌上的文件夹中拿出与美人村签订的合同,并翻到她刚说的那一条,"主任,你自己看吧。"

翟五毛向合同瞟了一眼,说:"高总,我今天来不是和你谈合同的事,而是要求你:一、根据我们双方实事求是算出来的造价,把新区的楼价降下来,绝不能任由你单方面将楼价抬到现在这个价位;二、请你立即让那些炒房客离开美人村!"

高丽娜偏着头笑了,笑得有点阴阳怪气:"主任,我高丽娜卖房既然没有违反合同,你又有什么权力来要求我这些呢?"

翟五毛心中的火苗已蹿到了嗓门口,当他想到发怒无助于解决问题时,还是竭力克制住自己的情绪,说:"高总,你可能不是出生在农村,但你要知道,农村老百姓买房的每一分钱,都是他们用血汗换来的呀!他们一年四季在田间劳作,在外打工,到了寒冬酷暑,别人都在家里享受着空调的舒适,而他们却是迎着呼啸的寒风顶着烈日酷晒在劳动,挣着那可怜的一点血汗钱,而你们开发商、炒房客呢?嘴皮轻轻一动,楼价就几千几千地涨上去了,老百姓那辛辛苦苦好不容易挣得的血汗钱,就这样被你们轻而易举地吸得一干二净,甚至是倾家荡产呀。我作为这个村的主任,能视而不见,袖手不管吗?"

高丽娜虽然被翟五毛刚才一番话说得有所震动,但仍一笑,说:"我的主任呀,现在谁都知道楼价过高老百姓承受不了,可省长市长都管不了,你一个村主任能管得了吗?如果你一个小小的村主任能把楼价控制住,那真是鸡毛飞上天,傻子成了仙喀!"

翟五毛那刚刚消减的火苗又"呼"地蹿了上来,想,你真是狗子坐轿不受抬举,我与你好说,你以为我软弱。行,来硬的就来硬的,不信就说服不了你!翟五毛已是脸红脖子粗,用手指画道:"省长市长是怎么想的,我翟五毛管不了;但在美人村这块土地上,村民既然选我当主任,我就得当他们的保护神!所以你这楼价我管定了!"

站在一旁的陆俊见主任火气又上来,急忙叫小姐给主任茶杯加水。

翟五毛喝口茶,继续说:"高总,我再次重申,只要我翟五毛在美人村当主任,你就不仅要把楼价如实地降下来,更要让那些炒房客立刻离开美人村,他们是不受欢迎的人!"

高丽娜"扑哧"一笑,将正喝到嘴的茶水喷到翟五毛身上,说:"主任啦,人家拿钱买房,天经地义,是受法律保护的,你怎能赶人家走呢?这可能吗?"

服务小姐急忙从桌上抽出纸巾,帮翟五毛擦拭身上的茶水。翟五毛把小姐拂开,瞪着充满血丝的眼睛对高丽娜说:"高总,话既说到这份上,那我就直说了。事前我已调查过,这次炒房客来我们美人村,每人都是十套八套地购房!他们那么多钱是从哪里来的?据我所知,都是空手套白狼!如果他们真的还要在这里炒下去,我会有办法对付他们的!当然也包括你!"

高丽娜笑得更损:"我的翟大主任,人家拿钱买房,你也有权干涉?要是你真的干涉成功了,那可是要在全世界都产生轰动效应啊!"

翟五毛再次被对方的嘲笑激怒,就说:"好,好,那你高总就等着瞧吧!"

高丽娜也一个摆头,将披肩长发摆到颈后,昂首挺胸道:"好哇,我真的想瞧瞧美人村的大主任是怎样产生轰动世界的效应哩。"

就在这时,翟五毛的手机响了,他一看,是个陌生号码,带着火气问道:"谁?"

一个女人腔答道:"是翟主任吧,我想请你今晚七点在火神庙见面。这面子你可一定要给呀。"

翟五毛又问:"你是什么人?"

女人腔又答:"我是什么人不重要,重要的是我家老大要送给你一份大礼,主任,请你不要误会。"

翟五毛问:"什么大礼?说。"

女腔说:"主任,我现在说了,那晚上见面还有惊喜吗?"

陆俊听出了声音,紧张地问:"主任,是山上的人吧?"

翟五毛紧捏着手机不语。

陆俊胆战心惊地提醒道:"主任,如果是山上的人,你今晚千万去不得,火神庙那地方偏僻,去了一定是凶多吉少啊。"

翟五毛用力捏了捏手机,又放回到耳边,果断地回答道:"好,就这么定了,晚上七点火神庙见!"

陆俊吓得"啊"的一声惊叫。

高丽娜却趁机揶揄道:"主任,我看晚上你就别去什么火神庙了,还是回家好好想想怎样去创造那个轰动世界的效应吧,啊。"

翟五毛也狠狠瞪了高丽娜一眼,说:"高总,那我俩就走着瞧吧!"

第二十七章　火神庙对峙（上）

回到村部，陆俊把翟五毛要去火神庙的事对卫青山、韩羞草说了，两人大惊，都认为石和尚这次是非加害翟五毛不可，一起到主任办公室劝阻。

三句话没说完，袁豆蔻火急火燎赶到，见面就问："五毛，你接到电话了？"

翟五毛正坐在办公桌前将指头扳得"咔咔"响，见义妹神色紧张，就问："什么电话？"

袁豆蔻抓起桌上茶杯，"咕嘟咕嘟"一口气将茶水喝干，手背在嘴唇横着一抹，说："石和尚不是喊你晚上去火神庙吗？"

卫青山、韩羞草也急忙说："豆蔻，你来得正好，晚上火神庙是绝对去不得的，我们说了都不行，你一定要劝劝主任。"

袁豆蔻立刻将眼睛瞪向了两个村委，说："你们怎么知道去不得？石和尚什么时候说了去不得，你们净喜欢瞎掺和。"回过头对翟五毛说，"哥，晚上去！他们不敢陪你，我陪你去！"见五毛不说话，又在他肩上猛拍一掌，"唉，我问你呢，听到没有？晚上一定要去。"

翟五毛停止扳指头，叫陆俊等坐了，说："去是一定要去的，但去之前，我们一定要把该考虑的问题考虑好，不能打无准备之仗。"他想到自己连长常讲的那句话。

三个村委一齐张大眼睛和嘴巴，停了好一会儿才争相问道：

"主任，你决定要去啊？！"

"主任，你真的要去啊？！"

"主任，你不去不行啊？！"

翟五毛深为同事的关心所感动，就用一个指头点着桌面说："今晚如果不去，石和尚一定以为我翟五毛是胆小鬼，是缩头乌龟，那今后他们的气焰必然要比现在更加嚣张！"

袁豆蔻立即接话:"石和尚说了,今晚去了,对你,对美人村,只有好处,没有坏处,他在电话里就是这么对我老爸说的。"

翟五毛想,为什么石和尚凡是找我的事,他都要事先与我义父通电话呢?就蹙着眉头问:"妹,老爸与石和尚究竟是什么关系?"

袁豆蔻毫不隐瞒:"什么关系,石和尚在美人山十几年了,村里人谁不认识,这有什么大惊小怪的。"

陆俊附和说:"是的,我们这里人都认识石和尚。"

翟五毛不再追问,只说:"今晚我去火神庙,为防止他们声东击西,青山,你把村里的民兵组织好……哦,对了,现在村里有多少民兵?"

卫青山说:"表册上是一百多,可大部分都外出打工了,剩下最多也不过二十人。"

翟五毛说:"二十人不算少啊,相当于部队一个排哩。那好,你今晚把这些民兵组织起来,石和尚真敢胡来,我们一定要他有来无回!"

卫青山双手一摊,满脸无奈:"主任你不懂,现在虽说有二十多民兵,可活动没报酬,谁能请动他们呀!"

陆俊说:"是啊,现在一切向钱看,村里没钱,能喊动谁啊?更不用说这是有风险的事了。"

翟五毛想了想,说:"那你们下午设法把他们召集起来,能召集多少是多少,我和他们谈谈!"

卫青山见翟五毛说得坚决,不好推辞,只得对陆俊说:"那我俩分个工,你负责把就近的文生、来喜、木根和树荣几个人喊到,东阳冲、西阳冲的人我一个个去请。"

陆俊说:"打电话通知他们就是了。"

卫青山说:"瞧你的面子真不小,当面请都请不来,还打电话?走吧,我们下午就专干这事。"

陆俊接了任务,不敢怠慢,先是到了文生家。

文生还是那句老话:"叫我去开会,有报酬吗?有酒喝吗?"

陆俊只得哀求说:"文生,今晚五毛要到火神庙与石和尚的人见面,处境非常危险,你就看在老同学的分上,去参加这次行动,好吗?"

文生顿了一下,说:"那、那就看在老同学的分上,再做一次奉献吧。"

说服了文生,陆俊又去了来喜、木根和树荣几家,但没一个能像文生那样好说话,眼看日落西山,他只得回到村部。

到了村部会议室一看,陆俊更是吃惊,偌大的会议室里,只有五毛主任在来回踱步,卫青山却如一根木桩一样伫立在主席台下……

陆俊走过去,搭着卫青山的胳膊,明知故问:"怎么,没请动?"

卫青山用拳头"嘡"地砸在主席台板上:"请个鬼呀!"

翟五毛这时已停住走动,说:"不来算了。这样,晚上我去火神庙,你俩在村里值班,防止石和尚趁机到村里搞破坏。另外,青山在群里给全村村民发个消息,叫大家这些天千万要提高警惕,晚上关好门,注意安全!"

袁豆蔻这晚把翟五毛喊到家里吃过晚饭,见约定时间快到,非要陪翟五毛去火神庙。

翟五毛说:"今晚是好事还是坏事,谁都说不准,你去了很不安全。"

袁豆蔻说:"没事的,不信你问老爸。"

坐在藤椅上剔牙的袁世通说:"去吧,石和尚说了,今晚去,他会给你一个大大的惊喜。豆蔻陪你去也好,多少有个伴。"

下弦月还没升起,大山里的夜晚更加黑。

见义父这么说,翟五毛只得带了义妹,也不骑车,手拉手走进了夜幕。

路上,翟五毛想:偌大个美人村,三千多人口,遇到难事了,竟没几个人敢站出来担当……想着,一阵悲凉感袭来。

袁豆蔻见翟五毛一路无话,问:"哥,想什么呢?我说没事就没事,别怕!"

翟五毛说:"妹,到了那里,你可得听哥的,不许乱来。"

袁豆蔻说:"知道。"

火神庙在一号桥东边山畈旁,庙宇早已荡然无存,仅可见到的就是萋萋薅蓼丛中那些砖块瓦砾以及残缺不全的庙基、石条……

庙基四周全为古木修竹围住,在寒风的摇曳下,显得一片阴森、肃杀;尤其是在下弦月还未升起的冬夜,冷风飕飕,黑咕隆咚,更是叫人毛骨悚然,不寒而栗!

翟五毛和袁豆蔻到了一号桥东面山涧悬崖处,两人搀扶着沿着石级下到涧底,以脚探试着涧中凸出水面的鹅卵石,蹚过山涧,再沿涧边石级上到对岸,摸索走了百多米,来到庙基前,就看见那一片比人还高的薅蓼……

陆俊想到翟五毛这晚的处境,心中担忧,晚饭后,就把这事对小梅说了。

第二十七章　火神庙对峙(上)

101

小梅听了非常着急,说:"你们从小就是好朋友,现在又同在村里做事,你就忍心让他一个人去冒那种危险吗?愣着干什么,还不快陪五毛兄弟一道去,多一个人就多一分胆量啊!"

陆俊觉得也是,只得硬着头皮出了门。

小梅又喊道:"空手多危险啦,哪不带个东西。"找了一圈,看到靠在门边的拖把,就拿着追了出来,说:"把这带上,有总比没有好!"

陆俊觉得有道理,将拖把柄扛在肩上,果真觉得威武了不少,也胆壮了不少……

翟五毛和袁豆蔻到了庙基,正要继续向前,就听对面黑暗中有个尖细的女人腔喊道:"别再过来,站那就行了!"

袁豆蔻听对方说话生硬,以为是误会,挤到五毛前面大声说:"你们别弄错了,美人村主任可是你们家老大请来的,怎么不准过来?"

翟五毛手快,一把将义妹拉到身后,轻声说:"别乱动,蹲下。"

翟五毛就站着不走,用脚板将身边几根高出他身体的薅蓼踏倒,向周围看了看,问:"你们喊我来有什么事,说吧。"

那女人腔说:"翟老板,你还算可以,有几分胆量。不过,我们是叫你一个人来,为什么还带一个小姐?"

袁豆蔻正要站起说话,又被翟五毛按住。

"有什么事就直说,别再废话!"翟五毛冲对方嚷道。

"翟老板,说话那么冲干吗?你仔细往前看,那里有块石条。看到了吗?"

翟五毛伸头向前看了看,除了薅蓼,什么也看不见,只得又伸脚将眼前的薅蓼踩倒,蹲下身,再向前看,果真看见前面五六米处有一块微微泛白的长石条……

第二十八章　火神庙对峙（下）

女人腔又叫道："看见了吧，那石条上放着五万元钞票。我家老大听说你们村没有办公经费，特意叫我送给你们的。"

翟五毛浑身一颤，就感觉这是自己有生以来从未经受过的一次奇耻大辱！但为了摸清对方底细，他只得装着没听明白，问道："你家老大为什么要给我送办公经费？"

女腔说："不为什么，只为交个朋友。"

"交朋友？"翟五毛想到义父这么多年正是与石和尚这些人明来暗往关系暧昧，才致使自己工作起来瞻前顾后，畏首畏尾！现在石和尚故伎重演，又想套住他的手脚！于是反问道："我要是不愿同你家老大交朋友呢？"

女人腔说："翟老板，我还是劝你仔细想想。我家老大说了，只要你把这五万块钱收下，他每月还会按这个数字供给你们办公经费。翟老板，不要打肿脸充胖子了，还是拿去吧，只要你把这钱收下，就算我们有了个很好的开头！"

袁豆蔻见石和尚真的送钱来，"噌"地站起，就要去石条那边……

翟五毛再次将她按住，说："人穷要穷得有骨气，村穷要穷得有志气，嗟来之食，绝对不能要！"

袁豆蔻说："你现在是主任，没有钱，你这个主任还怎么当下去呀！你不拿，我拿，有事我负责！"说着，挣扎着要过去。

翟五毛狠狠摁住袁豆蔻的手腕，说："我说不能拿就是不能拿，石和尚的钱，连每一个子儿都是药水煮的！"

……

这时，陆俊一路战战兢兢赶了过来，听说石和尚送来五万元钞票，立即想到村里无钱买纸的尴尬事，想着眼前花花的钞票，心中发痒，眼睛发亮，趁主任与袁豆蔻拉扯之时，他将拖把端在手中，猫着腰，"歘歘"钻进薅蓼，轻轻拂开一条缝,一步步向那石条摸去,果真就看见石条上放着五扎厚厚的百元纸钞!

这时,陆俊脑海里全被那纸钞塞满,其他什么也不想,伸手抓起一扎放进怀里,再伸手,又抓回一扎,正要伸手,滑落的拖把柄将他绊倒,下颏正磕在石条边沿上,他也顾不了疼痛,趁势将剩下的三扎一下挪进怀里!这才边往回跑边叫喊道:"主任,主任,这下有办公费了,这下有办公费了!"

听说翟五毛那边已拿走了五万元钞票,苟乃仕高兴地嘶着女人腔说:"翟老板,怎么样,我家老大够义气吧。"

翟五毛想诱捕苟乃仕,就喊:"既然你们一片热心把钱送来了,我们也该认识认识,我想过来见个面,行吗?"

苟乃仕说:"你会武功,我不会上当的。有话你就站那边说。"

翟五毛见对方狡猾,就说:"那就请你转告你家老大,现在全国都在忙着发展经济奔小康,让所有人都过上幸福美满的生活,你们应该充分认清形势,早日到政府自首,求得宽大处理,重新做一个遵纪守法的公民,再不要在山上干那些为非作歹的事了,要不然一定是没有好下场的!"

苟乃仕正要回话,马彪提着砍刀从他背后冲过来,吼道:"那小子真是猖狂至极,我家大哥好心好意待他,他还要叫我们去自首,那不是自投罗网吗!老三,别同那小子啰唆了,让我带弟兄们去把那小子宰了。"

苟乃仕急忙拉住马彪,说:"老二,大哥说了,对翟五毛这小子,我们只能忍……"

马彪不听,说:"老子可没那个肚量,让老子把那小子宰了省事。"说着,砍刀一挥,叫道,"弟兄们,为了我们能在美人山上过好日子,快去把那小子做了!"

不等苟乃仕再次制止,马彪已领着十多个弟兄带着砍刀、铁棍向翟五毛这边冲来……

这时,翟五毛已听到对方那蘼蓼丛中传出一阵急促的窸窣声和铁器的碰撞声,知道石和尚的人冲过来了。

袁豆蔻这才知道上了当,一阵慌乱,本想拉翟五毛一道逃走,不料却拉住了陆俊,也不细看,只叫道:"快跑,快跑,石和尚要杀我们了,石和尚要杀我们了!"

陆俊更是吓得魂飞魄散不知所措,急忙找拖把,才想到拖把已被丢到石条处，见没了"武器"，又听到对方向这边冲杀过来的声音，急中生智，就将手中那一沓沓钞票向声音的方向狠狠砸去，边砸边骂道："你们说话不算数，砸死你们！"砸完钞票，转身就和袁豆蔻跑得无影无踪。

翟五毛没有跑，听到蘼蓼深处的刀棒和脚步声越来越近，只是静静地向那边观察了一番，待看清楚，这才双脚蹬地，运足功力，"噌噌噌噌"一阵运势，旋即就见脚下周围数米"嘎嘎嘎"一阵闷响，那些多年掩埋在土中的砖块瓦砾就如锅中煮开的沸水，"咕噜咕噜"隆起一个个大大小小的砖瓦堆……

翟五毛正要运动脚力，将那些砖瓦一一踢起，先给对方来一个飞沙走石昏天黑地的震慑，但就在这时，就听山涧对岸锣声、铜哨声骤然响起，似有成百上千的人正向这边冲锋过来！

更有人大声喊道："营长，你带民兵连从北面包抄上去！我带警员从西边包抄！快！快！"

另一男声叫道："徐所长，知道。我们已到山涧了，石和尚他们跑不了的。同志们，快，快，冲过涧沟，从东西两个方向包抄，两个方向包抄！"

……

待一切平息下来，翟五毛转身回到一号桥，只见民兵营长卫青山和文生，一个拿着铜锣，一个捏着铜哨，满头大汗疲惫不堪地迎了过来，说："主任，没事吧？"

翟五毛更是感动，上前紧紧拉住两人的手，夸赞道："好主意，好主意，二位老兄什么时候学会武侯弹琴退仲达呀！"

卫青山说："主任，这哪叫武侯弹琴退仲达，这是死马当作活马医呀！"

文生也上前问道："主任，石和尚的人都吓跑了吧？"

翟五毛笑着说："有你们这千军万马，他们能不望风而逃吗？"

翟五毛这时看见陆俊，厉声问道："那五万块钱呢？"

陆俊仍然浑身哆嗦，说："我拿、拿、拿它砸、砸狗了！"

青山、文生听了，一阵大笑，说："了不得呀，我们的陆会计也敢打狗了。"

这时，脸色苍白的袁豆蔻过来，结结巴巴地说道："你们还笑得出来，这下可闯大祸啦！"

卫青山问："石和尚的人都被我们吓跑了，怎么叫闯下大祸了？"

袁豆蔻说："不信你们等着吧，这次和他们彻底撕破了脸，要不了三天，石和尚一定会来报复的。"

大家觉得也是，就一起望着翟五毛，说："主任，豆蔻说得有道理呀。石和尚心狠手辣，你今晚没给他面子，他一定不会放过我们的。"

翟五毛一声冷笑，说："那好哇，我还正要找他石和尚哩。"

一轮弯月已高悬于骚客峰山顶，翟五毛和他的几个哥儿们，一个个如得胜的将军，雄赳赳气昂昂地向家走去……

第二十九章　二万元去哪了

事后,翟五毛觉得义妹那晚说的不无道理,为做到未雨绸缪,他与村委分头到各村民组动员在家的年轻人和老人,组成巡更队,负责夜间巡逻,保护一方平安;同时,又在群里补发一则通知,要求每家每户千万注意安全,一有情况,及时与村委联系。

三天过去,却不见石和尚有任何动作……

这天,翟五毛早早来到办公室,正想抽时间考虑如何解决高丽娜将炒房客引来炒高楼价的事,这时鲍一虎匆匆进来。

自从鲍一虎那次答应协助村里负责公路修建工作,翟五毛更是敬重这位副主任,见他进来,急忙让座,问到修路工地上的事。

鲍一虎倚老卖老,坐着跷起二郎腿,说:"五毛,公路那边虽然大部分村民搬走了,但还剩几个'钉子户',他们不搬走,还是会影响公路的进展,你要尽快把这事解决掉!"

翟五毛把茶送到鲍一虎面前,说:"他们不搬的原因是搬了没房住。鲍主任你别急,我最近要设法把楼价降下来,只要楼价降了,他们就会去买房,只要买了房,他们一定会搬迁的。"

鲍一虎揭开茶杯盖,"呼呼"地吹动几下,喝了两口,说:"承包方已多次向我提出了,影响了他们的工程进展,是要我们赔偿延误费的,你可真的要抓紧呀!"

正说着,袁豆蔻在楼下大声哭喊:"五毛,五毛,家里出大事了,家里出大事了!"

鲍一虎赶紧催翟五毛:"你快去吧,快去吧。"

翟五毛一气跑到楼下,见袁豆蔻哭得厉害,急问:"妹,家里出什么事了?快说。"

"老爸老妈打起来了,你快去劝劝吧。不然要出人命啦,快呀,快呀!"袁豆蔻拉着翟五毛跑得趔趔趄趄。

义母同义父争吵是常有的事,但打架还很少听说过。

翟五毛边跑边嘀咕:"吵两句不就算了,怎么打起来了?"

袁豆蔻恼火地说:"还不是为那十万块钱。"

翟五毛一震,就想到义父在公路招标中收了石和尚好处费的事,急问:"那十万块钱怎么了?"

袁豆蔻更是恼火:"我早就跟你说了,石和尚不能得罪,可你听我的吗?这下可好,石和尚找上门来了,弄得老爸老妈在家里拼命!这都怪你。"说着,用力将翟五毛往前一推。

翟五毛猝不及防,猛地向前蹿出几步,幸好身有功夫,就地一个狮子滚球,才免于摔个狗啃泥。爬起后,他又拉着义妹往家跑,边跑边问:"妹,老爸老妈打架,怎么把我也扯进去了?"

袁豆蔻说:"你要是收了那五万块钱,就不会得罪石和尚,不得罪石和尚,他今天就不会向我老爸要那十万块钱,不要那十万块钱,我老妈就不会同老爸打起来。你说,这不怪你,能怪谁呀?!"

翟五毛总算听明白,说:"这有什么难的,把那十万块钱退回去,不就没事了。"

袁豆蔻说:"你说得容易,哪还有十万块钱呀。"

翟五毛一惊,问:"怎么,钱用了?"

袁豆蔻说:"老爸的钱历来都是交给我老妈管的,怎么会用呢?"

翟五毛说:"既然没用,怎么又说没了?"

袁豆蔻气喘吁吁道:"可、可我老妈只、只收到八万呀。"

翟五毛又犯蒙:"还有两万呢?"

"老妈今天早上就是逼问老爸那两万块钱去了哪里,老爸答不出来,于是两人就揪打起来了,啊呀,快跑吧,要不然,家里真的要出人命啦。"

不等到家,远远就听到义母那拼死拼活的哭号声:"光死还不行,你还得在死之前,把那两万块钱用到哪里去了说出来,不然,我就跟你没完,就跟你一命结了,啊,你说呀,那两万块钱究竟搞到哪里去了?说呀,说呀。"

接着,就传出一阵"砰砰嗵嗵"的揪打声。

翟五毛这时已顾不了义妹,一头冲进大院,冲到客厅,见义父义母正一个揪头发,一个抓衣领,你拉我拽,互不相让,他只得扑上前,边拉架边劝解道:"爸,妈,不能打了,不能打了,都这么大年纪了,打坏了谁,都不得了呀,快松手,快松手。"

这时豆蔻赶到,见爸妈仍是纠缠得厉害,就与五毛一道劝解。

袁母见五毛和女儿到来,觉得有了证人,那只揪衣领的手扣得更紧,一边哭号道:"老脚猪,你说呀,说呀,那两万块搞到哪里去了?是不是又塞给哪个女人了,说呀,说呀,就当着你儿女的面说呀。"

翟五毛觉得义母说话难听,见她不松手,只得在她手腕太渊穴处轻轻一按,义母两手发软,顿时松开了。

翟五毛趁势扶着义母劝道:"妈,不要这样,那两万块钱的事,让我来问爸好了,你老先去休息。"一边对豆蔻说,"妹,快扶妈到房间去休息。"

袁豆蔻搀扶老妈去了。

早已坐到藤椅上的袁世通这时低垂着脑袋,脸色土灰,上气不接下气。

翟五毛当然不会问那两万块钱的事,只蹲在义父身边,问道:"爸,那石和尚这次究竟说了些什么?"

袁世通叹口气,心有余悸地说:"他说五天内不把十万块钱送还到山上,他就要、要……"

翟五毛见义父说得吞吞吐吐,问:"他要怎样?"

袁世通说:"他要、要我们全家、全家人的性命!"

翟五毛一拳打在地面瓷砖上,愤然叫道:"他敢?!"

袁世通连忙提醒道:"五毛啊,那石和尚心狠手辣,什么事都敢做,哪有不敢的呀?"

翟五毛说:"爸,您老别怕,我五毛是学过武的,他敢来,五毛就敢叫他有来无回。"

袁世通连忙摇手制止道:"五毛啊,你可千万不能同那石和尚打起来,更不能打他手下的人。"

"他都来威胁我们全家人的性命了,为什么不能揍他?"

"五毛啊,那石和尚在美人山也不是一年两年了,他根深蒂固,我们还是省事为高,忍气消灾吧!"

翟五毛不服:"忍气,怎么忍气?"

袁世通说:"儿啊,那石和尚给的十万块钱,被我用了两万,你能不能先借给我,把石和尚那个窟窿补上?只要补上,也就平安无事了。"

听了义父的话,翟五毛心里盘算:手边的积蓄补那两万块钱的窟窿是没问题;但问题是补了那个窟窿,石和尚从此就会善罢甘休吗?他就不认为是我翟五毛屈从于他?如果这样,他日后岂不更要得寸进尺?

想到这里,翟五毛说:"爸,我拿两万块钱是没问题——"

不等翟五毛说完,袁世通赶紧拉住他的双手说:"儿呀,还是我儿最能理解老爸。"

翟五毛接着说:"但这钱是绝对不能退给石和尚。"

袁世通急问:"那退给谁呀?"

翟五毛说:"你得亲手把这钱上交给政府!"

袁世通一听傻了,瞪着两只老眼问:"那、那、那我不是自投罗网吗?"

翟五毛说:"爸,这是不义之财,你本来就应该早早上交给政府。早交要比迟交好,主动交更比被动交好。现在你主动去交,还不算太迟,还能得到政府的宽大处理。要不……"

袁世通那光亮的额头上已沁出豆大的汗珠,说:"要是我把钱交给了政府,石和尚那边就更不会放过我们全家人了。"

翟五毛劝慰道:"爸,至于家庭安全问题,我会考虑的。"

第三十章　各施心计

翟五毛见义父答应把十万元不义之财上交给政府,本想陪他一道去,但袁世通不同意,说他是个被免职之人,让义子陪着不好。

翟五毛说:"那就喊个'的'送你。"

袁世通说:"喊'的'干吗?我有车。再说,你那几个退伍费花得差不多了,喊'的'不又要花钱嘛。"

翟五毛说:"钱不都是用的吗?"随后又叮嘱道,"爸,你老毕竟是上年纪的人了,这次去镇上,骑车千万要慢一点,尽量靠路边走。"

袁世通说:"我也不是一回两回骑车了,放心,没事的。"

翟五毛信了,又把精力转到如何对付高丽娜引来炒房客的事上。他知道,高丽娜和那班炒房客走南闯北,见多识广,不是轻易就能对付得了的。为慎重起见,他又打电话去咨询几个在城里工作的战友。

战友都笑了,说:"人家念书念成了"书呆子",你咋当兵也当成"兵呆子"了,开发商与炒房客串通起来炒楼价,你向领导汇报有用吗?"

翟五毛说:"现在楼价调控不是一阵比一阵紧吗?开发商把炒房客引来猛炒楼价,我怎么就不能汇报呢?"

战友笑得更是厉害,几乎同一个腔调:"我说你这个"兵呆子",那楼价牵涉方方面面关关节节的切身利益,尽管上面一再打雷,可那雨点能落到地面上来吗?不要再七想八想了,还是好好练练你的轻功吧。"

翟五毛又上网查了,知道这炒房客确实不是简单向领导汇报就能解决的,要想真正解决美人村炒房的事,还得靠自己,靠自己这个当主任的翟五毛。

于是,他在家想,上班想,走路也想,想啊想啊,有天在办公室突然想到高丽娜那次与他争辩时说过的一句话,心里一个激灵,就如蜂子叮了屁股,"嚯"地挪开座椅,去文件橱里拿出那份合同书,坐到桌前从头至尾细细研读一番,再将高丽娜说的那条又逐字逐句反复抠了几遍字眼,当读到"若村民不愿到新区买房,乙方有权将多余楼房向外出售"时,他眼前顿时一亮,几乎是叫出声来:"高丽娜所以敢大胆把炒房客引来炒房,依据不就是这一条吗?那好啊,我也可以拿这条去告她违背合同!"他乐得用瘦拳头在桌上"咚咚咚"地猛敲一阵,并当即做出一个大胆而坚定的决定。于是把几个村委喊来,说了自己的想法,要求他们如此如此一番配合。

村委觉得办法可行,都点头支持。

全村很快就传出一个消息:翟五毛上法庭起诉开发商高丽娜了!

高丽娜得到消息,开始觉得可笑,想:"在这楼房商品化的时代,竟然有无知的人要去告我抬高楼价,真是井底之蛙。"仔细一想,又觉不对,就想起翟五毛那天对她说的话。

"难道翟五毛真的也要依据合同上那句话去起诉我?只要他真的依据那条……"高丽娜越想越害怕,害怕到最后,竟浑身冰凉,为摸清底细,她决计去找翟五毛,要当面问个清楚明白。

那些天,无论是早上中午还是晚上,她都是两眼紧紧盯住新区的大院门口,或是她的楼上,直到两眼盯得发酸发涩,还是不见翟五毛出现;打手机,他手机也是关机。

高丽娜急了,这天一大早,她开车来到村委会,进了政务大厅,见资料员小李正忙着揩抹办公桌,就问:"小姐,翟主任来了吗?"

小李揩了这桌揩那桌,头也不抬地说:"翟主任已几天没来签到,不知道他去哪里了。"

高丽娜"嘀嘀嘀"跑上二楼,陆俊正在第一个办公室里敲电脑,她站在门口问:"陆会计,你知道翟主任去哪里了?怎么见不到他人呀。"

陆俊停住敲电脑,回头看高丽娜,故作神秘地说:"翟主任去哪里了,这是秘密,不能告诉你。"

高丽娜继续向走廊里走,遇着卫青山从后面赶过来,又问:"卫营长,看到翟主任了吗?"

卫青山边走边说:"我们主任啦,出差好几天了。"

"去哪里了?"

"主任说了,这事暂时保密!"卫青山说着,进了自己办公室,并随手将门关上。

高丽娜更是紧张。

这时,妇女主任韩羞草正上楼,皮鞋踩得楼梯"咯噔咯噔"地响。

高丽娜想:"男人没一个好东西,还是问问女同胞。"

韩羞草刚在楼梯口露面,高丽娜就迎了过去,挤着笑容问道:"韩主任,你知不知道翟主任这几天去哪里了?"

韩羞草那精致的眼珠转了几圈,说:"好像是到县里去了吧。"

"他去县里干什么?"

"好像、好像是找他战友吧。"

高丽娜一惊,问:"他找战友干什么?"

韩羞草就变成碎碎嘴了:"翟主任在城里的战友可多啦,有的在法院,有的在检察院,有的在银行……听说大大小小都是单位的头子哩。他这时候去找战友,当然有重要的事情咯。"

高丽娜更加紧张,问:"什、什么重要事情?"

韩羞草故作模棱两可地说:"好像、好像是为你们炒房的事吧。"

高丽娜"啊"的一声惊叫,问:"真为这事?"

韩羞草笑笑说:"大概是吧。要不,他怎么好几天都没回来,连手机都关了呢?"说着,也去了自己办公室。

高丽娜已急得浑身冒冷汗,正不知该怎么办,忽然想起,就"嗵嗵嗵"跑下楼,开车回到售楼部,进了办公室,拿出那份合同,当翻到"乙方权利和义务"的第6条,看到那句话清清楚楚打印在上面时,她心头一拧,如木桩一般定在那里,手中那合同书也如一张滑溜的粉皮,慢悠悠地从她手中滑溜到地下。

"那小子多精呀,他要是拿这句话到法庭起诉,我是必败无疑,何况他还有那么多在法院、银行工作的战友哩。"

高丽娜想着,一阵眩晕。

她急忙两手抓住桌边,闭上双眼一步步摸索到老板椅前……

高丽娜虽然只是个二十七岁的女性开发商,但这些年在商海中已摔打得相当老练、狡猾和善变!

"不能坐以待毙!"她首先去洗手间抄凉水在脑门上冲洗一番,当感觉头脑确实清醒后,又拿出手机,再次点击了翟五毛的手机号。

"哟,高总啊,怎么想起打电话了?"

天啦,手机竟然打通了!

高丽娜竟喜得不知如何回答,结巴半天才说:"我、我、我的翟大主任呀,你、你老先生这些天去哪里了?可把我找苦啦。"

对方冷冷地笑道:"嘿嘿,对不起,这些天出差了。"

高丽娜嗔怪道:"出差关手机干吗?"

对方又是一笑:"嘿嘿,还不是怕干扰嘛。"

高丽娜又怕对方关机,赶紧问道:"现在你在哪里,今天回来吗?"

对方说:"看事情进展得怎样,如果顺利的话,下午就回来。"

高丽娜更是高兴,说:"好,你今天一定要回来呀。"

对方又是怪怪地一笑,说:"我力争吧。"

高丽娜这才挂了机,想着下一步该如何去面对那个狡猾难缠的翟五毛……

其实,翟五毛这些天根本就没有离开过美人村。

他的精明之处也正在这里。

听了战友的劝告,他既不向领导汇报,也不再找高丽娜浪费口舌。他要以静制动,先制造一种氛围,让这种氛围将精明刁钻的开发商压迫得两眼发黑、大气难喘时,他再运足力气,突然出手,直击对方的软肋,让她不得不屈服于他。

自那天把消息放出后,他就一直关掉手机,白天黑夜藏在好友陆俊家,对村里的工作,只用另一部手机与村委们单线联系。

当青山、陆俊纷纷打来电话,说高丽娜已急得如热锅上的蚂蚁时,翟五毛觉得时机成熟,这才与高丽娜通了电话。

这天晚上,他在陆俊家吃过晚饭,将几件换洗衣装进黄军包,背着包上了爱玛电动车,做出风尘仆仆从外地归来的模样回到"楼王之所"。

高丽娜早在售楼部看见,为慎重起见,她又重新将自己的计划思考了一遍……

翟五毛回到家,见室内空气沉闷,急忙拉开关闭多日的窗帘,再一一打开窗门……

这时,有人敲门。

翟五毛知道是高丽娜来了,答应一声,不急不忙开了门。

高丽娜进来,主动坐到沙发上,张口就问:"主任,听说你去县里起诉我了?"

翟五毛将茶水放到高丽娜面前,装着无可奈何的模样说:"高总,你都依合同条款把炒房客请来了,我能不按照合同向法律讨个公道吗?"

"你凭合同哪一条?"

"那你呢?"

"我是依据'乙方权利和义务'的第6条。"

"我也是啊。"

高丽娜更是吃惊,想:我猜得没错,果然这精小子抓住了那句话。就暗瞟对方一眼,试探道:"美人村的村民现在不愿到新区买房,按照合同规定,我作为乙方有权把现房卖给炒房客。你怎么能凭那条起诉我呢?"

翟五毛这时坐到桌旁椅子上,左腿跷上右腿,右脚微微点动几下,平静地说道:"高总,村民不愿到新区买房的根源在哪里,难道你没有想过吗?好,如果你没有想过,那我可以告诉你。这根源就是楼价过高,是楼价过高造成了村民没那么多钱到新区去买房,而你呢,却以这条为理由,将炒房客引来,把楼价炒得更高,要趁机吮吸购房人更多的血汗钱。高总,你说,按照我们美人村建新区的初衷,我能不按合同去起诉吗?"

这字眼抠得准,抠得厉害。

高丽娜虽是震惊,但她明白此时绝对不能示弱,一旦示弱,将意味自己全盘皆输。于是,她"噌"地站起来,走到桌边,责问道:"主任啦,你真能做得出来,我一个弱女子到你们这里来搞点开发,你不仅不支持,竟还忍心去法院起诉我,你这还有丝毫的人情味吗?"

这时袁豆蔻进来,见高丽娜傲慢的样子,更是气得两眼泛红,说:"我哥的态度非常明确,一是你要实事求是地把新区楼价降下来;二是让那些炒房客立即离开美人村,不然的话——"

高丽娜见是袁豆蔻,浑身凉了半截,结结巴巴问道:"不然,不然怎、怎样?"

袁豆蔻走到翟五毛身边,说:"我哥就会继续起诉你!"

高丽娜更惊,问翟五毛:"你真的不撤诉?"

翟五毛说:"这么大的事,你又没有商量的余地,我能撤诉吗?"说着,再出一拳,"我那些战友说了,这一状,只要不撤诉,我是赢定了!"

高丽娜见袁豆蔻虎视眈眈站在一旁,知道来硬的不行,只得放下身段说:"主任,是不是这样,只要你撤诉,我立即让那些炒房客离开,楼价就按照我们核算的执行。你看怎样?"

翟五毛当然求之不得,但表面还是装作强硬:"我那些战友说了,现在各级政府都在严控楼价,只要我坚持把这官司打下去,一定会在全县、全市,乃至在全省,都产生轰动效应,高总你信不信。"

高丽娜知道这话是在讥笑她那句"轰动世界效应"的话,也无法计较,只得瞪着两只大眼睛,好久好久才说:"信,信。"

翟五毛这才放下二郎腿,再次追问道:"高总真的愿意把炒房客请走,把楼价降下来了?"

高丽娜想了想,说:"楼价肯定是要降的,但至于降到什么程度,单凭你我两家核算的还不行。"

翟五毛问:"还要怎样?"

高丽娜说:"我们还得请个第三方来核实一下。"

翟五毛想,真金不怕火炼,我那楼价都是实事求是一笔笔算出来的,别说是第三方,就是请个十方八方来核算,也是一回事,于是答道:"行,有第三方来核实一下,更有说服力。"

"行,就这么定。"

第三十一章　袁世通被撞飞了

袁世通思考了多天,想来想去,还是听了义子翟五毛的话,决定把收受的十万元不义之财上交政府。

这天天气晴好,袁世通将老伴那边八万元拿过来,和五毛给的两万元放在一块,用报纸包好,再用迎驾贡酒盒子套上,放嘉陵车踏脚板上用脚夹住,骑车慢悠悠地去了镇政府。

骆枫书记和戴昌镇长见袁世通能把石和尚的贿赂主动交上来,而且他已被免,便只是叫他今后多支持翟五毛工作,也没作过多批评。

袁世通唯唯诺诺一番,出了办公室,自知是免职干部,在政府大院被人看见也不光彩,就直接骑了车往回赶⋯⋯

石和尚这天早上起来,在石佛洞石巷中练过一套拳脚,回到住处,见情妇崔青草已将做好的面条煮鸡蛋端到石桌上,他只用筷头挑了两下,又放下。

崔青草以为他不愿吃面条,柔声问道:"不想吃,那就下汤圆,水饺也有⋯⋯"

石和尚摇头,疼爱地看了情妇一眼,问:"今天几号了?"

崔青草急忙拿起石桌上的手机,点动一下,看了说:"四月八号。"

石和尚臃肿的眼包往上一耸,说:"啊,都过三天了。"

崔青草不明白他说什么,问:"什么过三天了?"

石和尚说:"我限袁世通把十万元好处费送来,都过限期三天了,为什么还不送来?"

崔青草听了心中害怕,知道有谁一旦触犯了她情夫的脾气,那就意味着对方已是大难临头。见情夫此时脸色阴沉,就小声劝解道:"袁世通或许正忙着筹钱哩。十万块也不是个小数字。"

石和尚正要说话,就听有人敲石壁。

石和尚让崔青草开了门。

猴子进来报告说:"大哥,袁世通那老家伙已出门去了。"

石和尚忙问:"去哪了?"

猴子说:"去了卡子口方向。"

正说着,山猫进来,慌慌张张说道:"大哥,不、不好了,不好了。"

山猫是石和尚这些天派去专门监视袁世通行踪的。

石和尚见山猫急得语无伦次,重重"嗯"了一声,说:"有话就不能慢慢说,这么慌张干啥?"

山猫这才竭力装着镇静,说:"大、大哥,袁世通今天去铜锣镇了!"

石和尚一听,肿枣眼瞪得老大:"你看准了?"

山猫说:"我看得真真切切,那嘉陵车脚踏板上还放了一只装酒的硬纸袋,纸袋装得鼓鼓囊囊。"

石和尚立即想到那十万块钱,急对猴子说:"把老二喊来!"

时间不长,马彪赶到,进门就问:"大哥,有什么吩咐?"

石和尚说:"老八说袁世通那老家伙到镇里去了,我担心他很有可能是把那十万块钱送到政府去了!"

马彪自从火神庙那次莽撞冲杀翟五毛,回来被石和尚一顿臭骂,此后再也不敢多作主张,这天见石和尚两眼盯住自己,只问:"大哥,你说咋办?"

石和尚见马彪变得乖巧,就说:"老二,这个任务就交给你。"

马彪站得笔挺:"我听大哥的!"

石和尚说:"你和老八马上去镇政府门前等候,只要袁世通从政府出来,好好将他修理一顿。"

马彪摩拳擦掌加点头:"大哥放心,马彪没别的能耐,让一个人在地球上消失,那是手到擒来。"

石和尚摇头说:"老二,那老家伙留着还有用处,这次只能将他打残,不能让他消失!"

马彪、山猫、猴子同时瞪大眼睛:"打残?"

石和尚重复一遍:"打残!"

马彪说:"大哥,那老家伙把我们的钱都送到政府去了,这不是明显和我们对着干吗?只将他打残,不是太便宜他了?"

石和尚伸手摸了摸自己光亮的大脑袋,少有地一阵狞笑:"这次我所以只允许将那老家伙打残,就是要让他既死不了,也站不起来。而翟五毛那小子又极其孝顺,今后这背、驮、掏钱养伤的事,一定是全落在那小子身上,我这一招,不仅是要教训袁世通那老家伙,更是要翟五毛那小子把自己所有的精力和钞票都花在袁世通这个老家伙身上。到那时,我看他翟五毛还有什么底气去说大话,还有什么时间去办大事,还有什么底气敢和我的弟兄们作对!"

猴子听出了奥妙,一拍手,叫道:"大哥此招妙啊。"

石和尚不爱听溜须拍马的话,瞪了猴子一眼,说:"别把功夫练在嘴上,快去吧。"

马彪、山猫这才一拍胸膛答道:"大哥,这事我俩搞定。"

石和尚还是不放心,又叮嘱道:"这事要做到滴水不漏。"

马彪、山猫再次保证:"大哥放心,我们会选在适当的地方下手。"

当马彪、山猫信心十足离去后,石和尚这才想到桌上的面条……

袁世通出了政府大院,上了嘉陵车,慢悠悠地往回骑。

此时已是上午十点多钟,二月的春阳照在身上暖洋洋的,但他丝毫觉不出这种温暖。他想,政府这头的事算是了了,但石和尚那头还是一个悬而未决的大问题。

这时,身后不时传来轰隆隆不同车辆的噪音,袁世通双手紧捏车闸,尽量让嘉陵车沿着公路边沿行驶,使身前身后大小车辆宽宽绰绰地从他身边开过。

"期限都过几天了,怎么还不见石和尚有动静呢?难道他真的害怕我五毛的功夫,不敢对我怎样了?"袁世通边骑边想。

"石和尚他有窃听器,要是窃听到我把这十万块钱送到政府,他又会对我怎样呢?"想着,袁世通心里更不踏实,就开始后悔起来,"我为什么要收石和尚的钱呢?要是起初就不同石和尚来往,或者是这次不收他那十万块钱,不就没有这些麻烦了?唉,真是上贼船容易下贼船难喽。"

袁世通正想着,就听身后传来一阵"嗡嗡"的呼啸声,他知道那是摩托车的声响。

摩托车的声响越来越近,越来越尖啸……

"这些年轻人哟,摩托车开这么快,迟早是要出事的。"

袁世通说着,正要将嘉陵车再骑往路边避让一点,就听"咔嚓"一声巨

第三十一章 袁世通被撞飞了

119

响,随即浑身一震,就什么也不知道了……

翟五毛是上午十一点接到义妹电话的。

那时他正与鲍一虎在做公路旁那几户不愿搬迁的农户的思想工作,接到电话,头脑一阵轰鸣,待稍一冷静,急忙对鲍主任交代几句,骑着爱玛车回到义妹家,带了义妹飞也似的赶去出事地点。

这时,出事地的已有上百的围观者站到公路东边看着被撞到路基下的人和车,一边叽叽喳喳地议论。

目睹者说:"当时我正在田埂上锄豆草,就听'轰'的一声,一辆像发了疯的摩托车就将这人和车一起撞飞到公路下。"

围观者问:"那肇事者呢?"

目睹人摇头说:"还说那肇事者,他撞了人,连看都不看一眼,骑着车就跑了。"

有人就骂:"真是太缺德,撞了人连看都不看。"

有人说:"这有什么稀奇,电视上不是经常放车子撞了人,司机逃走的事嘛。"

有人反驳:"他能逃得了吗?警察还不是很快就把他抓到了。"

有人又反驳:"人家公路上安了摄像头,那司机当然跑不了;可我们这地方有那玩意儿吗?跑就跑了,你到哪里抓去。"

……

这时翟五毛和袁豆蔻赶到。

一见这场面,早已心惊肉跳的翟五毛和袁豆蔻不等把车停稳,匆匆跳下车,拨开人群,挤了过去,就看见老爸连人带车倒在公路下面水沟旁。

翟五毛不顾一切地拉着义妹沿着陡坡连滚带滑到了路下水沟边,就见义父浑身是血,不省人事!

豆蔻抱住老爸哭得死去活来……

翟五毛尽管浑身颤抖,但毕竟是个见过风雨的人,稍一冷静,就想起该报警和赶快把镇里医生叫来,于是接连打了两个电话。

不多时,镇里医生到了,首先翻看瞳孔,再拿听诊器听心跳……

翟五毛战战兢兢问道:"医生,我爸现在怎样,不会有大事吧?不会有大事吧?"

医生认识翟五毛,说:"情况很难说,你赶快把他送到县医院,那里设备好,全面检查了才能知道。翟主任,你得抓紧,千万耽搁不得,抢时间就是抢救生命呀。"

翟五毛知道这里离县医院还有四十多里,就是打120,救护车也得半个多小时才能赶到,他想到了高丽娜,立即将电话打了过去。

高丽娜听了大惊,不到二十分钟,就将保时捷开了过来。

众人动手,将完全处于昏迷状态的袁世通抬进轿车。

这时交警还没到,翟五毛已等不得,就把镇里医生带了,再带上义妹豆蔻,让高丽娜开着保时捷,一路风驰电掣向县医院赶去……

第三十一章 袁世通被撞飞了

第三十二章　无钱的尴尬

　　县医院检查过说生命没危险,只是双腿已是粉碎性骨折,由于碎骨过多过小,在县医院无法复原,得到大医院去。

　　袁世通这时已苏醒过来,痛苦而小声地说:"五、五毛,要去,就去南京G医院吧。那年给你接腿,就是在那,那里医生手、手艺好……"

　　翟五毛信了,已来不及回家,就到城里战友家借了十万块钱带上,于下午一点乘火车去了南京。

　　四点到了G医院,做过CT(计算机层析成像),再拿着CT片子到骨科8号诊室给一位姓蒋的主任医师看了,确诊为双腿粉碎性骨折,要立即做手术。

　　翟五毛这天只顾忙碌,忘了该换套新衣,加上头发蓬乱,更显出几分寒酸,蒋主任以为他是个穷小子,说:"乡下人挣钱不容易,这样吧,这双腿就打个石膏固定一下吧。"

　　翟五毛急了,想到自己四岁那年两只小腿断了,义父不仅把他送到这里来接肢,还百般照料,现在义父双腿都伤成这样了,怎么能随便固定一下呢,于是连忙哀求道:"主任,您不是说我老爸双腿的骨折相当严重吗,那打石膏怎么行呢?"

　　蒋主任看着面前这个有点寒酸的乡下小子,微微皱了下眉头,说:"上钢板是要很多钱的。"

　　翟五毛说:"主任,钱不是问题,人最重要。求蒋主任了,我老爸这双腿一定要用最好的材料、最好的药,尽量让他老人家少些痛苦,早日康复!"

　　主任医师笑了,说:"哟,你这做儿子的还挺孝顺哩,好,那就照你说的办。"说着,在电脑屏幕表格中点了几项,打印出来,交给翟五毛,"先去缴费,明天上午九点动手术。"

　　翟五毛来到一楼缴费处,瘦高个会计看了药单,张口就说:"六万。"

翟五毛舌头一伸,说:"这么多?"

瘦高个会计不搭理,只将一只手伸到"n"形玻璃小窗口前。

翟五毛想:"这反正是押金,多退少补。"于是就从包里拿出六万元现金,一沓沓从那窗口塞进去。

第二天上午九点,准时开始动手术。

三小时后,袁世通双腿骨折复位完成,由护士推出手术室。

一直在手术室外等候的翟五毛和袁豆蔻见担架出来,一起扑上前,见老爸仍处于昏迷状态,也不敢作声,只得战战兢兢跟随护士推着进了病房,再一起动手,将老爸移到病床上躺平睡稳。

护士叮嘱道:"病人还在麻醉期,你俩要不停地呼喊,不能让他睡着,否则会出危险的。"

翟五毛和袁豆蔻点头说:"明白。"分头蹲在病床两边,一边轻轻抹着老爸的手心手背,一边反复小声喊道:"爸,醒醒哦,醒醒哦。爸,醒醒哦……"

这时,又来了一个护士,敲了门,手捧一只文件夹在门口叫道:"808号,快到前台缴费去。"

翟五毛一听,知道是叫自己,就说:"我昨天刚缴的六万,怎么又要缴费?"

那护士冷冷地说:"跟我说没用,不交没关系,那就停药停针了。"

袁豆蔻有些恼火,说:"不就是做个CT、开个刀、上两块钢板吗?六万块就没了,你们抢……"

翟五毛连忙向义妹摇手,制止道:"乱说什么呢。"就满脸笑容地对护士说,"护士小姐放心,我马上去,马上去。"

护士走后,翟五毛埋怨义妹:"你对护士说那些有什么用,除非你不进医院,只要进了医院,你就得有个思想准备,要你掏钱你就掏呗。"

袁豆蔻瞪了他一眼,说:"照他们这样说,你借的十万块钱,不等老爸出院,不就没啦?"

翟五毛说:"谁知道这医院医药费这么贵哩。"

袁豆蔻更是责怪:"你呀,小气的时候,能抠着屁股吮指头,大方起来,那简直就是沈万三了!"接着就数落不停,"医生问你用什么钢板,你说:'进口的。'医生问你用什么药,你说:'最好的!'……这下好了,刚开个刀,六万块钱就没了,后面还要吃药打针,那还得多少钱呀?"

翟五毛听着不是滋味,反问道:"你这是什么意思?用点好药好材料,还不是盼老爸少些痛苦,腿早点好嘛。钱算什么,做儿女的挣钱不为父母花为谁花?"

袁豆蔻这才不说话,将藏在大包套小包里剩余的四万块钱全部拿给了五毛,说:"干脆都给你,看样子放我这里也焐不热了。"

翟五毛又交了二万元押金。

回来路上,一看清单,他更是吃惊,不仅进口药水贵得吓人,更有那名目繁多的这费那费。

"我的妈呀,就剩二万元了,老爸至少还得在医院住一个星期,这么贵的药,这么多收费项目,还有我们三人的吃住……"

翟五毛不得不把这账算给义妹听。

袁豆蔻本想再埋怨五毛不该用那些进口的……但想到那都是为她老爸好,只得忍了,想了想说:"那我俩回去一个讨钱。"

翟五毛小眼珠一转,说:"讨钱倒不一定需要,回去一个人倒是应该的。多一个人在这里住一天,就多用三百多块,一星期就是二千多呀。"

两人最后商定,为照顾老爸生活起居方便,还是翟五毛留下。

傍晚,袁世通苏醒过来,翟五毛说了让豆蔻回去的原因,袁世通觉得有道理,点头同意。

豆蔻走后,为使义父腿骨早日愈合,翟五毛依照医生的叮嘱,早餐花50元到医院大门外煲汤店买罐煲鸽汤,喂义父吃下;中餐晚餐,或者到医院食堂买猪骨汤,或是亲自为义父熬红枣莲子粥……

手术后的第六天,蒋主任又给袁世通做了全面检查,欣喜地对翟五毛说:"小伙子,你爸再过两天就可以出院了!"

翟五毛和袁世通听了高兴,连连说:"还得感谢蒋主任这些天的辛苦呢。"

蒋主任笑道:"这是应该的。好,你去把账结了,开个出院证明,后天就能回家了。"

翟五毛非常激动。出来一个多星期了,尽管每天与几个村委联系,工作都在按部就班地进行,但唯一使他放心不下的,就是那还未落实的楼价,现在好了,后天就能回家了,到家后第一件事就是找高老板把楼价定下来。

蒋主任走后,翟五毛让义父靠在床上看电视,自己去一楼住出院部结账。

下午,进出院部缴费窗口排队人仍然很多,翟五毛选了一个短的队排了过去。

终于轮到了,他将号头又从那"n"形玻璃窗口塞过去,瘦子会计从电脑中调出姓名,在键盘上点击一番,对着送话器说:"还欠一万九千六百六十三元!"

翟五毛大吃一惊,也对着送话器说:"会计,我前些天还交了二万块钱押金呢,怎么又欠这么多?"

会计说:"这是电脑算的,跟我说没用。"说着,又坐在座位上等收钱。

翟五毛无奈,只得从衣袋里将最后两沓掏了出来,从中抽出三张,将剩余的仍从那窗口塞进去。

翟五毛接了会计找回的零钱,又去买了两张火车票,再将前后两次找回的零钱一数,急得浑身冒出冷汗:"不足二百块钱了,还有两人两天的伙食费……那、那钱怎么够哇。"

"账结啦?"翟五毛刚回到病房,义父问。

"结了。"

"那火车票呢?"

"买了。"

"钱够吗?"

"嗯——够。"

"好,好,再过一天我们就能到家了。"

"嗯,后天这时候就到家了。"

当天晚上,翟五毛仍然花三十元钱到医院食堂买了猪骨汤,看着义父有滋有味地吃着喝着,自己饿了一顿。第二天同样如此。直到下午,饿得实在不行,肚里阵阵难受,眼睛也阵阵发花,他就编话说:"爸,我瞌睡来了,想睡一下。"

袁世通觉得五毛这些天确实疲劳了,就说:"你睡吧。我马上也睡。"

翟五毛整整睡到下晚,晚上又饿了一顿。直到第三天,翟五毛早早起来,先给义父穿好衣服,抱到软椅上坐稳,再打来洗脸水,让义父洗漱;自己将头天晚上收好的行李再细细检查一遍,见没有遗漏,仍不忘部队作风,将被褥折叠得方方正正有棱有角摆在病床中央,再放上枕头,拍打几下,抹平

第三十二章 无钱的尴尬

125

摆正……这时义父已洗漱完毕,翟五毛将牙膏牙刷面盆装进包里,连同行李一并挂在自己颈脖上,背着义父,乘电梯下楼,直接背进煲汤店,用最后50元买了一罐煲鸽汤,扶义父在桌边坐稳,说:"爸,你就在这里吃,我出去买点东西就来。"

义父点头,就一手拿汤匙,一手拿筷子,津津有味地吃喝起来。

翟五毛已近两天没吃了,闻着煲汤香味,更是饥肠辘辘,想尽快离开这煲汤店。

可医院大门两旁街道二百米以内全是饮食店,尽卖些色彩艳丽香味扑鼻的快餐。

翟五毛本想重新回到医院,让那浓重的药味去麻醉自己,可眼睛不争气,早被一阵"吱吱"的油炸香味吸引过去!就见那油炸锅里的麻圆被炸得黄亮亮上下翻滚,就想到南京的麻圆是出名的特色小吃,香甜脆糍又管饱!于是就多看了一眼,谁知这一看,竟闯了大祸:一滴长长的口水不偏不倚,正滴在刚出锅的两个麻圆上。

长得魁伟肥胖的老板见了不依不饶,非要翟五毛将两个麻圆买了。

翟五毛摸了摸衣袋,除了火车票与药房清单外,就别无他物了,于是将掏出的车票和清单伸到老板面前,尴尬地说:"老师傅,实在对不起,我真的没钱了。"

老板还算省事,小声骂了一句,攥着那两个麻圆就往垃圾桶里扔。

也怪翟五毛出手太快,见那两个黄灿灿的麻圆眼看就要落进桶里,他伸手一挠,就将两个麻圆接住,不等老板反应过来,他已连咬了两口,将一个麻圆半囫囵地吞进肚里,直咽得白眼珠连连上翻……

大城市的生意人,什么流氓把式没见过,见翟五毛吃了麻圆,以为刚才的口水是他故意吐的,于是伸手揪住翟五毛衣领,说:"清早就想来吃白食?给钱,不给钱,就别想走人。"

翟五毛说:"我吃的是你扔到垃圾桶的,给什么钱?"

这时,过路的、在周边小摊吃早点的一起拥了过来。

老板更是揪住翟五毛不放,威胁道:"小子,你竟敢在老子面前"玩水",给不给?不给,老子马上打110。"说着,掏出了手机。

围观者更是一片叫骂。

这个说:"要吃麻圆,向师傅讨一个就是,何必在麻圆上吐口水?那别人还敢来买吗?"

那个说:"年纪轻轻的,哪里挣不到一碗饭吃?净干这种缺德事。"

……

就在这时,一辆白色雪佛兰急驰过来,从驾驶室里跳下一位女士,女士挤进人群,来到老板面前,问了情况,听说是为两个麻圆的事,边拉手包链边问:"多少钱?"

老板向那雪佛兰瞟了一眼,再见这女士齐耳短发,上下一身黑色制服,系着紫红领带,知是国家工作人员,心中软了三分,放开翟五毛,说:"一块五一个,两个三块。"

女士付了账,拉着翟五毛钻出了人群。

翟五毛这才认出,那女士竟是秦副局长!

翟五毛更加尴尬,红着脸问:"局、局长,你、你怎么在这里?"

秦川立着八字步,不苟言笑地说:"县里近日要抽调一批科局干部下去联系村,我是这次抽调的其中之一,于是借机会来老家看看父母。"

翟五毛问:"你父母在南京?"

秦局点头。

翟五毛"哦哦"点头,想到刚才一幕,更是尴尬,就想找话离开。

秦川一把拉住,问到点心摊的事,翟五毛只得如实把情况说了。

秦川"哦"了一声,问:"那你们怎么回去?"

翟五毛说:"没关系,火车票已买了。"

秦局问:"那你俩怎么去车站?"

翟五毛说:"我背。"

秦川看了看矮小的翟五毛,说:"火车站离这里十多里路,你能背得动你义父?"

翟五毛说:"行。"

秦川不再多说,手一摆,说:"走,我开车送你们!"拉住翟五毛就走……

第三十三章　宾馆里的陷阱

翟五毛心细，知道义父的腿不是一两天就能恢复好，回家后，他每天起早到卡子口买来排骨，让义母拿去煲汤，自己帮义父穿好衣服，抱义父坐上新买的轮椅，推着到山畈边吸些新鲜空气。

几天下来，袁世通甚是过意不去，说："五毛，你事情多，今后就别推我出来了。"

翟五毛说："那怎么行，医生说，早上室外空气好，对骨骼恢复有好处。"继续坚持不懈。

这天，看看到了七点，翟五毛说："爸，我们回去吧，上午我还要和高总商量楼价的事。"

袁世通说："我是叫你不要推我出来，你偏不听。那还不赶快回去。"

高丽娜见翟五毛送义父去大医院手术，知他不是一两天能回来，于是放心里盘算：新区一期工程共建楼房十二幢，每幢五层二十套，近二万二千平方米，如果每平方米降一千元，那就眼睁睁一下少了两千多万！

"我的妈呀，这个数目还小吗？"高丽娜又想到房产界那个最经典的传说，于是狠狠心，觉得这次是非动用那个不得不用的手段了。

翟五毛从南京回来的第五天，高丽娜看见了，立马从售楼部迎出来，说："哎呀，盼星星盼月亮，可总算把你这个大菩萨给盼回来了！你义父腿好了，没事吧？嗨呀，这些天可把我们急坏了。"

翟五毛感激得连连点头说："好了，好了。"就问到请第三方来审核楼价的事。

高丽娜说："你大主任指示的事，我哪敢马虎，两天前我就在江城请了一位专搞建筑审计的高级会计师，有他来审核，你我两家都放心。主任，你看这审核时间……"

翟五毛不假思索地说:"那就明天吧,你看呢?"

高丽娜当然高兴,说:"行,明天乘我的车去。"

第二天上午,高丽娜开着保时捷,带了翟五毛、陆俊和自己公司的会计,一路开往江城。

进了江城,车来车往,灯光闪烁。

翟五毛问:"在哪审核?"

高丽娜双手紧握方向盘,目不斜视:"紫罗兰宾馆。"

开了半个多小时,到了。高丽娜找车位将车停稳,领着翟五毛和两个会计上到三楼,敲了318房间的门。

一个戴深度近视眼镜的中年男士开门。

高丽娜指着那男士说:"翟主任,这就是我们请来的杨高师。"

翟五毛、陆俊一一与杨高师握手。

握手后,杨高师又去窗前桌边坐下,埋头翻看满桌的表格。陆俊伸头一看,见那些表格正是他前些日子和高总公司核算的楼价表,心里佩服,就碰一下翟五毛胳膊,小声赞道:"专家就是专家,工作如此认真。"

翟五毛点过头,继续打量客房。就见这客房右边摆着一张双人席梦思床,床上铺着粉红色双人被,被上放一对同样是粉红色的枕头;床头对面墙上挂着一台四十英寸的液晶电视;左墙边是一组嫩黄色的卷沿真皮沙发,沙发前摆着一张玻璃茶几,茶几上摆着三盘水果;进大门左右两边分别是盥洗间和挂衣橱。

"住这么高级的客房,真是用人为贵呀!"翟五毛叹道。

这时,高丽娜惊乍乍地喊道:"啊,都十二点了。杨师,我们还是先吃饭,吃过饭,再和主任、会计一道来审核楼价不迟。"

"行行行。"杨高师站起,用笔压了桌上的造价表。

高丽娜领着翟五毛、陆俊和会计师下到一楼,找个僻静的包厢坐了。

点过菜,高丽娜碰碰翟五毛肩膀,问:"主任,来点白的?"

翟五毛摇头说:"不不不,我什么也不喝,就吃点饭。"

高丽娜说:"那怎么行?杨高师辛辛苦苦为我们搞核算,你是一村之主任,怎么也得敬杨高师一杯吧?"

翟五毛觉得这话也对,说:"那就来点带颜色的吧。"

服务员很快送来一瓶干红,开过瓶,正要给翟五毛酒杯斟上,高丽娜用手拦住,说:"不急,这红酒劲大,我去拿饮料来掺兑着喝,那样入口平和。"

翟五毛说:"让服务员去吧。"

高丽娜说:"不行,她不知我要哪种饮料。"说着去了吧台。

高丽娜这天的过于殷勤,反使翟五毛有了警觉,也不多说,只装着拿手机看新闻。

时间不长,高丽娜拿着雪碧上来,兑了干红,这才给翟五毛的酒杯斟满……

别看翟五毛身材矮小,平时喝半斤白酒也是常事,可这天两杯干红下肚,就觉得浑身燥热,神志恍惚,凭他的机警,就知道这酒有蹊跷,说:"高总,今天怎么啦,喝这点酒,我好像是醉了!"说着,将左臂架上桌沿,再将脑袋搭在左臂上,右手握着手机……

陆俊急了,问:"高总,这是怎么回事?我们主任从来没这样过呀。"

高丽娜也作慌张模样,说:"这一定是喝得不凑巧,既然翟主任不胜酒力,那我先送他去房间休息。"

陆俊说:"不,我送。"

高丽娜说:"你没钥匙怎么送?你和我家会计陪杨高师多喝一杯,我送去就来。"说着,搀扶翟五毛重新回到"318"客房。

进了客房,高丽娜将翟五毛放在床上躺下,再去拉上粉红色窗帘,打开床头柜上的粉红色纱灯,再开了电视,这时电视里正在播放《豪情夜生活》。

高丽娜见一切安排停当,转身出门。

躺在床上的翟五毛这时已感到周身热得厉害,头脑更是亢奋,摸摸脸庞,烫得吓人。

就在这时,一位妙龄女郎开门款款进来,不等到近前,一声嗲叫,脱衣就要搂抱翟五毛。

翟五毛大惊,正要爬起,可已迟了。

高丽娜重新进来,"咔咔"几下,拍完照,叫走女子后,笑盈盈走到床前,用手摸了摸翟五毛的额头,惊讶道:"我的大主任呀,头怎么烫得这么厉害?你就好好休息吧。"

翟五毛忽地坐起,问道:"高总,这是怎么回事?"

高丽娜笑道:"什么怎么回事?"

翟五毛说:"刚才那女子……"

高丽娜更是一笑,说:"什么女子男子,我没看见呀。"

翟五毛摆了摆头,已觉清醒多了,就下地穿了鞋子,说:"高总,等吃过饭,就把会计师喊来审核楼价吧。"

高丽娜妩媚一笑,说:"我的大主任,你都醉成这样了,还审核什么楼价。"

翟五毛问:"今天来不就是为……"

高丽娜笑得更是灿烂:"大主任,都到这地步了,我看那楼价就别再审核了,还是照原来的办吧。"

翟五毛问:"照原来的怎么办?"

高丽娜说:"三千八呀。"

翟五毛急了,说:"那怎么行?今天来就是通过第三方的专家把楼价准确地审核出来。怎么还能是三千八呢?"

高丽娜不再笑了,就拿着手机在翟五毛面前一阵摇晃,说:"大主任啦,你看,你看,我都把你的尊容全摄在这里了,只要你不降楼价,我俩什么都好说。但只要……"

翟五毛瞥了一眼,完全明白过来,也咧嘴一笑,说:"高总,你有,我也有哇。"说着,也揿亮手机,果真他的手机里滚动的全是高丽娜领翟五毛进房、关门、拉窗帘、调电视以及那女子进来的一幕幕画面。

高丽娜一怔,说:"你……"

翟五毛笑了,说:"高总,你是走南闯北的人,但我翟五毛到过的地方也绝不比你少哇。你这些小儿科的把戏,可以骗骗别人,但怎能骗得了我呢?今天你给我摄了像,可我不仅是摄下了你在这宾馆的一切行动,更是把你下过药的干红也泼洒在我这衣服上了,不信你闻闻。"说着,将衣襟牵到对方面前,"怎么样,要不要马上去公安部门化验?"

高丽娜彻底崩溃了,就坐在床边痛哭流涕道:"主任啦,我这样做,也是被逼出来的呀,真要是像你这样算楼价,我真的赚不了多少钱呀。"

翟五毛见对方纸巾已擦湿,又从床头柜纸巾盒里抽出几张递过去,说:"同那些昧良心的大房产开发商相比,你这次是赚得少了些。但有句老话说得好,叫一分利息吃饱饭,三分利息饿死人呀。只要我们配合得好,美人村今后要做的工程还多着呢,那就看你愿不愿在这里做下去了!"停了一下,又说,"高总,今天你既然把审计师请来了,我们还是认真把楼价慎重审核一下吧。"

　　高丽娜连连摇头说:"不、不审核了,不审核了。"

　　"为什么?"

　　高丽娜只摇头,不说话……

第三十四章　女局长的住宿问题

楼价降了,村民高兴了,都争相去新区购房。公路两旁不愿搬迁的"钉子户"也纷纷搬进新区,修路进展加快了。

这天,翟五毛正在工地与工人一道修路,接到秦川副局长电话,说她要来联系美人村。

翟五毛不敢相信,说:"秦局,你不是骗人吧?"

对方说:"都说你这个主任鬼精,我秦川还敢骗你吗?"接着又说,"翟主任,说老实话,毕局长对你们村修公路多少还是有些不放心的,所以这次趁机派我来联系你们村。"

翟五毛更是高兴。

他想,美人村这个偏僻的地方,现在竟有县里领导来驻村联系工作,这正是背靠大树好乘凉,假如今后村里有什么缺的,在她面前哼几句,还不就解决了?

翟五毛越想越高兴,双手捧住手机,大声问道:"秦局,你什么时候来?到时候我带着村委到卡子口迎接你呀。"

对方笑道:"我是多大的人物啊,还敢劳驾你们跑那么远来迎接,告诉你,我马上开车过来,不用接的,好了,见面再谈。"

自上次见到美人村优美的环境和那奇特的景致,秦川回局后一直念念不忘。这次县里抽派人下乡联系村,她第一个报名,没想到还真被选上了。她与翟五毛通过电话后,稍作收拾,将装满衣物的拉杆包和铺盖往车后厢一塞,开着她的雪佛兰汽车就到了美人村。

翟五毛虽然没有到十里外的卡子口迎接,但还是将"两委"加办事员小李共计六人,分两排整齐地站在村委会大院门口,当看到那辆白色的雪佛兰车裹着滚滚黄烟开过来时,六个人就一齐鼓掌欢迎。

在会议室作了集体介绍后,秦川问:"主任,兵马未动,粮草先行,我工作未干,还得先把住宿问题落实呀。"

翟五毛见秦局长说话爽快,也说:"秦局,都中午了,我们先吃饭,住宿问题好解决,不急。"

翟五毛见羞草主任领着秦局去了村部食堂,嘴上就"咝"地吸了一口气,想,要是位男的,住宿问题倒好解决,可她是位女士呀。

如果是位男性,他可以安排他住到美人山棉花客栈,住那里生活方便,上山下山也不怕山高路陡。可秦局长是位女士,更是位年轻漂亮的女士,美人山上那么乱,这早晚上下山,谁能保证得了她的人身安全,如果来两个女士也好办,不管住哪儿,进出有个伴儿,就不用担心她们的安全。可她偏偏就一个人……这住宿问题,确实有点难解决!

翟五毛想到了义父家。义父家二楼倒是有一间空房,隔壁又有义妹住着,两人都是女性,确实是个好住处。可义父是刚被免职的,这样安排对秦局也不好。

想到最后,还是想到了新区。

新区空房有的是,可那都是出售的呀,村里连办公经费都没,哪来钱付房租,不付房租,高经理会给外人住吗?

想着,翟五毛硬着头皮给高丽娜打了电话,说了自己的想法。

高丽娜虽是同意楼房降价,但心里总是不愉快,听说一个联村干部要来租房,本不同意,退一步想,觉得强龙压不住地头蛇,为尽快把新区楼房销售掉,她也不敢过分得罪翟五毛这小子,于是答应道:"翟主任,你安排的人,我哪敢说个不字呀,欢迎啦。"

翟五毛说:"那就好。不过,高总,还得麻烦你一下,她是个女士,你看……"

高丽娜一惊,急问:"女士,什么样的女士?"

"和你差不多,也在二十六七岁。"

"我是问她的颜值。"

"二十几岁的女士,颜值哪会低呢,是个挺能干的大美女。"

"啊,大美女!"

"人家不仅是个大美女,还是局长哩。"

"什么什么,局长?"

高丽娜想,如果让一个美女局长住进新区,就意味着翟五毛那小子身边又多了一位大美女,这对她日后与他接触是绝对不利的,于是找出一条理由:"翟主任,这你应该知道,我这新区的楼房都是出售的,哪有出租一说呀。"

翟五毛哀求道:"高总,那女局长就住几个月,等公路修好了,她还要走的。"

"几天也不行啊,别说几个月了。"

"给个方便吧。我喊你姐了,姐,求姐支持翟五毛一次还不行吗?"

"姐也不行。这是我们房产开发界的规矩。"

"规矩是人定的,也是能被人打破的。姐,算你做件善事吧!"

"不行就是不行,喊姐也不行。"

翟五毛慌了,皱着眉头抱住手机想了一阵,主意来了:你敢跟我来硬的,我就给你破罐子破摔。

翟五毛对着手机大声说道:"高总,你既然这样了,好哇,那我俩就是豆腐渣贴对联——两不沾!我的困难事你不管,那你今后遇到困难事也别找我,这总行了吧?"

高丽娜一听急了,问:"主任,你这话什么意思?"

翟五毛说:"什么意思你懂。"

高丽娜慌了。

她知道剩下那不多的楼房,还得依靠翟五毛,依靠他这位强硬而倔强的村主任!想着,她刚有的那点强势已荡然无存,于是说道:"主任,主任,刚才我是和你逗着玩的。你出面租房,那还不是一句话。你把那女局长领过来吧。"

吃过饭,秦副局长开着车带着翟五毛到了新区售楼部前停下。

高丽娜出来迎接。

翟五毛介绍后,就指着面前左右两栋楼房说:"秦局,这两栋是样品房,里面全装修好了,你欢喜住哪栋就住哪栋。"

女局长立好八字步,向两栋高耸的楼房微微看了一遍,回头问:"主任,你住哪栋?"

高丽娜白了秦川一眼,指着正前方说:"人家是主任,当然要住中央这栋。"

秦川说:"那我也住这栋!"

高丽娜眉头一皱,说:"你也住这栋?"

秦川说:"对,我和主任住一栋,有事也好商量呀。"

高丽娜更是不爽,问:"那你想住几楼?"

秦川问:"主任住几楼?"

翟五毛说:"我住三楼。"

秦川说:"那我也住三楼。"

高丽娜一听,心里更是不爽,但嘴上只是怪怪地拖了一个长音:"那不太好吧。"

秦川浓眉一扬,问:"怎么不好?"

高丽娜还是阴阳怪气地:"你局长说呢?"

秦川反应过来,红着脸说:"那我住二楼。"

高丽娜满意了,但说:"二楼我住了。"

秦川"哦"了一声,眨着乌亮的杏仁眼问:"对门不是还有一套吗?"

高丽娜两眼看天,不紧不慢地说:"那是我售楼部两位公关小姐住的。"

秦川就后退几步,抬头看楼的高处,说:"那我住四楼吧。"

翟五毛急了,说:"四楼多高呀,又没有电梯,每天上上下下,你能爬得动?"

秦川笑着说:"没事,我喜欢登高望远哩。"

高丽娜又挖苦一句:"主任,人家局长想得周到啊,她住四楼,你住三楼,往后有什么事,你俩也方便联系呀。"

翟五毛也没多想,就叫秦副局长开了车的后备厢,自己帮着扛了拉杆箱,夹着被褥,领着秦川上楼。

秦川副局长提些物什跟在后面……

第三十五章　一号桥事件

这天上午,高丽娜见新区楼房还剩三成没卖出去,正想找五毛主任再动员那些未买房的村民前来购房,听说他和秦川上山去了,油然生出一丝醋意,于是换上登山鞋,与两个公关小姐打过招呼,也要上山。可是,刚出新区不远,就听身后传出一声巨响,急回头,就见一号桥那边冒起烟来,四周村民叫嚷着向那边奔去……

高丽娜知道出事了,就掉转车头,边向一号桥开去,边给翟五毛打了电话。

三十分钟后,翟五毛和秦川赶到。

就见那辅桥后半部已全部垮塌,一辆满载混凝土的砼车就如一只巨大的青皮葫芦坠挂在桥肚半空,幸好车后还有两个轮子卡在桥面,才避免一场车毁人亡的惨剧。

"走之前不是好好的吗?怎么突然就倒塌了呢?"秦川见翟五毛已是目瞪口呆,在身后轻声问道。

一言不发的翟五毛这时看见那浑身是血的司机躺在地上,他立即让高丽娜把保时捷开过来,与众人将司机抬上车,送往县医院。

高丽娜走后,翟五毛将副主任鲍一虎喊到身边,问道:"不是说过两天才试车吗?怎么今天就把砼车开上去了?"

鲍一虎沉着苍白的瘦脸说:"这事全怪我心急,一心想着早日把公路修通,好让村民出门有条好路走,就与工地负责人商量,先开车试试。没想到……"

翟五毛知道此时发火已无济于事,只得叹了口气,听说此事已报过警,还是不敢怠慢,一面叫人保护现场,等待公安人员来调查,一面派人去修理铺借来工字钢,做着及时修复辅桥的准备。

镇党委书记骆枫得到消息,第一时间带着徐海所长和有关人员赶到,见翟五毛正与村委、民工忙着抬工字钢,还是厉声喊道:"翟五毛,过来!"

翟五毛见骆书记脸色铁青,也顾不得手上泥土,硬着头皮走了过去,羞愧地喊了声:"骆书记来了。"

骆枫问:"听说你今天上山看风景去了,是吗?"

翟五毛一惊,想:书记的消息咋这么灵通呢?不敢问,只是点头承认。

骆枫得知仅有司机受伤,并已送去医治,脸色稍稍缓和,与徐所长看了现场后,简单丢下一句:"抓紧把辅桥修通,确保工程按时完工!"说完,转身上车,带着原班人马回镇里去了。

当天下午,秦川副局长收拾行李回城,经过一号桥,见翟五毛正领着县公安人员在调查取证,她下车打了招呼,说是局领导叫她回去。

翟五毛也无心细想,只说:"你去吧。"

秦川点头,临行时又叮嘱一句:"你要保重,不要过于着急。"说着,不舍地开车离去。

经过两天的抢修,辅桥修好,运送材料的重型机械再次试车,并顺利通过。

翟五毛再也不敢轻易离开,要么在工地上走走看看,要么与工程负责人谈些质量问题,要么拿起铁锹与工人一道平整那些刚卸在路面的沥青集料。

修路工都是外地人,有翟五毛在场,他们很少说说笑笑,但只要背过翟五毛,什么奇思妙想都会从口中出来。

这个说:"你们说这刚装好的桥面,怎么车一轧就塌了呢?"

那个接:"桥也是通人性的,见村主任和美女局长都上山风流去了,能不生气?能不拿点颜色给他俩看看?"

那个说:"我真不懂,女人不也是人吗?为什么再好的男人见到女人就像喝了迷魂汤,被迷住了呢?"

至于村民的议论,更是五花八门,叫骂的,叹惜的,痛心的,幸灾乐祸的……无所不有。

翟五毛尽管装着不听不看,但行吗,回避得了吗?

他唯一的办法就是装聋作哑,把村民对他的恨,对他的骂,对他的指责统统装在心里,把痛苦也统统闷在心里。那些天,每到晚上,不,只要一有闲暇,他满脑充斥的都是一号桥垮塌的惨景和大家对他的指责。

"本想借这次修路,好好证明一下美人村的人也是能办实事、办大事的,没想到刚修一半,就捅出了这么大的娄子,这叫领导怎么能相信美人村的人能办大事呢?"翟五毛痛苦地想着。

"那天骆书记的脸色多难看呀,三句话没说完就走了,这意味着什么?这是震怒,震怒!"翟五毛继续想着。

"骆书记这次之所以把修路指标给美人村,就是诚心实意想把这个边远的穷村发展起来,让美人村也能跟上全国发展的脚步啊。可我翟五毛怎么就这么不争气,好好的工程,竟捅出了这么大个窟窿!而且窟窿又出在我和秦局上山的那段时间,这能不叫领导生气吗?能不叫群众生气吗?领导能原谅我这次犯下的错误吗?群众能原谅我这次犯下的错误吗?"翟五毛越想越生气,生自己的气,生自己不争气的气。

就觉得自己这次所作所为实在对不起骆书记等领导对他的信任和期盼,更对不起美人村村民对他的信任和期盼。

"辞职?"

当这个念头跳出的瞬间,翟五毛还犹豫了一阵,担心把主任辞了,谁来接任?鲍一虎吗?他早就觊觎这个主任的位子,可他行吗?他除了工作拖沓、爱玩外,能带领美人村人大刀阔斧地去办大事吗?陆俊不行,他胆子太小,缺乏工作魄力。卫青山?文生?可他们向来对这村委都不感兴趣……

翟五毛本想过两天再考虑辞职的事,可就在此后不久,又得到一条消息:秦副局长的官帽没有了!有的说是她主动辞职的,有的说是局长一怒之下将她免职的,不管哪一种,秦局长的官帽没了,这是千真万确!

这事给翟五毛的打击太大了。他觉得秦局长的去职是他害的。"要是那天坚持不上山,即使工程出了事,也不至于使她受到如此严厉的处分。"

因此,他决定了:辞职,辞职,坚决辞职。

义妹得知,立即赶来,哭着劝道:"哥,我和老爸最担心的,就是你有这种想法,现在遇到这点小事,怎么就想到辞职呢?哥,你千万不能辞掉这个主任啊!哥,妹求你了,听妹的话好嘛,哥!"

翟五毛那时还不知道义妹的真正想法,就把秦川去职的事说了,叹道:"到了这地步,不辞职还有意义吗?"

袁豆蔻更是哀求:"哥,那你先去找领导求个情,千万要把这主任保住啊,哥,你就想想办法吧,我的好哥!"

翟五毛见义妹焦急到如此地步,只得嘴上答应,但心里已定,连夜写好辞职书,第二天一早去了镇里……

第三十六章 加压

翟五毛一早骑着电动车来到镇里。

书记办公室在政府三楼南面最后一间,门关着。

翟五毛正要敲门,听到里面有人说话,只得回头在走廊等候,就见其他办公室有人进进出出,大多都不认识,也无须打招呼,就装着站在走廊看大院风景。

过了十多分钟,办公室门开了,徐海所长从里面出来,翟五毛连忙上前打了招呼。

所长点过头,说:"书记在里面,进去吧。"转身走了。

翟五毛惴惴不安地敲了门,进了办公室。

但情况并没像翟五毛想象得那么可怕。骆枫书记见翟五毛进来,立刻站起,说声:"来了?"转身去壁橱拿了纸杯。

翟五毛当然不会让书记为他泡茶,上前接过,说:"骆书记,我来。"

骆枫也不客气,将纸杯交与翟五毛,自己打开印有"黄山毛峰"字样的茶听,拈一撮茶叶放进杯里,让翟五毛泡了茶,在对面沙发上坐了,问:"坐车来的?"

翟五毛怯怯地回答:"骑车。"

书记又问:"听说桥已修好了,公路进展怎样?"

翟五毛说:"路基已铺好,就等铺柏油了。"

书记又问:"根据这样的进度,还得多少天完工?"

翟五毛愣了一下。

说实话,自从自己做了辞职的思想准备后,他就把公路上的事全交给了村副主任鲍一虎,至于公路还需要多少天完工,他已没有想过,见书记问,只得说:"骆书记,那些事你问鲍主任吧。"

骆枫书记睁大了眼睛:"问鲍主任,那你这个主任是管什么的?"

翟五毛说:"我已把公路上的事都交给鲍主任了。"

骆枫眉头一皱:"谁叫你交给他的?"

翟五毛说:"骆书记,考虑到我很快就不在村主任这个位子上了,事情不能断链,目前修公路是美人村的头等大事,我不能不事前做好安排。"

骆枫惊讶:"谁说你不在主任位子上了?"

翟五毛说:"这次一号桥辅桥垮塌,我竟不能及时发现,这说明我已不适合当村主任了。今天来,就是向领导辞职的。"说着,从衣袋里掏出辞职报告递给骆枫,见骆枫不接,就怯怯地把报告轻放到桌上。

骆枫向辞职报告瞟了一眼,重新让翟五毛坐下,说:"这事我已同戴镇长商量过,现在交给你三个任务:一、尽快把公路修好;二、尽快将盘踞在美人山上那股黑恶势力情况彻底摸清,便于我们一网——"

翟五毛打断说:"骆书记,我已经……"

骆枫书记面孔板起来,说:"你已经什么啦?你是村主任,就得听镇领导的安排。第三个任务是——"

翟五毛小眼睛变大了。

"搞好农田平整工作,实现机械化操作,再不能让农民种田还是面朝黄土背朝天了。至于平整土地的机械,戴镇长已给你们安排好了,等下你去找戴镇长就行。听清楚了没有?"

翟五毛听清楚了,但不明白,于是又结结巴巴问道:"骆书记,我已不是村主任了,你对我说这些干吗?"

骆枫恼火起来,厉声道:"你说不是主任就不是主任啦?"

小眼睛眨巴得更快:"我、我、我已把辞职报告递给您了呀。"

骆枫重重拍了一下桌上的报告:"递了报告就不是主任啦?"

翟五毛铁了心,也不怕,说:"书记,现在不是讲究'追责制'吗?桥面垮塌,造成这么大损失,就证明我是一个不称职的主任,当然要追究责任。"

骆枫在办公室踱了两个来回,再站到翟五毛面前,说:"一号桥辅桥垮塌那天,听说你和秦局到美人山上去了,镇里几位领导确实很恼火,当时就想把你这个主任的帽子给拿掉,可后来徐海所长说那辅桥的倒塌,有人为的嫌疑,所以经过研究……"

听到这里翟五毛好不感动,"噌"地站起,说:"骆书记,我也是这么想的。那天上山之前,我和秦局长还特意到一号桥看了,当时是好好的,不知怎么突然就垮塌了。"

骆枫说："派出所正在调查取证,现在我们暂不去说它,还是说说你对我刚才提出的几件大事的打算吧。"

翟五毛想到自退伍回到家乡后,所见所闻实在是太多太多:村班子软弱,民心涣散,黑道横行,治安混乱,等等,见骆枫书记用期待的目光看着自己,经过再三思考,只得打消辞职念头,一个立正,铿锵说道:"骆书记,你交给的三大任务,用部队的话说,我翟五毛宁可战死,也绝不后退半步!"

骆枫听了很是感动,站起拍着翟五毛的肩膀说:"有你这句话,我这个当书记的就更放心了。哦,还有一件事,听说你们村连买纸的钱都没有了?"

翟五毛点头。

骆枫说："你马上去找戴镇长,镇里已研究给美人村十万元开发费,好好把村里的工作运转起来。"

翟五毛更是高兴,想了想,也提出了自己的想法:"书记,你要我完成三项任务行,但你也得答应我两个条件。"

骆枫看了翟五毛一眼,说："瞧瞧瞧,又出什么点子了?说吧。"

翟五毛说："一、你要给我班子增加力量,办大事,没有一班人不行;二、美人山游客一天天增多,我想请镇里给我们物色几个会说普通话的导游小姐。"

骆枫见翟五毛那股韧劲上来,心里高兴,当即拍板道："行,这两件事包在我身上。"接着指示道,"你马上回去就召开村委会,把今天镇里的意见转告大家,立即行动。"

翟五毛觉得很有必要,当即掏出手机,分头给村委打了电话。

第三十六章 加压

第三十七章　纱门纱窗效应

　　翟五毛回到家，已是中午十二点，匆匆做了饭吃过，在工作笔记上拟出骆书记谈话的内容（因上午去辞职，没带笔和本），并对下一步的工作做出了安排，拟好后，又看了两遍，修改几处，收起笔记本，去了村委会。

　　四个村委接到开会电话，纷纷震惊，均已预感到镇里并未免去翟五毛村主任的职务，再见他雄赳赳气昂昂地走进会议室，各自心里更是别有一番滋味：副主任鲍一虎如同霜打的茄子，蔫头耷脑坐在一旁装睡；民兵营长卫青山悠闲得坐在会议桌边翻看报纸；妇女主任韩羞草似乎什么也没想，一如既往地提着暖水瓶给大家茶杯加水；只有会计陆俊坐得端正，面前摆好记录本，等候开会时做记录。

　　进门时，翟五毛扫了大家一眼，见了大家的神色，心中已明白几分。考虑到今后仍需要大家配合工作，他只得装着什么也没看见，径直走到会议桌前，挪开椅子坐下，掏出包中的笔和本子放到桌上，再扫视一眼就短促地咳嗽一声，宣布道："开会了。"

　　卫青山收了报纸，韩羞草放下水瓶，陆俊打开记录簿，只有鲍一虎仍然侧身坐着未动。

　　翟五毛首先传达了农田改造和景区开发两件大事，为慎重起见，他把摸清美人山黑恶势力一事暂时压着没说。

　　讨论农田改造，大家一致赞成，可讨论到美人山景区开发时，会场里的火药味出来了。

　　副主任鲍一虎首先发难："搞农田改造是应该的，但这时候想把美人山开发成旅游区，那简直是痴人说梦，癞蛤蟆想吃天鹅肉。"

　　翟五毛知道鲍一虎是借机发泄情绪，为不激化矛盾，他竭力克制自己，淡淡地问道："鲍主任这话的意思是？"

　　鲍一虎瞟了一眼翟五毛，鄙夷地反问："你五毛主任也不看看我们这是什么地方?"

翟五毛笑着问:"是什么地方?"

鲍一虎拖长声音重重说道:"'三——不——管'! …更可怕的是,现在全村人心涣散,治安一团糟,村民都是瞎子烘火——个个都往怀里扒!这美人山早就分到一家一户了,还有那么多村民在山上开店做生意挣钱,你想这时候把山收拢起来开发旅游区,村民会同意吗?在山上做生意的那些人会同意吗?还有,开发旅游区那可不是盖一栋两栋房子,十万二十万就能解决,那是花钱的祖宗,是无底洞。你能拿出那么多钱吗?有人敢来投资吗?既然拿不出钱,又没人敢来投资,今天讨论这个问题还有意义吗?"说完,捧起茶杯,一口接一口地喝着。

翟五毛平时看似嘻嘻哈哈,玩世不恭,但真摊上大事,尤其是自己看准的、办起来对大家都有好处的大事,别人是很难动摇他的决心。这次见会议刚开始,气氛就如此紧张,他心中的气泡儿就开始涌动,本想说几句强硬的话,把鲍主任的消极想法打压下去,但这时他又想到他部队的连长,想到连长每次遇到意见无法统一时,明明气得两眼冒火星,眼看就要大发雷霆,但很快又咬住牙关微微一笑,化干戈为玉帛,平声静气地解释、说服……翟五毛觉得应该向连长学习,于是叮嘱自己:说话尽量平和,平和!想着,他昂起头,身子坐正,用那双自认为很平和的眼光成半弧形再次缓缓将四个村委扫视了一遍,自我感觉嘴角确实已放松,脸上确实有了笑容时,他才说道:"鲍主任刚才说的大部分都是实情,"他要学连长说话的技巧,"但是,有个问题我想问问大家——"

有三个村委已把目光移向了翟五毛。

翟五毛接着说:"寒冬酷暑我们为什么要安装空调?到了夏季家家户户为什么要安纱门纱窗?"

三个村委云里雾里,一时摸不着头脑,只得眨着眼继续看着翟五毛。

鲍一虎仍然埋头喝茶。

卫青山终于想起,接话道:"这道理简单,安空调是为夏天降温冬天取暖,安纱门纱窗是防蚊虫叮咬。"

翟五毛看一眼卫青山,点头说:"你说对了一半,我还要把你的话深化一下,那就是:不管外部环境多么恶劣,只要发挥人的主观能动性,多动脑筋,努力奋斗,就一定能创造出一片我们所需要的舒适的天地!"说着,把目光转向大家,"何况我们现在面临的是全国都在大开发、大发展的快车道时期,大环境这么好,我们为什么不可以动动脑筋,想出最有效的办法,把我们美人村这块暂时还处于贫穷落后的地方,开辟出一个美好、舒适的新天地呢?"见除了鲍一虎,其他三个村委都在微微点头后,翟五毛总结道:"这就说明一个道理,决定的因素是人,而不是环境,这就叫纱门纱窗效应!"

陆俊放下笔,抬头看了大家一眼,说:"是啊,大环境我们管不了,小环境我们还是可以自己创造的。主任这个'纱门纱窗效应'说得好。"

卫青山扫一眼鲍一虎,又转向翟五毛,说:"行,只要主任有信心,我们跟着你干就是了!"

韩羞草见紧张的气氛稍稍松动下来,又提起暖水瓶给大家茶杯加水。

翟五毛见鲍一虎已不再喝茶,只是紧闭双眼装睡,就想到自己刚才说的话是否过于刺激了他,于是借韩主任给各位加水的时间,又挠了下头上的黄发,说:"灯不拨不亮,理不辩不明,刚才我们都是讨论,不存在谁对谁错的事,关键是看我们今后工作怎么干。"见大家不再议论,就拍了板,将开发景区的事定下来,接着讨论到县、镇两家电视台发布农田招租和景区招商引资广告的事。

陆俊急了,立即说:"主任,账上都空了,哪有钱做广告?"

翟五毛这才想起,就把镇里给了十万元开发经费的事说了。

陆俊听说有钱,立即来了精神,说:"主任,说到招商引资,我倒想起两个人,这两个人要是能回来,这农田承包和景区开发,就好解决了。"

翟五毛急问:"哪两个?"

陆俊说:"第一个是贺宝。可以这么说,贺宝不仅是我们美人村的首富,就凭他现在的经济实力,恐怕在整个铜锣镇也是数一数二的。"

翟五毛突然用拳头敲着桌面,说:"嘿,我怎么就把这事给忘了呢?"

卫青山、韩羞草立即想起,说"对,贺宝的女友就是我们这里的房产开发老总高丽娜哩。"

翟五毛又问:"还有一个呢?"

陆俊说:"主任,你忘啦?我们小时候那个最聪明的同学。"

卫青山脱口而出:"龙小艺。"

韩羞草也想起,说:"龙小艺在大学学的是园林设计,后来又考取了南京农业大学,现在已是双学士,要是他能回来,那才是我们美人村不可多得的人才哩。"

大家正讨论热烈,鲍一虎却转过身体,两只眍䁖眼里闪出满满的疑问,说:"人家都在外面挣大钱,他们能回到你这个穷地方吗?别吃五谷想六谷,睡到半夜里想媳妇了!"

韩羞草担心又要争论,急忙站起,提着暖水瓶给大家加茶水,一边打断鲍一虎的话:"鲍主任,你也没联系,怎么知道人家就不会回来呢?来,把茶杯盖揭开。"

翟五毛兴趣上来,也不管鲍一虎的反对,拿起手机问:"你们谁有贺宝和龙小艺的手机号码?"

陆俊说:"我有龙小艺的,贺宝的没有。"就打开手机,翻找到龙小艺的手机号,一边说,"贺宝手机号高丽娜那里有。"

翟五毛将龙小艺手机号输进手机,说:"好好好,这两个人统统由我来联系。"说着,对下一步工作做了具体分工:考虑到修路工程已近尾期,农田改造由副主任鲍一虎具体负责;卫青山抓民兵和社会治安;韩羞草负责村民计生健康工作;会计陆俊配合鲍主任做好农田改造前的土地测量;他本人主抓景区开发,并配合协调各村委工作。

第三十八章　秦川投资

散会后，翟五毛与龙小艺通了电话。

听说是儿时的同学翟五毛，龙小艺先是客气一番，当听说要他回来为建设家乡出力，他回绝了，理由非常现实："翟五毛，美人村那地方能回来吗？黑势力横行，治安混乱，人心涣散，我回来讨揍啊？"说完，挂了电话。

翟五毛看着那黑板一块的手机屏，足足愣了两分钟，才想起该找高丽娜给贺宝打电话。

谁知贺宝回话更是尖刻，说现在美人村和外面简直就是两个世界。他不仅自己不回来，更是要高丽娜早早收回房产成本，回老家温州去发展。

翟五毛听了顿时发晕，幸好高丽娜及时递上茶水。

第三天晚上，翟五毛正在家想着龙小艺和贺宝说的话，陆俊来了。

翟五毛郁闷地问："招商有消息了？"

陆俊说："广告发出去已经三天多了，一点信息也没有。"

翟五毛双手撑着额头，什么也不说。

陆俊拿了纸杯，去饮水机泡了茶，转过来问："龙小艺、贺宝的电话打了？"

翟五毛还是没搭理他。

陆俊又问："他们是不愿回来吧？"

翟五毛放下手，抬起小眼睛闪了一下。

陆俊说："唉，真是死得穷不得啊，连家里人都看不起自己的家乡了。"

翟五毛说话了："这怪不得他们，只怪我们没把家乡的事办好。要是把家乡的事办好了，办得有鼻子有眼睛的，让家乡人都看到了希望，谁能不热爱呢。"

陆俊说："怎么把事情办好，我们前几任，不都是办了吗，可办好了吗？"

翟五毛说："以往的事我们管不了，只要我们这班人多动动脑筋，为村里多办些实事,把好事办好,把美人村往日那种散、乱、穷的面貌彻底改造过来,到那时,美人村才会有吸引力,才会有凝聚力,家乡的人才会相信我们。"

说着,二人仍为无人来投资开发美人山而感到着急。

第二天早饭后,翟五毛正准备去村部,手机响了。

他的第一反应就是来信息了,急忙打开一看,果然有一个叫"万山红遍"的人说愿来投资开发美人山。

翟五毛喜得如小孩般蹦跳起来,也不管对方是男是女,张口就问,"老总,不知您什么时候来这儿考察,我好做准备呀。"

对方说:"不用准备,我今天就来。"

翟五毛更是激动,嘴上"啧啧"着:"瞧人家,那才叫雷厉风行,说干就干哩。"就问,"老总,不知您具体什么时间能到美人村?"

对方说:"十点左右吧。"停了一下,又问,"怎么,还要举行欢迎仪式呀?"

翟五毛的舌头像簧片般弹动:"当然,当然。"

对方说:"行,那十一点准时到一号桥迎接我吧。"

翟五毛奇怪了:"这老总是哪里人,怎么连一号桥都知道?"

考虑到对方既然来投资开发美人山,一定是个有钱的大腕,如果让自己这个其貌不扬的小人物去迎接,有失美人村的形象,想了想,又搬出上次去交通局的做法,让魁伟帅气的卫青山替代主任,他装作是主任的秘书。

想好后,翟五毛把卫青山叫来,又让副主任鲍一虎和妇女主任韩羞草、会计陆俊将会议室布置一番,做好接待工作。见一切安排停当,才与卫青山穿上西装革履,自己特意拎了一只黑皮包,跟在卫青山身后。

刚到已修好的一号公路桥前,一辆银灰色的雪佛兰汽车到了。

翟五毛眼熟,看了看,突然认出,也不顾他这天的"身份",直接冲到驾驶室前,向里一看,"啊"的一声惊叫:"秦局长,怎么是你?"

秦川打开车窗,笑着招了招手。

翟五毛看了秦川一眼,就见她还是齐耳短发,长方脸仍未着粉黛,全身依旧是一套黑色西服,内衬白衬衫,系着紫红领带……

"都上车,到村里再谈。"秦川一如既往,手一挥,命令似的喊道。

翟五毛见秦局长说话还是那样强势,心里虽然有点不爽,但想到人家这次是来投资开发美人山的大腕,只得委曲求全,和卫青山上了车。

车到村委会,几个村委早在二楼会议室等候,见是秦副局长,无不惊讶。

第三十八章 秦川投资

149

陆俊假借整理桌椅走到秦川面前,问道:"秦局长,你是来联系村,还是来投资的?"

秦川说:"上次回去,我就辞职了,还联系什么村,当然是来开发美人山。"

鲍一虎也强打笑脸道:"秦局长,你不是开玩笑吧?"

秦川说:"我开玩笑干吗,行李铺盖都放在车上哩。"接着又说,"今后你们就别再叫我秦局长了。"

青山问:"那叫什么?"

秦川说:"就叫我秦川,叫小秦也行,我还有个网名叫'万山红遍',叫那也行,时尚。"

韩羞草说:"那怎么行,你马上就是美人山开发老总了,怎么能叫网名呢?就喊秦总好了。"

翟五毛说:"对,叫秦总最合适。"

大家觉得这称呼贴切,一起说:"对,就叫秦总吧。"

秦川笑着说:"怎么称呼不重要,重要的是怎样尽快把美人山景区开发出来,把美人山景区的名片打出去。美人山的情况我已基本了解,当务之急是尽快把合同签了。合同签了,我就可以去做景区规划,着手动工了。"

听说村里要将美人山租赁出去,山上开饭庄、客栈的单大杆子、刘棉花等村民急了,纷纷赶到村部,吵着闹着不准租赁美人山。

幸亏翟五毛早有预案,就找秦川商量,利用股份制形式开发美人山。

秦川毕竟在政府相关部门工作过,懂得政策,理解百姓,听说让村民带山场入股,当即拍板答应。

消息传开,除了在山上开饭庄开客栈能捞到游客现钞的少数几户村民外,绝大多数都觉得这形式既新鲜又实惠,无不鼓掌赞同。

秦川不仅办事有条理,更是雷厉风行,合同签过后,一个月时间不到,就拿出景区整体规划,为尽快将景区名片打出去,她首先要动工的就是景区门面工程——门楼、办公大楼、宾馆、会所……

翟五毛自从将楼价降下来,始终觉得有愧于高丽娜,现见景区有这么多工程急于建设,就向秦川推荐高丽娜的建筑工程队。秦川见建筑工程队设备齐全,而高丽娜又是干过大工程的人,当即同意。

高丽娜见美人山景区规划是个大手笔,其中有做不完的工程,于是欣然接受,让她的工程队带着设备器材,挪个窝,从新区转到了景区。

半年下来,气宇轩昂的景区大门楼已高高竖起,办公大楼、宾馆、会所的主体也日渐升高。秦川见了自然满意,更是佩服高丽娜高效的指挥:"别看她平时有些妖冶,办事还真有一股不输给男人的魄力哩。"

忽有一天,秦川又想到山上那些不愿下山的村民和黑恶势力,心情不由得沉重起来,又去找五毛主任。

那天,翟五毛正在村里召开村委会,秦川进来就说:"主任,景区的一期工程很快就要完工了,可那几户村民还不下山,真的影响景区整体规划的实施呀。"

翟五毛就停了会议,说:"秦总放心,我已把动员山上村民下山,列入到村里主要工作日程上了。"

秦川又说:"还有石和尚那股黑恶势力呢。"

"至于石和尚——"翟五毛见在场的人多,暗中向秦川挤了个眼色,说,"石和尚的事,我们只有吃萝卜——吃一节剥一节了。"

散会后,翟五毛找到秦川,微带几分神秘地说:"秦总,我这次之所以要急于开发美人山,第一,是把景区早日开发出来,利用这得天独厚的条件为村民创造更多的经济利益;第二条最重要,就是将山上的村民动员下山,彻底铲除石和尚在山上生存的根基。"

秦川笑着说:"从你那眼神中,我早已看出来了。"

翟五毛更是佩服秦川的机警,为打消她的顾虑,说:"为加快景区开发步伐,我近日就上山,一定要把那几户村民动员下山。"

秦川高兴得与翟五毛击了个响掌,说:"主任,我要的就是这句话。"

第三十九章　密谋加害

石佛洞天井处，一天的豪赌又开始了。赌徒们为了把赌注准确地投放到他所看准的一方，拥挤得人头攒动，声音虽然不敢过大，但由于洞中有回音，还是如闷雷般滚动出一片"嗡嗡"声。

崔青草与情夫石和尚折腾了一夜，直到上午十点才醒来，见袒胸露臂睡在身边的情夫，也不声张，轻轻掀开她这边的被褥，将两条嫩藕般的长腿移到床边。

微小的声响还是惊醒了石和尚。他微微睁开朦肿的睡眼，迟缓地看了崔青草一下，问道："还早哩，起来干吗？"

崔青草说："外面太吵，睡不着，到山上透透空气。"说着，两腿落地，从石凳上拿来裤褂穿了。

石和尚见情妇起床，自己也将两只粗壮的长满汗毛的胳膊伸出被褥，长长地伸了个懒腰，再来回运动几下，一个鲤鱼打挺坐起，也拿裤褂穿了。

崔青草有几分疼爱，说："你起来没事，多睡一会儿就是。"

石和尚声音缓慢阴沉："哼，在你看来，我似乎每天除了吃喝玩乐，就什么事也不做。可你要知道，我这大脑只要一分钟不转动，它随时就有搬家的可能。"

崔青草微微一震，说："仲德，大清早说这话干吗？"停会儿又说，"莫不是你还在担心那个姓翟的？"

石和尚说："怎么不是呢，我本想撞伤袁世通，制造一号桥事件，让那小子下台，谁知政府竟然那么信任他，不仅没撤他的职，还给了他更多支持，使那小子干得更加积极。听说现在又引来了开发商，要把美人山彻底开发出来，他这一招厉害，是在竭泽而渔，要端我的老窝呀。"

崔青草一惊，说："要端我们的老窝？"

见情夫不说话，崔青草只得进了隔壁"客厅"，轻轻叩了三下石门。

石门洞开,贴身爪牙苍蝇端着洗脸水进来。

"大爷,水来了。"苍蝇说着,将洗脸水和洗漱工具毕恭毕敬地放到石桌上。

石和尚看了一眼,闷闷地问:"苍蝇啊,还要我再提醒你多少次呢,先给夫人。"

苍蝇知错,急忙将洗脸水端到崔青草面前,又拿来一套洗漱工具,欠身说道:"夫人请用。"

洗漱完毕,苍蝇又将早已煮好的红枣莲子粥和每碗一个油煎荷包蛋端了进来,同样是放在石桌上,说声:"大爷、夫人请用。"

石和尚吃过早餐,擦了嘴,见情妇还在埋头吃着红枣莲子粥,就端起陶瓷茶壶,深深喝了一口茶,再靠上石椅,双目闭起。

这时,苍蝇又进来:"大爷,二哥来了。"

石和尚说:"叫他进来。"

片刻工夫,马彪进来。

石和尚装作礼贤下士的模样,急忙坐起,问:"还没吃吧?"

马彪说:"大哥,吃过了。"见崔青草已将碗筷放在石桌上,连忙说,"嫂子吃好。"

"吃好了。"崔青草冲马彪微微一笑,将碗筷收捡给苍蝇。

"那几户工作做得怎样了?"待青草苍蝇走后,石和尚问。

"没问题,早做好了。"

"能确保到时候他们不反悔吗?"

"大哥,他们都说了,即使被抓进大牢,他们也不会让出自己的摇钱树。"

"那事办得怎样了?"

"猴子都办好了。"

"不会出问题吧?"

"猴子说他把那东西给那几家时,他们都对猴子感谢不尽哩。"

"真的没人发现?"

"能让人发现,我马彪还能算是个办事的人吗。"

石和尚冷冷地"哼"了一声,说:"老二,这事办成后,做大哥的一定要重重犒赏你们!"

马彪抱拳道:"谢谢大哥。"

石和尚伸出手,在马彪肩膀上拍了两下,说:"听说翟五毛那小子阴招多,你我都得倍加小心。只要那小子敢上山,我们就——"石和尚用手做了个劈杀的动作。

马彪昂首挺胸回答道:"马彪明白。"

正说着,石和尚手机响了。

"说,什么?上山了?还有个女的,好,知道了。"石和尚"啪"地关了手机,对马彪说,"老二,说曹操曹操到,刚才山猫说,那小子已上山了,还带了个女的。老二,这次就看你的了。"

马彪更是兴奋,说:"大哥放心,我马彪等的就是这一天。"

马彪刚转身,石和尚又喊住:"老二,听说那小子轻功了得,你得多带上几个兄弟,以防不测。"

马彪抱拳道:"知道了,大哥。"说完,转身出了洞门。

第四十章　大鹏饭庄救游客

这天,秦川站在景区门楼前,看着即将封顶的宾馆、会所、办公大楼,再次打心眼里佩服高丽娜的高效指挥:"没想到一个做房产开发的,搞景区建设也这样轻车熟路。这人算是找对了。"正赞叹,就看见翟五毛骑车从山下飞奔上来,于是迎上去问:"主任,是去做那几户工作吧?"

翟五毛双手按住车闸,停住车,笑道:"你秦总的指示,我哪敢怠慢。"

秦川看了山上一眼,说:"那我跟你一道。"

翟五毛知道秦川现在是景区老总,应该对山上情况多加熟悉,于是点头说:"好。"

第一站是大鹏饭庄。

大鹏饭庄在骚客峰半山腰,离石佛洞不足三百米。它仅是一栋建在石崖上的砖墙平瓦房,平瓦屋内设有八个单间包厢,那是供有点身份的人进去吃喝玩乐的"雅座";平房下面是一片平地,地面用水泥浇铸,虽然平整,但禁不住饭庄整天油烟熏燎,地面已是漆黑一片,脚踩上去,鞋底与地面"呲啦"作响;平地上空拉起一块足有一个排球场大小的油漆帆布,帆布下摆了十多张饭桌,算是简易的餐厅;简易餐厅南面是一间不大的裸露在外的厨房,那里案板、液化气灶、水池,一应俱全。

翟五毛和秦川赶到时,正是吃午饭时间,简易餐厅里已挤满了前来就餐的游客和在石佛洞赌博的赌徒。这些赌徒,大多是赢了钱,他们吃相更是难看,猜拳行令以及那一双双让人见了生畏的红眼珠,早把几个胆小文静的游客吓得缩到边边角角的饭桌旁埋头吞饭……

翟五毛这次虽是专找单大杆子谈事,但作为一村主任,他不能不把这些情况看在眼里,记在心中。

这时,就见单大杆子端着菜盘朝这边走来。

单大杆子一米八的个子,既高又瘦,加上这天穿着蓝色长褂,奔走在餐厅中间,就如一根未稳的木桩,在人流中飘来晃去。

有人喊单大杆子。

翟五毛认出是水玲玲。

水玲玲举着三角小黄旗,领着两对青年向餐厅走来。翟五毛知她是领游客前来就餐,就多瞟了一眼,就见两个女游客长得标标致致,心想:"这些女游客怎么长得这么漂亮呢。"刚这一想,觉得自己是村主任,不该想这些。

单大杆子早已高声答应,用手向西边空桌处一指,说:"那边有座位。"

水玲玲摇了一下小黄旗,领着两对青年侧着身体挤了过去。

单大杆子在生意场上混了多年,善于见风使舵,这时看见翟五毛,就想起选举会上翟五毛说要赶他们下山的那些话,本想拿点脸色给他看看,但见人已到了面前,脸上只得由阴转晴,托着菜盘笑着过来,热情喊道:"主任,你什么时候来的?真是稀客,还没吃吧,快快快,到后面坐,到后面坐。"一边叫喊老婆,"菊花,炒几个下酒菜送到6号包厢。翟主任来了。"

翟五毛本想说不,但想到这次是专门来找单大杆子谈下山的事,又见他这么热情,觉得机不可失,于是向秦川递个眼色,说:"秦总,那就在这里吃吧。"说过,向单大杆子介绍了秦川,一边跟随单大杆子去了崖上的6号包厢。

翟五毛、秦川知道喝酒误事,推说不会,单大杆子也不勉强,拿来两只纸杯,让两人喝饮料,自己用白酒作陪。翟五毛首先敬过单大杆子一杯,把话转到下山事上。

单大杆子连忙借酒拒绝,说:"喝酒,喝酒。"

一阵油香味飘来。菊花端来糖醋排骨、木耳炒冬笋、麻油拌马兰三个菜。

翟五毛见了那脆黄甜香的糖醋排骨,想着自从退伍回来,除了偶尔在义父家蹭一顿,还真的没吃过这么色香味俱全的好菜,正要伸筷攥那糖醋排骨,就听室外一片叫嚷声,他急忙拉开窗帘,就见简易餐厅处正有人扭打成一团。

单大杆子见翟五毛看着窗外,急忙劝道:"主任,别管他们,我们喝酒,喝酒。"

翟五毛说:"打得厉害哩,去把他们拉开。"

单大杆子用酒杯碰着翟五毛纸杯,说:"喝酒。管那闲事干吗,这些人都是三日风三日雨的,别看他们现在打得头破血流,只要一上赌场,云消雾散,屁事都没有了。"

翟五毛想着今天来的主要任务是做单大杆子的下山工作,也怕节外生枝,就陪单大杆子又干了一杯。

就在这时,简易餐厅又传来一阵令人心悸的女人尖叫声和男女混杂的叫骂、厮打声……

翟五毛第一反应是女人遭人欺凌了。

他再也忍耐不得,一个箭步,冲出包厢,跳下十多级的台阶,冲进简易餐厅,四面一瞅,果见西边那墙角处,几个歹徒正紧紧掐住两个男游客的脖颈使劲往桌上撞击,另几个歹徒已掀倒餐桌,将两位女游客逼到墙角处,歹徒一个个咧着嘴,伸着魔爪,狂笑着上前拉扯女游客的下衣。水玲玲早已吓得双手捂着脑袋缩在一旁。

翟五毛见餐厅里人群骚动,桌椅拥挤,他竟忘了自己村主任的身份,更忘了什么叫文明,"噌噌噌",逐一踏着桌边,向那打斗处冲去——而那踏过的桌面上的杯盘碗碟纹丝未动。

到了近前,翟五毛大声叫喊住手,可那些歹徒不仅不听,反而是越发疯狂,直砸得两个男游客头部血肉模糊,两位女游客被按在地已无力叫嚷。

翟五毛已知劝解也是白搭,一横心,"噌噌噌"几脚蹬向那强暴女游客的歹徒,回头又是"噌噌"几脚,直踢得那几个砸男游客脑袋的歹徒东歪一个,西倒一双。

被踢蹬倒的强徒睁开一眼,见是一个瘦猴的小子,本想爬起来反击,但很快就想到美人村有个瘦小的村主任,一个个吓得呼爹唤娘抱头鼠窜。

翟五毛见四个青年并无大碍,叫水玲玲带到乐中医处检查,看是否造成内伤。

两对青年见翟五毛如此关心,感动不已,一个个鞠躬离去。

单大杆子出来,见餐厅一片狼藉,狠狠骂了一句:"今天活见鬼了。"

翟五毛见单大杆子已愤然去了厨房,也追赶过去,一边喊道:"单大哥,单大哥"

单大杆子不再理睬,钻进厨房不见了。

翟五毛知道这事办砸了,只得向秦川一撇嘴,说:"下次再来吧。"

第四十一章 刘荒与"风水宝地"

翟五毛与秦川踏上美人峰,过了千佛寺,沿着丛林中的山道向右走数百米,忽然听到一阵磬玉相击般的悦耳之声。

秦川侧耳听了听,问道:"这是什么声音?"

翟五毛说:"我们已到刘荒老人的风水宝地了。"

秦川一阵惊喜,领前三两步穿过丛林,登到山峁高处,眼前豁然一亮,就见山巅下是一片开阔地,开阔地的东西两面被两道弧形山脊缓缓圈住,形成一个箕形,箕形前方一左一右兀然独立两个山包——秦川略懂风水,知那是守护箕形宝地的青龙白虎。箕形中央是一块足球场大小的开阔地,开阔地中央有一株六七层楼高的千年古银杏树,古银杏树长得枝繁叶茂,枝条上扎满了红绿布条,山风吹来,布条飘扬,煞是好看。

秦川问:"树上挂那么多布条干吗?"

翟五毛说:"这里有个神奇的传说。"

这正是秦川所要了解的,她急忙问:"快说给我听听。"

翟五毛边领秦川下山,边说:"二十世纪六十年代,这棵银杏树除了长得粗壮高大枝繁叶茂外,并无其他特别之处。直到若干年后的一天,村民突然发现,那银杏树主干十多米高的分权处,长出一桐一柿两枝新苗,而且那两枝新苗长得奇快,不上三五年,就赶上其他的分枝,村民们觉得奇怪,纷纷敲着脑壳琢磨其中的奥妙。"

"后来呢?"秦川问。

翟五毛说:"后来有位风水先生来到树下,抬头一看,'呀'的一声惊叫,说这树已成神树了,说那'桐'即'童','柿'即'士','银杏'即'金银'——也就是说,这树在诏告人们,这年头要生孩,要做官,要挣钱,只须给这神树挂上一匹红绿布就成了。消息一出,大江南北的人们无不慕名前来。"

秦川摆动一下短发,问:"这好树怎么就给刘荒老人承包到了?"

"情况是这样,"翟五毛说,"也算刘荒老人手气好,那年拈阄,这块山场被他拈着了。他老夫妻俩无儿无女,见这银杏树天天有人来烧香磕头,他便想出主意,在那树旁盖了一间草棚,每日在草棚前卖些香烛纸马红绿布,赚些零用钱。"

秦川点头:"哦,哦。"

翟五毛继续说:"这里还有口日月潭,那潭水也能卖钱。"

秦川寻着看去,就见离银杏树不远处,正有一潭不大的池水,池水清澈透亮,在青山掩映下,一片碧绿,于是惊讶问道:"我国宝岛台湾不是也有个日月潭吗?"

翟五毛说:"这日月潭非那日月潭。这日月潭不仅是终年潭水清澈,更有那——"说着,指向日月潭上方。

秦川顺着翟五毛手指的方向往山高处看,就见日月潭上头,全是悬崖峭壁,悬崖峭壁所有的缝隙处,尽生些毛竹榉树之类的,植物间鸟雀跳跃啁啾,那清脆的鸟鸣更映衬得悬崖峭壁处的险要与幽静;再往上看,就见高耸的石崖上,东边生出一个圆形的石洞,西边生出一个半圆形的石洞,两股白练般的山泉分别自两个洞口流淌而下,下到二三十米,汇集一处,再绕悬崖,穿石壁,左碰右撞,如白莲绽放,似飞珠溅玉,带着磬玉之声欢欢突突奔入了日月潭。

翟五毛介绍道:"这就是美人峰有名的百丈泉。"

秦川"哦"了一声,更是惊叹:"这就奇了,那山泉为什么偏偏要从那洞口流淌出来?"

翟五毛说:"这正是日月潭水的金贵之处。"

秦川不解:"这怎么讲?"

翟五毛又指着山高处说:"东边那圆洞为太阳洞,西边那半圆洞为月亮洞,两个洞里各有一个小水潭,因为小水潭在山高处,白天太阳照着,夜晚月亮照着,这两个潭的泉水正所谓吸足了天地灵气、日月精华,所以人喝了它,自然会百病根除,延年益寿!"

秦川觉得翟五毛说得玄乎,讥讽道:"没想到你一个堂堂的村主任也信了方士道人的诳语?"

翟五毛急忙辩解:"这怎么是诳语?外国科学家早就证明了这一点。"

秦川将信将疑:"真有这事?"

翟五毛说："这绝对是科学的,不信你上网查查看。"

秦川说："如真是这样,我回去一定仔细查查,把日月潭这张名片好好打出去。"

两人说着,下了山巅,远远就见潭边一块平坦的磐石上坐了六七位男女游客。秦川以为那些游客是在欣赏山泉处的天籁之音,不觉心动,想,这次上山,既是了解山中情况,何不与游客聊聊,了解他们对景区的期盼与建议,想着,领前向磐石走去。到了近前,从衣着打扮,知道这几位游客都是来自大城市,于是把自己的意图说了。

游客可能是见秦川说话真诚,一个个接了腔,说这美人山条件虽是得天独厚,但景区的开发和管理远不及别的地方,就举了黄山、武夷山、九华山等景区为例。

秦川听了感动,觉得这才是肺腑之言,正要问些深层次的话题,就见一位老人佝偻着腰搂着几个大小不一的铝制旅行杯慢悠悠地向这边走来,边走边喊:"泉水来了,各人认各人的杯子。"

秦川断定那老人就是刘荒,问:"这老人靠卖泉水也能挣钱?"

翟五毛点头说:"是的。"

翟五毛终究心地善良,见老人为挣几个零用钱而辛辛苦苦,一时犯了愁,小声对秦川说:"如果要这个'靠山吃山,靠水吃水'的老人搬下山,他还能去哪里挣零用钱呢?"

秦川说:"要是能为老人在山下找份工作就好了。"

这一说,真让翟五毛开了窍,说:"对了,新区那里不正缺个门卫吗,如果让老人去,不仅能干好门卫,同时也为他解决了零用钱的问题,这岂不是两全其美?"

说着,刘荒过来,一手将水杯交给游客,一手收钱;收完钱,正要将那几张纸钞理齐装进衣袋,就看见翟五毛,冷冷问声:"你们来了。"

翟五毛连忙点头笑道:"刘叔,忙啊。"见周围有游客,又说,"刘叔,到你家看看,行吗?"

刘荒冷冷地说:"随你们。"

翟五毛和秦川跟着老人进了茅屋。

茅屋分堂前和房间两间,二者之间隔了一道草墙。堂前摆设简陋,一张小方桌,两把旧竹椅,一只骨牌凳,靠东墙边摆放一只缸锅灶,灶前堆放些劈开的硬柴。

此时中午早过,刘荒老伴正弯腰在缸锅灶前炒菜,见村主任和一位女同志到来,就喊了声"主任来了",一边继续炒菜。

刘荒拖出两把竹椅,放到翟五毛和秦川面前,也不说话,只用手做个请坐的姿势。

翟五毛和秦川相互看了一眼,默不作声地坐了。

这时,正忙着炒菜的老伴说话了:"老头子,还不泡茶。"

刘荒这才"哦"了一声,进房间拿出约有三两的一包茶叶,茶叶包装得精细,里层是大表纸,大表纸外是箬叶,箬叶外才用牛皮纸袋密封住。刘荒一层层拆开,拈出两撮如米粒大小的"雀舌",泡了两杯茶,分别递到翟五毛和秦川面前。

秦川接过茶杯,见那"雀舌"茶,经日月潭的山泉一泡,顿时如一条条细小的鱼儿,翘起嘟嘟小嘴,一阵阵一群群往茶水的深处游去,这时,整个茅屋就充满了淡淡的清香。

翟五毛可能是渴了,也想不起评品,端起茶杯就喝,待放下茶杯,正想提及搬迁的事,肚内却"咕噜噜"一阵响,接着隐隐作痛,就微微皱起眉头。

秦川看见,问:"怎么了?"

翟五毛捂住腹部说:"可能是喝泉水不服,肚子有点痛。"

秦川说:"那赶快回去吃点药。"

翟五毛说:"没事。"也不把这痛放在心上,还是耐心对刘荒从开发景区为民创收说起,渐渐绕上主题……这时,肚子痛得厉害,更是感觉身上有阵阵冷汗沁出,翟五毛知道出了问题,立即站起来说:"刘叔,我有点事,得马上回去,下山的事我们过几天再谈吧。"说着,双手捂住腹部,忍着剧痛,与秦川匆匆出了茅屋。

第四十一章 刘荒与"风水宝地"

161

第四十二章 新来的导游

乐一鸣将翟五毛平放到铺有白布单的竹床上,拿听诊器在胸口听了几圈,看过眼珠再看舌苔,说根据症状判断,很可能是吃了黑樱桃。

大家觉得奇怪,说:"主任知道黑樱桃吃不得,他怎么会吃呢?"

乐中医又问:"主任今天去了哪些地方?"

秦川就把去了刘荒家,在他家喝了茶,就感到肚子疼痛的事说了。

乐一鸣说:"幸亏早来一步,如再迟几分钟性命就没了。"

说着,乐一鸣转身去药架那标着"植物炭"的药屉里掂了半把草木灰,倒入一只瓷盆中,用开水冲了,搅拌均匀,端到竹床前,让陆俊、卫青山帮忙撬开翟五毛的嘴,强行将草木灰水灌下,随后又泡了半瓷盆肥皂水,帮着灌下。

这时,就见翟五毛腹部起伏几下,猛地一昂头,哇的一声……

秦川、陆俊、卫青山急忙上前,将翟五毛侧着移到竹床边,就见哇哇哇一阵呕吐,将刚才灌下去的草木炭灰连同黏液一道吐出……

直到吐见清水,乐中医又开了干草、大黄、茅根几味中药,交给陆俊,说:"回去把这煎着喝下,就没事了。"

晚上,翟五毛吃了乐医生开的中药,果真好多了,一面躺在床上休息,一面想着今天中毒的事。

这天傍晚,袁世通坐在大门口不停地向门外张望。

自从南京回来,每到这时,义子五毛除了实在无法回家,一般都是按时回来,用车推着他去户外散步,让他活络筋骨。这天迟迟不见五毛回来,正怀疑,接到陆俊电话,说五毛吃了黑樱桃,正躺在家里休息。袁世通一听急了,顾不得腿未痊愈,让女儿豆蔻搀扶着,和老婆匆匆赶到新区,见五毛果真脸色苍白,直条条躺在床上,急问道:"五毛,这究竟是怎么回事?"

翟五毛见义父全家赶来,心里一阵酸楚,泪水夺眶而出,说:"爸,妈,你们咋来了?妹,快端椅子给爸妈坐。"

袁豆蔻端过椅子,挤到床前问:"哥,你在哪里吃的黑樱桃?"

翟五毛眨动眼睛,没说实话:"我也不知道是否真的吃了黑樱桃。"

袁世通埋怨道:"我讲动员人下山是要出大事的,你就是不听,现在该知道老爸没说错吧。"

翟五毛知道义父话中意思,只得说:"爸,不把山上人动员下山,景区就没法统一规划,不能统一规划,那投资方怎么去开发景区呀,不开发,美人村就永远得不到发展,村民更是没法富裕。"

袁世通见说服不了翟五毛,只得叹道:"你就是这样犟哟。"

正说着,有人敲门。

袁豆蔻问:"谁呀?"

"是我们。"一个女音。

袁豆蔻以为是秦川来了,顿了一下。

翟五毛无力地催促道:"妹,去开门。"

袁豆蔻极不情愿地去了。

门一开,就见面前站着一高一矮两个年轻漂亮的小姐。

高个的,近一米七的修长身材,鸭蛋脸,丹凤眼,长睫毛,上穿米色贴身夹克衫,下穿深蓝牛仔裤,一袭披肩长发飘然身后,文静淑雅,端庄大方;另一位微胖,身高一米五几,齐耳短发,苹果脸,上穿白色T恤衫,下配远足短裤,一双轻便白色运动鞋,一看便知是位纯真、充满活力的女孩。

"这是五毛先生的家吗?"高个子小姐闪着那双乌亮的丹凤眼问。

"你俩是?"袁豆蔻狐疑不决。

"这你别管。请问这里是翟五毛先生的家吗?"胖小姐挤上前说。

翟五毛听了耳熟,也不顾义父义母拉劝,翻身爬起,刚出房门,就啊的一声惊叫,说:"林岚,林师妹,你们什么时候到的?"立即伸出双手迎过去。

叫林岚的高个小姐闪动一下丹凤眼,没有与翟五毛握手,只是微感吃惊,问:"师兄好了?"

翟五毛觉得奇怪,睁着一双疑惑的小眼睛问:"师妹你咋知道,莫非?"就看见林岚身后那位圆脸小姐,更是惊喜,说:"这不是闻师妹吗?"

林岚微笑道:"你也认识?"

翟五毛说:"闻师妹在武校是有名的活跃分子,还是个小吃货,我怎么能不认识呢?"

时隔六年,在自己的家乡遇到两位师妹,翟五毛自然惊喜,介绍了二老和义妹豆蔻,又让豆蔻泡了茶水。

袁世通见在场的都是年轻人,觉得自己坐这里不方便,找着理由要回去。

翟五毛知道义父意思,坚持要送到楼下,义父不肯,说:"陪同学要紧,送我干吗?"于是打过招呼,由老伴搀扶着回家。

袁豆蔻见父母已走,本想跟着离去,但见这两位漂亮的小姐夜访,尤其是那位姓林的,看似文静,言语不多,但"闷头驴子吃麦麸"哩,谁知她找五毛要干什么,想着,实在不忍离开,但又找不出留下来的理由,想想只得狠狠剜了林岚一眼,说声:"你们在这里。"极不情愿地出门走了。

翟五毛见二位师妹坐下喝茶,习惯地挠头问道:"师妹,你俩怎么知道我住在这里,你们是怎么找来的?"

闻萱已将茶水喝去一半,用手抹着嘴角说:"当然是招聘来的。"

"招聘?"

"是呀。不招聘我们怎么会来?"

翟五毛陡然想起上次在镇里要助手的事,就问:"是骆书记派你俩来的?"

林岚微微抿了一口茶,点头称是。

闻萱更是瞪大眼睛,说:"不是他安排,谁知道你这大山窝里还有个这么美丽的地方。"又问,"唉,师兄,刚才那个胖胖的小姐,你怎么喊她妹,我怎么看都像是你的女朋友呢。"

翟五毛说:"也算是吧。"

闻萱白眼一翻,说:"是就是,怎么叫也算是。"

林岚急忙把话岔开,说:"还是向师兄汇报一下我们的工作吧。"

翟五毛说:"还汇报什么,用东北话说,有你俩来,美人村班子的力量还不是咣咣的了。"

林岚微笑道:"师兄,你还不知道我俩具体是干什么工作的,怎么就叫咣咣的了。"

翟五毛说:"凭你俩的能力,不论是当村主任,还是当村委,那还不都是咣咣的。"

林岚又是浅浅一笑,说:"师兄,我们不是来村里工作的。"

翟五毛双眉一耸,将信将疑道:"那是……"

闻萱摇了摇齐耳短发,说:"当导游啊。"

翟五毛顿时蒙了,反复看了两位师妹,心里埋怨:你这个骆书记啊!我急缺的是村班子成员,怎么只派两位导游呢？于是,再次问道:"下午在断崖谷救我的是你俩？"

林岚连忙摇头否认。

翟五毛说:"怎么会呢？从那两个蒙面人的出手,尤其是那腾空旋风脚和魁星踢斗的招式,我当时就想,这腿功多像我林师妹的呀。"

林岚又是浅浅一笑,说:"师兄说得神了。"

翟五毛连连挠头说:"真的,逗你是狗。还有那掌功,尤其是'蝴蝶双飞'和那'白虎亮爪',我一眼就看出,这些绝活功夫只有我们紫霞武校才会有。"

闻萱听了高兴,说:"师兄,我的掌功真是很有特点吗？"

翟五毛说:"真的,我不骗你。"

林岚"嘘"了一声,说:"师兄,从今以后,你我再也不要提今天山上发生的事了。"

翟五毛问:"为什么？"

林岚说:"不仅是今天山上那事不提,就连我们会武功的事也不能再提,这是骆书记规定的。"

听说是骆书记的规定,翟五毛已明白了几分,于是点头说:"行,我们不再提今天的事就是了。"又问到住宿的事。

林岚说:"这我们下午已找好了,就住在棉花客栈。"

翟五毛吓得"哟"的一声,皱眉道:"住那里不行。"

林岚说:"住那里接送游客方便。"

闻萱也说:"那里离两个洞……"

林岚急忙制止道:"这话千万不能说。"

闻萱舌头一伸,脸已吓红。

翟五毛已明白过来,思忖片刻,说:"暂时也只有住在棉花客栈了。"稍停又说,"你俩既然是来当导游,就该由秦总统一领导,秦总就住在景区大门处的临时移动房里,有什么事,也方便与她联系。"

林岚微笑道:"到了师兄的地盘,还不是师兄指到哪里,我俩就打到哪里嘛。"

这是翟五毛记忆中林岚师妹第一次耍贫嘴,于是也戏谑道:"'冰美人'也变得爱说笑话了。"

闻萱急忙说:"师兄,你怎么知道我师姐是'冰美人'?她心里可是装着一团烈火哩。"

林岚柔柔地嗔了闻萱一眼,正要埋怨,翟五毛已把话岔开,说:"我马上打电话给秦总,让她将你俩的工作安排好。"

说着拨通了秦川的电话。

送走了两位师妹,翟五毛很不高兴,念叨:"我明明是要助手,怎么只派两位导游来了呢?"

第二天傍晚,翟五毛正在家里休养,卫青山匆匆跑来,说县公安局和镇派出所明晚要来美人山清剿石和尚那股黑恶势力。

翟五毛"啊"的一声,张大了嘴……

第四十三章　客栈之夜

骆枫书记很快给翟五毛打来电话,说林岚当导游是鉴于美人山情况复杂,其中奥秘暂不得外传。翟五毛心地玲珑,明白领导意图,也守口如瓶,只把喜乐暗藏在心里。

那些天,林岚、闻萱根据秦总安排,白天随水玲玲边上山熟悉景区环境,边为游客讲解,直到傍晚,游客下山,水玲玲回家休息,她俩才回到棉花客栈。

刘棉花第一次听说两位导游小姐要长住客栈,十分高兴,一是觉得这笔买卖稳当,二见这两位小姐生得好看,只要日后关系处好,说不定就是她客栈两块响当当的招牌,于是要给她俩各安排一间客房。

林岚想,我和闻萱只住几个月,待景区宿舍建好,就要搬走,何必浪费秦总的钱呢？就说:"不了,我俩白天在山上当导游,只是晚上睡睡觉,有一间足够了。"

闻萱也说:"是的,只要有个栖身的地方就行,房大了也是空着浪费。"

刘棉花见两位小姐说得坚决,只得依从。

培训班学过,一个好导游,首先就得对景区所有景物,大到山川地貌的演变,小到一花一草的功能,更有神话传说、逸闻趣事……无一不烂熟于心,只有这样,在向游客解说时,才能睹物生情,口吐莲花,让游客如痴如醉,流连忘返。

晚上,林岚、闻萱将那厚厚一本打印的美人山景区资料拿出,资料虽是不全,但"塌鼻子总比没鼻子强",两人分头研读,边研读边编写解说词。

这天编着编着,两人感到头晕脑涨。

林岚说:"我们出去走走。"

闻萱说:"那好,要不,我这头脑真的要炸开了。"

两人放下笔,出了客房,过甬道,下台阶,来到庭院。

时值初夏,山风悠悠,庭院中几株古松枝叶摇动,发出呜呜的天籁;月过中天,清辉直洒古松、地面,使幽静的客栈更带几分凉意。

两人披了一下上衣,更是清晰地看到山麓处那刚建好的景区门楼、办公大楼、宾馆、会所等青砖黛瓦马头墙的徽式建筑群,在景观灯的流动、闪烁中,更是集古雅、简洁、富丽于一身,显示出江南的区域特色;再远一点,一方方灯光,将新区那一幢幢高楼照得祥和、静谧,与美人山麓徽式建筑的流光溢彩,遥相呼应,一静一动,构成一幅别样的深山夜景图……

两人看着夜景,想着师兄短短几年时间所取得的成就,更是敬佩。

就在这时,她俩看到一个矮小的男子在庭院外的山道上来回走动,持续半个多小时,还是不肯离去。

林岚觉得奇怪,小声问:"夜都深了,这人在干什么?"

闻萱说:"莫不也是客栈的旅客,出来透透空气?"说,"回去吧,免得……"

林岚摇了摇头,继续装着看夜景。

那人似乎已听到林岚闻萱的说话,回头看了一眼,下山去了。

林岚闻萱回到客房,正遇着老板刘棉花。

闻萱问:"老板,有一个男子在院门外老是不走,这都快半夜了,他是干什么的?"

刘棉花听了一笑,说:"那个人呀,我估计是神经不正常,白天黑夜,常在那里转悠,也不知是干什么的。"

闻萱还想问,已被林岚止住,说:"算了,我们还是去编资料吧。"

又一个晚上,林岚、闻萱正潜心在房间编写解说词,忽然听到外面传来几个男女的声音,接着是刘棉花叫喊几个小姐好生招待客人……

林岚、闻萱以为是来投宿的,也没多想,继续编写。

写着写着,就听一个男中音问道:"老板,这里还住了哪些人?"

刘棉花说:"没有别人,都是客栈里的几位小姐。"

男中音又问:"隔壁到现在还亮着灯,里面住的是谁?"

林岚、闻萱一惊,当即停笔细听。

还是刘棉花的声音:"那是新来的两个导游。这美人山不是要开发了嘛,说景区要规范化,特意从外地请了两个导游小姐。"

男中音问:"这夜都深了,她们怎么不睡?"

刘棉花说:"听说是在编什么解说词吧。"

停了一会儿,男中音又问:"刘老板,这些日子山上怎么样?"

刘棉花问:"不知您指的是什么?"

男中音加重语气:"山上平不平静?"

刘棉花说:"平静,平静,平静得很啦。"

男中音说:"就没来过别的人?比方镇里、县里的?或者是公安警察?"

听到这几个字眼,林岚和闻萱顿时警觉起来,就相互看了一眼,继续细听。

刘棉花似乎有些紧张,说话结巴起来:"没、没有,除了游客,就是开发景区的女老板有时到山上来看看,别的人,我、我就没看见过了。"

"那好,今晚我和夫人,还有我的一班弟兄,就在这里住了。"停了很长一段时间,那个男中音说。

"要在这里住,他们是些什么人?"林岚、闻萱想着,已无心再写下去,就轻轻收起笔、纸和资料,为不惊动外面人,她俩又静坐了一阵。

这时就听刘棉花叫道:"陆雅,把石老板和夫人带到 8 号客房去!"

"石老板?"林岚、闻萱大惊,就想到那天夜间上山搜捕石和尚的事!

"怎么,那个逃走的石和尚又回来了?"林岚轻念一句,拿起桌上手机。

闻萱发现,急忙按住,小声说:"这要是给他们听见,那可坏大事了。"

林岚摇头不语,在手机屏上写画一番,发出短信……

第四十三章 客栈之夜

第四十四章　疯狂的赌场

石和尚那天暗杀翟五毛未成，很快又从"遥控器"那里得知，警察晚上要上山清剿，于是不待天黑，带着情妇和一班兄弟早就溜之大吉。

其实，他们并未逃远，只是在美人山更深处一个叫卧虎岭的大山里藏了起来。

石和尚高兴，觉得翟五毛当村主任也不过如此，更是胆壮，再派手下人打探几次，确认一切恢复到原来的模样，这才带着他的情妇和那班弟兄重新回到美人山，仍然是狡兔三窟，或一天住在骚客峰石佛洞，或一天住在美人峰水晶洞，或是客栈，或是饭庄，始终行踪诡秘，居无定所。

这天，石和尚正在骚客峰石佛洞与情妇崔青草鬼混，就听洞外天井处闹嚷嚷一片。

崔青草心里烦，就撒着娇用肉拳头捶打石和尚那正伏在她身上的背脊，说："烦死人的，真没趣。"

石和尚停了下来，也用手抚摸着崔青草那细长柔嫩的脖颈，不紧不慢地瓮声说道："宝贝，干我们这行，哪能不受杂音干扰，忍耐点，慢慢就习惯了。"

石佛洞天井处这时不仅是嘈杂，更是混乱。

自从那晚公安人员上了山，这些如鸟兽散的赌众确实好多天没敢上山赌博。石和尚返回后，为让他那班手下有个藏身之处，当即派他的两个爪牙麻老五和钱三钻很快又将石佛、水晶两洞的赌场重新开起来。

开始几天，仅有麻老五、钱三钻几个作"媒子"的弟兄在洞中赌着，消息传出，那些人先是试探性来赌上一阵，不管输赢，过了瘾就走；又过几天，仍不见公安人员上山，胆又大了，加上麻老五和钱三钻的鼓动，赌众再来赌博，就不是赌上一两个小时，而是整天整夜地狂赌，饿了困了，就到大鹏饭庄或是棉花客栈弄些吃的，或是趴在桌上打一会儿盹，接着再赌……

石佛洞天井虽有一百多平方米，但终究是洞中，白天仅靠天井上空射下来的光亮,虽能将天井内照得明亮,但因赌徒人多拥挤,除了桌边人外,其余人是无法看清桌中央那两粒小小骰子上的点数。麻老五有办法,将两盏节能灯放在石桌中央南北两端,规定押单的将钱丢在南面灯下,押双的将钱放在北面灯下,待骰子开出,麻老五手下四个兄弟就将输家的钱赔给赢家,多余的,不论多少,一律用一根长长的塑料笆儿捞到麻老五面前,而且次次如此,只赢不输。

这天,天井中央那块天然的石桌四周又是围得里三层外三层,水泄不通。

麻老五这时僵硬着手腕,平端起摇杯,"咔咔"上下颠动两下,再将摇杯稳稳放在石桌中央,这才喊道:"押,押,单押南面,双押北面。"

不等麻老五叫喊停止,赌徒就一阵骚动,一只只长臂伸出,将手中一张、几张或是厚厚一沓五十、一百的纸钞丢到石桌南北两端,接着就屏住呼吸,焦急等待。

要是往日,到了这时,麻老五一定会再叫嚷几声,说:"要押的快押,不押就开宝了。"接着就掀杯,将杯中那对骰子明明白白显露在众人面前,再就根据骰子上点数来收钱、赔钱。

这次不然。

摇过宝后,麻老五迟迟不开宝,只是反复看着南北两端的赌资,见南边押的足有十万元之多,而北面仅押着稀稀拉拉几张五十、一百的纸钞。

麻老五又喊:"单上再押点,单上再押点。"

喊了几遍,不仅没人押单,更有人将原本押在单上的赌注又移放到双上。

麻老五也不生气,停了片刻,他突然喊道:"卖单,卖单,单上全部卖掉,谁买,谁买?"

赌场又是一番骚动。靠近石桌边想买的,就伸长脖颈向南面那长长一堆纸钞看了又看,估算着那堆赌资的多少。离桌面远的,就踮起脚尖或是按着前面人的肩膀蹦跳几下,还是看不清单上的赌资究竟有多少,就急得叫嚷:"麻老板,单上有多少,单上有多少?"

麻老五用长柄笆儿在南面纸钞堆上划动几下,说:"十万左右吧。想买的就答嘴。"

如是往日,十万这个数字,在美人山赌场上,只算是小菜一碟,可这天怪了,那几个想买单的赌徒,听了这数字,一个个吓得伸了伸舌头,再就缩起脖颈,回到原处站着不动。

麻老五更是站起大声喊道:"单上全卖,单上全卖,有谁买,有谁买?答嘴就是鲇鱼。(说话算数)"

赌场中又是一阵窃窃私语。

麻老五更急,再用长柄筢儿敲着石桌南面那溜长长的纸钞,高声喊道:"单全卖,单全卖,谁买,快答嘴,快答嘴!"

还是没人接腔。

麻老五已急得用筢儿敲得石桌"当当"响:"要买快答嘴,我要开宝了,我要开……"

"单是我的!"一个"嗡嗡"的声音传进来。

众人一起把目光投向洞口。

时间不长,就见洞口摸着石壁进来一个年轻人。这青年二十多岁,留着大包头,背着一只双肩黑包,是个典型的艺人范儿。

麻老五见过世面,知道大凡艺人,都是些自命不凡清高之人,他们历来都把赌博看成是洪水猛兽,不会介入;见今天这个有着艺人范儿的青年叫喊买单,麻老五着实吃惊不小,就有了几分戒备。待那青年挤到石桌边,他就暴着满脸红麻问道:"单上你买?"

那青年说:"我买。"

麻老提醒:"怕有十多万呢。"

青年答得响脆:"我买。"

麻老五又问:"算数?"

青年人说:"算数。"

麻老五说:"那我揭了?"

青年人说:"揭。"

"当"的一声,摇杯掀开,就见底杯中两只骰子上面一红二黑!

赌场顿时一片尖叫:"单,单,……"

那青年顿时傻了眼,如石雕一般立在那里。

押单的赌众一个个向他伸出手来,高声嚷道:

"赔钱,赔钱。"

"把钱拿来,把钱拿来。"

那青年还是如石雕般站着不动。

押单的赌徒已知不妙，不仅是叫嚷，更是向青年这边扑来……

麻老五见场面失控，就和几个弟兄一道站起，大声叫喊道："静下来，静下来，我让他赔钱就是了，你们急什么。"说着，就用笓儿将南面长长一溜纸钞粗略点动一番，对大包头青年说："赔呀，兄弟们都等着哩。"一边就把双上的钱用笓儿捞到自己面前。

麻老五收完双上的钱，见大包头还是盯着单上那长长一溜纸钞发愣，更是催道："赔钱呀，怎么不动呢？"

年轻人这才结结巴巴说道："我、我没有那么多钱。"

麻老五一听火了，怒吼道："什么？你没那么多钱？"

这下可把赢钱的赌徒惹急了，再次拥挤过来，向那青年索赔。

青年只得哭丧着脸一再说："我真的没有那么多钱，真的。"

这时还有人愿意听他的解释吗，就一起拥上去，拉他的包，扯他的衣，推着搡着，边推边骂：

"没钱你还答什么嘴？"

"你想来空手套白狼啊？"

"老板，你看这怎么办吧？"

"对，老板你得拿主意呀。"

麻老五这时反倒平静下来，慢慢走到小青年面前，心平气和地问道："小兄弟，人家都等着哩，快把钱拿出来吧。"

小青年还是那话："我、我没有那么多钱。"

麻老五这时火起，啪的一掌打在小青年的脸上，一边吼道："既不赔钱，那就把这个想吃白食的小子给废掉。"

四个打手早就扑过来，先是当胸几拳，接着是揪住那大包头，狠狠摁到石桌上一阵打……

眼看那青年快不动了，麻老五这才叫道："别打了，把他抬到山沟里扔掉。"

第四十四章　疯狂的赌场

173

第四十五章　林中"僵尸"

这几天,水玲玲一直很少接到游客。

她把这责任归咎到林岚、闻萱身上:"莫不是那两个年轻漂亮又说得一口标准普通话的东西要砸我的饭碗?"

尽管林岚、闻萱每天都是诚心诚意地教她说普通话、教她如何当好导游,但她还是担心自己这个"土包子"迟早会被淘汰。想到在美人山当导游很能挣钱,自然不甘心,于是每天见亮起床,梳洗完,将面霜从额头一直抹到脖颈根,再喷上香水,穿好导游制服,扛着三角小黄旗,到景区大门前等候,只要游客上山,她就满脸春风迎上去,甜蜜蜜地叫一声"先生"或是"小姐",问:"要导游吗?"

如若游客说不要,她会如跟屁虫般跟在那游客后面推荐说自己是本地人,对山上景点如何如何知根知底,请她当导游,就能看到美人山骨子里的东西;如不请她,玩了一天,只能看到一些皮毛诸如此类的话。有相信的,她就领着上山,用半生不熟的普通话作着解说;如没有愿意请的,她只得继续在景区门前等候,等游客来了,再重复一番嘴上功夫……

这天在景区大门处整整等了一上午,竟然没接到一个游客。

"今天起早了,尽遇些晦气。"

正埋怨,就见山下来了几对勾肩搭背的男女青年。男的不是留着背装长发,就是剃着雪亮的光头;女的则一律烫着爆炸式发型,下穿大脚喇叭裤,上穿超短马甲,竟然不顾山中寒气,将肚脐高高裸露在外。

水玲玲心中暗喜,又忘了五毛主任对她的教育,觉得又有了生财之道。原来她大凡带一人到赌场参赌或是带一人到棉花客栈,老板就会按比例付给她一定的好处费,这样,水玲玲有时一天挣得的好处费远比当导游挣的钱多。今天见几个女青年动了怒,于是笑盈盈地走过去,说:"几位帅哥美女,风花雪月的事当然沾不得,但有个地方,是可以去的。"

那个叫婷的女青年问:"哪里?说出来我们听听。"

水玲玲不说话,只是伸出手腕,在美女面前上下颠动两下。

大包头明白过来,惊讶地问:"这里有赌场?"

水玲玲笑着点头。

那个叫婷的美女更是两眼发亮,急忙问道:"在哪?快带我们去看看。"

由男人掏了导游费,水玲玲这才小黄旗一挥,带着几对男女向石佛洞赌场走去。

也该要生事端,眼看就到石佛洞了,叫婷的女游客突然说要方便一下,问美人山公厕在哪里。

水玲玲笑道:"美人山在哪里,公厕就在哪里。"

婷不明白,问:"那到底在哪里?"

大包头就在婷肩上拍了一掌,说:"亲爱的,你咋这么笨,这树丛、石崖边不都是'厕所'嘛。"就四周看了看,指着一片灌木丛说,"就去那。"

婷可能是真的忍受不了,双手搂着裤腰,钻进了灌木丛,刚进去不久,只听她一声大叫,又仓皇跑回来,喊道:"不好了,不好了,那里死人了,那里死人了!"

众人急问:"在哪?在哪?"

婷回头指着那片灌木丛:"就在那,就在那!"

大包头和几个男生说:"别怕,别怕,我们一起去看看,一起去看看。"

就一起跑了过去,远远见到一个二十几岁的男人,满身血污,直挺挺地躺在树丛中一动不动。

大包头惊叫起来:"呀,真是出人命了,快报警,快报警!"

水玲玲这才想起,赶紧拨通了刁三的手机。

刁三很快过来,进灌木丛一看,大吃一惊,认出是本村龙家独生子龙小艺,忙问水玲玲:"他不是在外地工作吗?怎么弄成这样。"

水玲玲双手捂着脸、颤抖着说:"我、我、我怎么知道啊?"

刁三胆大,蹲下身子,用两个指头在龙小艺鼻前试探个来回,说:"还好,鼻孔还有热气哩。"就招呼众人,"快把他扶到我背上,叫医生去抢救。"

水玲玲就让大包头几个男青年帮忙托起龙小艺,放到刁三背上,又将龙小艺两只软塌塌的胳膊从刁三肩头拉下。

刁三背着龙小艺,"噔噔噔"一路向乐一鸣诊所跑去,一边叫水玲玲赶快通知村里……

第四十六章　龙小艺失踪

　　翟五毛正在村委会召开联席会议,接到电话,大为震惊,立即停了会议,对秦川说:"秦总,对不起,我的同学被人打了,现在生命垂危,我得马上过去,会议暂时开到这里。"又补充一句,"秦总,你放心,石和尚虽然又回到美人山了,但你的工作仍照原计划进行。至于山上村民不愿搬下山,我会尽一切办法去做工作,绝不能因他们而影响景区的开发工作。"说着,收起笔记本就要出门。

　　卫青山、陆俊听说龙小艺出事了,自然震惊,说:"主任,我们一道去。"

　　秦川说:"那我用车送你们。"

　　事情紧急,翟五毛点头说:"那鲍主任和韩主任就留在家里,防止来人有事。"

　　翟五毛说完,与陆俊、青山出村委会大院上了雪佛兰,由秦川开到山麓,下了车,再一路跑步上山,到了诊所,就见直挺挺躺在竹床上的龙小艺的脸如死灰般煞白。乐一鸣正拿着湿毛巾一下一下为龙小艺擦拭着脸上的血迹。

　　三个儿时同学见状,就一齐叫道:"小艺,小艺,你怎么啦?你怎么啦?"

　　龙小艺还是直挺挺地躺着……

　　翟五毛急得双手搓动,问:"龙小艺什么时候回来的?怎么成了这样?这是怎么回事?怎么回事?"

　　陆俊、青山面面相觑,回道:"我们也不知道。他不是说不愿回来吗,怎么又回来了?"

　　翟五毛又跑去哀求乐一鸣:"乐医生,您一定要竭尽全力把我这位同学抢救过来,他可是个大人才呀!"

　　乐中医翘着几根山羊胡子,指着墙边一只正煨得"咕噜咕噜"的砂罐说:"没事,我正在熬汤药,待这汤药熬好后灌下去,他就会醒来的。"

翟五毛说:"有这等神奇的汤药?"

"单方气死名医,你不信不行啊。"说着,乐一鸣去墙边熄了炉火,一手拿着砂罐柄,一手以筷头拦住砂罐口药渣,将那赭黄色的药汤滗进一只蓝花碗里,滗完,放在一旁冷了一段时间,再端到竹床边,对陆俊等人说:"来,帮忙把嘴撬开。"

这时,陆俊、刁三已将龙小艺那紧咬的牙齿撬开,乐一鸣将一碗药汤灌下,时间不长,果见龙小艺轻轻一阵抽搐,众人一起惊喜道:"醒了,醒了,果真醒了!"

乐一鸣又翘着山羊胡问卫青山:"怎么样,我姓乐的没吹牛吧。"说着,拿了戥子,又去药柜前,称了几味中药,用纸包上,对翟五毛说:"这几味中药,你们拿回去煎成汤,让他空腹服下,不出几天,他的内伤就会好的。"

翟五毛收了草药,见龙小艺太阳穴处有个鸡蛋大的瘀块,很是担心,问:"乐医生,额头打成这样,一定会影响他的大脑,你有没有可以恢复他大脑神经的药啊?"

乐一鸣忽然想起,连连点头说:"对对对,这我倒忘了,你们不是说他是个大人才吗,我有办法,再给他配一点'聪明汤',回去煨着喝下,大脑很快就会恢复的。"又去药柜里抓了几服中药,包好,再交给翟五毛。

陆俊夸奖地说:"乐医生真了不起,要什么药就有什么药,真是活神仙呀。"

卫青山说:"乐医生,我想变成个大美女,你有这种药吗?"

乐一鸣不再理睬,只对翟五毛说:"你们快回去吧,喂药要紧。"

龙小艺家在西阳冲。父母听说儿子受伤住在村主任家,匆匆赶来,见了儿子自是一番哭啼,问儿子回来为什么不同家里人说一声,问儿子是怎么受伤的,问是跌倒的还是被人打的……

龙小艺满眼噙泪,不等父母擦拭,重又将双眼紧紧闭上……

翟五毛和陆俊、卫青山纷纷上前劝解龙小艺父母,说小艺伤重,不要过多打扰,让他好好休息。

龙小艺父母要把儿子接回家养伤,翟五毛想借机留住龙小艺,就劝:"大伯大妈,你家离这里远,交通不方便,小艺的伤还没完全好,随时还要接受医生检查,这里离诊所近,留这里方便。"

龙母说:"我儿子已经够连累你们了,怎么还能让你们服侍他呢?"

翟五毛说:"大妈,我们和小艺从小就是同学,俗话说,战友和同学比亲兄弟还要亲,怎么能说是连累呢?"

龙小艺父母觉得儿子性格内向,能留在同学这里,说不定比带回家好,于是说了些感谢的话就走了。

待龙小艺昏昏睡去之后,陆俊、青山把翟五毛喊到一边,问道:"人家做父母的要把儿子接回去,你怎么非要把他留在你这里呢?"

翟五毛机警地向卧室看了一眼,见龙小艺已睡着,就说:"三顾茅庐的故事你俩没听过?人才难得呀。"

陆俊、卫青山想到翟五毛曾几次邀请龙小艺回来建设家乡的事,已然明白他的良苦用心,很是感动。

煨药是一天一次,都在早上,翟五毛每天早起,煨好药,让龙小艺空腹喝下,再与他一道吃早饭,吃过早饭,叮嘱龙小艺在家休息,他再去村里上班。

这天早上,翟五毛照例是早早起床,煨好中药,正要喊龙小艺把药汤喝下,却没人答应,四下一找,已不见龙小艺的踪影,就拨打龙小艺手机,手机已经关机。

翟五毛先是不急,以为龙小艺身体已逐渐恢复,可能是回到他父母那边去了,就把电话打过去。龙母说:"没回来啊,小艺不是在你们那里吗?"

翟五毛想:"这龙小艺会去哪里呢?"想到龙小艺是在骚客峰被人发现的,就又想:"龙小艺为什么刚回来就去骚客峰呢,他与骚客峰有什么关系?莫非他也想回来开发美人山?"

想着想着,翟五毛着急起来,就先打电话给几个村委,再打电话给美人山秦总,叫他们分头帮着找;又在QQ群里发了消息,特意在群里将龙小艺的体貌特征作了简要描述:

龙小艺,二十五岁,白净长方脸,大包头,身背双肩黑包。有见到者,立即联系我。回话手机号181×××2493。

第四十六章　龙小艺失踪

第四十七章　穿越二百五十万年

这晚，林岚正在棉花客栈背记解说词，刚背到"美人山既有黄山之瑰玮，峨眉之秀逸，九华之层烟叠翠，雁荡之丛石嶙峋，武夷之奇花异木，又不乏名山秀川少有的质朴和自然，素有'皖南张家界、长江小黄山'之美誉"时，秦总打来电话，说明日一早有一批上海游客，要她和闻萱负责接待。

第二天一早，林岚和闻萱匆匆吃了早饭，穿了红色导游服，戴上红色导游帽，拿了导游旗和电喇叭，到景区大门处等候。

不多时，一辆印有"上海旅行社"字样的大巴开进停车场，停稳后，从车上下来五十多位头戴橘黄色旅游帽的游客。林岚、闻萱立即笑脸迎上，与旅行团办过交接手续。本想让闻萱解说，但闻萱执意不肯，说旅行团人多，担心自己说不好，非让林岚主讲，她管后勤服务。

林岚不好推辞，只得挥动导游旗，将游客召集到一块，见这批游客大多是老人，于是喊道："叔叔阿姨，大家上午好，我叫林岚，这次游览美人山，由我和我的搭档闻萱闻导为你们服务。"

林岚办事沉稳缜密，这天见都是大城市来的游客，心中难免紧张，那白净的脸庞更是如桃花浸染一般灿烂，好歹这段时间她已熟悉了美人山的环境，又将相关的资料烂熟于心，加上解说词是她亲手编写的，料想不会出错。当得知这些游客都是第一次来美人山，于是就从门楼处说起。

"叔叔阿姨们，眼前这座门楼以及周围的粉墙、黛瓦、马头墙式的宾馆、会所，都是按照我们江南的徽派风格建造……"

介绍完门楼处的景点，又带领游客游览了幽深的"黄金通道"和碧波荡漾的美人湖，自然又是一番甜美流畅的解说。

"叔叔阿姨们，看过黄金通道和美人湖，我们该先去看东边的骚客峰。俗话说，旭日东升，今天之所以首先要带叔叔阿姨从东边的骚客峰看起，就是祝愿叔叔阿姨们如东方的朝阳，永远朝气蓬勃，阳光灿烂！"

通过短暂的接触,看着那修长的身材、柔美的笑容、甜脆的解说,这些走南闯北的游客开始对这位导游产生了好感,自是夸奖不已。

游客们正沉浸在一种温馨舒惬的感受中,就见林岚挥动手中旗帜,叮嘱道:"叔叔阿姨们,请你们做好准备,我们马上就要穿越到二百五十万年前那段蛮荒而又古朴的年代了。"

游客们一听,神情顿时紧张起来,有的纷纷打开手中导游图,不等看完,就"啊"地惊叫起来,说:"古人类遗址到啦,古人类遗址到啦!"

林岚见游客惊讶,就不再解说,扛着导游旗,领头向遗址走去。

游客们紧跟在后,刚拐过一道山巅,就被一阵巨大而怪异的猛兽的厮打与吼叫吓得胆战心惊,仿佛真的穿越时空隧道,回到了二百五十万年前那个远古的蛮荒时代:就见山崿下是一片原始森林,森林中一群群巨禽猛兽在打斗,在撕咬,发出的吼叫声更是惊天动地,震耳欲聋。在远离巨禽猛兽的山地处,更有一组组先人,他们身披羽片兽皮,要么手拿木棍石头围猎走兽,要么攀树采摘野果,要么围坐地面以石敲石,直敲打得石块火星四溅,"嘎嘎"脆响……

游客们正看得入迷,忽听"呼"地一阵狂风卷来,就见一只翼展十多米长的大鸟扇动双翅从高空中扑下,咔的一声,用那足有两尺长的巨喙击碎一只祖鹿的头骨,叼起祖鹿飞去。

有胆小的游客,早已吓得双手抱住大树,恨不能将头钻进树干里。

胆大的游客就拉住林岚,战战兢兢地问:"林导,哪来这么多见所未见闻所未闻的巨大怪物?难道我们真是到了那个蛮荒年代?"

林岚笑了,点头说:"叔叔阿姨们,这里就是经我国考古专家多年发掘、经国际考古专家鉴定,确定为距今220万年至250万年间欧亚古人类活动的遗址……"

不等林岚说完,游客又问:"林导,难道这些巨大怪兽和参天古树真是远古时代就有的吗?"

林岚笑道:"叔叔阿姨们,如果你们真想知道的话,建议你们还是壮着胆,到那原始森林中去走一走,看一看,与那二百多万年前的巨兽和我们的先人们近距离地接触接触。"

正说着,就见闻萱匆匆挤到林岚面前,慌慌张张说道:"林姐,我有事去!"说着,压低太阳帽,转个身,倏地钻进了一条丛林小道。

林岚侧身一看,就看见了一个人,也"啊"的一声惊叫,吓得众游客一个个睁大了眼睛……

第四十八章 情痴

整整一个上午过去了,翟五毛还是没有得到龙小艺的任何消息。

"外出玩去了?他能去哪里玩呢?"翟五毛想着,走到后门,站在阳台上看着新区大门口,盼着龙小艺这时会突然出现。

这时,林岚电话打过来,翟五毛惊喜万分,问道:"他去你那里了?什么?去骚客峰了?好好好,我马上过来,马上过来。"说完,又拨通了卫青山和陆俊的电话,叫他俩立即到新区门前会合,上山去找龙小艺。

时间不大,青山、陆俊赶到,三人骑上电动车,向骚客峰赶去。

龙小艺那天早晨起来,下地走了几步,感觉除了两腿有些发软,身上的伤比前几天好多了,于是又想上山。

一股浓烈的中药味飘过来,他知道这是翟五毛在厨房煎熬中药,就大脑一闪,想趁这机会出走。于是他找了自己的双肩黑包,轻轻出了卧室,开了大门,一瘸一拐下了楼。

他想,闻萱既是做导游,每天必定在景区门口迎接游客,只要早早赶到那里,就一定能见到她。

可待他赶到景区门口时,除了少量游客买了门票零散上山外,根本不见闻萱的身影。

他不甘心,又到售票处问了情况,售票员说,闻导早就带领旅游团上骚客峰了。他一阵高兴,立即耸动双肩包,一瘸一拐地向骚客峰赶去。看着高高的骚客峰,他突然恍惚起来,自问自道:"这是紫霞山吗?不是,既然不是,又为何与紫霞山是那么相似呢?"

紫霞山,那儿留下了一段他无法忘怀的时光。

紫霞山下有个紫霞市,紫霞市里有所建筑学院。二十岁的龙小艺就在建筑学院学习园林设计。他是个追求完美的人,大二那年,他常常独自一人背着画板画笔,到当地一些名胜、古建筑群去考察写生。

一天,他发现紫霞山麓有数栋翠竹掩映的二层民居,这些民居造型古朴、典雅,环境幽美、恬静,他便带上写生所用的工具来到山下,撑开画架,支起画板,坐上折椅,开始写生。

写生完,站起,后退几步,眯起双眼左审右视,觉得这民居虽是理想,但总觉缺少点什么。想着,重新坐下,蹙眉凝思一番,灵感上来,提笔"唰唰唰"一番勾勒,那民居庭院金桂树下就多了一位正在看书的女子。为增添情趣,他又让那女子边看书,边不时拈些瓜子丢进嘴里嗑……

"你怎么画我呀。"

龙小艺正画得得意,肩头被一只短壮的嫩手拍打了一下。他回头一看,见是一位身着白色运动衫的漂亮女生,那女生长相确实与自己刚画的女生相差无几:齐耳短发,圆脸蛋上始终洋溢着天真与稚嫩,此时,那女生也正将一粒粒瓜子丢进嘴里……

龙小艺想:"真是巧了,怎么连嗑瓜子都对上了呢?"

女生走到画前,左瞅右瞄,连珠炮般地问道:"你为什么要画我?为什么画我嗑瓜子?难道你是讨厌我好吃零食吗?知道不,你这是侵犯我的肖像权。"

龙小艺被问得目瞪口呆,好不容易才找到说辞:"这、这、这是我凭空想象的,根本不是画你。再说,我也没见过你呀。"

"你一定是偷了或是捡到了我的照片,要不咋画得这样像呢?"女生说着,又往嘴中丢了一粒瓜子。

龙小艺眨着眼说:"我俩素不相识,我到哪里去偷你或是捡你的照片呀。"

女生不依不饶,说:"别废话,既是侵犯了我的肖权,你就得赔偿。"

龙小艺更觉冤枉,结结巴巴说道:"这、这纯是巧合,怎么要我、我赔偿?"想了想说,"要不这样,把这画拿去,算我赔偿你的,行不?"

女生乐了,牵下那画,三两下卷在手中,头一偏,说:"好,这画就是我的了。"

龙小艺见女生收了画,心中一块石头落下,正要收拾工具离开这是非之地,那女生又伸手抓住他的画板,说:"走干吗?你既没有偷我捡我的照片,还能把我画得这么像,这分明就是一种缘分。"

龙小艺问:"什么缘分?"

女生又向嘴里丢了一粒瓜子，扭了扭胖乎乎的身体，调皮地问道："你说呢？"

龙小艺说："我说什么呀？"

女生用指头轻轻在龙小艺鼻尖上点了一下，说："你请客。"

自那以后，龙小艺就认识了紫霞武校的文娱委员闻萱小姐。

闻萱倒算是体谅龙小艺家在农村，经济不宽裕，此后不再要他破费，只要他多画些住室图样，说是待他俩结婚时，一定按照画中模样买一套最温馨的爱巢……

好景不长，一年后，武校来了个叫武喆的男生。那男生老爸经商，家产过亿，但武喆从小就胖，父亲为让他减肥，不等高中念完，就把他送到紫霞武校来习武，与闻萱同在一个师父传授之下，朝夕相处，且闻萱生性活泼，又是个小吃货，武喆便投其所好，常主动请客，一来二往，这感情自然升级，闻萱就渐渐淡忘了龙小艺。

龙小艺为挽回那段感情，一次次将闻萱最喜欢的画儿送去，但每次不是被闻萱冷落，就是被武喆撕掉。但龙小艺还是画，继续送，结果不仅没效果，反而常常受到武喆的嘲弄与威胁……

两年后，龙小艺从建筑学院毕业了，又到南京农业大学深造四年。这期间，他还是挂念闻萱，还是一次次打电话，每当听到那"嘟嘟"的响声，他的心也跟着"怦怦"地乱跳，就觉得很快就能听到他那朝思暮想的人的回话了。可电话那头回的却是冰冷的一句："对不起，你打的电话暂时无人接听。"

再打，还是如此。

直到有一天，龙小艺得到消息，说闻萱与武喆已经分手了，他又给她打电话，可还是打不通。

终有一天，他得知闻萱来到他的家乡美人山当导游，他欢喜极了。他马不停蹄地赶回来，过家门而不入，直接上了美人山，当经过骚客峰石佛洞，听那洞中一片闹嚷声时，好奇的他进去一看，见是一堆人正在豪赌，那一瞬间他竟想到闻萱之所以丢弃他而去，与武喆打得火热，正是嫌他家境贫寒，于是异想天开，也想一夜暴富，到赌场赢个百万千万——那样，他就不愁闻萱不回到他的身边。

这样一想，当听到麻老五叫喊卖单时，他竟毫不犹豫地冲了进去。谁知，不仅没成百万富翁，反倒险些丧了性命。

第四十八章　情痴

龙小艺边走边想,已经来到诗仙池,就见池边众多游客用水杯在池中舀水喝,喝过之后,又摇头晃脑,口中念叨不停……

龙小艺从小在这长大,自然知道这些游客在念叨什么。

龙小艺掬了一杯池水喝下,谁知这一喝,顿时头脑异常清凉,似有一缕绵长的清风牵扯着亿万佳词丽句从他那脑洞里喷涌而出,于是刚一张口,一首小诗就飞迸出来:"痴情男儿千里寻,娇羞佳丽深山隐,莫笑跛脚满山瘸,风抚草摇俱是情。"咏罢,看着山中丛林石壁,正想再咏,就见翟五毛、陆俊、卫青山追上来了。

陆俊远远喊道:"小艺,你怎么跑到这里来了,可把我们找苦啦。"

卫青山看一眼那些饮泉作诗的老人、青年,更是揶揄道:"小艺,我们大名鼎鼎的艺术家,难道你也想做诗人啦?走走走,我们回去吧。"绰起龙小艺胳膊就要背着下山。

龙小艺推开卫青山,站立不动。

翟五毛说:"小艺,你出门怎么不打个招呼呢?"

龙小艺说:"我要找闻萱。"

卫青山不明白意思,问:"人家是导游,你找她干吗?"

龙小艺说:"这你别管。"

翟五毛听出蹊跷,说:"闻萱在这山上已住几个月了,她熟悉环境,随便藏个地方,你到哪里去找?"

龙小艺说:"那我就天天在山上找。"

陆俊问:"小艺,闻萱小姐莫不是你的恋人?"

龙小艺说:"原来是,可现在不是……"

翟五毛已听明白,稍一思考,来了主意,说:"那好办,我今晚设一个同学宴会,把闻小姐一并请到就是了。"

龙小艺白眼一翻,说:"你就会蒙人,从小就蒙,今天又蒙。"

翟五毛挠头笑道:"那时蒙你,是想你帮我做作业,这次保证不蒙了,"又补上一句,"要是今晚闻小姐不到场,你再骂我蒙你不迟。"

龙小艺两眼一瞪,问:"真的?"

第四十九章　艺术农业

下午,翟五毛与林岚通了电话,打听龙小艺与闻萱的关系。

林岚就把俩人恋爱的故事前前后后说了,翟五毛心中有数,说:"好,今晚我在家办个同学宴会,你无论如何也得把闻萱一道喊过来。"

林岚说:"师兄为挽留一个人才,也算是绞尽了脑汁,这个忙我一定帮到。"

翟五毛见难题已解决,又给义妹袁豆蔻打了电话,说晚上请同学和师兄妹聚餐,请她过来帮忙做几道菜。

袁豆蔻满口答应。

这倒不是她热心于五毛的同学聚餐,而是见五毛当上村主任后,身边整天围着一群帅男靓女,她担心他们会说她是个"土包子"而看不起她,因此这天想借机露一手,让他们知道她袁豆蔻也是有特长,也是有过人之处的。

袁豆蔻手脚确实麻利,两个小时不到,就做出了六道菜:一碗烘笋炖猪肉、一碗油煎没骨嫩(一种大山里的小鱼)、一碗猪油蒸霉豆、一碗笋衣裹肉末、一碗干蕨苔炒肉丝。加上翟五毛从卡子口买来的六个熟菜,大小一共十二碗。

这时龙小艺、陆俊、卫青山、林岚、闻萱、秦川、高丽娜已到齐,翟五毛一边拿酒,一边喊卫青山、陆俊上菜。

陆俊本来安排男女分开坐,翟五毛不同意,说:"这不对,男女搭配,喝酒不醉。"由他调整,把闻萱、龙小艺安排在一起,接下是秦川与青山、高丽娜与陆俊,最后发现就剩下自己和林岚,觉得很是尴尬。

大家看出,故意催促道:"坐呀,坐呀,怎么不坐呢?"

翟五毛只得装作落落大方坐下,一边说:"对对对,还是我和林导坐一起好,和林导坐一起好。"

林岚立马说:"豆蔻姐还在厨房忙哩,应该把她请上来。"

翟五毛憨笑道:"她还有事,等把事做好了就来。我们先动筷。"

习惯发号施令的秦川说:"那不行,她忙到现在,座席怎能没有她呢,林导去把她喊来。"

林岚去了,请了一番,袁豆蔻说还要做个汤,等汤做好了就来。林岚没法,只得回到原位坐下。

翟五毛就让陆俊、卫青山开瓶斟酒。

这时,袁豆蔻做好了汤,解了围巾,手拿一瓶香醋到了桌边,说:"镇江香醋,谁喜欢谁倒。"就将醋瓶摆放到桌中央。

卫青山见袁豆蔻挤开林岚,也趁机打趣道:"香醋是保护皮肤的,林导应该多喝点。"

一直闷着不说话的闻萱耐不住了,嘟着嘴说:"我们林导是出名的'冰美人',她从来不吃醋。"

林岚不接话,只将座椅往另一端挪了挪,腾出空间让袁豆蔻和师兄坐得宽松。

这时,秦川站起,拿过桌上大瓶可乐,说:"饮料我来斟。谁喝?"

高丽娜第一个报名,说:"我喝。"就把塑料杯递到秦川面前。

秦川正要斟,翟五毛手快,将塑料杯拿回,说:"不行,高总的酒量我又不是不知道,怎能喝饮料?"就让卫青山给高丽娜斟了白酒。

秦川给林岚、闻萱斟可乐。

林岚微微点头,表示谢意;闻萱不动,脸上更无表情,如木桩一般坐着不动。

龙小艺见闻萱斟饮料,也急忙站起,将白酒递给卫青山,说:"我也喝饮料。"

卫青山说:"今天你是主客,怎能喝饮料?绝对不行。"又把白酒推回。

林岚见状,以手挡住,微笑道:"他有特殊情况,尊重他个人意见吧。"

翟五毛说:"喝饮料可以,但小艺你得把这杯白酒先干掉。"说过站起,举杯在桌中绕了一圈,说:"各位把酒杯端起来,为欢迎我的老同学、美人村的高才生龙小艺先生回归故里,共同干一杯!"

大家纷纷站起,喝白酒啤酒的,仰脖子一饮而尽,喝饮料的也象征性抿上一口。

几杯酒下肚,龙小艺趁机动了心思,就暗地向闻萱身边靠拢。

闻萱发觉,也不声张,只将臀部向林岚这边移动,林岚不忍挤了袁豆蔻,只得使暗力顶住。

龙小艺仍向闻萱贴近。

闻萱又让了几下,见龙小艺还在靠拢,火气上来,用那肥臀用力一扫,将龙小艺扫到秦川那边去了。

秦川就多看了龙小艺几眼,见这小子生得眉清目秀,白白净净,满身书卷气,瞬间就想:要是能将这位懂园林设计的人才请到我那去,说不定对景区设计能起大作用哩。于是主动站起说:"龙大先生,听说你是搞园林设计的,我秦川正有一事相求。来,先敬你一杯。"

龙小艺见闻萱如此冷淡自己,正觉脸上无光,忽见美女老总陪他喝酒,顿时一振,觉得有了显示的机会,于是一仰脖颈将白酒喝掉,接着慷慨激昂地说:"秦总,以后只要是我龙小艺能办到的事,一定在所不辞。"

秦川喝完,就把天下第一福鼎的选址迟迟不能落实的事说了。

龙小艺大包头一摆,稍稍思索一番,说:"不急,那是大事,待我过些天上山去仔细查看后,再给你秦总答复。"

秦川忙说:"龙先生说得极是,我一定耐心等候。"说着,又敬一杯。

见二人说得你来我往,大家一齐报以热烈的掌声。

几杯白酒下肚,龙小艺不再木讷,主动站起来,自己先灌了一杯,说:"这些天我观察过了,你们光把新区建起来,把美人山开发出来,美人村还不能算全面腾飞。要想全面腾飞,你们还有一个很大的缺憾。"

见龙小艺语出惊人,翟五毛立即问道:"小艺,快把这缺憾说出来听听。"

龙小艺又是一杯酒下肚,从桌上扯了片纸巾擦嘴,说:"村里那些农田空着实在可惜……"

卫青山接话说:"我们正在全力以赴平整农田,只要农田平整好了,就要全面实行机械化耕作了,怎么叫可惜?"

龙小艺说:"你们平整农田无非就是承包给某个种田大户种种水稻而已,现在有个叫艺术农业的概念,你们听说过吗?"

众人一起睁大眼睛摇头。

龙小艺接着说:"比方西红柿,我们这里卖多少钱一斤?"

陆俊接了话:"正常上市一块钱一斤,反季节卖到三块。"

龙小艺一笑,说:"我告诉你们,人家搞艺术农业那些地方,西红柿已卖到30到40块钱一斤了。还有,我们这里的西瓜能卖多少钱一斤?人家搞艺术农业的地方一斤能卖到70块80块了,你们信吗?"

这简直是天方夜谭,众人难以置信。

龙小艺一发而不可收:"过去一提到农村就是贫穷,一提农业就是落后,一提农民就是脸朝黄土背朝天、一身臭汗两脚泥,没有一个好听的词儿。"龙小艺吃了一口菜,接着说:"其实农业、农村、农民才是最美丽的。如何把农业变得更美,变得更让人羡慕,如何把大自然赋予农业最美好的一面彻底展现出来,这就要求我们把农业当成一种艺术来进行研究、创造,把传统农业变成一种艺术农业,让农民从几千年以来的最传统的农业中,走进最现代的农业生产中去寻找他们内心的安静与欢乐。"

翟五毛坐不住了,急忙问:"小艺,你说说,我们美人村的农业到底该怎样发展?"

龙小艺更是兴致勃发,说:"英格兰的麦田怪圈你们听说过吗?虽然那个麦田怪圈的形成至今还是个谜,但英国人就是利用了麦田怪圈的神秘感,人为地创造了很多奇形怪状的麦田怪圈,用这些怪圈去吸引大批的游客去参观。还有日本青森县有个叫田舍馆村的,你们知道吗?不仅是他们那个村官极有艺术细胞,而且他们的每个村民都是稻田插画的设计师。他们以稻田为画布,每年选择一个艺术农业主题,然后展开丰富的想象,设计出风景、历史人物、神话人物、动物等各样的草图,然后根据草图,按照颜色的深浅播种不同的品种,通过插播、套种等方式使稻田在大地上呈现出一幅巨大而栩栩如生的图案。再加上在农作物成长的不同阶段,颜色不断地变化,就呈现出'四时风景各不同'的景观,使他们的稻田艺术作品比英国的麦田怪圈更具吸引力和震撼力!仅这一项,田舍馆村每年就能吸引游客60多万人!"

大家听得目瞪口呆。

龙小艺接着说:"根据我们美人村这得天独厚的地理环境,如果把那些平整后的农田也办成像日本田舍馆村那样的'艺术农业',再把美人山上的风景区开发好,这就形成了山上是自然、人文景观,山下是稻田艺术景观,如果再把那些农户的单门独院改造成英国式的庄园,这山上山下,不就构成一幅整体的农村风景画,这样的风景画还能不吸引更多的游客?"

这一说,大家豁然开朗,一齐站起来举杯,说:"龙先生,你说得太精彩了,太精彩了,我们再敬你一杯。"

共同干杯后,翟五毛更是激动不已,说:"现在上面正要求我们办好美丽乡村,小艺这个建议太好了,正符合上面的精神哩。"

龙小艺说:"我还有个建议——"

翟五毛已是迫不及待了:"龙先生,你说,你说。"

龙小艺说:"美人山有两个溶洞,这是两个最好不过的景点,一定要重点开发,充分利用。"

秦川来了兴趣,问:"龙大师,你又有什么好建议?"

龙小艺说:"当年新四军利用美人山两个溶洞中的奇异钟乳石当掩体,斗智斗勇,消灭了日军一个中队,现在如果将这两个溶洞开发出来,重现当年革命前辈打鬼子的情景,一定会吸引更多的青少年前来参观游玩。"

翟五毛惊叫道:"呀,这些我们怎么没有想到呢。"

秦川更是殷勤地将龙小艺的白酒换成了可乐,双手端着递到龙小艺面前,说:"龙先生,继续说,继续说。"

龙小艺将可乐推到一旁,说:"秦总,骚客峰顶有个'南天门','南天门'上有个'天池',你去看过吗?"

秦川点头说:"看过,看过。"

龙小艺喝一口可乐,接着说:"'天池'那地方,一年四季云雾缭绕,更适合建一个非常好的人文景点。"说着,看大家一眼,"这样,山上有美景,山下有艺术农业、花场、民居,游客一时半会儿能看得完吗?看不完就得歇下来第二天接着看。这样,就留住了游客,就留住了游客的钱袋子,留住了游客的钱袋子,美人村的经济还能不快速发展腾飞吗?"

一席话说得大家茅塞顿开,再次举杯向龙小艺敬酒。

秦川更是捷足先登,盛情邀请道:"龙先生,那我明日就请你上山,好好帮我把景区重新规划规划。不知您可有空?"

高丽娜为显示一个房产开发商的派头,这晚特意穿了件黑色蝙蝠短袖大码圆领雪纺T恤,虽是坐在龙小艺身旁,但一直受到冷落,这时见大家纷纷向龙小艺敬酒,也端杯站起,说:"龙先生,你不能厚此薄彼呀,今后如果你规划出大项目,也该给我推荐推荐。"

一句话提醒翟五毛,急忙举杯到高丽娜面前,说:"高总,龙先生刚说的艺术农业,使我想起一人,这人你一定得帮我把他请来。"

卫青山、陆俊已听明白,一起说:"对对对,高总快把贺宝请回来,这艺农业的事就请他来发展,这样,既开发了艺术农业,也解决了你俩牛郎织女的生活,免得一个鱼吊臭了,一个猫叫瘦了。"

高丽娜两眼一翻,屁股一扭,说:"要请你们请,我可请不动他!"说着,主动与龙小艺碰了杯,说:"来,龙先生,我敬你。"

龙小艺刚要站起,发现闻萱已不在身边,一时慌乱,"砰"地拉开座椅,"嗵嗵嗵"跑出门去……

翟五毛、秦川正要去追,却被林岚拦住。

秦川问:"拦我们干什么?"

林岚说:"不要追了。"

翟五毛说:"龙小艺跑了,我怎能不追?"

林岚说:"他不会跑的。"

"为什么?"

"有闻萱在这里。"

"要是闻萱也跑了呢?"

"闻萱更不会跑。"

"为什么?"

"她在等一个人。"

"等一个人?等谁?"

林岚凤眼闪动,浅浅一笑……

第五十章 关于0.01

此后一段工作,翟五毛干得得心应手,顺顺当当:经过做工作,单大杆子、刘棉花已同意下山承包景区宾馆、会所;乐一鸣愿意到新区开办诊所;刘荒老夫妻俩也答应到新区做门卫;更有那县卡子口到美人山麓六公里的柏油公路,已全线贯通,竣工那天,县交通局、客运站和美人村更是联合将"典礼"办得别具特色,两辆崭新大客披红挂绿,全天候免费载客来往于卡子口至美人村路段,引得沿途村民如过节日般拥到公路两旁看热闹,更有村民自发地点燃鞭炮,以示庆贺……

翟五毛不敢就此满足,又根据龙小艺的建议,对村里农田改造和美好乡村建设方案作了调整,加大了整改力度。看着农田、山庄以及新区、景区新貌,翟五毛更是春风得意,他笑了,笑得很惬意,甚至带点张狂。在某个瞬间,他竟然想起"普天之下,莫非王土"那句古话,这土地怎么是王的呢？现在还有王吗？没有了,统统没有了,这土地是我们这些平民百姓承包的。我们平民百姓就是这片土地的主人。想着想着,竟豪迈起来,自言自语道:"我现在即是村民的领头人,那我有什么理由不尽自己最大的努力带领全村村民去珍惜这片土地,爱护这片土地,发展、美化这片土地呢？"

好景不长,翟五毛刚高高兴兴回到村委会,就被一盆凉水当头泼来。

"主任,这是你的证书。"会计陆俊将一本"农村土地承包经营权证书"递到翟五毛手上。

翟五毛见那紫红封面上的烫金文字光亮闪闪,爱不释手,一阵抚摸。可当打开内页一看,不觉大吃一惊,于是皱眉问道:"当时测量不是1.3亩吗,怎么到本上却变成了3.1亩？"

陆俊的舌头转不动了:"这、这、这……"

翟五毛觉得蹊跷,再三追问,陆俊只得说了实情。

原来,副主任鲍一虎早就看准土地的金贵,这次利用分管农田改造的机会，借开沟挖渠修筑干道占用农田为由，从各农户每亩农田中多扣除了0.01%，将这0.01%的土地私分到各个村委以及村民组组长户本上.

翟五毛听了十分恼火，责问道："这么大的事，为什么不与我商量？"

陆俊说："主任，主任，我们是怕事先跟你说了，你不会同意，所以才、才……"

翟五毛拿着红本在陆俊面前反复抖动，厉声问道："……才、才把我的1.3亩变成了3.1亩，是吗？"

陆俊点头说："是、是、是。"

翟五毛更是火上加油，说："农田改造本来是为了减轻农民劳动的辛苦，没想到却成了我们村委捞农民油水的机会，这不是雁过拔毛吗？"

陆俊颤巍巍说道："村里以往不、不、不都是这样做的吗？"就说了以往国家每次下拨的农田补助，造林补助，扶贫补助，伤残补助，农厕改造，房屋拆迁等等等等，哪次不是从中留一部分资金下来，甚至全部留下来，作为村委补贴和留作村里开支费用。

翟五毛气得两眼冒火星，敲打着红本说："这何止是一次次损害农民的利益，简直就是在制造民众对我们政府的不满和怨恨呀！"想了想，又问，"陆俊，还有办法把这0.01%退还给农户吗？"

陆俊想了想，嘟囔道："那、那只有把这红本拿到镇上重新改过来。"

正说着，副主任鲍一虎黑着脸从隔壁办公室冲进来，说："主任，这事是我和几个村委商量办的，要批评就批评我，拿到镇上改过来，那不是瘟猪喝阴沟水——自己找死吗？我坚决不同意。"

翟五毛见他脸色难看，竭力控制感情，说："鲍主任，我们这些村委，怎么能挖村民的肉来补我们的肉呢？这不仅是不道德，更是违纪呀！"

鲍一虎吭了一声，说："主任，你从部队回来，也不了解当村委的苦处，我们整年为村民跑东跑西，腿杆子都跑成了麻秆，嘴皮子都磨出了老茧，一年就拿那几个工资，再不给村委一点好处，谁愿干这个村委呀？"

翟五毛正要说话，卫青山和韩羞草也冲了进来。

卫青山挤开鲍一虎，说："主任，现在都是一切向钱看的社会，我们村委除了每月国家给那一千来块钱，还有什么收入，鲍主任这样做，都是为我们好，你要把这土地退了，我们马上就不干这个受气的村委了。"

妇女主任韩羞草已从壁橱拿来暖水瓶，泡了杯茶递给翟五毛，劝道："主任,这证书都发下来了,村民也不知道,瞒上不瞒下,盖着盒子摇好了,何必屎不臭,自己非把它挑起来臭呢?"

翟五毛想到几小时前自己那番豪气,以及眼前青山、韩羞草说的话,心里矛盾,只得紧紧锁住眉头,不知如何回答。

鲍一虎见翟五毛不说话,以为他已在退让,更是僵硬着脖颈说:"主任,这0.01%,对那么多农户来说,可以说是九牛一毛的事,值得你这样小题大做吗?如果你真的要退,我这副主任就不能再干了。"说完,出门走了。

卫青山更是赞同鲍一虎,右手臂一甩,也走了。

第五十一章　降级使用

这天,镇上两位主要领导正在各自办公室发怒。

"简直是雁过拔毛,雁过拔毛!"骆枫抓着手机,气得在办公室来回踱步。

"简直是胆大妄为,也不看看这是什么时候,竟还敢侵吞老百姓的利益!"镇长戴昌一边擂着桌面,一边大声咆哮。

"此风不刹,丢掉的不仅是民心民意,更是丢掉了我们人民政府的形象,往后我们还有什么号召力、凝聚力呢?!"骆枫继续在办公室来回走动。

"书记,如果这次不重罚,那我们简直就是失职,就是犯罪,更无脸面见全镇的父老乡亲!"镇长觉得单在自己办公室发火没用,就来到骆枫办公室。

书记见镇长满脸涨红,知道他脾气上来,一边叮嘱自己冷静,一边为戴镇长泡了茶水,示意他在沙发上坐了,自己也过来陪着。

原来他俩的手机里几乎是同时收到反映美人村村干部侵占农户土地的帖子。

镇长并不喝茶,只说:"书记,我看这事得立即着手调查,一旦查清,坚决从严处理。"

骆枫说:"事情肯定要查,但我们都得冷静对待这事。"

"我只是觉得他们太胆大妄为了。"戴昌喝了口茶,说,"老骆,这事调查很容易,只要土管所把报表和土地经营证书存根拿来,两相一比照,美人村村委这次多占了村民多少农田,就一清二楚了。"

骆枫说:"对,马上把土管所所长喊来。"

戴镇长一个电话,土管所很快就将美人村上报的农田改造土地测量报表和刚发下去的土地经营证书存根送来,他抓过一看,脸色更是难看,两手颤抖着将报表和证书存根递给骆枫,说:"书记,你看,报表和证书存根两相比对,美人村的村委,还有各村民组长,他们确实利用这次农田改造的机会,侵占了农民的土地,尤其是主任翟五毛,他一人就多占了近两亩。"见书记脸色沉重,又说,"书记,小小翟五毛当主任才几天,竟这么胆大妄为,如不马上撤职,再干下去,那还不由小苍蝇变成吃人的大老虎啦。"

骆枫反复翻看表册和存根,尽管铁证如山,他还是不得不冷静地思考:这事是否是翟五毛的主张,或者说是否经过翟五毛的同意才这样做的,回头又想,美人村目前正处在大开发、大发展的关键时期,如果这时候把翟五毛主任的"帽子"拿掉,美人村一时实在难找出第二个干事有魄力、有主见、敢作敢为的领头人呀,想着,就对镇长说:"老戴,我看先别过早下结论,还是待我们彻底把事情调查清楚后,再……"

戴昌以为骆枫是在袒护翟五毛,更是恼火,腾地站起说:"书记,我总觉得你太过于偏爱那个矮子主任了!可你要知道,现在反腐的力度这么大,在你我的眼皮底下,小矮子竟敢顶风违纪,侵吞农民利益,如果还要包庇他,那我们实际上就成了贪腐村主任的保护伞嘞!"

骆枫再次示意镇长坐下,说:"老戴,我不是想做贪腐村主任的保护伞,只是想在大是大非面前,一定要把情况弄清楚。只有弄清楚了情况,我们才能用恰如其分的方法来处理这件事啊。"

"这都铁证如山了,还要怎么弄清楚?"戴昌夺过报表和证书存根,翻到翟五毛名下,"你看,你看,翟五毛测量登记的是1.3亩,而土地证书上却打印成了3.1亩,白纸黑字,这能假得了吗,啊?"

骆枫说:"尽管这是铁证如山,但为慎重起见,还是找翟五毛把情况仔细了解一下比较放心。"

戴昌说:"翟五毛向来鬼点子多,他既然敢这样做,就能编出他这样做的理由,你怎么去了解清楚?"

骆枫说:"但有一个人去,一定能了解到真实情况。"

镇长一怔:"还有这么大能耐的人?"

骆枫见气氛缓和下来,拿起戴昌的茶杯,去饮水机处倒了茶水,再回到沙发前坐下,说:"这个人就是美人村还没有到任的专职副书记。"

戴昌"啊"的一声,想到那个为摸清黑道头子石和尚的底细,至今还在美人山当导游的林岚,惊问道:"她行?"

骆枫说:"她与翟五毛是师兄妹,派她去,一定能了解到真实情况。"

戴昌抬头想了一会儿,说:"那就试试吧。"

林岚听说师兄翟五毛和几个村委,还有那些村民组长在这次农田改造中多占了农户的土地,顿时觉得师兄干了一件见不得人的丑事。

从镇上回来,时值中午,林岚知道师兄可能已回家,就"嗵嗵嗵"上到楼王之所三楼,正要敲门,听见一个女的在说话,细听,是师兄的义妹袁豆蔻。

就听袁豆蔻埋怨道:"你咋这么傻呢,只要汇报上去,你那三亩一,立刻就回到一亩三了,我俩很快就要结婚了,结了婚就得有孩子,一家三口,靠那一亩三分田,怎么过日子呀。"

停了一会儿,袁豆蔻又说:"这事是他鲍一虎一手操办的,与你有什么关系,你要去承担什么责任,只要承担了责任,你这个主任还不是一撤到底呀。"

终于听到师兄的说话:"做了侵吞群众利益的事,一撤到底还不是应该的。"

袁豆蔻声音低沉,却更凶狠:"你说得轻松,当初叫你退伍回来干什么,不就是要你接老爸的班吗。现在刚干上,你又逞什么能,将那本来就不是你干的事,揽在自己身上,世上哪有你这样的傻子。"

林岚本想趁机进去,又担心这时进去得不到真实情况,于是灵机一动,有了办法,急忙打开手机,在门口作了全程录音。录音之后,仍不放心,又到新区绕了一圈,待袁豆蔻走后,她再次回到翟五毛家。

"师兄,究竟是怎么回事?"林岚问。

翟五毛见林岚脸儿涨得通红,已明白问话意思,淡淡一笑,说:"不就是那回事。"

"豆蔻姐说的话,我都听到了,既然不是你决定的,你为什么还要去镇里承担责任,这不是有意制造混乱吗?"林岚有意把话说得严重。

"我做的事我承担,怎么叫制造混乱?"

"人民来信都到镇长和书记手里了,你以为别人不知道呀?"

翟五毛听了着实吃惊不小,两颗小眼珠一阵转动,还是坚持:"来信又能怎样,我做的事,我承担,把多占的土地退回去,我向村民道歉,还不行吗?"

林岚再三劝说,还是没用,只得如实向镇里汇报了。

第三天,镇党委书记骆枫和组委来到美人村,再次找翟五毛和其他村委分头深谈了一次,当确认那多扣农户0.01%的农田是被村委和村民组长私分后,由组委杨政拿出一份文件,当场宣布:

根据铜锣镇✕年✕月✕日党政联席会议决定：一、美人村村委和村民组长这次借用农田改造之际，多占有村民的土地，一律如数退还给农户，并将原发的《土地经营证》收回，立即重新如实填发。二、美人村所有在职的村委，一律降半级留用。如有不愿留用者，限三天内将辞职报告递交到镇政府。

铜锣镇人民政府　✕年✕月✕日

　　宣读完，骆枫正要说话，林岚将他和杨政拉到走廊僻静处，再三说明翟五毛背了黑锅，不该与其他村委同等处理。

　　骆枫意味深长地说："为什么要这样处理，你日后会明白的。"接着又说，"林岚同志，有一件事要告诉你。"

　　林岚怏怏问道："什么事？"

　　杨委插话："这次一宣布，几个村委一定会闹情绪，书记的意思是让你这位专职副书记，立即回美人村协助五毛主任工作。"

　　林岚一怔，惊讶地看着杨政和骆枫说："骆书记，这、这恐怕不行吧？"

　　骆枫问："怎么啦？"

　　林岚满脸难色，说："这时我去村里，村委一定以为我要取代他们，那更会打击他们的工作积极性。再说，还有那——"就指着窗外的美人山。

　　骆枫看了看窗外的美人山，心情更加沉重，想了想说："那……"

第五十一章　降级使用

第五十二章　困兽犹斗

这天,林岚领着一队游客过了"黄金通道",看了美人湖,游览完千佛寺,正要去日月潭,猛然发现那个常在棉花客栈外游荡的"幽灵",见那"幽灵"步履匆匆,正往日月潭刘荒那茅屋走去。

林岚想到师兄翟五毛那天在刘荒家中毒一事,立即警觉起来,想了想,来了主意,就对游客说:"各位游客,翻过前面这道山梁,就到美人山那非看不可的天下第一奇树了。"就把奇树集"银、仕、童"的故事细说了一遍。

这一说,游客无不惊奇,一个个急切切来到古银杏树下,争相买了红绿布,按照"求子、求官、求财"的各自需要,选择树枝挂上,再回到树下点起香烛纸钱,一一磕头膜拜……

这时,林岚见那"幽灵"已拉着刘荒进了茅屋,自己也借买香烛过去,进了屋,就见茅屋堂前摆着大小包裹、杂物,却不见了那"幽灵"。

林岚见刘荒老夫妻俩看着堂前包裹发愣,就问:"老人家,你二老要下山去了?"

老人无力地摇着头,不置可否。

林岚觉得奇怪,就问:"老人家,这搬下山不是同翟主任说好的,怎么又有难处了?"见二老还是不说话,就劝,"老人家,下了山,村里安排你俩到新区做门卫,那里安静,生活有保障,不比住这山上更好?"

刘妈立马说:"不行啊,刚才有人……"

刘荒急忙瞪了一眼,刘妈自知说漏嘴,转身去了房间里。

林岚已知是怎么回事,就问:"大伯,刚才进来的那个人呢?"

刘荒慌忙摇头道:"没来人啊。"

林岚见老人不愿说实话,知道另有隐情,也不再追问,重新回到游客处……

再说黑道头子石和尚,这天正躺在石佛洞"客厅"石椅上双目紧闭,看似轻松,实则焦虑。

他不明白,对付像袁世通那些人高马大聪明绝顶的村委,他三下两下就整得乖乖巧巧,而这个既瘦又小的翟五毛却软硬不吃,实在令他无计可施。为了这个翟五毛,他石和尚也算是绞尽了脑汁,费尽了心思,用金钱拉拢,制造一号桥事件,绝杀断崖谷……不仅没搞掉那小子,反而让自己和一班兄弟险些都在他手上断送了性命。

他清楚,自己要想永远待在这个曾经"三不管"的美人山上,就必须要有一个混乱的环境,而且这环境是越乱越好。乱,才有他的生存空间;乱,才利于他浑水摸鱼,使他永远立于不败之地。

"可翟五毛那小子自上任以来,一心要开发美人山,还要把美人山上的村民动员下山……那小子这一招,真的就是简单地为开辟一个景区吗?不是,绝对不是。他是在竭泽而渔,是要彻底端掉我石仲德这个唯一尚可存身的老窝,让我石仲德永远没有了藏身之处,姓翟的小子这招厉害呀,这小子一天不除,我石仲德,不,还有我石仲德的一班弟兄,在不久的将来,必然会死在他手上不可。"

石和尚越想越害怕。

这时,猴子敲门进来,慌张禀道:"大哥,不好了,刘荒老夫妻俩都把茅屋里的东西收捡好,就要下山了。"

石和尚一惊,两只臃肿的眼睛慢慢睁开,问:"你没劝说?"

猴子说:"还没劝说完,那个女导游追过来了,我怕被认出,就从后门溜了。"

石和尚那臃肿的眼里放出一道阴森的青光,问:"哪个女导游?胖的还是瘦的?"

猴子说:"不是胖的,是长得最好看的那个。"

石和尚"嗯"了一声,问:"姓林的?"

猴子正要回答,马彪进来,叫道:"大哥,情况非常不妙呀。"

石和尚目光移过来:"什么情况?"

马彪近前一步:"大哥,我已打听清楚,单大杆子和棉花篓子确实有意下山去承包那宾馆会所。听说只要单大杆子和刘棉花他们下了山,翟五毛和那姓秦的,就要开发石佛、水晶两个溶洞了,这可是在挖我们的立身之地呀,大哥!"

石和尚沉默良久,重新躺上石椅,将两只原本瞪大的眼睛又紧紧闭上。

马彪更急,喊道:"大哥,真到了那一步,我们就无法在这美人山存身啦,你得快想想办法呀。"

猴子更是叫道:"大哥,要是窝没了,往后我们这几十号弟兄还怎么活呀,大哥,你不能不为弟兄们的活路想想办法呀!"

足足过了三五分钟,石和尚重新将眼睛睁开,用两道青光在马彪、猴子面前扫个来回,再向两人招了招手。

马彪、猴子立即凑到石和尚近前。

石和尚这才阴森地说道:"我要以其人之道还治其人之身。"

马彪、猴子不懂,问:"以其人之道还治其人之身?"

第五十三章　刀架在脖颈上

秦川见大门楼两面那古朴的徽式宾馆、会所、办公楼以及辅助用房均已落成，又听说单大杆子和刘棉花愿意下山来承包宾馆、会所，心里着实高兴了一阵子。"要是再把石和尚那股黑恶势力彻底铲除，景区就可按照规划，放开手脚大干一场了。"想着，更是信心满满。这天邀了龙小艺，想把景区规划好的那些重点项目再仔细查看一次，以便时机成熟，就立即动工兴建。

为追求闻萱，龙小艺这些天一直租居在"棉花客栈"，为景区搞设计，秦总给他的酬劳也不菲，付个房租绰绰有余。这天，见秦总再次邀请他去查看几个重点项目，他二话不说，满口答应。

秦川、龙小艺首先来到安放"天下第一鼎"的刘荒那茅屋处，见茅屋仍在，龙小艺有些遗憾，咂嘴道："怎么还不搬迁呢？"

秦川安慰说："好事不在忙中取。既然刘荒老人已答应下山，我们就耐心再等几天。"说着，围着茅屋看了一圈，对龙小艺说："等老人搬走，我们就可派工人来清理基础，着手竖立'天下第一鼎'的工作了。"

龙小艺问："那'天下第一鼎'什么时候能运回来？"

秦川说："我已和厂方联系好了，至多一两个月即可发货。"

两人说着，离开茅屋，本想去看准备建红色旅游景点的水晶洞。但想到石和尚还在洞中开有赌场，觉得此时进去不妥，只得轻叹一声，去了即将开发的重要人文景点"丛林穿越""十八罗汉石屋""远古部落"和"人祖文化公园"等处，一一看过之后，两人结合实际，又对原有的方案商讨一番，拿出了修改意见。

这时已近中午，两人下山吃了午饭，稍作休息，下午又去了骚客峰"南天门"。

刚进南天门，就见天池那边云蒸霞蔚，云雾缭绕，使得周围的山石花草树木忽隐忽现，缥缈不定，大有一番仙境意味。

秦川与龙小艺看得心旷神怡，赞叹不已，就循着"天池"那足有四个篮球场大的山场，绕石崖，过山溪，逐一细看。龙小艺是越看越激动，就把他设计的规划又说一遍："秦总，如果在这些地方建些传说中的天上宫阙，再建一座玻璃栈桥，将'天池'与对面美人峰那'睡美人'连接起来，再给玻璃栈桥取个'鹊桥'的名字，意为青年男女相约相会之处，那就能吸引更多的游客前来游玩了。"

秦川越听越激动，说："龙先生的想法大胆而奇特。"接着说，"我已将你那规划，送给上海一家设计院去审核，只要审核通过，我们就立即动工。"

龙小艺点头，停了一会儿又说："秦总，我还有一个想法，不知你同不同意。"

秦川说："别客气，请讲。"

龙小艺说："我已给那未来的玻璃栈桥取好了名字，不知行不行？"

秦川急问："叫什么？"

龙小艺一字一顿说道："就叫'人间天堂'！"

秦川一听，更是拍手赞叹："好名，好名！这名字正具有我们这个时代的特色。"

说着，又反复查看了"天池"的地形地貌，直到下山时，两人还在商讨"人间天堂"的内部设置以及地质勘探等一系列前期工作。

经过石佛洞前，两人同样是绕着离开，去看了在建的仙缘亭、揽月台、银河瀑布等处……

这时，太阳已衔西山，秦川要送龙小艺去棉花客栈休息。

龙小艺说："不，我找翟五毛捣腿去。"

秦川问："你不去看闻萱小姐？"

龙小艺说："她整天在山上当导游也够累的，晚上让她好好休息，我就不去打扰了。"

秦川知道龙小艺是真心爱着闻萱，不再多问，下了山，目送龙小艺去了新区，自己回到景区门楼北边的宿舍。

秦川的宿舍在二楼北头倒数第二间。在山上奔走了一天，实在疲劳，进房后，冲了一杯浓咖啡，坐在沙发上边喝边想着龙小艺为景区设计的几处最得意的景点。时间不长，食堂师傅送来晚餐，吃过后稍作休息，又拿了换洗衣物，进盥洗间冲了澡，习惯地穿着睡衣，拿来电吹风，对着盥洗间那块不大的梳妆镜"呜呜"地吹着湿发,直吹得短发"咝咝"作响,阵阵飞扬……

"笃。笃。"

"笃、笃、笃。"

有人敲门。

秦川以为是秘书小王或是手下工作人员来了,急忙停下电吹风,说:"来了。"一面脱去睡衣,换上正装。

可不等她把钥匙插进门锁扭完一圈,门"砰"的一声被撞开,旋即挤进来几个拿刀的蒙面人。

秦川一见蒙了,正要问话,一只大手已将她的嘴紧紧捂住,威胁道:"别害怕,我们只是找你有事,别无他意。"

秦川只得退到客厅,见桌边有椅,脚尖暗地一钩,木椅倒了,发出"咚"一声脆响。她本想让楼下保安听见,或是让隔壁的秘书小王听到,但这小伎俩早被对方识破,四个蒙面人一边张皇地从窗帘隙缝向外张望,一边紧捂住秦川的嘴,扬起砍刀,威胁道:"老实点,再要滑头,我们就对你不客气。"

秦川自那天在断崖谷遇险,已变得遇事沉着,见蒙面人威胁,就问道:"你们要干什么?"

大个蒙面人说:"你只要答应一个条件,我们马上就离开。"

秦川问:"什么条件?"

大个蒙面人说:"从明天起,你这山上所有的大小工程立即停工。"

秦川眉头一皱,说:"那怎么行,我这么大的景区,要是不把道路景点尽快建设好,怎么能吸引更多游客前来游玩呢?"

小个蒙面人用刀尖在秦川腰肋处轻轻抵住,说:"要是不立即停工,就叫白刀子从这里进去。"

秦川已知道是遇到什么人了,还想来个缓兵之计,说:"朋友,我们都是在外混饭吃的人,景区开发既已到了这地步,让我把几个已动工的工程建完,其他的就不建了。"

大个蒙面人说:"不行,所有的工程明日都得全部停工。"

另三个蒙面人将白晃晃的刀口对着秦川,嚷道:"叫你明日停工就明日停工,不然就让你在这地球上消失。"

秦川知道自己无力反抗,只得应付道:"那我明日停、停工吧。"

大个蒙面人还是不放心,又用砍刀在秦川肩上拍打几下,说:"只要你敢在寅时耍滑头,爷卯时就叫你这脑袋搬家,信不?"

秦川点头。

大个蒙面人这才"哗"地收起钢刀,说:"好,那大爷明天派人来,看你是否在蒙骗大爷。"

说完,一招手,与另三个蒙面人消失在夜幕中……

第五十四章　绝密会议

由主任降到副主任,翟五毛并无怨言,他明白这正是领导的高明之处。"要是将其他村委都降级使用,唯独我不降,那才是在孤立我,让我工作处处被动呢。"这样一想,他很是感谢领导对他的信任,于是暗下决心,一定要将工作做好,做得更主动,更扎实。

三天过去,村委谁也没有递交辞职报告。翟五毛心中更有数了,知道他们不愿当村委,只是嘴上说说而已,绝不是真心话。又想,就算他们不辞职,但情绪肯定少不了。"那不怕,气是软的,慢慢就消化了。"翟五毛本想借这机会到山上去看看单大杆子他们下山的情况,就在这时接到镇里电话,说美人村更改的土地经营证书已全部办好,要他亲自去取回,并限三天内将新证书发到所有农户手上!

翟五毛当即将证书取回,再将村委召集到一起,说了镇里意见。

不等翟五毛话说完,鲍一虎就偏着头问:"翟五毛,你这样做,不是明显在羞辱我们吗?"

卫青山也双手叉着腰杆说:"要送你送,打死我都不送。"

翟五毛知道这是他们在借机发泄因降级而带来的牢骚。幸亏他有思想准备,于是耐心说道:"做错了事,及时把改正过来,这正体现了我们这套班子的人是知错就改,怎么叫羞辱呢?"

正给大家茶杯加水的韩羞草也说:"主任,这送证书下去,叫我们怎么向农户解释呀,这不是自己脱鞋底板打自己的嘴吗?"说着,也放下水瓶,气嘟嘟地回到座位上僵坐着。

翟五毛见四个村委,除了陆俊不时担忧地向他看一眼外,另三个不是低垂着头,就是将脸背向一旁。他非常清楚,这时候如果非得让他们去给农户送证书,不仅收不到好的效果,极有可能是适得其反。

翟五毛想了想,只好说:"这样,陆会计,你马上把我分工那片的证书拟出来，我先送下去，要是农户不给我太大的难堪，你们再分头去送。怎么样？"

那三个村委不说行，也不说不行，只是一个个离去。

翟五毛装着没看见，只将陆俊拟出的高高一摞新证书抱下楼，放进车篓里，骑上爱玛车，去了东阳冲他所包片的几个村民组。每到一户，他先是一个道歉，说声："对不起，这次农改，我翟五毛做了件有愧于你们的丑事。"就把占农户农田的事说了。村民有事先听说的，也有一无所知的，听后自是百人百腔，做出各不相同的反应。

知情的幸灾乐祸，说："小主任啦，听说你们这次为侵占老百姓的土地，上头都把你们降级了？好哇，小副主任嘞，往后再侵占我们老百姓的利益呀，上头还得降你们的职，非得将你们降到和我们老百姓一样，头上光滑滑的，让你们彻底知道什么叫老百姓的利益就是占不得。"

不知内情的听了火冒三丈，说："小五毛啊，你才当了几天村干部主任，也知道剐我们老百姓的肉，吸老百姓的血了？……退了土地，我们也不领你的情，这土地本来就是我们的嘛。"

"小副主任啦，都说你点子多，这次多扣我们的土地，一定又是你出的馊主意吧，缺不缺德呀？"

翟五毛虽然委屈，但不恼怒，仍是咧着嘴，挠着头，苦笑道："批评得对，批评得对，我翟五毛接受批评，接受批评。"心里难受，嘴上还装得甜蜜，"大伯大叔兄弟姐妹们，要想我们村委少犯错，不犯错，今后更希望你们对我们的言行多加监督，多加批评，时时给我们敲敲警钟，我翟五毛代表所有村委向你们表示感谢了。"

那一天，翟五毛不仅每到一户都受到奚落，而且更是他的车骑到哪里，哪里都是一片指着他的脊梁指指戳戳，骂骂咧咧。他还是不恼不怒。他想，君子坦荡荡，自己只要不做亏心事，怕什么呢。他更知道，村民给他颜色看也是完全可以理解的，换位思考一下，要是自己是个平民百姓，见村委侵占了自己的利益，能不愤怒吗？能不叫骂吗？想着，心里平静下来，甚至还有点感动，觉得这天的行动是自己当村干部主任以来的一次壮举。

此时，手机响了，翟五毛急忙掏出一看，是林岚打来的。

林岚把那天在日月潭发现石和尚派人去刘荒家，刘荒已不愿下山的事说了。

翟五毛正想问个仔细，又接到秦川的电话，说了蒙面人胁迫她将景区所有工程停摆的事。

翟五毛大惊，问："你们停了？"

秦川带着痛苦的表情说道："在他们的威逼下，我只得用了缓兵之计。主任，你看这事怎么办？"

翟五毛一时拿不出主意，只得回答："你先别急，更不用害怕，我会立即想办法来解决这事。"

翟五毛很快又得到消息，说单大杆子和刘棉花他们同样受到威胁，都不敢下山了。翟五毛觉得问题严重，一路想着美人山发生的变化，经过冷静思考，觉得问题出在村民身上，但根源还是黑势力头子石和尚在作祟。"石和尚不除，美人村绝无安宁之日。"翟五毛想着，急忙回到家，分头给林岚、秦川回了电话，并要她俩转告高丽娜和闻萱，晚上秘密下山，到新区共商对策。

傍晚，林岚、闻萱换了装，混在游客中下了山；秦川和高丽娜不开私车，只是女扮男装到景区门口乘了公交车……

翟五毛本准备让村委全体参加，陆俊提醒说人多嘴杂，防止消息走漏，参会人数越少越好。翟五毛依了，只把青山喊来，让陆俊在楼顶望风，以防石和尚派人暗探。

会议地点挪到秦川原住的四楼，翟五毛仍不放心，又把窗门关严实，再拉上窗帘。

见人到齐，翟五毛就把单大杆子和刘棉花他们的突然变化以及秦川遭到威胁的事说了，几经分析，归结到一点：黑势力头子石和尚之所以要用恐吓手段阻止村民下山，就是为了在乱中求生存，于是做出决定，要想加快美人村建设的步伐，必须首先铲除石和尚这帮害群之马，还美人村一个安宁的环境。

最后，拿出四条意见：

一、山上所有景点继续停工，并将工人放回家，让石和尚以为景区老总真的害怕了；二、继续让刘荒、单大杆子他们留在山上，让石和尚以为村里对这几户不下山的村民已无计可施；三、林岚、闻萱借做导游机会，随时掌握石和尚确切居住的地点及活动的规律，确保到时擒贼先擒王；四、卫青山负责将村里民兵组织好，到时配合公安人员一道行动，力争一举端掉黑势力老巢。

商讨完,秦川说:"我晚上不回去了,就和高总一起睡。"

翟五毛撅亮手机,见时间不早,说:"好。回景区不安全。"又对林岚、闻萱说:"你俩也别回去了,就和售楼部的两位小姐一起睡。高总,这事你安排一下。"

林岚、闻萱执意要回客栈。

翟五毛皱眉道:"石和尚既然敢明目张胆威胁我们,他也一定不会放过你俩。这都十一点多了,上山绝对不安全。"

林岚说:"不安全也得回去。石和尚这段时间已有'眼睛'在盯着我俩了,如果查到我俩今晚整夜不在客栈,他们更会起疑心。一旦他们起疑心,我们就难以确定他们的动向了。"

翟五毛虽然觉得有道理,但还是放心不下,说:"石和尚既已盯上你俩,这深更半夜上山,就更危险了。"

闻萱说:"主任,不怕,谅他那几个旁门左道的山野小子,也不能把我和师姐怎样!"

翟五毛再三思考,也想不出好办法,最后只得说:"那就回吧。"

翟五毛将林岚、闻萱送到楼下,送出新区大门,还不放心,正想再送,林岚说:"主任留步。如果再送,给山上'眼睛'看见,更是坏了大事。"

闻萱也说:"师兄,回去吧,有我和师姐在一起,不会出事的。"

翟五毛停下脚步,心情沉重,道了别,挥挥手,目送两位师妹渐渐消失在茫茫夜色中的山道上……

第五十五章　师兄杀到

各路"眼睛"早把刘荒没敢下山、单大杆子和刘棉花仍在山上开店做买卖、景区所有的大小工程均已停工停建的消息，接二连三地传到石和尚耳里……

石和尚自然高兴，不仅感觉自己达到了目的，更是感到自己这股势力还如往日一样，像一张无形却结实的大网，牢牢将美人村从村委到普通村民都严严实实地笼罩在网中，使他们既不敢轻举妄动，又不得不唯他的马首是瞻——既能这样，就觉得在美人山继续盘踞下去的基础又得到进一步巩固，于是，他大大地松了一口气。

为庆贺这次成功，晚上，石和尚在石佛洞摆了一桌好菜，把马彪、苟乃仕、钱三钻、麻老五、山猫等几个贴心爪牙请来喝酒。

酒宴安排在"聚义厅"，待爪牙们到齐，石和尚带了情妇崔青草从卧室过来。

洞中四季如春。石和尚这天穿件黑色香云纱短褂，露着两只毛茸茸的粗壮胳膊，虽然高兴，脸上仍丝毫不见笑容，只是腆着大肚，冲爪牙们一个个点头，算是热情招呼。

众爪牙一律抱拳叫道："大哥辛苦了！"

石和尚到了桌前，坐上首席，抬臂在众爪牙面前画了一圈，瓮声说道："坐。"

众爪牙落座。

石和尚见菜已上齐，端起酒杯，说："这段时间弟兄们辛苦了，我石仲德先敬各位一杯。"自己带头喝了，见众爪牙都喝下，又用筷头点动了两下，说，"随便用。"说完，自己便靠上石椅，微闭双目，似睡非睡，看着他的一班弟兄猛吃猛喝。

爪牙们明白，老大虽是不苟言笑，但只要是他请客喝酒，你便无须拘谨，完全可以尽兴吃喝,即便失态,老大也不会有一丝半毫的责怪。

首先敬那貌美的崔青草。这个说:"先敬嫂夫人一杯。"那个说:"嫂夫人辛苦了。"有的说……

崔青草虽是肤色黝黑,但小脸儿生得动人,见大伙一起向她敬酒,急忙微扭腰肢,笑着站起,扮成几分优雅,举杯浅浅回敬一口。

众爪牙敬过崔青草,再与同伙相互推杯换盏,互敬过之后,又是各找对象猛吃猛喝;找不着对象的,就自己举杯独饮……时间不长,那些爪牙已喝得一个个两眼蒙眬,口齿不清,又瞅见那位嫂夫人,就忘了她是老大的情妇,有的就摇摇晃晃、"哦哦"着再过去敬酒;有的索性拉住崔青草的手腕,将自己酒杯伸到她唇边,强行往那口中猛灌……

崔青草拒绝不了,就捞动石和尚,用眼神求援。

石和尚佯装睡着,视而不见,只待情妇推急了,他才微微睁开肿眼,看了大伙,厚嘴唇稍稍翕动,说:"她酒量不行,就别勉强了。"

爪牙们这才各自回到原位……

这时,猴子匆匆进来,也不顾众人正在兴头上,将那尖削小嘴凑到石和尚耳边,低声嘀咕两句。

石和尚一惊,霍地坐起,睁大双眼问:"看清了,真是她俩?"

众爪牙知道有了情况,一个个放下手中酒杯,瞪眼看着老大和猴子。

猴子说:"自从发现她俩下山,我就一直守候在路口,直等到现在,才见她俩从山下回来。"

石和尚又问:"现在去哪了?"

猴子说:"现在正向山上走来。"

众爪牙不敢再喝,一个个坐正,蒙眬着两眼瞅看石和尚。

石和尚站起,来回走动几步,忽地转身对马彪说:"老二,你带几个兄弟,马上去把那两个小娘儿们抓来。"

马彪站起说:"大哥,要死的还是活的?"

石和尚说:"我要看她俩的真实面目。"

马彪紧抱双拳道:"小弟明白!"说着,转身就走。

石和尚叮嘱道:"务必小心。"

马彪回头再次抱拳:"大哥你就坐这里等着吧,不上半个小时,我会叫那两个小娘儿们前来孝敬……"忽然想起崔青草在场,急忙打住,转身领着钱三钻、麻老五、山猫等出洞去了……

一弯下弦月早已去了西山那边,美人山上更是一片朦胧。

林岚、闻萱出了新区,沿着新修的柏油公路向美人山走来。

她俩很少说话,两双眼睛四只耳朵全力关注着周围的一切。

山风徐徐,山泉流淌,石蛙鸣叫……

一切正常。

突然传出一阵"嘎嘎嘎嘎"的响声。

林岚、闻萱急忙停下脚步,侧耳细听,当听出是一根枯枝从树高处落下时,悬着的心才稍稍平静下来。

心有余悸的闻萱小声对林岚说:"师姐,师兄说得对,石和尚他们最近活动频繁,我们务必小心。"

林岚看一眼残枝坠落的地方,说:"石和尚已对我俩产生怀疑了,为不暴露真实身份,不到万不得已,千万别暴露我俩会武功。"

闻萱点头说:"我估计,石和尚还是从那次在断崖谷救师兄开始怀疑我俩的。"

林岚说:"还有那个常在棉花客栈前游走的'幽灵',也一直是在盯梢我俩。"

闻萱说:"嗯,极有可能。"

……

说着,两人进了景区大门,过"黄金通道",登上美人湖堤坝,向右转,踏上美人峰山道……

西边的残月已被美人峰遮挡,山道更是幽暗、阴森。

林岚、闻萱知道,过了千佛寺、翻过山巅到"百丈泉",再过火山通道遗址,便到了棉花客栈,那就一切平安了……

就在这时,"噌噌噌噌"几声,跳出七八个蒙面人。

林岚、闻萱知道遇到谁了,见前后道路被封堵,两人同时装作胆怯模样,弱弱地问道:"几位这是做什么?"

马彪接受断崖谷绝杀翟五毛失手的教训,这次为防万一,多带了四个弟兄,见两个女导游问话,丝毫不敢懈怠,提刀将林岚、闻萱围在中央,狞笑道:"哈哈,做什么?只是想请二位跟我们走一趟。"

另几个蒙面人一齐弓腰举刀,做着随时扑上去抓人的架势。

闻萱急了,暗中双脚扎地,两手攥拳,也做着随时还击的准备……

林岚搡她一下,接着轻言细语向蒙面人问道:"几位大哥,这深更半夜的,要我们两个导游去哪儿?"

马彪"哈哈"一笑,说:"好一个导游,我家老大就是要见见你们这两个导游,愣着干吗?还不快跟我们走一趟。"说着,要上前拉人。

闻萱正要出手,林岚却装得更加怯懦的样子对马彪等说:"几位大哥,我和闻导游就住在上面客栈,有什么事,待明天再去见你们老大不行吗?"

山猫一听,乐得大叫,说:"住棉花客栈好哇,那里漂亮的娘儿们多,正好让大爷享乐享乐,二哥,就跟娘儿们去客栈吧!"

马彪吼道:"乱想什么,我已向老大保证过,半小时内将这两个娘儿们带到,动手,先绑了。"

听到命令,七个歹徒急忙从多个方位扑向林岚、闻萱……

闻萱正要出手,林岚向前一站,"呼"地张开双臂,做出个遮挡的架势。

林岚想:要想脱身,唯一的办法就是打斗一场;但这一出手,就彻底暴露了会武功一事,那日后就无法在山上继续当导游了。不当导游,又如何能侦察到石和尚他们的行踪?

想到这,林岚只得继续示弱,哀求道:"几位大哥,我们来这里做导游,素来与你们无冤无仇,行行好,放了我们两个吧。"

闻萱明白了林岚意思,收回架势,也打出悲情牌:"是啊,山上要是没有我们,谁给那么多游客当导游呀,没有游客,这山上多冷清呀。"

几个歹徒相互张望一番,再看马彪。

马彪瞪眼说:"不行,这是大哥的命令,绑!"

"绑!"

众歹徒一声吆喝,纷纷扑上,抓手的、抱腿的,趁机一阵乱摸……

就在这时,半空中传出两声大吼:"胆大狂徒,竟敢欺负弱女子,拿命来!"

说着,"嗵嗵嗵嗵"一阵疾风骤雨般的拳打脚踢,早打得马彪几人晕头转脑,不辨方向……待马彪等清醒过来,正要组织反扑,对方已不见了踪影……

林岚闻萱领着两个青年,一气翻过山巅,穿过日月潭,爬上火山通道遗址,见此处石壁犬牙交错,沟壑纵横,地形复杂,山势险峻,就一起躲到一个石崖下,静听来路声音,就听有人先是"嗷嗷"怪叫,过了一段时间,那声音逐渐微弱,知道歹徒已经走远。

林岚这才看着两个青年,惊问道:"这深更半夜,你俩怎么到了这里?"

那英俊潇洒的青年两眼紧盯林岚,脉脉含情道:"我们是来应聘的。"

林岚、闻萱疑问道:"你俩应聘什么?"

另一位魁伟高大留着板寸发型的青年双手将大肚下宽皮带向上提拎两下,指着英俊的青年说:"师姐,知道不?周鹏师兄已应聘上了美人村副主任!"

林岚噢的一声,问魁伟青年:"武喆,那你呢?"

闻萱早已伏在林岚身后,眼巴巴地看着武喆。

武喆又提拎一下腰间皮带,豪爽笑道:"我是被美人村的土地吸引来的。"

林岚想起村里土地招标的事,问道:"你想来开发艺术农业?"

武喆又提一下腰间皮带,说:"不,我想来建花场。"

林岚又"噢"了一声。

闻萱见武喆不与她说话,很是伤心,将头深深埋在林岚的肩头不语。

林岚知道师妹心思,一时难以劝说,只得对周鹏、武喆说:"那班歹徒虽是走了,但棉花客栈已不能住了,我们还是下山吧。这样正好带你俩去见一个人!"

周鹏急问:"谁?"

林岚淡淡说道:"去了自然知道。"

说着,四人手抓石壁,小心翼翼走出火山通道遗址,上了山道,四周观察一番,确信歹徒已经远去,这才一路小心,向新区楼王之所走去……

第五十五章 师兄杀到

第五十六章 尴尬的角色

师兄师弟突然到来,翟五毛自然是既惊又喜,问两人初来乍到怎就上了美人山。

师弟武喆提拎一下那根棕黄色宽皮带,叫嚷口渴。林岚正要去取水瓶,闻萱已将茶水泡来,武喆接过,边喝边把上山情况说了。

原来周鹏看到铜锣镇在电视上发布的村委招聘广告,又打听到自己多年追求的恋人林岚正在美人山当导游,于是匆匆赶来应聘,途中巧遇前来美人村考察花场的师弟武喆,于是两人一道,在镇里办了手续,就匆匆来到美人村。周鹏想,林岚既当导游,白天必在山上,于是就让武喆开车到美人山,一打听,果然没错,说林岚就住在棉花客栈。两人赶到客栈一问,说林岚、闻萱傍晚下山了,周鹏、武喆就在客栈等候,直到深夜还不见回来,两人放心不下,就沿着山道边逛边下山迎接,没想到正碰着歹徒抓人,这才一阵拳脚,打得歹徒猝不及防,正要再下狠手,已被林岚、闻萱拖着钻进了山林……

翟五毛听了,心有余悸,挠头说道:"好险呀!"

接着谈了一阵别后之情,见夜已深,翟五毛打电话同高丽娜商量,让林岚、闻萱到售楼部两位公关小姐处暂住一宿;自己本想与师兄师弟一起睡,但看到武师弟身躯魁伟,一张铺难容三个大男人,只得到客厅睡沙发。

可能是奔走辛劳的原因,两分钟不到,武喆已是鼾声如雷,周鹏也是呓语连连。翟五毛在沙发上一时无法入睡,只得来到阳台上,看着夜幕中的美人山,想着这晚发生的一切……

不错,为了加强班子力量,翟五毛确实多次向镇里请求过,可万万没想到,这充实的力量竟是他的师兄周鹏!

"周师兄的到来,又会给林岚林师妹带来什么样的麻烦呢?"翟五毛仰望星空,不能不想到林岚即将要面临的处境;想到林岚的处境,又不能不想到在这种尴尬的处境中,自己该如何扮演好的角色。

翟五毛被小学老师开除后,就跑去紫霞武校学习散打,但因个小体弱,练散打始终进展不大。好心的无释禅师得知他的身世,心生怜悯,又见他练功刻苦,知他将来必有一番作为,于是因材施教,将他领到校园后一块紫竹园空旷地,单独教他轻功。

翟五毛悉听禅师教诲,每日早早来到紫竹园,先练气贯丹田,再练跑步、跑桩……半年下来,禅师又教他铁锡碑,每日两腿绑带铅瓦跑步……禅师见他进步神速,又提前一年让他身穿七斤重的铁袄练习,三个月后,每月再增加一斤;两腿绑扎的铅瓦每月也增加四两。两年下来,翟五毛已能做到意念丹田,虚心涵空,只须稍稍发功,就觉丹田中的气流"吱吱"地向头顶升腾,全身重量也随之提到顶部,顿时整个身体就有一种向上飘浮的感觉……

一天,翟五毛正在园中练功,见竹枝上栖着一只小鸟,他一时兴起,腾身一跃,果真跃到竹枝头,见小鸟在林上飞翔,他也"噌噌噌"踏着竹梢猛追一阵……至此,他更是信心满满,每日练功愈加刻苦。

一天傍晚,翟五毛将双腿铅瓦各加至六斤,身上铁袄加到三十斤,正要练功,一个柔弱甜美的声音传来:

"小师兄,这地方能让我练功吗?"

翟五毛回头一看,眼前顿时一亮,就见紫竹林石径处款款走出一位身姿曼妙的女生。这女生身高一米七左右,穿着一套纯白色运动服,生得十分俊秀,三月桃花鸭蛋脸,两只凤眼暗含情,细长的眼角处,更是隐藏着无尽的绵柔与温馨,还有颈后那马尾辫,可以肯定,若不是练功需要,稍稍散开,那绝对是一帘无比闪亮的"黑瀑布"!

他想起武校有个出名的"冰美人"。说那"冰美人"是散打班班长,是全校无与伦比的校花。据说只要有她出现的地方,所有男生的眼睛都成了"追光灯",她到哪,"追光灯"就追随到哪。尤其是她练功时刻,上踢腿、左摆腿、右摆腿、前踩腿……更是吸引得所有男生——不,还要包括教练,教她的和不教她的教练,一起如看杂耍般拥过来,将她团团围住,指指点点,暗自偷笑……有的甚至主动上去扳住她那修长的美腿,指导她抬腿的高度,纠正她摆腿的幅度,鼓动她蹬腿的力度……

"她要来这儿练功,莫不是为摆脱那些无聊男生和教练的纠缠?"翟五毛想着,见那女生走过来,心里一阵悸动,挠着后脑勺说:"只要你愿意,当然可以。"他自知自己矮且丑,从不敢有癞蛤蟆想吃天鹅肉的非分之想。

到了面前,那女生又问了一句:"那不挤了师弟吗?"

翟五毛爽快地答道:"不挤,不挤。这南边场地全给你,够吗?"

女生缓缓向脚下鹅卵石场地看了看,柔声问:"那你呢?"

翟五毛说:"我没事,北边还有哩。"

从此,女生天天来这儿,先将那披肩长发挪到颈后用橡皮筋扎成一把粗的马尾辫,再将脚靶系在紫竹枝上,做几下压腿动作,再转身活动一番,接着就练蹬腿、鞭腿、勾腿、摆腿……同样练得专注,刻苦,一丝不苟。

后来,翟五毛知道那女生果真就是校花"冰美人"!她叫林岚,那年二十岁,比翟五毛整整小了三个月。更让翟五毛惊喜的是,她竟和他是老乡,同一个县的。

"你为什么不和他们一道练,非要一个人跑到这地方来?"一天,他问她。

林岚脸上顿时涌起两朵红云,答道:"师兄,我们不说这个好吗?"

翟五毛见师妹不愿说,也不勉强,就去北头练功。

一星期下来,翟五毛更是吃惊,他原以为自己练功刻苦,没想到林岚更是一个刻苦练功之人。她每天早早来到场地,扎了马尾辫,挂了脚靶,一次次冲那挂在竹枝上的脚靶直踢、横扫……累了,乏了,还是一声不吭地翻来覆去地苦练。

翟五毛很快发现,竹枝细软,系在枝条上的脚靶飘忽不定,林岚时常为找不准踢打的目标而一次次摘下脚靶,重新挑选枝头固定……

翟五毛很是同情,于是走过去说:"师妹,我给你当'助手靶'好吗?"

林岚听了,立即停下挂靶,用那漂亮的丹凤眼看着翟五毛,歉疚地说:"那不影响了师兄您练功?"

生性活跃的翟五毛高兴了,挠挠头上黄发,咧嘴笑道:"不影响,不影响。"说着,接过林岚手中脚靶,牢牢抓在手中,站稳脚步,说,"师妹,练吧。"

林岚审视一番,刚踮了一下脚尖,又停住。

翟五毛问:"怎么不练?"

林岚摇头说:"还是把脚靶挂在竹枝上吧。"

翟五毛明白过来,说:"达不到你踢腿的高度?那可以变呀!"说着,双脚踮起,将脚靶举得更高。

林岚更是不忍。

翟五毛再三催促,林岚只得轻轻抬腿,试了一下……

此后,翟五毛更是每天早早来到场地,先是自己练上一阵轻功,待林岚练过基本功,他就过来当陪练。

林岚见师兄翟五毛丝毫没有邪念,更是感激,为提高自己腿功搏杀能力,又让翟五毛将脚靶不断增加高度和变化方位。翟五毛照着做了,两人练得虎虎生风,大汗淋漓……

"呀,真会选地方啊,竟到这里练功来了。"

一天,翟五毛正陪林岚练得起劲,紫竹林深处又走来一位男生。

翟五毛抬头一看,见那男生身高一米七五左右,白净脸膛,五官端正,偶或摆动一下新潮的三七分发,更显得潇洒倜傥,风度翩翩。

这时男生又说:"林岚,你怎么能让这么矮小的人陪你练功呢?这样练下去,你能练出好腿功吗?来,我陪你练。"说着,向翟五毛要了脚靶。

翟五毛见男生认识林岚,更是惊喜,觉得无论是长相还是身高,这两人都是天造地设绝配的一对。于是将脚靶交给男生,自己闪到一旁,问道:"请问师兄尊姓大名?"

男生又是一扬分发,傲慢一笑,说:"我叫周鹏,林岚的师兄。"说着,抓住脚靶,对林岚说,"师妹,开始吧。"

这时,林岚双手伸到颈后,解了橡皮筋,头部稍稍摆动两下,抖散披肩长发,说:"不,我累了,该休息了。"

此后,每当周鹏来紫竹园,林岚都是以同样的方式回答。

翟五毛觉得奇怪,一天问道:"周师兄是个多好的人呀,你怎么老是冷落他呢?"

林岚说:"这人高傲,更是轻浮,日后办不成……"就不再往下说。

翟五毛更为师妹惋惜。

谁知周鹏却生气了,以为林岚不让他当"陪练",是因为翟五毛这小子搅了他和林岚的关系,明里暗里找林岚争吵。林岚不吵,只说自己是"不婚主义者",是"冷血动物",劝周鹏不该对她有非分之想……

周鹏见林岚把话说绝,更是以为出现了那个不该出现的翟五毛,于是一次次明里暗里敲打威胁翟五毛。

  翟五毛知道自己给林师妹增添了烦恼,为不再使她为难,不久报名参军去了……

第五十七章 打黑方案

翟五毛虽是一夜未睡，但第二天仍然早早起来，将粥熬在锅里，再去左山芹超市买了早点，这时师兄师弟起床、洗刷完，林岚、闻萱也过来了，五人围着韩式长桌吃着早餐。

闻萱一手拿筷搅拌米粥，一手抓根油条嚼着，问道："主任，昨晚一场打斗，我和师姐身份已彻底暴露，再也不能上山当导游了，这怎么办呢？"

林岚也看着翟五毛说："是啊，看来石和尚是要公开向我们挑战了。"

周鹏一拳砸在桌上，说："什么石和尚，土和尚？我看都不过是些乌合之众！五毛师弟，趁我们师兄师妹都在这儿，一鼓作气把那石和尚连窝端掉算了，免得日后再添麻烦。"

武喆正啃着狮子头，边嚼边说："翟师兄，我虽然是来开发花场，本不该介入你们这事，但为了有个安宁的投资环境，我愿协助你们，一举消灭那帮害群之马。"

说着，大家一起看着翟五毛。

翟五毛小眼睛一阵扑闪，摇头提醒道："石和尚奸巨猾，只怕昨晚一闹，他会警觉，早就逃到别处避风去了。"

闻萱急忙扯张纸巾抹去嘴上的油腻，说："不会，瞧那班小子昨晚嚣张的样子，为这点小事，他们绝不会逃走。要是舍得逃走，还会赖到今天？"

翟五毛觉得闻萱讲的虽有道理，但还是坚持："石和尚实在是太狡猾，我们没有绝对把握，是不能轻易出手的。"

林岚、闻萱见大家吃罢，边收拾碗筷边问："那怎么办？"

周鹏见大家一时沉默，分发一摆，说："师弟，我有一个办法。"

翟五毛急问："师兄有什么办法？"

周鹏说："昨晚不是说那洞中赌博成风吗？这样，我和武师弟今天就借赌博为名，混到洞中摸清石和尚的情况，然后再把警察调来，来个瓮中捉鳖。"

翟五毛说:"你俩昨晚已同石和尚的人照过面了,怎能混得进去?"

武喆说:"没事,虽然昨晚我和周师兄同他们照过面,但那时间极短,何况又在晚上,他们不会认出的。"

闻萱说:"对,那时间短,他们不会认出。"说着,借机瞟了武喆一眼。

林岚也看着翟五毛说:"师兄,这办法可以试试。"

翟五毛见师兄妹都是信心满满,沉思了一会儿,说:"即使这办法行得通,也得等待几天。"

周鹏问:"为什么?"

翟五毛说:"昨晚不管时间长短,你俩终究是救走了石和尚要抓的人,他一定会警惕。再说,那赌场中大多是熟面孔,如果在出事的第二天突然出现了陌生的面孔,石和尚能不生疑?"

林岚说:"师兄这话有道理。"

周鹏问:"那怎么办?"

翟五毛想了想,说:"为了不打草惊蛇,我们要给石和尚制造一种假象……"

周鹏不解:"假象?怎么制造假象?"

翟五毛说:"我们这些天一定要按兵不动,如果石和尚还在山上的话,他见我们没有行动,一定以为我们拿他无可奈何……这样,一旦时机成熟,我们就出其不意,力争做到——"翟五毛双手做了个合拢的手势。

师兄妹这下听明白了,一致点头同意。

为让周鹏、武喆尽快熟悉环境,翟五毛又亲自为他俩画了一幅美人山的草图……

那晚,石和尚见马彪带领七个弟兄下山去抓两位导游,心里稍稍轻松下来,以为只要抓到那两个导游,就一定能审问出她俩来美人山的真正目的,一旦审问出她俩真的是来监视他石和尚行踪,嘿嘿,那就等于及时拔掉了埋在他身边的两颗定时炸弹。

想着,石和尚高兴起来,就把情妇崔青草揽进怀里一番风流,直弄得浑身汗水,正要躺下休息,就听石屋外一阵急促的脚步声。他急忙穿好衣裳,从侧门进了聚义厅,见马彪几人早已垂头丧气地站在那里,就知道事情已办砸。他也不作声,只是一步一步走到石椅前坐下,好久好久,才闷闷地问一句:"没抓到?"

马彪揉了揉脸上紫茄般的伤处,说:"大哥,我们眼看就要把那两个小娘儿们抓到手了,可就在这时,来了两个武功十分高强的人,我们被、被……"

"人没抓到,还被人家打了,这还有什么好说的?"石和尚突然恼火起来。

几个爪牙吓得如老鼠见了猫,一个个不敢吱声。

沉默了一段时间,马彪实在忍耐不住,说:"大哥,我看这美人山是待不下去了,你得尽早想办法呀。"

石和尚那肿枣眼微微睁开一道缝,从眼窝深处放出两道逼人的青光,问:"怎么就待不下去了?"

马彪打个冷战,说:"大哥,今晚那两个男子虽然只施展了一两下拳脚,但从那拳脚的份量来看,绝不是一般的功夫呀。"

石和尚又"嗯"了一声:"说详细点!"

马彪说:"大哥你想,那两个小娘儿们有没有功夫我们虽然不知道,但翟五毛的功夫我们是领教过的,加上这晚又来了两个有功夫的男人,就凭这股力量,我们还是他们的对手吗?既然不是他们的对手,那往后我们在美人山还能生存吗?"

钱三钻也伸长脖颈说:"大哥,要是这样待下去,一旦他们和警察联起手来,我们确实不是他们的对手啊。"

麻老五、山猫等也都叫道:"大哥,看在我们家里上有老下有小的份上,您真得想想办法呀。"

石和尚不再答话,闭上两只肿枣眼,重新靠到石椅上……

此时,石和尚不是不想办法,只是这办法确实难想。他十分清楚,根据美人村发展的势头,要想再长久赖在这山上,确实是等于坐以待毙。可是,现在在中国这块土地上,无论是乡村还是城市,都在高速发展,人们都在建设自己的幸福家园……除了这个往日被称作"三不管"的美人山,还有哪里是他石仲德的立身之地呢?

时间不长,石和尚重新睁开肿枣眼,缓缓地在众兄弟面前扫了一圈,说:"弟兄们别紧张,大哥在多少大风大浪中,从来就没错判过形势。美人山眼下虽然来了几个会些功夫的男女,但他们来的真正目的和意图是什么,我们目前还没完全弄清楚。只有彻底弄清楚了他们来的真正目的和意图,我们才能知己知彼,做出下一步的安排和打算。"

说着，他又用那阴森的目光看了大家一眼，说:"从明天起,你们还是各负其责,该干什么就干什么。但要特别留心那些陌生人,只要有异样情况,立刻向我报告。"稍停又说,"只要你们百分之百地按照我说的去做,我就会拿出下一步准确无误的计划,不仅会确保你们安然无恙,还要让你们过得比现在更好！相信大哥的话吗？"

想到过去的二十多年,都是听老大的话过来的,现在老大既已这么说了,众爪牙又有了信心,一齐答道:"我们相信大哥！我们一切都听大哥的!"

第五十八章　水晶洞探秘

　　见一切安排妥当，翟五毛亲自与镇里县里取得了联系，将警员落实到位，做好随时出击的准备。
　　一天过去。
　　两天过去。
　　三天过去。
　　……
　　美人山一切如常，太平无事。
　　第八天清晨，周鹏、武喆到左山芹超市买了印有"美人山景区纪念"字样的旅游帽、旅游衫，又买了矿泉水、面包、水果，装进旅行包。
　　林岚和闻萱，一个将马尾辫拆散成乌亮的披肩长发，一个将齐耳短发烫成爆炸式的"狮子包"，两人都涂了口红描了眉，各买一顶宽檐白色太阳帽，歪斜着扣在额前，再将两根帽带从腮边扎紧。化完装，又让三位师兄再三审视，觉得确实变了模样，这才身背双肩包，脚蹬旅游鞋，与周鹏、武喆一道，混进上美人山的游客中……
　　到了景区门前，检票员正要检票，林岚急忙上前，小声嘀咕几句，那检票员死板，说："不行，我们老总说了，除了山上的工作人员和本村的人，其他任何人都得凭票进景区。"
　　正说着，秦川过来，反复瞅看，最后认出，于是向检票员说："是我的几个朋友，让他们进去。"
　　武喆见秦川应变力强，心中佩服，就多看了几眼，这一看，顿生几分爱慕，直到进了景区大门，还回头看了一阵。
　　正在门里接待游客的水玲玲认出林岚、闻萱，惊问道："你们？"
　　林岚急忙伸出指头"嘘"了一声，然后把水玲玲喊到一旁，告诉她不得声张。

水玲玲会意,也不多问,只小声说:"林导放心,山上导游的事,秦总早就安排好了。"

林岚放了心,按照计划,与周鹏、武喆、闻萱扮作两对情侣上路。上到美人湖大堤,正犹豫先去哪座山,闻萱分析道:"那晚歹徒是从骚客峰方向过来的,石和尚一贯狡猾,说不定已换到了水晶洞,我们今天就先去水晶洞。"

林岚觉得有道理,说:"对,要是水晶洞没有,我们再去石佛洞。"

周鹏、武喆同意。

四人为掩人耳目,凡见有人的地方,他们就装作一路看花赏景,说说笑笑,显得十分悠闲。一旦避过他人耳目,一个个就拿出功夫,登石级,攀山崖,跃沟壑,翻山巅……时间不长,就到了水晶洞前。

水晶洞与石佛洞有同有异。

水晶洞从轩敞的洞口进去二十米就到天井,不过这二十米通道全被"S"形的石崖遮掩得弯来绕去,每走一步,都得提心吊胆,稍不留神就会被那凸出的石崖碰着脑袋。进到天井,就见那四周隆起的石壁高二十多米,石壁上同样坠满着石钟乳;地面是一块近百平方米的空旷地,空旷地中央同样有一块巨大的长方形大理石,由于赌众长期的摩擦,大理石块已被摩擦得光溜润滑。过天井沿45度斜坡下去二十米,到了洞中河流,河宽十米左右,两面隆起数十米高的石壁,石壁上除了形状怪异的钟乳石外,就是"呼呼"飞翔的蝙蝠;河流左边紧贴石壁的是一条两米宽的埝堤,走在埝堤上,大有一种行进在古栈道上那种岌岌可危的感觉。沿着埝堤前进五十多米,河流被一块巨大的石崖迎面挡住,形成一个深深的半圆形的水潭,河水就在那石崖边打着漩涡经石崖下流向了山南……这时埝堤就变成了上坡。上坡二十米,进一大厅,大厅中尽是些参差不齐盘旋着的奇形怪状的钟乳石,当年一支日军小队就是在这里被新四军游击队一举歼灭的。沿大厅向前走百米,出现一个岔洞,沿岔洞向上走数十米,就到了水晶洞的第二个出洞口;沿主洞再向前走百多米,又有一个岔洞,沿岔洞向上走数十米,就是第三个出洞口;再沿主洞向前走二百余米,就到了水晶洞的最后一个出洞口——南山洞口。

这天,本地的赌徒吃过早饭,已三三两两向北洞口赶来;远道而来的赌徒,头天晚上狂赌了大半夜,后半夜去棉花客栈稍稍睡上一两个小时,早上起来,随便填了肚子,也两眼惺忪地摇晃着身子向北洞口走来。平时好赌的游客,到了美人峰,听说水晶洞有赌场,心里痒痒,也情不自禁地随着赌徒进去……

林岚四人随着混乱的人群进到洞中天井处,见天井中央已有上百人围在那块足有十多米长的石桌四周,极有层次地坐着、蹲着、站着、踮脚站着,踮脚站着的还在伸着脖颈……形成一个一圈一圈内低外高的极有层次的椭圆形。这时,阳光从天井外射下,正照在赌徒们的身上,就像一朵盛开的巨大的黑色罂粟花。

这时,就见摇宝人钱三钻稳稳地坐在石桌上沿中间,伸着右臂,以三个指头抃住托盘,食指扣紧盖杯,小指跷出兰花模样,"嘎嘎"上下摇动两下,再将瓷杯平稳放到桌面,喊道:"押!押单的放南边,押双的放北边。快押,快押,不押就开宝了!"

周鹏挤了上去,也踮起脚尖,伸长脖颈傻看。

这次上山的主要任务是了解石和尚的行踪,并非是来看赌博的。林岚见周鹏伸头驻足傻看不走,着急起来,就暗示武喆去催。

武喆挤进人群,轻轻拉了一下周鹏的衣袖。

周鹏并无感觉,还在傻看。

武喆急了,就喊:"鹏哥,走吧。"

这一喊,惊动了钱三钻。

钱三钻立刻停止叫喊,用那熬红的眼睛向喊话方向觑了一眼。这一觑,就觑着了武喆和周鹏这两个从未谋过面的人,顿生疑虑。可他终究是黑道老手,遇事不慌,一边重新叫喊押宝,一边去拿桌上手机,正要按键,似乎想起什么,又将手机放下,装着拿笸儿清点单双两边的赌注,一边继续叫喊道:"快押!快押!单上还可以多押点,单上还可以多押点!"一边用眼角余光暗瞟周鹏和武喆。

林岚看得真切,见庄家已对周鹏、武喆生疑,只得改变主意,搒动闻萱,做了暗示。

闻萱明白林岚意思,到了武喆面前,紧紧挽住武喆一只胳膊,一边撒娇道:"喆,这么大的赌,你也押几宝嘛。我这里有钱哩。"说着,从双肩包里掏出一沓百元钞票塞到武喆手上。

林岚也压低帽檐,同样哆出娇滴滴之声来到周鹏面前,说:"鹏,你也押嘛。要不,来这里干什么呢?说好的,赢了中午你请客……"

周鹏、武喆自然明白,一起掏钱往那单上押去。

事也凑巧,这押上去的钱还真的赢了。

于是再押……

钱三钻虽有提防,但终究没能看出破绽,又见周鹏、武喆总是从背包中掏出整沓整沓百元大钞,断定这四人是"肥佬",因此有意先让周鹏和武喆尝些甜头,过会儿再收拾不迟。

林岚见钱三钻已放松对周鹏、武喆的警惕,继续干着庄家的行当,就断定石和尚并未离开美人山。

但狡兔三窟,石和尚此时是在水晶洞,还是在石佛洞,抑或是藏在另外哪一处?林岚一时无法判定,只得借着看赌博,寻找石和尚的蛛丝马迹。

果然没错,快到中午,就见洞口进来一个瘦小的男子,那男子提着两只塑料盒,经过赌桌,仅淡淡看了一眼,就绕过赌场,亮起手电,沿着陡坡下到深处的地下河边,再沿着河左边的堤埂,进了洞的深处……

林岚早就听说过,石和尚和他的情妇除了在洞中由一个叫苍蝇的为他俩做饭外,有时为了变些口味,还时常去棉花客栈或是大鹏饭庄买些更有滋味的饭菜。

林岚见状,一阵惊喜,暗自叫道:"啊,石和尚正在此洞!"

林岚想着,向赌场内瞟了一眼,见钱三钻正站着用笆儿专心清点桌上赌注,于是趁机溜到洞口,拿出手机,拨了翟五毛的手机号……

第五十九章　瓮中捉鳖

林岚等人上山不久,翟五毛就带着鲍一虎、陆俊、韩羞草三人扮作游客到了美人湖游艇上。翟五毛亲自操舵,两脚一前一后蹬着游艇轱辘,直蹬得那轱辘如水鸭扑翅,扇着浪花在湖心游弋。

大家知道事情重大,一个个不苟言笑,只装着闲看湖光山色,耐心等候……

直到中午,还不见消息,正焦急,翟五毛手机响了,大家为之一振,一起看着翟五毛接电话。

翟五毛问明情况,当机立断,通知林岚四人按原计划分头火速去守住水晶洞那四个洞口,同时通知早已潜伏在山上的卫青山,把民兵同样分成四个组,分头火速赶到四个洞口;再告知县里肖安局长和镇里徐海所长,请他们立即派出警力支援……

说着,自己快速蹬艇上岸,让三个村委在堤上等候县、镇两级干警到来。

这时,鲍一虎突然说肚子疼痛厉害,双手抱腹"哟哟"怪叫。

翟五毛觉得蹊跷,正要叫陆俊背他去乐医生处,鲍一虎说今日事情重大,不能因为他而影响整个行动,坚持要自己下山去休息。

翟五毛只得同意。

鲍一虎刚走,陆俊告诉翟五毛:"鲍一虎这次肚痛是假,其实是不敢去捉拿石和尚。"

翟五毛问:"为什么?"

陆俊摇头不说。

翟五毛恼火,本想将鲍一虎追回,但见时间紧迫,只得匆匆赶到水晶洞进洞口处,见师兄周鹏和几个民兵已在守候,问了情况,虽然知道各怀绝技的林岚、闻萱、武喆已分别去了其他三个洞口,但还是放心不下,就对几位民兵说:"你们再分成三个小组,去协防另外三个洞口!"

229

有民兵问道:"主任,这洞口就没人守了。"

瞿五毛说:"这里有我和周师兄在,你们放心好了。"见民兵转身要走,又叮嘱道:"告诉大家,千万千万小心,只要坚持一小时不让石和尚逃出水晶洞,警察就会赶到!"

兵贵神速,一小时不到,镇里、县里干警赶到,将警车停在景区大门处,百余名干警跑步赶到美人峰水晶洞进洞口。

听了瞿五毛的布局安排,肖安局长先拨六十名警员交给邢队和徐海所长,分头协助守住四个出洞口,并命令力争活捉石和尚,万一他负隅顽抗,就地正法。

分工完毕,肖安局长、卢霞科长与瞿五毛带领四十名警员进洞搜捕。

洞中天井处上百名赌徒正在忙着押单押双,不知谁突然惊叫一声:"警察来了!"

众人一看,见四十多名荷枪实弹的警察已冲到面前,就胡乱地猛抢桌上的赌注,不管抢没抢着,掉头就如炸了棚的鸭子,"呼啦"往四处逃窜,有找洞口的,有爬天井的,有往洞深处跑的……见所有出路都被警察堵住,就急着将身上钞票往鞋底、袜筒等处塞藏……矿泉水瓶、饮料软管、罐头听、零散纸钞,更是撒满一地……

"别动,动就开枪!"

肖局长一声大喝,早就认出那庄家是石和尚的把兄弟钱三钻,挥手叫道:"拿下!"

卢霞科长领着两个干警扑上,用手铐铐了钱三钻。

瞿五毛丝毫不敢怠慢,带领肖局长一班人,亮起手电,冲下斜坡,沿着地下河堤埂,直奔石和尚的卧室。

卧室门敞开,一切井然,只是不见石和尚和他情妇的身影。

肖局长挥动短枪,说:"搜!"

大家一一亮起手电,敲石壁,撬石墙,捅石洞、石缝……一无所获。

瞿五毛见石桌上摆放的两只快餐饭盒正袅袅冒着热气,说:"肖局,这饭菜还有热气,说明石和尚和他的情妇是刚才逃走的。"

肖局长当即审问钱三钻。

"说,石和尚去哪了?"肖局长将短枪"砰"地掼在石桌上。

"他、他可能从洞口出、出去了。"被五花大绑的钱三钻低垂着脑袋说。

"他会从哪个洞口逃走？老实说！"肖局长又问。

"这、这洞中出口多，他从哪个洞口逃走，我、我就说不准了。"钱三钻支支吾吾。

肖局长立即打手机问了四个洞口情况，都回答说除了跑出的赌徒，压根就没见到石和尚和他的情妇。

肖局长疑惑，问："小翟，这水晶洞除了四个出洞口，还有其他地方能出去吗？"

翟五毛说："我们从小就常到这洞里来玩，只知道这洞有四个出口，从来没听说还有别的地方能出去。"

肖局长更有信心，说："只要没有别的出口，那石和尚今日就是瓮中之鳖了。"

卢霞科长更是高兴，说："现在四个出洞口全被封锁，石和尚这只多年没捉住的老鳖，说不定此时正急得在洞中四处乱爬哩。"

为了确保这次不让石和尚逃脱，肖局长先是将洞中四十名警员分成三个组，分别由他和卢霞科长、翟五毛主任带领。先是拉网式地整体向前搜索推进，尤其对那些小洞、岔洞、石缝等一切可能藏身的地方，都一处不漏地搜查；即使对那些数十米高的石壁，也要用手电反复探照察看，坚决做到不疏漏任何一个可疑之处。

到了第一个出洞口，肖局长让卢霞带着第一组警员进去搜索，他带着剩下两组继续搜索前进；到了第二个出洞口，又让翟五毛主任带领第二组警员去了；就剩最后一个出洞口了，肖局长带着他的警员，同样是不放过对任何一个岔洞、小洞、石缝、石壁，以及石壁上那些垂吊着的千姿百态的钟乳石的搜索……

这样搜索了将近三个小时，眼看已到最后一个出洞口了，除了人爬得一身臭汗、两眼发涩、浑身黄泥外，还是没搜到石和尚和他的情妇。

肖局长急了，打手机问另外两组，两组的回答同样让他大失所望。

肖局长不甘心，又打手机问翟五毛："小翟，你们的情报是不是弄错了，今天石和尚根本就不在水晶洞？"

对方回话说："怎么会呢？我们刚搜石和尚住处的时候，不是见到那里还有没吃完的饭菜吗？"

肖局长又打手机给守卫在四个出洞口的负责人，四个负责人的回答都是一致的,说根本就没见到石和尚的影子。

　　肖局长气得抠出了枪膛里的子弹,重新押上一梭子,命令道:"你们每个洞口只留五个人继续看守,其余的全部返回洞中,再给我仔仔细细搜查一遍。"

　　重新搜查也是白搭,还是没有发现石和尚。

第六十章　武喆承包花场

　　局长走后,翟五毛情绪低落,领着村里一班人默默地下山。

　　周鹏看出,上前劝慰道:"主任莫愁,我想美人村从此应该是太平无事了。"

　　翟五毛说:"一天不抓到石和尚,美人村一天就没有太平日子过,怎么能不愁?"

　　周鹏说:"不就是一个小小石和尚吗?今天虽没抓住他,但就凭我们这阵势,他石和尚听说了还敢再露面吗?"

　　武喆也跟上说:"对,我们都是练武之人,石和尚要是再敢回来,那不是自己找死!"

　　翟五毛回头看了看师兄师妹和青山带领的二十多位民兵,也似自我安慰道:"但愿如此吧。"

　　这天,翟五毛给武喆打了电话,要他来村委会签订承包花场合同。

　　武喆是浙江湖州人,家产上百亿。武喆从武校毕业出来,与第二任女友在社会上飘荡几年后,又觉无味,再次想摆脱女方的纠缠。一天看到美人村招商引资承包花场的广告,从地图上得知美人村是在数百里外的一个大山里,觉得这里是摆脱第二任女友的最好的地方,于是告诉他老爸一声,便开车过来了,又见村主任是他师兄翟五毛,更是有意留下,当即在新区租房住下,准备签合同,建花场。

　　接到电话,武喆立即开车来到村委会,下了车,双手提拎一下腰间皮带,夹着黄包上到二楼,见村委都在,一一打过招呼,看过合同后,问:"主任,在签合同之前,我还有一事要问清楚。"

　　翟五毛说:"你讲。"

　　武喆说:"建这花场,除了合同上写的,村里还有哪些要求?"

　　翟五毛说:"这事你不提,我也要告诉你。我们之所以急于在美人山下建规模如此大的花场,正是从整个景区发展的角度来考虑……"

武喆问:"什么考虑?"

翟五毛说:"具体讲,就是山上山下景点相互映衬,相互衔接,让游客看了山上想看山下,看了山下又想看山上——这样才能留住游客。"

武喆跷起大拇指道:"师兄厉害!说白了,你就是要留住游客的钱袋子,让美人村尽快地富裕起来,是吧?"

周鹏用胳膊肘捣了一下武喆,笑道:"师弟,翟老板可不是当初的翟五毛啦,他现在简直就是经济大师哩!"

翟五毛挠头笑道:"要说大师,我们这里还真有一位……"

卫青山接过话,半真半假地大肆吹捧一番:"我们那大师呀,才真叫厉害哩!他一个人就拿到两个学位,既懂工程设计,又会种植。我们种的西红柿一个只有二三两,他种的一个能长二三十斤;我们兴的西瓜一个长七八斤,他兴的西瓜七八个还不到一斤,全是讲究科学种植。你武老板办花场,要是把他请到,保准你的花朵朵都开得像筛匾那么大,那你还不赚大钱呀!"

武喆半信半疑,问道:"真有这等能人?"

青山刚要说,陆俊抢过话头:"武总,来我们这里开发美人山的秦总,你听说过吧?她曾经在县里干过局长,从来不把一般人放在眼里,但对这位大师,她那真是言听计从呀。武总,你想,那大师要是没有真本领,秦总能对大师那么器重吗?"

武喆双手抓住皮带来回一阵拉动,急问道:"那位大师现在哪里?"

韩羞草微微一笑说:"大师被秦总请去设计景点哩!"

武喆已是迫不及待:"他叫什么?我马上就去请他!"

陆俊更是显得殷勤:"武总真的想请他?那我告诉你,他叫龙小艺。"

"啊?"武喆大叫一声,两道浓眉皱成了疙瘩,脸色顿时阴沉下来。

翟五毛想到林岚那次介绍的情况,明白武喆皱眉头的根源所在,于是想借机解开他的心结,说:"武总,龙小艺在设计方面确实是位天才,花场要是请他设计,保准没错。你应该主动去请他呀。"

武喆友拉扯一下腰间皮带,说:"我去请倒没问题,但他龙小艺愿不愿意帮我设计,那就难说了。"

翟五毛说:"这不难,你去找一个人,保证那龙小艺一请就到。"

武喆睁大眼睛问:"那人是谁?师兄快说。"

翟五毛却卖着关子:"等把合同签了,我再告诉你。"
　　武喆说:"你们那八百亩花场的土地我都考察过了,就按照我们事前商定的,每亩每年给农户五百元承包金,合同押金十万,我都一次性付清。"说着,在合同上签了字,再拉开皮包拉链,从中拿出一本支票,伏在桌上"唰唰唰"填写一张,撕下交给翟五毛,说:"主任,这总行了吧?"
　　翟五毛见武喆办事豪爽,很高兴,于是收起合同,将支票交给陆俊,说:"你把花场的农户名单列好,尽快叫他们把承包金领回去。"
　　武喆见翟五毛迟迟不提那人,又问:"翟老板,你说的那个人是谁?现在该告诉我了吧。"
　　翟五毛笑了,走过去,踮脚在武喆耳边嘀咕了一句。
　　武喆顿时高兴不已,将黄皮包往腋间一夹,提拎一下腰间皮带,说声"拜拜",出门开车走了……

第六十章　武喆承包花场

第六十一章　绝情崖

到了美人山景区大门前，车刚停稳，武喆就匆匆下来，夹着黄皮包，大步到北面办公大楼去找秦川。

自那天在景区门口第一次见到秦川，武喆就觉得秦川不仅人长得漂亮，更是气质不凡，尤其从那杏仁眼短促的眼角中，更能判断出她是一位办事干练的女强人。当时心中一个激灵，就涌出一种不可名状的感觉。这次听说找她能请动龙小艺，武喆更是以此为由来一睹她的芳容。

秦川当然不知道武喆的这层意思，自接到电话，她就在办公室边看龙小艺修改的景区规划图，边等候武喆。

时间不大，武喆进来，秦川客气地泡茶让座，说些欢迎的客套话。

武喆虽是年轻，但在情场上可算得是位老手，见秦川递茶过来，连忙双手接了，客气一番，再轻轻将茶杯放于桌上，环视一下办公室，笑着说道："秦总办事真是雷厉风行，这么短时间就将景区开发到如此大的规模，真是女中豪杰呀！"

秦川也笑道："武总一笔租下八百亩农田办花场，更是大手笔，大气魄，我哪敢与您武总相比呀。"

武喆见秦总嘴功不弱，不敢多斗，就将话题换到请龙小艺规划花场的事上。

秦川说："他正在为我设计'人间天堂'，你要请他，我带你去。"

武喆问："他在哪？"

秦川说："他在骚客峰'南天门'处。你要是不怕登山，我们马上就去。"

武喆听说上山，又能与美女老总有更多的接触机会，自是求之不得，立即说："好好好，只是辛苦秦总您了。"

秦川收起景区规划图，与武喆出门上山。

这时，闻萱正领着一个旅游团过了"诗仙池"，进入一片石林。石林大部分是刀劈斧削般的石壁,高矮参差不齐,最高处有二十多米。石壁上横生些矮小树木,长得虽不算葱郁,但枝叶间仍少不了鸟雀的跳跃啁啾,声音响亮,却也凄婉。

"各位游客,你们看——"

闻萱说着,用导游旗指向一柱最高的石壁,甜甜地说道:"那就是骚客峰有名的景点——绝情崖!"

游客中有性急的人,就问:"闻导,快说说这绝情崖的来历吧。"

闻萱却不慌不忙,说:"古时候,有位大户人家的公子,一个偶然的机会,在这石林里遇上美人村一位娇美的女子。公子见小女子生得俊俏婀娜,顿生爱慕之意,就用一番甜言蜜语,笼住了少女的芳心。可是时隔不久,那公子又有了新欢,就把这女子给抛弃了……"

游客问:"闻导,那后来呢?后来怎么样了?"

闻萱继续说道:"后来那女子当然是伤心极了,每天都来到这片石林,爬上那柱最高的石崖,一边盼望公子归来,一边啼哭不止……"

正说着,一只孤鸟在游人上空盘旋、啼鸣,其声音凄婉、哀怨。

游客奇怪,问:"闻导,这是什么鸟,叫得如此可怜?"

闻萱为吊起游客兴趣,借机问道:"你们仔细听听,这鸟像在叫喊什么?"

游客兴趣上来,一个个仰头看鸟,侧耳细听,有的听出,脱口说道:"像叫'你不该——离去。'"

闻萱继续指那最高石壁说:"终有一天,山下的人再也听不到那女子的啼哭声,都觉得奇怪,于是纷纷上山查看。不看便罢,一看,全都惊呆了,原来那女子已变成一个石人。——你们看那高高挺立在石壁上的,像不像一位窈窕淑女?你们看她那俊俏的脸蛋,看她那微锁的眉头……那女子后来变成了一只黑鸟,这黑鸟一年四季就在这骚客峰上哭喊着'你不该离去','你不该离去'!"

游客更是一片惊叫。

这个说:"嗨呀,真是不说不知道,越说越像了。"

那个道:"这美人山怎么有这么多爱情故事呢?"

"……"

闻萱又指那石壁说:"各位游客,不知你们看到没有?那石崖上还有三个狂草……"见游客眼神全部移过去,她接着说,"那三个狂草,就是当时隐居在美人山附近的唐代大诗人李白听了这故事后,长叹一声,当即来到石崖下,挥毫写下'绝——情——崖'三个大字。"

游客中有懂书法的,见那狂草写得龙飞凤舞,仿佛看到当年诗仙正挥动着他那如椽之笔,以千钧之力万般愤慨横扫着人间的一切丑陋与绝情。

众游客更是迫不及待地蜂拥到石壁下看那狂草。

就在这时,闻萱看见武喆与秦川正一前一后手拉着手向高山密林处攀登。她顿时蒙了,想到初识武喆时,他是何等的疼爱她,今日请她吃冰淇淋,明日请她吃夜宵,再不就是给她零花钱、买时尚衣……可终有一天,他与另一位师妹好上了,并很快就消失了。她不甘心,四处打听,可就是无法打听到他的下落。

后来在电视上看到铜锣镇发布招聘导游的消息,林岚与她联系,叫她一道来铜锣镇应聘,边做导游边打听武喆的消息,没想到果真在这里等到了武喆。

"这不就是缘分吗?不是缘分还能有这样的巧合吗?"那些天,尽管武喆对她仍是冷若冰霜,但她坚信,感情是需要慢慢培养的,接触久了,武喆一定会回心转意,一定会与她重归于好。

……

可万万没有想到,现在他武喆竟然又与景区美女老总手拉手说说笑笑上了高山,叫她怎能不心痛如刀绞呢!

她真想立即追上去问个明白,但她犹豫了。面对几十位游客,她不能这样做,不能丢掉她的游客不管。想到此,她只得咬紧牙关,眼睁睁看着她所爱的人伴着另一位女人钻进了高山密林……

第六十二章 冰美人

林岚见美人村的一切工作都进入了快车道,作为刚刚接任专职副书记的她,当然不甘落后。

这天下午,她召开完支部党小组长会议后,见时间还早,又马不停蹄地去新区检查精神文明建设工作。刚进小区,就见一个男子拎桶白涂料,在刷墙壁上那些非法办证、修理门锁等五花八门的手机号。手机号虽被刷去,但那白净的墙壁却被涂得花里胡哨,煞是难看。

"怎么能这样简单处理呢?就没有更好的办法吗?"林岚正想着,"啪"的一声,一只从楼上扔下的垃圾袋就如降落伞一样,不偏不倚正砸在走在楼下的孙背时头上,弄得孙背时全身上下顿时披红挂绿,肮脏不堪。

孙背时哪是个省油的灯!这些日子,他正为山上的赌场被捣毁而无处赌博急得整天四处乱窜,不料这天又遇到这等倒霉事,更是生气!于是,他边脱衣裤擦着满头满脸的脏物,边指着楼上大声叫骂:"你家人死光啦?已没有人下楼啦?阎王爷放你多活一天,你不知要跑多少路哩!你这家懒种,给老子记住,下次你的垃圾要是再砸到老子头上,老子非将你家屋柱子掀朝天不可。懒种,等着吧,老子总有一天……"

林岚见骂得难听,只得上前劝解一番,孙背时这才骂骂咧咧走了。

当天晚上,想着白天在新区见到的情景,林岚心情难以平静,就拿出村党支部精神文明建设规划,坐在桌旁逐条细看。

就在这时,闻萱气冲冲跑来,"嗵嗵"地敲着大门。

林岚住到新区后,闻萱也离开了"棉花客栈",住到景区宿舍楼去了。二人已多天没有见面,现见她匆匆找来,林岚急忙开了门,像关心小妹样问道:"谁招惹你了,这么大火气?"

闻萱嘟囔道:"我看见他了。"

林岚知她说的是武喆,问:"他在哪里?"

闻萱更生气："和那个姓秦的手拉手钻到山上去了。"

林岚笑道："她俩可能是为花场的事，上山找龙小艺。你乱想什么呢？"

"那才不是哩。师姐，我就是来告诉你一声，我现在就去找他。"闻萱说过，转身出门走了。

林岚担心闻萱会去闹事，正要追去，门前又站着一个人。

"你怎么在这里？"林岚惊讶地问道。

"你现在是书记了，我能不来向你汇报工作吗？"周鹏主动进了门，坐到沙发上。

林岚想到往日周鹏对她的追求，知道这话是借口，为了提防，她只是远远侧坐在桌旁，将左臂搭在桌上，拿出一副书记的派头，问："周主任，有什么情况你说。"

周鹏去饮水机前泡茶转来，见林岚翻看着手边的材料，他早已是激情难忍……

林岚进武校散打班不久，周鹏就看出她是校花。当时正拥有"帅哥""美男子"称号的周鹏，觉得自己无论从身高长相，还是武功，都与"校花"堪称天生一对。见追求林岚的男子成群结队，一向高傲的他，怎能甘心？远距离只能产生美感，近距离才会碰擦出爱情的火花。为与校花近距离接触，他想方设法调到散打班。她练功，他练功；她休息，他不休息，只在林岚身边卖弄一些高难度的动作；她就餐，他同她一桌，不时将最美味的菜肴撵进她碗里；回宿舍，他送她，偶尔说一两句既幽默又微带哲理的冷笑话……尽管她似乎全然不知，他还是一如既往地追求……

后来，那些吃不着葡萄说葡萄酸的人就在全校传出一个怪怪的名词，称林岚为"冰美人""冷血动物"。

周鹏当时曾反复想，"冰美人"是什么人？"冰美人"真的就是一个没有爱情、不懂爱情、不近人情的怪物吗？终有一天，他明白过来，"冰美人"也是人，也是有着七情六欲的人，从表面上看，她像一支冰冷冰冷的冰凌柱儿，其实她的内心也是充满柔情的。不过，要让那种柔情表露出来，是来不得丝毫的急躁和蛮横的，而是需要用一种不温不火的热量，去慢慢地熏，慢慢地烘，慢慢地烤……如此久了，她这个"冰美人"——冰凌柱儿，就一定会融化成一汪清凌凌的柔情之水。

尽管周鹏彻悟出赢得"冰美人"芳心的道理，但由于他的个性，最终还是没能按照他设定的方针去施行……直到一个月前,他得知林岚到了美人村,偏巧又看到美人村在招聘村班子成员,他就借机来到美人村,没想到还真的见到了他朝思暮想的人。

经过认真的思考与准备,他这次不能再去慢悠悠地"熏"了,他要动用他的不二法宝——主动进攻。他想,别说你是个"冰美人""冰凌柱儿",即使是座"冰山",我也要用我这颗积蓄已久的五百公斤TNT(梯恩梯)当量的专门对付你那"冰山"的"燃烧弹",把你面前轰炸成一片火海,让你在这片炽热的"火海"中燃烧得不得不在我面前乖乖地极其顺从地融化成一汪柔情之水。

周鹏想着,见林岚还是静静地坐在桌旁看规划,就直奔主题:"林岚,我俩把关系确定下来吧。"

"什么关系?"林岚继续看着那份规划。

"当然是恋爱关系呀!"周鹏已坐到林岚对面。

"恋爱?谁和谁恋爱?"林岚微微一笑,眼睛还是没有离开那份规划。

"当然是你和我呀!"

"我和你?"

"是啊!"周鹏那双充满爱情火焰的眼睛直逼对方。

林岚看了一下,还是沉稳地笑道:"周主任,我真的怀疑你的耳朵是不是出了问题,我不是早说过,我是一个不婚主义者,是个冷血动物。你怎么就这么执迷不悟呢?……周主任,这样下去,我真担心你的神经会出问题的。"

周鹏摇头说:"不不不,你不是不婚主义者,更不是冷血动物,在爱情方面,你可以骗过别人,但无法骗得了我。"

林岚还是笑:"我骗你干吗?"

周鹏说:"你骗我是因为你另有所爱。"

林岚严肃起来,说:"周主任,你说话可得有个分寸。"

周鹏说:"在武校那些日子,我就知道你是个绝对重感情的女孩,只是后来我气走了翟五毛,挑动了你的恻隐之心,反而使你对他越发有了好感。"

林岚正要否认,可已迟了,周鹏那双燃烧着欲望之眼已紧逼到面前。

在这静静的夜晚,一向遇事沉着的林岚暗吃一惊,正想站起,但周鹏那只有力的大手已重重按住了她的肩头,说:"坐下。坐下来我俩好好谈谈。"

林岚拂开对方的手,加重语气说:"要谈工作,可以;如果谈感情上的事,今晚就到此为止。周主任,这夜已深了,还是请……"

被欲望之火烧昏了头脑的周鹏哪里听得进去，一个饿虎扑食，张开双臂，扑向了林岚。

林岚见双臂伸来，就势一个狮子摆头，闪过对方，跳到一旁站定。

周鹏不甘心，喊道："师妹，你真就这样狠心吗？"说着，转身再次扑上。

林岚再次躲闪，劝道："师兄，你现在已是美人村的副主任了，这样鲁莽，恐怕有失身份吧。"

周鹏说："为了你，我已等得太久了，今晚开弓已没有回头箭了。"说着，又是一个猛虎出林。

林岚急忙伸出双臂，将对方搪开，再次提醒道："周主任，作为同事，我得再次提醒你，强扭的瓜不甜，爱情这事是勉强不得的。我劝你就此收手为好。"

周鹏不理不睬，见林岚双手架他双臂，突然就势一蹲，来个雁落平沙，搂住林岚双腿，再移动两手，抱住林岚腰部，不顾对方挣扎，就向卧室走去……

就在这时，有人敲门。

"怎么回事？深更半夜的，家里一片打斗声。"

周鹏一听，知是翟五毛来了，虽是心有不甘，但这事做得终归有些丑陋，只得将林岚放下。

林岚心软，不愿让周鹏过于难堪，就对门外说道："主任，是我不小心碰倒了椅子。没事，你休息去吧。"

听到翟五毛到家关门的声音，林岚对周鹏说："周主任，快回去吧。翟主任就住在楼下，要是他再上来，你我都难堪了。"

周鹏狠狠瞪了一下门外，说："你这小矮子，什么意思？"说罢，抹一下嘴角的涎水，悻悻而去。

第六十三章　遁道

那晚，翟五毛是看着周鹏上楼去了林岚宿舍，当时虽有一种说不清的感觉，但还是真诚地希望，在爱情方面，师妹真的应该有个归宿了。

第一次听说师妹是个"冰美人"，是个"不婚主义者"，翟五毛怎么也不敢相信。他想，凭师妹的长相，凭师妹的为人，凭师妹在练功上的韧劲，以及她在武校显露出的组织能力和人际关系，怎么能是个"冰美人""不婚主义者"呢？

此后多少日子，他都在想，师妹为什么要自称"不婚主义者"呢？难道就是因为自己生得太美或者是追求她的人太多而无法拒绝，才不得已编造出这样一个令人心酸、令人心寒的借口吗？傻瓜，美本来就是一个让人羡慕、让人追求、让人拥有的至高无上的珍品。当你宣告自己是个"不婚主义者"，别人就会相信？就能相信？就能放弃对你的追求？——不，那是对美的追求吗？！师妹，知道不？就是你这轻飘飘的简单得不能再简单的一句话，令多少人食不甘味、夜不能寐，令多少人心碎呀！师妹，你知道不，师兄多么羡慕你那种美，你那种与生俱来的美。然而，师兄已无法拥有了，师兄此生此世只能是个既小又瘦连头发都黄得像几根钢针样戳在头上的小矮子。一个丑陋的小矮子。对于美，我翟五毛想拥有都无法拥有，而师妹你为什么偏偏要千方百计去否定这种美，抛弃这种美呢？傻瓜蛋。我的傻瓜蛋师妹。

得知师兄周鹏应聘了美人村副主任，翟五毛在某个瞬间确实为林岚担忧了一阵，然而很快又为师妹高兴了。他记得，师妹仅比他小三个月，这年已是二十八岁了，可至今仍孑然一身，固然周鹏有些心高气傲，办事浮躁，但终究人长得帅气，又机灵，有武功，与林岚该是多么绝配的一对呀！

从周鹏来的那天起，他就想对师妹说，但他不敢，怕说出来，会触痛师妹那颗善良的心。

那天晚上，他正坐在桌前拟写工作日记，清楚地看见周鹏上了四楼，敲了师妹家的门,此后见一切都静悄悄时,他是多么高兴啊,他以为那时的周师兄与林师妹正如他和他的义妹处在一起一样,谈得甜甜蜜蜜,开心无比。为不影响师妹和师兄往深处谈,他有意将自己的窗帘拉了又拉,直拉得严丝合缝,尽量不让或是少让光亮从他的窗口透露出去。

可是后来传出了打斗声。他的第一反应是师妹因为拒绝师兄的求爱而打起来。为平息他心目中天造地设的一对人不该有的冲突,他匆匆赶到楼上,当听说是椅子倒下时,他释然了,顿觉一块压在心头的石头落地了。

"好女也怕三次缠哩。何况她又是那样心地善良,能不为周鹏大老远赶来而感动吗?唉,这是好事哩,师妹总算找到根了。"

……

翟五毛正想得甜美,秦川来电话了。

"主任,你把我给忘了吧?"秦川劈头就问。

"秦总,有事吗?"翟五毛用手猛力地搓着他那发烫的腮部。

秦川说:"现在石和尚已跑了,我景区各景点的开发已全面铺开了,你这个大主任,也得对我美人山多多关心关心啊。"

翟五毛立马戏言道:"秦总您指到哪里,我翟五毛还敢不打到哪里?您指示,我洗耳恭听。"

秦川也奉陪一句:"大主任,我景区几个重点工程,你也该亲自来视察视察呀!"

翟五毛不再斗嘴,认真说道:"行,秦总你说哪天,我一准过来。"

到了约定那天,翟五毛与秦川、龙小艺首先登上了骚客峰"南天门",见门楼已建好,古朴的门楼描红绘彩,气宇轩昂,只是两面门柱尚且空着,翟五毛略有遗憾,说:"要是有副楹联就更加完美了。"

秦川立马说:"不急,等这'人间天堂'所有工程完成后,我再举办一次征联活动,广邀文人墨客,到时楹联自会有的。"

翟五毛觉得这活动好,既征了楹联,又宣传了景区,一举多得,于是半开玩笑地赞道:"商人就是不一样,一分钱总能办成几件事。"接着问到"人间天堂"内部景点动工的时间。

秦川说:"勘探工作已经结束,只待地质化验报告出来,就立即动工。"

翟五毛对秦川的高效运作及缜密安排,很是佩服。

看完"南天门",三人又不辞辛苦来到美人峰日月潭,见刘荒老人的茅屋已拆去,工人正在屋基处浇筑福鼎基础。翟五毛和秦川仔细看了周围环境,再细看安放福鼎的位置,更为龙小艺为福鼎选址花费出大量的心血而感动不已。

最后来到水晶洞,见洞中已是灯火通明,三人下坡,沿着洞中河堤到了水潭处,就见水潭岸上有几件沾满泥土的工作服。

翟五毛问:"这是谁的工作服丢在这里了?"

秦川说:"不是丢的,这里有工人在劳动。"

翟五毛问:"那人呢?"

龙小艺说:"可能是出去有事了吧。"

说着,三人到了石和尚曾经的休息处,见那"卧室""客厅"已全部拆除,"大厅"原来的千姿百态的钟乳石,已按图纸设计加工成峰回路转沟壑纵横的"崇山峻岭"。"崇山峻岭"间正隐藏着一个个或端枪或举刀的"鬼子","鬼子"正猫着腰做着四处搜索的丑态……

翟五毛看着,情不自禁想起儿时常来这儿游玩的情形,就天真地拿起一把仿制的手枪,倚着岩石做掩护,向"鬼子"连连扣动扳机,通过声光电作用,一场鏖战打得火星四溅、呀呀怪叫……

翟五毛玩了一阵,高兴地对秦川说:"这种景点,对十几岁的儿童来说,绝不比迪士尼乐园差,只要我们加大对外宣传力度,一定会有大批家长带着孩子前来游玩!"就拍着龙小艺的肩膀说,"老同学,天才呀!家乡人民会感谢你的,真的会感谢你的!"

就在这时,一位工人从洞口匆匆跑来,远远叫道:"秦总,秦总,好消息,好消息。"

秦川见是施工队长,急问:"什么好消息?"

施工队长不顾浑身是水,惊喜异常地指着洞口说:"我们已经摸过去了,真的摸过去了!"

翟五毛不知队长说些什么,就见队长已拖着秦川往洞口跑去。到了水潭处,就见岸上早已站着几个浑身湿透的工人。队长指着那块深深扎到水潭下的石崖说:"这石崖下是通的,我们已从那下面摸过去了,那边也跟这边一样,不仅有河流,河流上面也有高高的空间。"

有工人指着那块深深扎在潭水中的石崖说:"秦总,只要把那石崖下半部錾掉,那边和这边就连成一条天然的地下河流了!"

第六十三章 遁道

245

龙小艺更是兴奋,说:"如果再在这河流中放些游船,由山北游到山南,岂不又是一个绝妙的景点。"

听龙小艺这么一说,秦川更是高兴,说:"这太好了,太好了!"

翟五毛没有说话,只是伸长脖颈向那深深扎到潭水下的石崖反复看了看,说:"这就怪了,我们从小就在这水潭中游泳、摸鱼,怎么就没想到这石崖下边还能过去呢?"

龙小艺说:"石头伸到水下那么深,我们那时就是想到了也不敢过去呀。"

队长见翟五毛怀疑,移动一下头上的密封灯说:"主任,你想不想过去看看?"

翟五毛心里一亮,说:"好。"

队长就叫工人将头灯给了翟五毛。

翟五毛戴好头灯,跳下水,跟着队长扎入那块巨石下,几秒钟时间,就扎到了石崖的对边。

翟五毛扳动头灯照看,就见河流两面同样是直立的石壁,石壁高到十多米处又结合到一块,形成一个拱顶,拱顶上同样垂挂着无数奇形怪状的钟乳石。再看河流,就见它蜿蜒曲折,一直向南……

翟五毛看着看着,突然想起什么,用拳头猛地砸了一下水面,急与队长返回上岸。

正在焦急等待的秦川和龙小艺急忙上前问道:"真是通的?"

翟五毛点头答应后,又将秦川拉到一旁,说:"秦总,你得支持我一下,这石崖暂时不能錾掉。"

秦川问:"为什么?"

翟五毛小声说:"石和尚上次一准就是从这水道逃走的。"

秦川又向那水潭看了看,明白过来,立即点头说:"好,我暂把它留着。"

第六十四章 燕窝飞了

出了水晶洞,翟五毛要去棉花客栈,秦川、龙小艺陪着。

"狡猾的狐狸,竟从水洞逃跑了!"路上,翟五毛还在想着石和尚逃走的事。

龙小艺说:"是啊,这水洞连我们本地人都不知道,石和尚是怎么知道的?"

秦川说:"这也正常,石和尚在山上经营那么多年,为了生存,他能不为找一条生路而挖地三尺吗?"

到了客栈,刘棉花和几个服务小姐正忙着收拾,问了情况,得知刘棉花已决定下山去承包会所,翟五毛更是高兴,说:"真是一拳打得百拳开呀!秦总,景区下一步的发展就看你的了。"

秦川说:"有你翟主任这大刀阔斧的工作作风,我能不大干一场吗?"

翟五毛觉得这天的收获特别大,傍晚回到家,正拿钥匙开门,就听"嘎"的一声,门开了。

义妹袁豆蔻冲他妩媚一笑,说:"才回来?"

翟五毛有些惊讶:"你什么时候来的?"

袁豆蔻娇嗔地睃一眼,说:"我要来,还得你同意不成?"

翟五毛就怔怔地看对方,甚至还偷着看了那地方一下。

袁豆蔻发现,也不作声,只说:"老爸想你了,叫我接你过去吃饭哩。"

"接我吃饭?"翟五毛反应奇快,以为义父还是为山上那两份干股着急,就问,"老爸又想山上的事了?"

袁豆蔻立即摇头说:"那我不知道。"接着问,"哥,难道老爸的事,你就一点不为他着想吗?"

翟五毛不答,转身进卧室拿出两瓶迎驾贡酒和一只精致的纸质袋,再去冰箱拿出一只精美的包装盒,将包装盒装进纸质袋,瞟一眼豆蔻,说:"走。"

247

十分钟后,两人到了袁家。

六月的大山里,天气并不算太热,袁世通为显示对义子的疼爱,问:"热不?要热就把空调开了。"

翟五毛挨着义父坐下,说:"不热。我整天在外跑东跑西,也没吹空调的习惯。"

袁世通见五毛带了酒,又带了高档补品,更是高兴,嘴上却说:"爸的腿早就好了,还买这些干吗?不花钱呀?"

翟五毛说:"医生说燕窝强身健体,老人吃了延年益寿哩。"

袁世通拎起那精致的包装袋看了看,念道:"马来西亚沙捞越。"就欣喜地把它放在自己椅后。

这时,袁母已将菜肴碗筷摆上餐桌。

袁世通就喊:"豆蔻,拿酒来。"

翟五毛起身去墙边拿他带来的酒,说:"爸,我这有。"

袁世通用手推回,说:"不,今天喝你老爸的。"

就见义妹拿出一瓶十年的古井原浆,翟五毛很是尴尬,说:"爸,这好酒你留着自己喝,今天就喝我带来的。"

袁世通说:"尽说傻话,老爸今天高兴,喝古井。"

翟五毛只得把迎驾贡放回墙边,借机去厨房将忙碌的义母拉来与义父坐在桌上方,自己用钥匙开了酒瓶盖,为二老斟上,再给豆蔻和自己也斟了,端杯敬二老:"爸,妈,五毛整天在外东跑西跑,忘了常来看望你们,我先敬二老一杯。"见义父义母喝下,这才一仰脖颈,将酒喝了。

三杯酒下肚,袁世通发话了:"五毛,这段时间,石和尚逃走了,农田已平整好了,花场也承包了,新区的楼房也快卖完了……现在就剩下景区开发,是吗?"

翟五毛说:"是的,爸。"

袁世通向老伴撇了一下嘴,说:"豆蔻妈,这豆皮黄瓜太淡了,拿去加点盐。"

袁母说:"你不是说年纪大了要少吃盐吗?怎么又说淡了?"说着,端起拌豆皮去了厨房。

袁世通这才说:"五毛啊,你真的要单大杆子和棉花婶下山承包宾馆会所了?"

翟五毛已知义父要说什么,急忙站起来又敬了义父一杯,说:"爸,您老想,景区的发展是越来越快,山上的游客也越来越多,如果单大杆子、棉花婶他们还不下山,村民势必要去效仿,如果都上山去开店,这景区不就乱套了?一个乱套了的景区还能谈得上规范化地发展吗?"

袁世通将酒喝下,撩块菜放嘴里慢慢咀嚼,说:"为什么非得把钱给外面人赚,就不让村民也赚点小钱呢?五毛啊,拳头往外打,胳膊要向里弯,办事还是要多为本地老百姓想想啊。"

翟五毛知道义父的话是代表了村里部分人的意见,就解释道:"爸,我们景区是合资,而不是独资,村民都是按山场大小入了股,他们都有股份,赚钱蚀本,与村民的利益都是息息相关的。这怎么叫钱给外面人赚了呢?"翟五毛担心这话还不能说服义父,又补充说,"爸,您老想,这美人山要是没有人来投资、承包,还是像往日,你干你的,我干我的,没有整体规划,没有大开发、大发展,美人山这棵摇钱树上的元宝能越结越大,村民获得的利益能越来越多吗?"

袁世通自知自己那套理论没法说服翟五毛,不得不暴露自己的真实想法:"五毛,你老爸老妈也没多少儿女,就你和豆蔻这一对人,你爸已老了,没法挣钱了,唯独在山上还有两个股份,你要是把那饭庄、客栈拆了,我那两个股份不就彻底完了,从此不就一分钱也挣不到了?五毛啊,在这个金钱至上的年代,我想在我有生之年多挣点钱,也是为你和豆蔻两人着想啊。"

见义父眼圈里已有了浑浊的老泪,翟五毛犹豫了,只是不停地挠头。

袁豆蔻已看出五毛的犹豫,就用胳膊搡他:"哥,爸说的都是为我俩好,在这事上,你真不能太那个了。俗话说,亲为亲,邻为邻,包公还为合肥人呢。只要你同秦总说一声,把单大杆子和棉花婶继续留在山上,不就行了。"

这时,袁母已将加过盐的豆皮拌黄瓜端来,听了女儿的话,也说:"是啊,五毛,你想过没有,你自己退伍的那几个钱已花完了,你老爸再不挣几个钱,你和豆蔻以后怎么过日子呀?"

袁世通更是说道:"五毛,这个年代,会挣钱的,每天都是大把大把的钞票往家拿,你和豆蔻马上就要成家了,要是没个经济实力,你们到哪去过好日子?五毛,老爸这样做,真是为你俩着想呀。"

翟五毛挠头蹙眉说:"爸、妈,您二老的心意,五毛都懂,只是……"

袁世通显然已不耐烦了,打断翟五毛的话,说:"五毛,你要是还认我这个做爸的,你就什么也别说,只回答我一句话,山上那饭庄和客栈不拆行不行?"说完,两只平时昏花的老眼第一次放出了逼人的光芒。

义母也两眼紧盯住翟五毛,说:"五毛啊,你老爸可是从来没对你说过这么高声的话,你说呀,说呀!"

袁豆蔻更是推搡:"哥,老爸等你回话哩,怎么变成哑巴啦?"

突然的变故,翟五毛一时慌了手脚。他看了看两位动怒的老人,小眼睛反复扑闪,最后站起,深深向义父义母鞠上一躬,说:"爸,妈,请二老原谅做儿的不孝,为了全村的发展,那山上的饭庄、客栈绝对留不得。"

袁世通一听,"嗵"地一拳砸在桌上,震得满桌碗筷"吱吱"作响。"好好好,有你这话就行,有你这话就行,从今以后,老子就不再是你爸,你更没有我这个义父,从此老子和你一刀两断!滚、滚,给老子滚,滚!"

袁世通推了几掌,见没能推动翟五毛,一气之下,就将放在身边的那袋燕窝抓起,"呼"的一声,就见那袋燕窝从客厅划一道弧线,飞出了大门,骨碌碌沿着台阶滚到院里去了。

袁世通还不解气,继续推搡吼叫:"滚滚滚,给老子快点滚,快点滚!老子再也不想见、见、见……"

吼着吼着,袁世通白眼一翻,猝然倒地……

第六十五章　县长亲戚买"宝地"

架设福鼎的基础即将完工,"天下第一鼎"也将不日运到。

竖"天下第一鼎"是美人山景区的第一大盛事,翟五毛丝毫不敢怠慢,这天与秦川等看完福鼎的基础,正要下山,手机响起。

翟五毛刷屏一看,是义妹打来的,心中一惊,以为义父病情加重,急问:"妹,老爸情况怎样?"

对方答得响脆:"哥,你快过来,老爸想你哩。"

自从那天义父为山上股份的事气晕倒后,翟五毛虽是一再为他抹胸捶背,求医问药,赔着不是,但袁世通还是扬言不认翟五毛这个没心没肺忘恩负义的小子,更是不让翟五毛进他的家门。这天竟突然说想他了,翟五毛虽是觉得蹊跷,但还是高兴,急忙问道:"妹,老爸可想吃点什么,比方……"

对方忙说:"不要不要,老爸说了,只要你能来,他比吃什么都好,真的,骗你是狗。"

话虽这么说,但翟五毛不忍心,就想起那次被义父扔掉的两只真品燕窝,匆匆从冰箱里拿出带上,兴颠颠地骑着爱玛车去了。

这次翟五毛没敢直接把燕窝交给义父,只让义妹把它放进冰箱。

躺在床上的袁世通早已听到翟五毛的脚步声,就喊:"五毛吧,怎么不进来?"

翟五毛立即脆生生地答道:"爸,我和妹说话哩,就来,就来。"说着,进了义父卧室。

袁世通撑着要坐起,翟五毛急忙扶住说:"爸,别动,别动,我听着哩。"

袁世通坚持要坐。

翟五毛只得将床头柜上衣褂拿来为义父披上,搀扶义父靠在那海绵真皮床头板上,说:"爸,您老今天的气色好多了。"

袁世通说:"是吗?"

251

翟五毛又为义父掖着胸前被单,说:"爸,真的。"

袁世通移动一下身体,说:"五毛啊,上次爸发了火,生了你的气,可事后老爸一想啊,觉得你要那样做确实有难处。"

翟五毛感动了,忙说:"爸,恶虎不吃儿哩。五毛知道那是您老气头上的话。"说着,见义妹将虫草汤端来,急忙接过,舀一汤匙,微吹几下,喂到义父口中。

袁世通"吸溜"地喝着,模样非常幸福。

翟五毛也很高兴,喂得更是尽心。

袁世通吞过虫草汤,以手指着口边汤水,让五毛拿纸巾擦过,又说:"五毛啊,爸有件事要告诉你。"

翟五毛又送来一匙,说:"爸,你说。"

"你不是说村民不下山,你很为难吗?这次爸不为难你了……"

翟五毛一怔,险些将手中一匙汤给抖落,他反应过来,义父还是在想着那股份的事,就装着不知,问:"爸,什么事?您老说。"

袁世通说:"上次你说得对,别的村民都下山了,要是单留大鹏饭庄和棉花客栈不动,村民是会说话的。"

翟五毛顺水推舟说:"爸,您老能想到这一层,五毛更是感谢不尽了。"

袁世通又用手指着嘴角的涎水,再让五毛扯纸巾擦了,问:"五毛,毕县长你知道吗?"

交通局的毕局长一年前就被提升为县长了,翟五毛听义父这么一说,就笑道:"我战友的老爸,哪能不知道呢?"

袁世通说:"毕县长昨天给我来电话了,他说他有个亲戚想来美人山买块地皮,建个别墅颐养天年。"

翟五毛想到毕县长曾在铜锣镇任过一把手,和义父是老关系,于是问道:"爸,不知毕县长的亲戚想在哪买地皮?"

袁世通审视翟五毛良久,不紧不慢地说:"就是日月潭那块风水宝地。"

翟五毛"啊"了一声,小眼睛睁得滚圆:"爸,景区已决定把'天下第一鼎'竖在那地方,怎么还能对外卖呢?再说,自从与秦总签过合同后,就规定今后任何人都不得到美人山上买地皮。爸,你是否对毕县长说一下,除了美人山外,美人村其他的地皮任由他的亲戚挑选!"

袁世通摇头说:"我已说过了,不行啊,毕县长的亲戚就是点名要买那块地皮。"

翟五毛问:"毕县长就没有商量的余地了?"

袁世通说:"听那口气是没有商量的余地了。"

翟五毛眉头一展,急忙掏出手机,说:"我来给毕县长打电话。"

袁世通一听急了,伸手将翟五毛手机按下,说:"我已跟毕县长说好了,你怎么能出尔反尔呢?五毛,你就按照毕县长亲戚的要求答应吧。"

见义父言辞急切,翟五毛突然明白过来:义父是在搞"曲线救国"。他要借县长这张牌来堵塞他翟五毛和村民的嘴,好让单大杆子、刘棉花继续留在山上开店,以便他继续从中拿那两份"干股"。

翟五毛有了上次的教训,心里反对,但嘴上不敢强硬,就将舀满虫草汤的汤匙悬在空中,问道:"爸,县长亲戚怎么非要买那块地皮呢?"

袁世通见翟五毛没有拒绝,以为已被"县长亲戚"这张牌镇住,顿时两眼放光,惊喜地问:"五毛,你同意了?"

翟五毛虫草汤已伸到口边,说:"爸,你先把这汤喝了再说吧。"

袁世通张口把虫草汤喝下,又让翟五毛扯纸巾帮他擦了嘴,说:"五毛啊,你答应把日月潭那块地皮卖给县长亲戚,这就对了。你想,这事要是不答应,县长怪罪下来,你这个村主任今后还怎么当下去呀,还怎么好去找县长呀。"

翟五毛继续装傻,边用汤匙在碗中搅拌,边说:"我一个村主任,找他县长干吗?"

袁世通再叹一口气,说:"五毛啊,你咋这么傻呢?你是村主任,今后要想办点大事,能不找他县长吗?比方说美人山申报国家 AAAA 级景区,那宾馆、会所征用的地皮至今不还没审批吗?还有那修公路经费至今才下拨一半吧?……要是你这次不把那风水地卖给县长亲戚,县长一恼火,你这些事还能办成吗?那修路款能拨下来吗?修路款拨不下来,承包方拿不到工程款,他们和工人能放过你吗?还有,还有……"

听着听着,翟五毛"砰"的一声倒下,连汤带碗摔得遍地都是……

第六十六章　竖鼎

接到袁豆蔻电话，林岚立即喊了周鹏、卫青山、陆俊，一气跑到袁世通家，见翟五毛直条条地躺在地上，口鼻歪斜，不省人事……

林岚浑身颤抖，急打电话给高丽娜，叫她把车开来，赶紧送五毛主任去医院。

五分钟不到，车开过来，大伙儿七手八脚将翟五毛抬上车，大声催促道："快开，快开！"

高丽娜加快车速，刚到新区，正要拐弯向县城开去，翟五毛忽地坐起，吓得身边周鹏、青山、陆俊大惊失色，问道："你活了？"

林岚更是由悲转喜，扑到面前问："主任，你、你没事了？"

翟五毛边笑边挠头说："本来就没事嘛。"

周鹏疑惑："你刚才不是……"

翟五毛"嘘"了一声，看了看车内，见无外人，笑道："那是做给我义父看的。"

大家知他缺德，连义父也给耍了。

高丽娜只得掉转车头往回开。

到了村委会，翟五毛让大家下车，说要召开紧急会议，一边打电话叫秦川过来参会。

待大家到齐，翟五毛就把县长亲戚要买"风水宝地"的事说了。

卫青山一听火了，说："什么亲戚不亲戚，不就是他县长要买这地皮吗？不卖！看他能把我们搬到哪里去求雨？"

秦川更是着急，眨着杏仁眼说："主任，日月潭那地方我们竖鼎的基础都浇好了，怎么能卖呢？！"

周鹏说："县长亲戚不就是要买块地皮建别墅吗？那能要多大的场地，怎么会影响景区竖鼎。"

翟五毛两眼盯着周鹏,说:"事情远不是你想的这么简单。如果同意县长亲戚在美人山买地皮,单大杆子、刘棉花和那些没下山的村民还会下山吗?全村的村民能不说我们这是官官相护,专欺负老百姓吗?我们还有说服力,还有公信力吗?更重要的是,如果我们真的这样做了,全村村民那刚刚鼓动起来的热情,又会冷到冰点,冷到冰点呀!"

众人一听急了,齐问:"主任,那你说怎么办呀?"

翟五毛想了想,说:"现在唯一的办法就是尽快在日月潭把福鼎竖起来。"

秦川首先赞成:"对,只要把福鼎竖起来,即便是县长亲戚来了,也不敢把它推倒。"

林岚冷静问道:"主任,县长亲戚什么时候来买地皮?"

翟五毛说:"最近吧。"

林岚说:"既然还有时间,我赞成主任和秦总的意见,以最快速度把鼎竖起来。一旦生米煮成熟饭,谁打主意都没用!"

翟五毛小眼睛放光,问秦川:"秦总,竖鼎的前期工作做得怎样了?"

秦川说:"福鼎已运到,基础今天已经结束,二十四小时后就能竖鼎。"

翟五毛更有信心,一边站起,一边收拾笔本,说:"好,我们马上去日月潭。"

半个小时后,翟五毛、林岚、秦川等来到日月潭刘荒那茅屋地基处,果见两高大的钢混基座已浇筑完毕,十多名工人正在清理四周杂物。

翟五毛急忙掏出香烟,给工人一人散了一支,说声:"大家辛苦了。"

工人自是高兴,清理杂物更是卖力。

这个说:"主任这是为美人村干了一件大好事,我们辛苦还不是应该的。"

那个问:"主任,都说这是天下最大的福鼎,什么时候能竖起来呀?"

翟五毛说:"就在这一两天。"

说着,翟五毛看见堆放在不远处那一堆堆福鼎的组装片,灵机一动,对秦川说:"秦总,给我们介绍介绍这福鼎吧。"

福鼎是秦川一手操办,对内里情况自然是一清二楚,于是带领大家过去,指着那一堆堆福鼎的组装片说:"这福鼎全是紫铜铸成,组装竖起后,高为九点九米,鼎四周分别镶嵌九百九十九个行草'福'字。为什么是九百九十九个福字,而不是一千呢？这就是我们中华民族传统文化博大精深的所在。"说着,秦川靠近一步,指着组装片上的福字,说,"由于'九'是个位数字中最大的一个,它在我国被认为是一个至阳的虚数、极数,常表示最多,无数的意思,要不这鼎怎么叫'天下第一福鼎'呢。"

林岚在整理导游解说词中看过资料,更是明白鼎上"福"字的意蕴,也走到组装片前,指着众多的福字说:"我们平时看过'百福图''万福图',那上面的'福'字都是用多种字体写成,而这鼎上九百九十九个福字,为什么都是同样的行草呢？这里也很有讲究的。相传康熙皇帝为其祖母孝庄皇太后祝寿时所书的那个福字就是行草体,那福字蕴含着'福中有寿、寿中有福,福寿双全',意味深长啊！"

秦川接过话:"这也是我们中国人的'福'文化啊！"

在场人听了,更为翟五毛和秦川为设计这福鼎付出的心血所感动,不禁赞叹:"待这福鼎竖起来,美人山景区又增添了一大亮点。到那时,前来瞻仰这福文化的人一定会络绎不绝,真是想得太妙,太妙了。"

正说着,翟五毛手机响起,拿起一听,脸色骤变。

林岚、秦川急问:"怎么了？"

翟五毛板着脸说:"来了。"

林岚问:"谁来了？"

翟五毛说:"县长亲戚来了！"

众人顿时紧张起来。

林岚问:"不是说过两天才来吗？怎么说来就来？"

翟五毛不再说话,看着那两已浇筑好的福鼎基座,小眼睛反复扑闪……

第六十七章 "拖"的妙用

半小时不到,保安刁三带着两位男士到了日月潭。

翟五毛将两人打量一番:就见那年长的四十多岁,中等身材,脸庞瘦削,眉头微皱,好像他对任何人都存在一种怀疑感;另一位是个年轻人,二十一二岁,长得白白净净,腋间夹着一只黑皮包,生得精干。

翟五毛看罢,断定那年长的就是县长亲戚,便主动上前拉手,强装笑脸说道:"哦,哦,领导辛苦,领导辛苦。"

年长人还是不苟言笑,拉着手只问:"你就是翟主任吧?我姓纪。这位是我侄子,喊他小马吧。"介绍完,直奔主题,"主任,我来的事,想必你已经知道了,那我们就去看看日月潭那块地皮吧。"

翟五毛心里一震,正不知如何回答,秦川接过话:"领导,这里就是日月潭。"

老纪环顾四周,眉宇间顿时舒展开,夸赞道:"好地方,好地方!主任,那我们就把手续办了吧?"

翟五毛想了一下,苦笑道:"纪领导,你来得真不是时候……"

年轻人将腋间皮包向上挪动一下,问:"哎,主任,什么叫不是时候?"

翟五毛指着福鼎基础说:"你看,毕县长说的就是那地方。可是那地方我们已在一个月前就动工修建这工程了。"

老纪显然不高兴,眉头又拧成疙瘩,话说得僵硬:"这怎么可能呢?难道县长事先没给你们说清楚?"

翟五毛又是一笑:"说是说清楚了,只是说迟了。你瞧,这么大的工程,哪是一天两天就能建好的。"

老纪火气上来,指着福鼎基础说:"我要的就是这地方,你们既能建,就能拆,这不是有工人吗。马上把它拆掉就是了。"

工人见老纪说话霸道,更是恼火,一个个双臂抱怀,瞪着眼睛看他。

翟五毛还是满脸堆笑:"领导,是不是这样,你们大老远赶来,茶水都没喝一口,这都中午了,我看还是先吃饭,吃过饭再商量不迟。行吗?领导。"

林岚明白主任意思,忙说:"主任,那我先下去,叫食堂准备好,你们马上就来。"

秦川趁机说道:"领导,我们主任说得对,事情总归好解决,还是先下去吃饭吧。"

工人这时也叫起:"哦,我们吃饭去喽。"一个个拿起工具下山。

老纪见事已至此,只得同意。

回到食堂,菜已摆好,四菜一汤。

翟五毛领老纪和那青年坐定,林岚、周鹏作陪。

翟五毛拿起筷子,向老纪和年轻人扬了一下,说:"领导,这都是按照上面的规定,简单吃个便饭啊。"

老纪说:"一起吃吧。"拿起筷子埋头吃饭。

吃罢饭,老纪问翟五毛办公室在哪,说有话要私下谈。

翟五毛信以为真,领着老纪和小青年上楼。

刚进办公室,老纪让小青年关上门,对翟五毛说:"毕县长说了,你和他儿子是战友,他说我这买地皮的事,一定会给你增添很多麻烦。"说着,让小年轻从包里拿出厚厚一沓钞票,"这是我的一点心意,你如果还是尊重毕县长的话,其他话就什么也别说了。"

年轻人已将钞票塞进翟五毛抽屉。

翟五毛眼疾手快,将钞票拿出,放到老纪面前,说:"如果这样,你们买地皮的事就无法谈下去了。"

老纪又找些理由解释一番,见确实无用,这才说:"那就这样,我们还是言归正传,谈买地皮的事吧。"

翟五毛说:"领导,我们美人村到处都是好山好水,都是风水宝地,除了景区之内,你想在任何一个地方买地皮都行。"

小青年急了,一边将那钞票往皮包里塞,一边说:"那不行。这是和毕县长说好的,你怎么能违抗毕县长的指示呢?"

翟五毛见那小青年狐假虎威,心里恼火,但脸上装笑,说:"这都是为村里的事,怎么叫违抗呢?要不然我给县长打个电话?"

小青年更是不屑,说:"好哇,那你打吧。"

老纪面孔板得更是厉害,说:"那也行。你有号码吗？我给你。"

翟五毛想,我这是为集体好,为美人村好,如果对毕县长说了,他能不支持吗？打就打,待毕县长答应了,就省得和你们这些狗仗人势的家伙浪费口舌。

想着,翟五毛拿出手机,按着老纪报的电话号码拨了过去。

通了,是一个浑厚的男中音,翟五毛激动,以为真是毕县长,就如久别的孩子见到亲爹亲娘,嗓音颤颤地说道:"县长,日月潭那地皮……"

对方打断他的话,说:"你是找县长吗？他不在。"

翟五毛急了,问:"那你是谁？"

对方说:"问我干吗？反正你要找的县长不在这里。"

小青年已听出对方的电话挂了,再见翟五毛那张沮丧的脸,更加嚣张,问道:"怎么样？县长怎么跟你说的？"

翟五毛不服,说:"不是县长不接,是县长不在办公室。"

小青年更是挖苦:"不是县长不在办公室,而是县长不会接你的电话。你想,如果一个县长每天连村主任的电话都接,那他还有时间干别的工作吗？"

翟五毛更是不服,说:"别的村主任的电话他可以不接,但我的电话他一定会接。"

小青年那双漂亮的眼睛也睁大了,问:"为什么？"

翟五毛说:"因为我和他儿子是战友。"

小青年笑得更狂:"啊呀,县长儿子的战友可多啦。他所在的那个连队就有一百好几,你算老几？"

翟五毛见小青年说话伤人,已气得两手攥得"咕咕"作响。老纪趁机逼上一步,问:"翟主任,虽然县长不在,那地皮的事,我们还是按照县长的意思定下来吧？"

这时,翟五毛实在找不出一个能推托的理由了,想了想,就想出一个拖延时间的办法,于是,双手挠着头皮,装出一脸无奈,说道:"领导,你们今天来得太突然了,这么大的事,我不说同全村村民商量,但至少也得开个村委会,给村委通个气吧？领导,您说是不是？"

小青年已看出翟五毛是有意推诿,于是责问道:"县长电话早就打过来了,你们为什么到现在还没开会商量？"

翟五毛一忍再忍,笑道:"领导,县长是给我们打了电话,但他是说你们过几天才来,谁知今天就来了呢?"

一句话堵住了青年人的嘴。

还是老纪狡猾,说:"好,那就这样,你们先开会商量一下,我们明天再来,这总可以了吧?"

听说能拖延一天,翟五毛立即喘了口气,说:"行行行,领导明天来,领导明天来。"

县长亲戚买"风水宝地"一事,顿时如一颗引爆的炸弹震撼了整个美人村,焦虑不安、犹豫徘徊、幸灾乐祸、隔岸观火……五花八门的心态,应有尽有。

想到县长亲戚第二天再来,翟五毛不敢怠慢,连夜召开两委会,商讨对策。为考虑方方面面,又把秦川、高丽娜一并请来参会。

秦川首先发言,说她已听到风声,如果这次不把风水宝地卖给县长亲戚,美人山就别想申报国家 AAAA 级景区,还有她那已竣工的宾馆、会所的营业执照更是无法审批下来。

高丽娜立即想到她听到的风声,说那土地、工商部门,要来重新审查她建新区时所办的各种手续,于是焦急地看着翟五毛说:"主任,这事你可千万要慎重,要不然真是城门失火,殃及池鱼,连我搞开发也要遭殃了。"

周鹏点头证明,说他也听到类似的声音。

陆俊不时瞟一眼翟五毛。

翟五毛看出他心里有话,问:"陆俊,你听到什么了?"

陆俊吞吞吐吐地说:"老主任昨天上山,把县长亲戚要在美人山买地皮建别墅的事已对刘棉花和单大杆子他们说了,叫他俩暂时别下山承包宾馆会所,说天塌下来自有县长顶着。"

听到这里,翟五毛好不纠结,知道义父又在从中作梗,但出于家事,只得将这口苦水暗自咽下。

林岚见翟五毛用两手支住额头,知道这次遇到的难度确实非同一般,于是对几个村委说:"县长亲戚这次来买地皮,确实把美人村的计划打乱了,也把村民的心给搅乱了,现在大家唯一的办法,就是集思广益,要尽快拿出一个很好的对策,不然我们下一步就更加被动。"

翟五毛已将支着额头的手放下,重新坐正身体:"林书记说得对,我们还是好好想想明天这一关该怎么过吧。"

周鹏问:"主任,你不是说那县长亲戚明天要同你签订合同吗?"

翟五毛点头说:"是呀。"

周鹏说:"还用老办法。"

翟五毛说:"你讲。"

周鹏说:"我看就是你昨天那个'拖'的办法最好。兵书云,再衰三竭,只要我们拖长了,别说是县长亲戚,就是皇帝老儿也会泄气的。"

翟五毛问:"周主任,我昨天说没开会商量,可以拖到今天。可人家明天来了,我还能说没开会商量吗?"

周鹏一扬分发,说:"嗨,你主任真是聪明一世,糊涂一时啊,明天他们不来便罢,如真的来了,就说村里公章带出去办事了。"怕大家没听懂,又说,"既然签订合同,不盖村里公章,那合同还有作用吗?"

大家恍然大悟,觉得周鹏这点子绝妙,就一齐看着翟五毛,等他发话。

翟五毛确实没有比周鹏这办法更好的,于是点头同意。

林岚又建议:"主任,既然这样,我看明天安装福鼎的事也暂停一天。"

秦川急了,问:"为什么?"

林岚说:"虽说公章不在家,但我们行动上要做出答应卖地皮的样子,不让县长亲戚看出破绽呀。"

大家明白过来,一致赞成,说:"对对对,这就天衣无缝了。"

第六十八章 怠悠真爽

第二天上午八点,老纪和小青年准时到了。

翟五毛早早出村部迎接。

"小翟,会开了?"老纪见面就问。

翟五毛连忙弓腰拉手点头咧嘴,笑道:"领导,您的指示,我小翟哪敢怠慢。"

"研究了?"

翟五毛不仅点头,更是伸手做出请进村委会说话的姿势:"领导,开会前我还真有点担心,没想到把您老要买地皮的事一提出来,大家异口同声……"

"怎么说的?"不等翟五毛说完,小青年催问。

翟五毛看了小青年一眼,转身对老纪说:"领导,村两委听说是您来买地皮,他们可高兴啦!都说您那是把我们美人村拎起来看哩,我们美人村的人能不感到骄傲、荣耀、自豪吗?"

老纪大概是不喜欢这种油腔滑调耍贫嘴的人,那张似面糊刷的脸重新板起,说:"小翟,别拐弯抹角了,你就直说,村两委是同意还是不同意?"

翟五毛答道:"当然是同意呀,您老领导要买地皮,哪有不同意的,卖,肯定卖!"

小青年已将皮包拉开,从中拿出事先打印好的合同书,说:"老爷子,既然他们同意卖了,那就把合同签掉。"

老纪接过合同,抖得"哗哗"作响,说:"小翟啊,那就到办公室签字吧。"

翟五毛又是一阵点头,说:"对对对,到办公室签,到办公室签。"就领头上楼……

翟五毛拖来两把紫红椅子,正儿八经一左一右放在办公桌正上方,似乎嫌椅子摆得不够端正匀称,又逐一挪动一番,这才手掌一摆,说:"领导请。"

老纪坐下。

年轻人把一式三份合同书平摊到桌上。

"小翟,你也坐。"老纪见翟五毛顺从地坐下,就把合同书推到翟五毛面前,说,"这合同书你先仔细看一下,如没异议,就签上你的大名吧。"

"好的。"翟五毛为示慎重,又把座椅向桌前挪近一步,坐得端端正正,这才拿起一份合同,从上至下,一行行极其认真地看着……

"小翟,还没看完?这次可不能像昨天样,又要什么小滑头啊。"老纪提醒。

翟五毛放下合同,咧嘴苦笑道:"领导,你这样臭我,那我小翟今后就没法出门了。"说着,双手在桌上翻找。

"笔吧?我有。"小青年从包中拿出签字笔。

翟五毛见小青年递笔过来,心里特别爽,故意细瞅小青年一眼,问:"蓝水还是黑水?"

小青年说:"黑水!"

翟五毛点了点头,以教训的口吻说:"这就对了,签字用蓝水不好,蓝水时间长了会褪色的。"说着,拔下笔帽,耸动一下肩膀,坐正,将三份合同一一平摆在面前,再翻到第一份最后一页,看了看,正要动笔,就"呀"的一声怪叫,说:"领导,这下坏了。"

从翟五毛表情中,老纪已看出事情不妙,急问:"又出什么事啦?"

翟五毛双手挠头,又是咧嘴,又是蹙眉,说:"这合同还要加盖公章呀。"

小青年早就不耐烦了,说:"这不是废话,签合同不盖公章还有效吗?"

翟五毛用拳头砸着自己的脑壳,说:"瞧我这记性,瞧我这记性!"

老纪几乎是震怒了,问:"你记性怎么啦?莫不是又在要什么滑头吧?"

翟五毛说:"我、我村里的公章三天、三天前就被副主任带到浙江那边招商引资去了!"说着,又是一阵挠头、咂嘴。

老纪"噌"地站起,拍着桌面说:"翟五毛,毕县长早就告诉过我,说美人村有个滑头的小主任,能蒙得人晕头转向摸不着头脑,难道你今天也是在蒙骗我吗?"

一直在关注消息的林岚听到隔壁传出震怒声,知道翟五毛那招露馅了,急忙借泡茶为由,过来为老纪茶杯加水,一边笑盈盈地说:"领导喝水,领导喝水。"

第六十八章 忽悠真爽

263

老纪见是一位美女来加水,问:"你是……"

林岚说:"领导,我叫林岚,是负责村里党务工作的。"

"哦,美女书记!"老纪那张张大的老嘴,半天无法还原,就觉得千万不能在美女面前动怒,于是转换了口气,平和地问道:"小翟呀,村里公章真的带走了?"

翟五毛一脸愁苦,说:"要是老领导不信,可以问问我们林书记,林书记你应该相信吧?问她村里的公章是不是被我们一个副主任带出去招商引资了。"

林岚早有准备,回答道:"领导,我们翟主任说的全是真话!我们那副主任前天就把公章带出去了。"

听到这里,老纪像一只泄气的皮球跌坐在椅子上,正无奈,袁世通来了。

袁世通见翟五毛玩世不恭的样子,已知他又在耍花样,于是劝道:"五毛啊,毕县长可是我们美人村的救命恩人啦,可以这么说,上次要不是毕县长同意把那修路指标给美人村,美人村就没有今天的大变化,大发展呀。你可不能吃了果子忘了树响,今天无论如何也得把领导这合同签掉!"

从义父进来的瞬间,翟五毛心里就冷了半截。

他知道,刚才编的所有故事,只能骗过县长亲戚,可是无法骗得了他义父啊?因为义父知道周副主任就在村里!"要是义父这时候把周主任没外出的事说出来怎么办?"

翟五毛正想着,袁世通已走到老纪面前,关切地问:"领导,合同签了?"

老纪火气重新上来,"啪"地将合同掼到袁世通面前,说:"公章不在家,签什么呀?"

袁世通一惊,瞪大双眼问:"这怎么会呢?公章可不是随便……"

林岚急了,连忙提着水瓶为袁世通泡茶,说:"老主任坐,老主任坐,我们正在谈这事哩。"

袁世通知道这是在堵他的嘴巴,只得忍住不说。

小青年见没有公章,又出主意:"叔,那就让主任先把字签了,公章待以后补盖,不也行吗?"

老纪觉得有道理,说:"那也只有这样了。小翟呀,既然公章不在,你就先把字签了吧。"

袁世通赞成:"是啊,现在个人签字比盖章还值钱哩,五毛,把字签了吧。"

翟五毛急了，急忙拿起合同，慌忙说："爸，我们是政府机关，也不是私人企业老板，这合同上明明印着甲方要盖公章，我个人签字怎么行呢！"见义父嘴里"咝"了一声，翟五毛又说，"如果现在我签了字，过几天再盖公章，有知情的，说这是补盖公章，不知情的，一定怀疑我翟五毛是暗箱操作，得了人家什么好处。老爸，你想把你五毛送进牢里吃'八大两'呀？"

袁世通觉得五毛说得有道理，于是改口道："那、那，领导，是不是这样——"

老纪板着面孔问："哪样？"

袁世通说："我五毛不是说那公章带出去还得三两天才能回来吗？领导是不是再过三……"

翟五毛更是点头如鸡啄米："对对对，再过三两天，公章就回来了，就回来了。"

老纪见木已成舟，只好说："那好，我再给你两天时间。"

小青年不放心，说："叔，这不行，我看这主任花花肠子不少，合同可以三天后签，但为防止再生变化，他今天就得给我们写个字据。"

老纪眼前一亮，说："对，写个字据好，省得到时又节外生枝！"见翟五毛站着不动，老纪的脸色更是难看，说："小翟啊，不是我吓唬你，如果你今天连个字据都不写给我们，土地所、工商所、规划局的人很快就会来找你们的，到那时……"

袁世通更是催促："对对对，五毛，快写个字据吧，快写个字据吧。写了你们双方都放心了。"

第六十八章　忽悠真爽

第六十九章　立字为据

翟五毛的小眼睛不转了。

他知道,要是写了字据,白纸黑字,那就等同于签了合同,签了合同不卖地皮,县长亲戚势必动怒,一旦动怒,必然会向县长汇报,一旦汇报,县长一声令下,那新区征地、景区建楼、农田转花场,申报国家AAAA级景区……等等等等的审批,不知又要拖到猴年马月了。

翟五毛不得不信了前些日子村中的种种谣传。

"翟主任,你要是有诚意的话,写了不就行了。"小青年已从皮包里拿出一沓便笺,从中撕下一张放到翟五毛面前。

袁世通也伸过手来,拍着便笺说:"五毛,写呀,领导从大老远的来一趟也不容易哩。"

老纪板着脸问:"小翟啊,怎么写张便条都这么难呢?莫不是你又在想什么歪主意吧?"

翟五毛完全变成一只可怜虫了,他哭丧着脸说:"领导,我哪有那么多歪主意呀,只是、只是……"

小青年更是急躁,说:"你这个主任干事怎么这样拖拖拉拉的呢,不就是写几个字吗?快写呀。"

翟五毛觑了小青年一眼,虽不敢得罪,但心里清楚:写几个字虽然容易,可一旦写了,那就意味着风水宝地是非卖不可了,如果把那地皮卖给了县长亲戚,单大杆子他们……这能是小事吗?

"除了写字据,难道就真想不出一个对付的办法?"一向自恃脑洞灵活的翟五毛没辙了,黔驴技穷彻底没辙了!他不得不用眼睛四处搜寻,很想在这时候能搜寻到一个能帮他出主意的人,但眼前除了三个虎视眈眈的像审讯罪犯一样紧紧盯住他的人,就剩下那个提着暖水瓶为客人茶杯加水的林书记了。

他不敢看林书记。他知道,这时候哪怕是向林书记做出任何一个极其细小的动作,都会给她增加巨大的精神压力。

他知道林书记此时也正在为他担忧,为他的处境焦虑。他不敢此刻再给她加压,更不忍给她加压。他要把一切压力扛在自己肩上,即使扛不动,也得设法挺住。

他装怂了:眉头一阵阵皱起,双手一个劲地挠头,咧嘴苦涩地吸着风……

"主任,是没笔吧?我这有。"小青年见翟五毛迟迟不动笔,又将包里那支签字笔拿出来,放到翟五毛手边,威逼道:"快写字据吧。"

翟五毛还是不动。

老纪再也沉不住气了,拍着桌上的便笺说:"翟主任,直到现在,你既不写,也不说话,一定是在想什么。翟五毛,我可以明确告诉你,你那些小点子,只能忽悠忽悠乡下老百姓,我们这些人什么世面没见过,你就别再自作聪明了。"

袁世通也说:"五毛啊,反正那地皮是要卖给老领导的,你就把纸条写了吧。"

小青年不再傲慢,这时显得特别"殷勤",先将办公椅稳稳地搬到翟五毛屁股下面,再将便笺端端正正摆在翟五毛面前,最后将那签字笔取了笔帽塞到翟五毛手上,劝道:"翟主任,我的活菩萨,写吧,写吧,算我服你了。"

……

翟五毛彻底没辙了,只得乖乖坐下,将便笺移到面前,拿起签字笔,反复看了看那细细的笔尖,最后一咬牙,提笔就……

"啊!"林岚一见,心像被那笔尖给猛地扎着了。

她原以为用自己的热情和频繁地加茶水,就能求得县长亲戚退让一步,没想到这县长亲戚不仅不退让,竟然是步步紧逼,直逼迫得五毛主任像个可怜的小屁孩。她气恼,但她更心疼,她那原本白皙娇嫩的鸭蛋脸上早已气得乌紫乌紫。就在这时,她见翟五毛拿起了签字笔,她一声暗叫,本想奔过去制止,但又觉得不妥,只得战栗着转身回避……

恰巧,就在转身的瞬间,她看见陆俊正拿着一包拳头大小的纸团过来。

陆俊急忙小声地在她耳边嘀咕了几句。

林岚"哗"的一声,随即连连闪动凤眼,一想再想,最后细牙一咬,猛地夺过纸包,转身回到办公室。

这时,翟五毛已将字据写好交给了小青年,小青年看了看,又递给老纪推敲。

林岚趁机拉开翟五毛,耳语几句。

翟五毛这时又恢复到原来的机警,立即走到老纪面前,笑着说:"老领导,这字据还没写全哩。"

"没写全?"老纪把便笺伸到翟五毛面前,"哪里没写全?"

翟五毛接过便笺,说:"这上面只写了三天内不把合同签掉,一切后果由美人村负责,但还少了一句——"

老纪伸过头,反复看了便笺,问:"哪一句?"

翟五毛说:"要是领导你们三天不来签合同那怎么办?难道那责任也要美人村承担,也要我翟五毛承担?"

老纪笑道:"那当然不能要你们承担。"

林岚趁机说:"领导,那你也得把这句话写上呀。"

老纪觉得这话公平、公正,毫不犹豫,接过便笺,"唰唰唰"也写了一行字,交给翟五毛。

翟五毛接过一看,高兴地抖动着便笺,说:"这才真正叫公平、公正、公道呀,泡茶,泡茶,我要亲手给领导好好泡杯美人山上最好的香茶。"说过,接过林岚手中纸包,拿起老纪面前的茶杯,提起了暖水瓶……

第七十章　五毛被拘

这天上午,福鼎安装及景区一切工程,仍处于停工状态。

最可怜的莫过于景区老总秦川和她的那班工人。

直到中午十二点,消息传来,说合同虽然没签,但双方已达成协议,立了字据,三天后再来签订购买"风水宝地"的正式合同。听了一声惨叫,当场几乎晕厥过去。

就在这时,翟五毛电话打来,问:"秦总吗?那些工人还在吗?"

秦川以为是要她和她的工人躲得更远,就说:"我已把他们统统安排在山头上睡觉,不会被县长亲戚发现的。"

翟五毛笑了,笑得"嘿嘿"的,秦川更加发蒙,问:"我哭都哭不出来了,你还笑得那么开心?"

翟五毛说:"秦总,快把工人招回来,叫他们抓紧把架设福鼎的准备工作做好,三天内我要把福鼎彻底竖起来。"

秦川大惊,问:"主任,不是说你们三天后就要把那地皮卖掉吗?"

对方笑得更狂:"哈哈,县长亲戚三天后来不了啦。"

秦川更加不信:"为什么?你们不是立了字据吗?他们怎么来不了了?"

对方又是一阵狡黠的坏笑:"嘿嘿嘿,我估计这三天呀,县长亲戚天天要在那坐便器上搂着肚子叫苦喽。"

"什么什么,你瞎说什么?"

"真不是瞎说!秦总,你只管放手干吧,我们要尽快把'天下第一鼎'竖起来,越快越好。"

工人听说保住了日月潭地皮,干劲更足,两天时间不到,他们就把福鼎基础清理完毕,将所有架设福鼎需用的材料、工具准备齐全,将竖福鼎的脚手架扎固扎牢,就等着安装福鼎的时刻到来。

秦川见一切就绪,又与翟五毛等商议,把竖立"天下第一福鼎"的时间定在第四天上午8点58分!

听说美人峰真的要竖福鼎了,村民、游客这天早早上了美人山,来到日月潭,要一睹竖立"天下第一福鼎"的盛事。

这天,不仅有薄薄的紫雾在整个美人山峰轻揉漂荡,更有彩绸般的云带在福鼎四周徐徐缠绕,加之从山麓一直插到山腰间的七色彩旗、火红横幅,再放着五光十色的花篮、雷炮,加上人群的欢声笑语……这天的美人山成了花的海洋、人的海洋、声响的海洋!

美人山沸腾了。

天公更是作美。就在这时,细风白云中,突然飘下点点雨滴,人们更是惊奇,说是天穹降甘霖,上苍洒瑞金。

施工工地早用红布条围起一块方圆二三百米大的禁区,禁区里的吊车随着一声声哨音的指挥,将一块块组装片缓慢地吊往基座,基座脚手架上的工人们接住组装片,随着阵阵的哨音,再小心翼翼地移往福鼎主体上拼接,校正,铆焊……绘成一幅人声吃喝、锤声叮当、焊花四溅的繁忙图景。

看着这沸腾的美人山,看着这些祈福的人们,翟五毛、林岚、秦川、周鹏以及所有美人村的村委、村民,脸上无不绽开幸福的笑容……

就在这时,一阵令人心悸的警笛声传来。

沉浸在欢腾中的人们竟然毫无察觉。

半小时后,四名刑警到了福鼎基座前。

"你们主任呢?他在哪?"领头的一位女警官问。

翟五毛听见,立即认出那女警官就是上次来追捕石和尚的侦缉科科长卢霞,急忙挤过去,说:"卢科长,找我?"

卢科长脸色冰冷,说:"跟我们走一趟。"

林岚急忙挤过来,问:"去哪?"

卢科长认识林岚,因为公务在身,只得冷冰冰说道:"执行公务。"

说着,另三个刑警过来,其中一个拿出锃亮的手铐,冲翟五毛吼道:"伸出手来。"

林岚已经明白,主动伸出自己两只白皙细嫩的手腕说:"我是书记,美人村有什么违法的事,由我承担。"

翟五毛挤开林岚,说:"这没你的事,竖福鼎要紧,快去那边!"就让刑警"咔"地将自己双手铐上。

人们这才醒悟过来,一起拥过来大叫:

"为什么要铐我们主任?为什么要铐我们主任?"

"为什么要抓人?为什么要抓人?"

"翟主任,你不能走,不能走!"

"……"

林岚眼泪唰地流下,扑到翟五毛面前,大声叫道:"师兄,要去我去,这里离不开你。"

陆俊见主任双手被铐,吓得瑟瑟发抖……

卫青山挤到林岚面前,问道:"林书记,这怎么办?这怎么办啦?"

科长卢霞见人已铐上,冲三个警察一摆头,说:"走!"

人们更是追着,疯狂而杂乱地叫喊:

"你们这是干什么?"

"你们为什么要抓人?"

"他是我们主任,正带领我们竖福鼎哩,你们怎么能抓他?"

"不让带走!不让带走!"

"你们得把我们主任放掉,放掉!"

"……"

阻拦,拉扯,纠缠,将翟五毛紧紧围在中央……

卢霞见众人起哄,只得拔出短枪,冲天连放三枪,一边吼道:"我们是执行公务,不得干扰。"

兵多不由将,众怒难犯,民众不听,仍然一阵阵拉扯警察,抢夺翟五毛……

翟五毛被拉扯得跟跟跄跄,只得对群众呼喊:"乡亲们,大家别干扰公务,我不会有事的,我很快就会回来的。"说着,见林岚、周鹏等还在与警察理论,大声喊道:"林书记,周主任,你们赶快劝劝群众,不要这样闹,这样闹下去绝没有好处。"

林岚心里难受,听翟五毛叫喊,这才意识到她此时应该担当的责任,于是泪水汪汪再瞥一眼自己的师兄、同事翟五毛,转身站到一个高处,大声喊道:"乡亲们,不要起哄了。警察把我们主任带走,相信只是暂时的,事情很快都会弄明白,他很快就会回来的,很快就会回来的!"

周鹏也喊:"大家静下来,静下来,林书记说得对,翟主任很快就会回来的。"

……

认识的和不认识的群众,听林岚这么一喊,以为她知道内情,就一起转回头,围住林岚。

这个问:"林书记你说,他们为什么要把我们主任抓走,为什么?为什么?"

那个搡:"林书记,我们主任被抓走了,这美人村还能发展吗?还有希望吗?还有救吗?"

……

周鹏见自己心爱的人被人群推搡得摇摇晃晃,更是心疼,立即冲过来,张开双臂护住林岚,一边大声吼道:"别胡来,别胡来,谁再胡来,我就不客气了,就不客气了!"

林岚见周鹏拿出动武的架势,很是气恼,上前推开周鹏,说:"你首先不要胡来!"

第七十一章 林岚送衣

翟五毛被公安机关带走，林岚已无心指挥竖福鼎，遂与秦川打过招呼，说是头痛得厉害，想下山休息。

秦川见关键时刻少了主心骨翟五毛，尤其是想到那些日子他帮她承包美人山做村民工作所付出的心血，想到他为动员村民下山，驱赶山上黑势力所经历的风险，还想到那次在美人峰上的尴尬……心中更是难受，听林岚说头疼，女人的心是相通的，自然理解，就点头答应。

林岚回到宿舍，瘫坐在客厅沙发上，泪水就如断线的珠子，挂落不停。她想到在紫霞武校时，为着她不被那些男生胡搅蛮缠，五毛师兄不知得罪了多少师兄师弟，甚至包括那几个曾想骚扰她的教练……

在林岚心目中，翟五毛虽然身材矮小，其貌不扬，但他为人正直，心眼儿好，无论是练功还是办事，都有一股别人没有的韧劲，她崇拜这种韧劲，知道一个人一旦有了这种韧劲，不管身材高矮，能力大小，日后必定会大有作为。也许正是看中这一点，当得知铜锣镇招聘村委时，她竟毫不犹豫地来了，来学习师兄办事那股不成功不罢休的韧劲，来支持师兄共创一番事业……

"要不是我支持陆俊这样做，师兄就不会被拘留，绝对不会。"

正想着，楼下门铃响，林岚当然知道那是谁家的门铃，于是匆匆下楼，见大门敞着，师兄的义妹袁豆蔻正在卧室收拾衣物。

袁豆蔻已从衣橱里翻出两套灰衬衫，那是五毛从部队带回来的灰衬衫，见林岚就说："五毛抓走时，连件换洗衣都没带，老爸叫我送去。"

林岚感激，点头说："主任走得匆忙，是该送去。"

袁豆蔻将两件旧衬衫扔到床上，继续在衣橱中翻找，嘴上嘀咕："怎么就没一件像样的好衣服呢？"

林岚见那些绿得发白发灰的军裤军褂，知道师兄生活一向节俭，听说他的退伍费和积蓄，为买房、为他义父治腿、为村里开销，已花得所剩无几，自己却是极少添置新衣,想到今天被带走时,师兄穿的还是一件洗得发灰的无领军衫时,她心里更是难受,于是说:"豆蔻姐,主任真是个节俭人,连买件新衣都舍不得。"说着,来到床前,将那扔乱的衣物一一叠整齐,再分上衣下衣摆放两处。

就在这时,袁豆蔻又扔来一条裤衩,林岚瞟了一眼,见那裤衩早已破旧,裤衩边的线头就如"流苏"一般坠挂得七长八短!

林岚心酸,问:"豆蔻姐,这也带去?"

"只有这了,不带怎么办?"袁豆蔻将该找的换洗衣找齐,见林岚已叠好,就拿着一一装进那只迷彩包。

"什么时候送去?"林岚问。

"马上。"袁豆蔻继续向包里装衣。

"主任现在哪里?"

"我爸说在拘留所。"

"拘留所在哪?"

"问呗。"

"就你一个人去?"

"嗯。"

当天下午,林岚来到村委会,见村委都在,说了主任临走前交代,要她去县客运公司联系增加公交车班次的事。

周鹏立即说:"那我陪你去。"

林岚说:"主任已不在家了,你得留在家里主持工作,我一个人去就行了。"

卫青山看出周鹏的心思,有意撮合:"林书记,俩人出门有个商量,还是让周主任陪你去吧。"

林岚说:"我只是先去联系一下,具体事情待客运公司来考察后再作决定。多去一个人就多一趟车费,何必呢?"

陆俊赞同林岚意见:"林书记说的是,能省一个就省一个吧。"

大家不再说话。

第二天一早,林岚乘头班车去了县城。

客运公司早有为美人村路线增加班次的想法,听了林岚的请求,自然满口答应,并要留林岚吃饭。

林岚一口拒绝,说村里还有事要办。

客运公司经理见林岚焦急,不再挽留,只说下次再请。

出了公司,林岚并没有回村,而是径直来到一家服装店前,见那装潢气派的服装店里一排排不锈钢架上挂着一件件笔挺的西服,就后退一步,抬头看了看店门上方招牌,见是"海澜之家"。

"这是专卖名牌的,不会有那。"林岚想着,又装着极其随意的样子来到另一家服装店,见店门玻璃上贴满"换季大甩卖""零利润处理"等大幅字样,另有音响在反复叫嚷。

"尽是促销手段。"林岚默念一句,又换了一家。

这家仅有一个窄窄的门面,满墙挂着红红火火的文胸、裤衩之类。林岚正要进店,"咯噔"一下,脑海里冒出一个问题:"我买这合适吗?这是我该买的吗?"犹豫间,又想到那晚在师兄家见到的那条破旧而坠满"流苏"的裤衩。

她想退出,但手已将那扇厚厚的玻璃门推开了。"今天来不就为这事吗?犹豫干吗?"她问自己,当寻找不到任何拒绝的理由时,已不再退缩,只是竭力压抑着"怦怦"的心跳走进店里,先从墙壁的挂钩上取下一条白色裤衩,看了看,挂回原处,又换条大红颜色的,反复捏着布料,再抻着裤衩线缝拉扯几下,问:"多少钱一条?"

女店主过来,将林岚打量一番,说:"小姐,你拿错了,这是男士的。你该用这种。"随手取下一条女式红裤衩。

林岚那脸蛋早就红齐脖颈,讷讷地说道:"我、我就要这条。"重又把那条大红男式裤衩伸到店主面前:"多少钱?"

女店主又自作聪明,说:"你这姑娘长得这么俊,一定是要结婚了吧,对,现在结婚前,女方都要给男方买大红内裤,以图个红红火火,大吉大利哩。"

林岚已羞得满脸发烧,急急说道:"拿两条。"

女店主说:"一条二十,两条四十。"

林岚说:"还要两件衬褂。"

女店主问:"也是男式的?"

林岚点头。

女店主就领着到右边那些挂在不锈钢架上的男式衬褂处,用手在一排衣架上像抹钢琴键盘样从左向右一一滑过,说:"这些价格各不一样,你自己选吧。"

林岚在衣架上一一摸捏,说:"布料要绵软一些。"

女店主说:"那就买棉的,棉的吸汗,热天穿着舒服。"

林岚说:"也拿两件。"

九十九块钱一件。女店主见林岚不还价,就从架上取下两件,连同裤衩一并叠好,装进一只黑色塑料袋。

林岚付过款,出了店门,正要打听去拘留所的路,忽然有个熟悉的身影在她眼前一晃,细看,正是袁豆蔻在一家服装店对着试衣镜比试一条蓝色长裙,心里一震,想:"她不是说昨天就来吗?怎么今天还在……"

正想着,袁豆蔻已从试衣镜中看到了林岚,急忙丢开长裙,假作热情迎出,喊道:"林书记,你咋来了?是为……"

林岚忙说:"我到县客运公司办事。"接着问道,"豆蔻姐,你昨天没回去?"

袁豆蔻连忙说:"不,不,我是今天一早来的。"

林岚"哦"了一声,又问:"见到主任了?"

袁豆蔻"哇"地哭了,说:"什么也见不到哇,就连送的东西也只能丢在门卫那里。"

林岚一惊,问:"连自己的亲人也不让见面?"

袁豆蔻抹了抹眼泪说:"我哀求了一两个小时,都不行,最后没办法,只得把衣服留下。"

林岚找理由离开袁豆蔻,一路打听去了拘留所。

拘留所在一条深巷里,林岚来到大门前,就见那足有三米高的不锈钢皮蒙成的大门紧闭着,只在右边门卫室处放了一道小门,两个哨兵一边站立一个,左手拇指紧绷枪带,右手紧贴裤缝,目不斜视,可能是听到脚步声,两人"唰"地侧过脸,同声问道:"找谁?"

林岚说:"找同事。"

左边那个年轻的问:"叫什么?"

林岚说:"翟五毛。"

年轻哨兵只说:"'嘴无毛'?没见过。"

右边年长的问:"是美人村那个主任吧?昨天来的?"

林岚连忙点头:"是的。"

年长的又问:"你是他什么人?"

林岚脸红了,说:"我、我是他的同事。"

"干什么?"

"来看他。"

两个哨兵同时摇着手:"不行,不行!"

林岚灵机一动,编起故事:"我们主任是在工地上突然被抓来的,村里还有许多事情他都没来得及交代,我是村里书记,村里有急事要问他原先是怎么安排的。"

两个哨兵又是异口同声:"绝对不行,快走吧!"

林岚见哨兵的脸如面糊涂刷般僵硬,知道见面已不可能,无奈,只得将那黑塑料袋递上,说:"这是他家里带来的几件衬衣,麻烦你们转交给他。"

两个哨兵惊奇地瞪大了眼睛,问:"他的家属不是刚送过衣服,怎么又送?你们究竟谁是他的家属?"

林岚那刚平静的脸儿重新红起,结结巴巴说道:"上午来的是翟主任的家属,只是少送了几件衣,听说我到县里办事,他家里就让我带过来了。"

两个哨兵上上下下看了看年轻漂亮的林岚,意味深长地"哦"了声,又看了林岚一眼,接过黑塑料袋,挥挥手说:"你走吧。"

第七十一章　林岚送衣

第七十二章　代理主任

又过了两天,林岚被镇里喊去。

骆枫见她眼泡红肿,已知是怎么回事,边泡茶边说:"你们怎么能那样做呢?"

林岚接过茶,说:"骆书记,那也是不得已呀。"

骆枫说:"再不得已,也不能做触犯法律的事呀。"

林岚知道问题严重,连忙问:"骆书记,就没有挽救的办法了?"

骆枫一声长叹,说:"现在是法治社会,一切都得依法办事。"见林岚平时那张水红粉嫩的鸭蛋脸霎时变得惨白,立即换了话题,"林书记,今天喊你来,是想和你商量一件事。"

林岚噙泪点头。

骆枫说:"据我们得到的消息,五毛同志现在虽然只是拘留,但二十天内能不能回来,还是个未知数;即使能回来,能不能继续当主任,更是未知。而现在美人村正处在大开发、大发展的关键时期,你这个副书记既要管党务,又要抓精神文明建设,行政上没有人牵头怎么行呢?"

林岚已听出话音,缓缓抬起头,问:"领导的意思是……"

骆枫说:"我已同戴镇长商量了,准备马上给你们村配个代理主任。"

林岚一怔:"代理主任?"

骆枫说:"对,就是代理一段时间。"

林岚凤眼闪动,试探道:"不知领导想安排谁来代理?"

骆枫说:"你是专职副书记,喊你来,就是想听听你的意见。"

林岚也想试探,说:"我听领导的。"

骆枫说:"先喝点水。"见林岚没动,就说,"周鹏同志现在不是村副主任吗?我们想让他暂时代理一下。你看呢?"

林岚愕然:"他?"

骆枫已捕捉到林岚脸上瞬间的变化,问:"怎么,不行?"

林岚随即转为笑脸:"我听书记的。"接着捧起茶杯。

骆枫已听出弦外之音,想了想问:"林书记,有件事,不知该不该问。"

林岚喝了口茶,说:"书记您说。"

骆枫问:"听说你在武校时,周鹏同志就对你很有好感,是吗?"

林岚淡淡一笑,说:"书记,您这是听谁说的?"

骆枫说:"林书记,据我了解,周鹏是真心爱你的。"

林岚又是一笑,说:"是吗?"

骆枫说:"当然是啊。你俩在武校学艺多年,真是男才女貌,这次听说你应聘到了美人村,周鹏同志随后也赶来应聘,这不足以说明他是一直在追求你吗?"

林岚把纸杯捏得"咔咔"响了一阵,喃喃说道:"女孩大了,有男生追求,也很正常。但有一点,书记你可能还不知道。"

"你说?"

"我是个不婚主义者,在爱情上,我心如止水,怎么会关注他周鹏的想法呢?"

骆枫笑了:"这怎么可能呢?凭你的长相、学识,以及武功,听说在武校时就是男生崇拜的偶像、追求的校花,怎么会是个'不婚主义者'呢?"

林岚脸色凝重起来,说:"书记不信,可以调查,只要有人说我林岚和哪个男生有那层意思,你就批评我是个不诚实的年轻人。"

骆枫见林岚说得认真,只得回到原来的话题:"林书记,要是真的让周鹏同志代理村主任,你有意见吗?"

林岚笑得勉强:"下级服从上级,这是组织原则,我即使有意见,也会保留。"

这时周鹏进来,因为刚骑电动车赶到,头上还戴着红色头盔,敲过门,伸头问道:"骆书记,您找我?"

骆枫点头,当即宣布由周鹏暂代美人村主任一职。

下楼时,周鹏追上林岚,问:"林书记,你怎么回去?"

林岚说:"坐公交车。"

周鹏说:"上我的车不是更省事?"

林岚说:"不,我车票已买了。"说着,匆匆向车站走去。

周鹏自然想到那晚的事,知道林岚是在有意回避。想着这么多日子,他一直想和她好好谈谈,可一直没机会;这天,二十里的路程,又只有他俩,岂不是相互解开心结的最好机会。

"林书记,还是坐我的车吧。刚才镇领导不是说了,现在翟主任不在,村里好多事就靠我俩商量着做。坐我的车,正可以边走边商讨村里工作,何必把简单的事搞得那么复杂呢?"

林岚脚步缓慢下来。

她想,是呀,如果放着现成的车子不坐,而非得去乘公交车,那不是明显在回避人家吗?他现在是代理主任了,今后村里的工作主要靠他去做,作为一个专职副书记,怎么能为着自己的儿女私情而影响村里工作呢?

林岚想着,装作犹豫了一下,说:"这样虽好,只是白白地浪费了一张车票。"

周鹏高兴了,绕到林岚前面,伸出手说:"给我。"

林岚问:"给你什么?"

周鹏说:"票。"

林岚就睁大眼睛:"干吗?"

周鹏将手伸得更长:"我替你报销啊。"

林岚苦涩地笑道:"怎么,我就穷到那种地步了?车在哪?"

周鹏忙说:"我把它推过来。"说着,去车棚推车过来,一摆头,说,"上吧。"

林岚来到车后,轻轻一纵,横着坐上。

周鹏回头看了一眼,说:"这不行,会摔下来的。"

林岚说:"没事,我抓紧扶手就是。"

周鹏还是不同意:"这牵涉到安全问题,一定得坐过来。"

林岚无法,只得转半身,右腿一扬,骑着座凳。

周鹏又说:"车速快,你抓紧我衣服。"他不好明说要林岚搂住他的腰杆。

林岚知道周鹏的心思,但她只用两手紧紧抓住座凳边沿。

"豪爵"飞一般向美人村驶去。

车速带起的疾风将周鹏那被塞进裤里的衣边鼓成一个大大的"气球","气球"竟肆无忌惮地在林岚胸前滚来滚去。

林岚只得腾出一只手将那"气球"紧紧按住,一边对周鹏说:"周主任,县客运公司说过几天就来商量增加班车的事,你得把这事好好考虑一下。"

"那当然。"周鹏已意识到林岚的动作,车速稍稍缓下来,接着也想起一事,说:"书记,我还有一件事。"

"什么事?"

"美人村已发展到现在了,总不能老是停留在原有的位置上,还得有个大发展,干些大项目。"

林岚不明白,问:"什么大项目?"

周鹏说:"我也没想清楚,只是觉得干个大项目,我们才有奔头!"

林岚了解周鹏性格,知他想在"代理主任"期间做出一番能产生轰动效应的事,以显示他的能耐。她一时不知该如何回答,只得默不作声……

第七十三章　拒签合同

新一天开始,风和日丽,住在棉花客栈的游客为多玩些景点,早起后就忙着找老板娘结账退房。

账房空间小,十几个游客进来,挤得人都挪不开脚。好在刘棉花手脚麻利,住一宿三十块钱,收钱找钱,干净利索,收完房钱,正要送回里间保险柜锁了,又见进来一人。

"你怎么大清早来了?"

袁世通抹着光亮的背发,笑道:"还早?游客都上山了。"就盯着对方手中钞票,故作羡慕,"啧啧,生意不错啊。"

刘棉花说:"哪像你那时,把个美人村搞得死不死活不活,山上一天到晚棍子都打不到一个人,你看现在——"就拿钞票在对方额头上敲打一下,"游客都是从浙江、上海那边来的,还有钩鼻子蓝眼睛的洋人……水玲玲刚才还打电话过来,说明天福建那边又有一个旅游团过来,问五十多人我这里可能接待得了,我正愁着哩。喏,把这个月红利给你。"见手中钞票不够,又从衣袋里掏出一沓,也不细点,"啪"地拍到袁世通手里。

袁世通将钞票退回,说:"还没到月底哩,急什么?我今天来是有事同你商量。"

刘棉花接过钞票,问:"什么事?"

袁世通说:"你看,现在的生意这么好,客栈不扩大怎么行呢。"

刘棉花一怔,说:"扩大?这怕不行吧?秦总昨天还来找我,说山下的会所等我去签约承包,怎么还能在山上扩大客栈呢?"

袁世通双手叉腰,腆起大肚笑道:"现在情况变了,你还听她的干吗?"就拉着刘棉花走到门外,指着台阶下空余的场地说:"要是在那两边各建一栋楼房,形成个正儿八经的四合院,那这客栈就更气派、更能吸引游客了。"

刘棉花摇头说:"这不行。我已答应过五毛去承包会所,怎么能前头说话后头摇手呢?"

袁世通睁着老眼道:"我说你这傻货,五毛已被抓走了,还有谁来计较?只要你答应,建房钱我出,建好后,你我仍然是五五分成。这肥肉掉进嘴里的好事,为什么不吃?"

刘棉花也回了一眼:"我说袁胖子啊,五毛可是你义子啊,他刚被抓走,你不仅不心疼,还帮着在后面拆台,这太不道德吧。"

袁世通见黄梅、陆雅几个小姐正在院里晾晒被褥,叹口气说:"唉,我早就说过,五毛年轻,只凭自己的想象办事,不顾群众利益,迟早是要吃亏的。给我说对了吧?这次不仅是得罪了县长,更是触犯了法律,我有什么办法呢?"

刘棉花听了不舒服,问:"袁胖子,听你这口气,五毛被抓,你还幸灾乐祸呢?"

袁世通连连摇头说:"不不不,恶虎不吃儿,我怎会幸灾乐祸呢?我是恨他当初不该不听我的话,才落到这个地步。你想,这两年美人村看起来搞得轰轰烈烈,其实不就是五毛那傻小子硬着头皮在扛着撑着吗?现在他被抓了,美人村还会有第二个傻子?棉花,看来这美人村又要乱下去了,我们还是趁机把自己的摇钱树栽起来吧。"

刘棉花想了想,还是摇头:"不行。五毛主任虽被抓走了,可家里还有林书记、周主任、卫营长一班人,他们一定也会像五毛那样,把美人村建设得越来越好,再也不会回到你那时的屄样子了。"

袁世通尴尬,指着刘棉花手中纸钞说:"你看,你看,这真叫吃了果子忘了树。要不是我当初把你安排到山上来开客栈,你能大清早就收到这一大沓钞票吗?"

刘棉花白了袁世通一眼,说:"你有那么多好果子给我?你不也是干手干脚得了一半吗?"

袁世通见刘棉花没有扩大客栈的意愿,继续说道:"你想去承包那会所的想法是好的,可我问你,那会所是你的吗?你去承包,还不是给人家打工,一年能挣几个钱?可这客栈扩大就不一样了,产权全是你自己的,赚一个你就净得一个,赚两个你就净得两个,这个账你都不会算?"说着,伸手要摸刘棉花那白胖的老脸。

刘棉花扭身闪过,看着手中钞票,觉得袁世通这老鬼说的也在道理,想

第七十三章 拒签合同

283

了想,又为难起来,说:"可、可秦总和我们说好了,过两天我和单大杆子就要去她那里签承包合同了,这……"

袁世通已看出刘棉花在动摇,带头回到屋内,神秘地说:"我也告诉你,单大杆子是绝不会去签那个合同了。"

刘棉花将信将疑:"那怎么会呢?我们都是当面说好的。"

袁世通快活起来,又伸手摸了一下女人的老脸,色眯眯地说:"宝贝,听你老哥的总没错。"

这天一大早,单大杆子开着三轮车去卡子口买了一车荤素菜,回来见沿途都是上山的游客,心里高兴,加快车速,二十分钟就到了美人山景区大门处,停了车,已有小工在门前等候,一起挑着扛着到了饭庄,再将荤素菜分开:素菜丢在室外,由女工择洗净;鱼、肉搬进厨房清洗斫剁。

单大杆子是老板兼大厨,这时更是忙碌,套上蓝色长围裙,用饭箩挖了米,淘过,倒进架在煤气灶上的两口大铝锅,见那炉火"呼呼"燃起,自己再到侧面案板前配菜,切菜,忙得不亦乐乎。

这时有人喊:"单老板,还在忙啊?"

秦川见单大杆子没理睬,又问:"单老板,不是说得好好的,今天去我们那里把合同签了?怎么还在切菜呢?"

单大杆子说:"那合同我不签了。"刀在砧板上剁得"咚咚"响。

这天是约定签订合同的日子。吃过早饭,秦川和秘书小王,还有龙小艺,已早早来到办公室等候,见单大杆子和刘棉花迟迟不来,就拿着散发着墨香的合同翻看。直等到上午十点,还不见人影,龙小艺着急,问:"莫不是有什么变化吧?"

秦川盯着门外说:"不会吧,都是说好的。再等一会儿。"

又等了半个小时,还是不见人来。

秦川坐不住了,说:"我们还是去看看吧。"就带着龙小艺和秘书小王先来到了大鹏饭庄。

听说单大杆子不签合同了,秦川大为震惊。

"这不是说得好好的,怎么又不签了?难道你有什么新想法?"站在案边的秦川眉头蹙成了疙瘩。

"不签就是不签,没有新想法!"单大杆子继续埋头剁菜。

龙小艺问:"那你总得有个说法,不能说你不签就不签,人而无信,不知其可,那今后谁还敢跟你打交道啊?"

"你说的我不懂。不签就是不签。"刀在案板上剁得更响更快。

秦川无奈,只得把合同书递到单大杆子面前,说:"签不签是另一回事,你把这合同先看一下总行吧。"

事情就出在这递出的合同书上。

合同书刚伸出,正忙着剁菜的单大杆子用手一划,本想将合同书划到一边,不承想手中那锋利的菜刀口正划在秦川手背上,一道鲜血顿时流淌出来。

不等秦川发现,龙小艺已吓得双手掐住那流血处,大叫道:"不得了啦,杀人喽,杀人喽!"

恰逢武喆赶到,见了情况,飞步上前,左手夺过菜刀,右手就拧住单大杆子一条胳膊,往后一扭,单大杆子"啊哟"一声被拧得跪倒在地,一边号叫:"不得了喽,干部打人喽,干部打人喽!"

武喆听了恼火,趁势又是一脚,踢在单大杆子腹部,说:"谁是干部?谁是干部?"

单大杆子叫嚷得更是厉害:"快来人啦,快来人啦,你们瞧,你们瞧,干部打人喽,干部打人喽!"

武喆见众多游客围拢过来,急忙说:"快走!快走!"拉着秦川跑出了饭庄。

单大杆子爬起,随后追赶,边追边叫喊:"看你们能跑到哪里去?老子马上去告你们,去告你们!"

第七十三章　拒签合同

第七十四章　告到村部

　　袁世通走后，刘棉花仍是将信将疑，直到签约这天，她还是犹豫了一阵。十点过后，她才对黄梅、陆雅几位小姐打了招呼，沿着山道下山，刚到美人湖大堤，就见单大杆子一路骂骂咧咧从骚客峰下来。

　　刘棉花急忙赶过去问："单兄弟，你这是怎么啦？我们去签合同吧。"

　　单大杆子见了刘棉花，正找到发泄之处，气嘟嘟骂道："签巴子，老子现在告他们去！"

　　刘棉花一听，急忙问了情况，得知是不签合同反遭人打，觉得秦川他们办事太霸道，也下了决心，说："对，是该告他们。"又想起一事，"兄弟，现在都是他们的天下，你到哪里去告？"

　　单大杆子说："老子就到村里去告。"

　　刘棉花说："村里和他们都是一个鼻孔出气，你能告得通？"

　　单大杆子说："村里告不通老子就告到县里。"

　　刘棉花说："县里告不通呢？"

　　单大杆子说："老子就告到省里。"

　　刘棉花说："要是省里还是告不通呢？"

　　单大杆子说："那、那老子就把这事捅到网上！现在当官的就怕老百姓把他们的丑事捅到网上。一句话，老子这次非把这事告通不可。"

　　刘棉花见单大杆子铁了心肠，趁势鼓动道："是呀，我们在自己山上开店，还要被外地人撵走，该告，该告！单兄弟，我刘棉花陪你去。"

　　两人一拍即合，都装着满肚子火气，四条腿撂得如机车连杆，"啪嗒啪嗒"向村委会赶去……

　　往日，周鹏每次在村部食堂吃过午餐回到办公室，就坐在椅上，双目一闭，就舒舒服服地睡上一觉；但自从任了代理主任，他就睡不着了。尽管他坐在椅上，咬着牙，将双眼紧闭，但大脑还是转动不停。他想到翟五毛在位时已为美人村修了柏油路,又将美人山、花场承包出去了,而自己这个代理主任到目前为止,还是一事无成!"没有明显的政绩,怎么能让群众相信自己的能力?怎么能让群众相信自己的能力超过前任?不能超过前任,怎么能得到上级领导的重视、重用?"周鹏想起一句老话,叫"不吃别人嚼过的馍",就又想:"自己要想干出一番政绩,就不能循规蹈矩,而要有自己的绝招,得另辟蹊径,最好是干出一件一鸣惊人的'大事'!"尽管那"大事"一时还没有踪影,但他坚信,只要努力去追求,去寻找,就一定能在某一天某一个地方,找到那个最理想最能体现他周鹏能力的"大事"。

正想着,单大杆子和刘棉花敲门。

"周主任,你在呀,我正找你哩。"单大杆子已进了办公室。

周鹏坐正了身体,指着桌对面说:"坐。"

单大杆子和刘棉花在那排长靠背椅上坐了。

周鹏问:"什么事?"

单大杆子是个见风使舵的人,路上那番气壮如牛的架势早已不见,只是点头哈腰道:"周主任,我知道你们这批新领导都是有知识的人,都是通情达理的……"

周鹏打断问:"什么事,你就直说。"

单大杆子就把武喆打他的事说了,接着又说:"周主任,为什么县长亲戚能到美人山上买山场,我们就不能在自己承包山上开店?我不下山,他们还打人,这是哪家的道理呀?"

刘棉花也说:"周主任,承包山的管理权使用权都是我们村民的,秦老板要来开发,也得同我们好好商量,怎么能三句话没说完就打人呢?"

单大杆子见周鹏态度冷淡,不再恭维,鼻孔中"哼"了一声,说:"周主任,篮子里的菜可不要拿到篮子外去洗哟,现在美人村在外面刚刚有了点名气,要是把这事捅到网上,那对你们这些当领导的恐怕都不好吧。"

周鹏已知单大杆子在要挟,就问:"单老板,你有什么想法就直说。"

单大杆子说:"周主任,我没别的想法,就是找你给我们做主,我在我的承包山上开店,合情合理合法,天经地义,任何人不得干预。"

刘棉花补一句:"打人的事更要处理。"

单大杆子再次要挟:"周主任,这两件事你一定得给我们做主,要不然……"

周鹏劝单大杆子、刘棉花先喝茶,自己趁这档儿想:这事够棘手。开发美人山,这是大势所趋,村民不愿下山,也是村民的权利,且单大杆子最后说的那话,确实值得考虑,一旦处理不当,真的把事情捅到网上,领导一定会追究责任,这一追究,定要说他工作不力,那、那、那岂不……

周鹏想把这事推给林岚去管,但又想:现在我是主任了,有事应该由我说了算,村民明明是来找我处理问题,为什么要她林岚插手呢?那不是显示我周鹏不如她林岚吗?岂不更让林岚瞧不起我。

周鹏为显示自己独当一面的才能,于是连喝几口茶水,说:"单老板,你们先回去,我马上把秦总和打你的人喊来,问清情况后,再作处理。"

单大杆子急了,说:"那不行,我要在这里等着你们当面处理。"

周鹏见单大杆子不中他的缓兵之计,又想了想,说:"那这样,你们先回去继续开店。至于下山承包宾馆会所的事,我找秦总商量,商量好了,再把你们召集到一起……"

刘棉花说:"那也不行。要是姓秦的非得要我们下山怎么办?"

周鹏觉得权力受到挑战,断然说道:"如果秦总逼迫你们下山,就说是我周鹏主任让你们继续在山上开店的。"

单大杆子和刘棉花这才相互看了一眼,说:"那行,我们听周主任的。"

说完,两人仿佛拿到"尚方宝剑",高高兴兴地走了。

第七十五章　林岚担当

那天,林岚正在办公室想着如何尽快将师兄从拘留所救出来,就听到隔壁单大杆子和刘棉花在向周鹏主任反应被打一事,当时非常吃惊,本想过去做些劝解,但想到周主任已在处理,就取消了念头。直到最后周鹏同意两人继续在山上开店时,她震惊了,想到让单大杆子和刘棉花到景区去承包宾馆会所,这是村委会上定下来的大事,怎么能由某一个人的一句话就把它推翻呢?

作为专职副书记的林岚很想立即过去把周鹏说的话给纠正过来,一转念,又觉不妥。她知道,周鹏这人一向傲慢,总觉得自己办事比别人高明一等,如果这时过去,不仅劝说不了他,更会让单大杆子、刘棉花看出她与周主任的意见不一致,而在群众中造成更坏的影响。

"现在师兄不在,村里已出了不少乱子,自己再不能添乱了。"林岚想着,暂把周鹏答应单大杆子和刘棉花的事放下,继续想着她师兄五毛主任的事……

过了两天,林岚刚上班,秦川来了,见面就说:"林书记,事情复杂了。"

林岚泡过茶问:"怎么了?"一边示意秦川坐下。

秦川接过茶,说:"单大杆子和刘棉花得到周主任的同意,他俩不仅不下山,还要在山上扩大店面!"

林岚一震,但表面仍装作镇静,问:"你找过周主任吗?"

秦川说:"这事是他周主任亲口说的,我再找他,还有什么用?"

正说着,周鹏过来,见两人谈到山上的事,接过话说:"秦总,我那样决定,也是为缓解你和单大杆子他们之间的矛盾嘛。"

秦川顿时气得将手中茶杯"咔"地一捏,烫得连连甩手,随即责问道:"周主任,那签合同的事,本来都是说好的,可你这一表态,就彻底打乱了我们原定的计划呢。"

周鹏说:"秦总,你们打了人,我不这样决定,他们能放过你们吗?那不同样是让景区不得安宁吗?"

秦川说:"主任,打人是不对,我已向单师傅赔礼道歉过了。现在申报国家AAAA级景区报告已有了回复,省里要求我们加快开发速度,加强规范管理,以迎接评估验收。如果饭庄、客栈仍不搬下山,景区管理势必会受到影响,这样下去,我们怎么去迎接国家验收啊?"说着,急得双手搓揉。

林岚见秦川焦急,就劝道:"秦总,你不要太急,事情既然出来了,我们还是静下心来好好商量商量。"

周鹏看到自己处理的事情,却受到两个女人的指责,觉得丢了脸面,于是强词夺理道:"他俩在山上开店也只是暂时的,我也没说是永远。"

林岚听出这是周鹏在自找台阶下,为让他下得体面,借机说道:"秦总,主任这样做,也是为了缓和你与单大杆子、刘棉花之间的矛盾。是不是这样,你先回去,按照先易后难,把其他工程该建的建好,该管的管好,然后一起集中力量处理单大杆子他们下山的事。秦总,你看呢?"

秦川见事已至此,只得说:"那行,我听林书记的。"

周鹏见秦川离去,更是嫉妒,想,我现在已是村主任,行政上的一把手了,事情做对做错该由我一人承担,你林岚充其量不过是个副书记,怎么能抢在前面把我的主给做了呢?本想拿点颜色给林岚看,回头一想,觉得过于明显不太好,于是装作感激,说:"林书记,感谢你帮我解决了一个大难题。"说着,又提到那个至今还没有头绪的"大项目"。

林岚见周鹏说出困难,趁机劝道:"周主任,既然一时找不到大项目,我们还是全力以赴把景区和花场建好,再设法把平整好的农田找人承包出去——这些都是美人村目前当务之急的大事呀!"

周鹏叹口气说:"目前也只能这样了。"

"为什么偏在这关键时刻把师兄抓走呢?"林岚见周鹏怏怏离去,又想到那被拘留在县城的五毛主任。

"听说这案件如果一时查不清,师兄极有可能还会由拘留所转到看守所,真是那样,就……"想着,林岚更是坐立不安。

"那投放锦纹的责任在我,而不在师兄,要论触犯法律,也该是我;要承担责任,更该由我去承担呀。村里离不开师兄,现在的情况更急需师兄这样的领导啊。"

就在那天下午,林岚毅然做出决定,她要承担责任,她要以自己的担当把师兄翟五毛从拘留所替换回来。

可这念头刚一萌出,她又想到那次为师兄买裤衩、送裤衩所闹出的尴尬。想着,她那蛾眉蹙起,一双凤眼不停地闪动。"这是美人村发展的需要,这是美人村三千二百多名村民的需要,这不是我姓林的儿女私情,这是我这个专职副书记该做的事,必须做的事。"

她本不打算把这事告诉周鹏,但考虑到周鹏已是代理主任,为今后工作着想,她还是说了。

听说林岚要去自首,周鹏大惊,竭力反对道:"翟主任已亲口承认那茶是他泡的,你去自首算什么?那不是有意捣乱吗?"

已做出决定的林岚,当然不会听从周鹏的劝告,她将手头工作分头交代后,第二天一早,乘公交车去了县城。

第七十六章　舍不得穿的红裤衩

起初,听说翟五毛会轻功,同室的嫌疑犯谁也不敢小觑他。

没过几天,翟五毛一个怪怪的动作,引起了嫌疑犯们的好奇,因为害怕翟五毛的轻功,开始他们只敢在背后挤眉弄眼指指点点,随着那动作越来越离奇,他们就斗胆发问了:

"嘻嘻,翟五毛,咋啦?气卵泡下来啦?"

"嘿嘿,翟五毛,这些天走路怎么成老鸭了,老是一摇一摆的?"

"……"

翟五毛不回答,只挠挠头皮,怪怪地咧嘴一笑,继续干他该干的事。

翟五毛睡在宿舍门口右上铺。

那天晚上,翟五毛刚想上铺拿衣洗澡,大腿一抬,"呼啦"一声,裤衩就撕裂了一道大口子。洗过澡,他到所里借来针线,坐在铺上,一针针将那足有五寸长的裂口给缭了起来。裂口虽是缭好了,可裤衩中间却缭起一道僵硬粗壮的线疙瘩,白天劳动,他那大胯被线疙瘩摩擦成红兮兮两大块。

"没事,还有一条哩。换掉就是。"

第二天傍晚上床,腿一抬,又是"呼啦"一声,第二条也给撕裂了,只得又借来针线,把裂口缭起,同样还是缭成一道僵硬粗壮的线疙瘩。

直到有一天晚上,大胯疼得实在承受不了,就伸手去摸,不料这一摸,不仅疼得一阵抽搐,更是连手指头也被粘到了那地方。

尽管他一再咬牙坚持,不想让别人发现他的疼痛,但不行,疼痛这个怪物,不是你想忍就能忍住的,稍不留意,那种疼痛的感觉就会无意识地流露出来。

这天晚上,同室的几个嫌疑犯争抢着进浴室冲澡去了,翟五毛就如老和尚入定般盘坐在上铺,双手夹着那裤衩的线疙瘩搓了又搓,但还是僵硬。

"看来这旧裤衩实在不能再穿了,自己痛苦不说,还让人笑话。还是换条新的吧。"

翟五毛想着,就将摆在床头的那只方形蓝色塑料箱搬到床中央,打开箱盖,就见箱内衣物上叠放着像一对孪生姊妹样亲亲密密拥抱在一起的两条大红裤衩。他轻轻将那大红裤衩捧出,放在眼前细看一番,再贴在腮边亲了又亲,最后双手如捧圣物般将两条大红裤衩平端着摆放在他的双膝上,静静地看了又看,想了又想,越看越想越是激动不已……

那是进拘留所的第二天傍晚,所里通知他去领衣物,去了一看,见是两条崭新的大红裤衩和两件衬褂,他又惊又喜,问:"领导,这衣是谁送来的?"

管教说:"你家属。"

翟五毛觉得奇怪:"领导,我家属上午不是已送来了吗?"

管教说:"她说她是你家属。"

翟五毛不信,又问:"真是我家属?"

管教提高了声量:"她是这样说的,我怎么知道?"

翟五毛信了,更是激动。"难中识人啊!"就觉得手中那不是两套简单的大红裤衩和衬褂,而是义妹对他五毛的一片真情、一片思念啊。他当时就紧紧搂抱住大红裤衩和衬褂,一步步走进宿舍,上到上铺,将衣物箱打开,将那两条心爱的大红裤衩平平整整叠放在箱内所有的衣物之上。

那些天,翟五毛每到傍晚洗澡到箱里拿衣物,看到那两条大红裤衩,他都要将那大红裤衩拿到脸上吻了又吻,就如在吻着义妹那圆圆的脸蛋一样,心里涌起的全是感动、激动与幸福。

"为什么多少颜色不买,偏买大红颜色的呢?这不是很明显,义妹是在祝福我五毛一切平安呀。"

同室的犯人有的已洗完澡出来,见翟五毛还坐在床上发愣,就问:"翟五毛,想什么呢?还不洗澡?水都快没了。"

"找衣服哩。就去。"翟五毛嘴上应着,还在犹豫。

"快去吧,洗了澡好上床看电视。"嫌疑犯们再次催促。

那些天,所里正为他们放电视连续剧《红楼梦》。

"换了吧?换了大胯就不会磨破,不磨破就不会疼了,不疼别人就不会看笑话了。"翟五毛一狠心,拿起一条崭新而柔软的大红裤衩"噌"地跳下床,进了浴室。

其他嫌疑犯已陆续洗完澡回宿舍看电视了,浴室唯他一人。

第七十六章 舍不得穿的红裤衩

293

翟五毛将那崭新的大红裤衩放在浴室方凳上,为防止被弄湿,又将方凳向窗口一挪再挪,这才进去拧开水龙头,淋着身体,快速搓抹。

搓着搓着,方凳上那大红裤衩就如一团火焰在他眼前燃烧起来,就燃烧得他心情激荡,浮想联翩。

他不敢再想了,他要早早结束洗浴,洗浴后就穿上这条饱含义妹心意的大红裤衩回宿舍看电视。

他加快了速度,三抹两抹,将全身抹完,再冲洗一遍,关了水龙头,拧干毛巾,擦干身体,伸手将方凳上大红裤衩挠到手,左腿一抬,正要穿上,又犹豫了……重新如对待圣物一样,将手中大红裤衩看了又看,吻了又吻……突然,他如疯狂一般,双手托着大红裤衩,赤条条,"咚咚咚"跑回宿舍,跑到床下,抓住床柱,"噌"地一跃,跃到上铺,打开箱盖,将那大红裤衩重新放到箱内衣物之上。

正在看电视的嫌疑犯们惊呆了,一起侧过头,问道:"翟五毛,你疯啦?平时不总是叫我们讲文明吗,你今天怎么打着光屁股上床呀?"

第七十七章　投案自首

卢霞科长第五次提审翟五毛。

她尽管认识翟五毛,但这是公事公办,不得不办。

这天她一身警服穿得特别整齐,齐耳短发也似乎特别乌亮,她稳稳地坐在审讯桌前,闪动一双圆而亮的大眼睛。

右边坐的是记录员。

"叫什么?"

"翟五毛。"

"想清楚了吗?"

"想清楚了。"

"那茶里的锦纹究竟是谁放的?"

"是我翟五毛放的。"

"锦纹是一种很厉害的泻药,你知道吗?"

"知道。"

"既然知道,为什么要在纪主任茶里放锦纹?难道你就不知道那是在犯罪吗?"

"是县长亲戚限我三天内把那合同签掉,不签就要让美人村的宾馆、会所、花场全部停工,还不允许美人山申报国家 AAAA 级景区。为了美人村的发展不半途而废,我不得已才用了这个下下策。"

卢霞突然吼道:"谁说他是县长亲戚?他是刚调来的县长办公室主任,纪主任。"

翟五毛一对小眼睛睁得更大,半天才说:"这、这我不知道。"

"那锦纹是你放的,还是他人拿来让你放的?"

"是我放的。"

"你和纪主任写字据时,与你拿锦纹相隔多长时间?"

翟五毛想了一下:"半个小时吧。"

卢霞又问:"那锦纹放在什么地方?"

翟五毛略一思忖:"放、放在我办公室抽屉铁盒里。"

卢霞更加严厉:"我们已去查过,你办公室根本就没有铁盒,更没有锦纹,那就是说,你以上说的都是在编故事!"

翟五毛不动声色:"领导,事实就是这样,信不信由你。"

侦缉科科长卢霞显然对这位对答如流却又漏洞百出的翟五毛一时找不出更多说服的办法,只得改变语气说道:"翟五毛同志,我们都知道你是军人出身,在部队各方面表现都非常优秀,为什么唯独在放锦纹这件事上,你说得如此含混不清呢?"

翟五毛说:"领导,我翟五毛说话从来不含混,今天说的和以往说的,还包括我以后说的,全是事实,没半句假话,说假话是狗!"

卢霞正不知如何继续审问,手机响起,她急忙接听:"哦,肖局?对,我正在审问。什么,暂停?马上过来?好好好。"

卢霞关了手机,对翟五毛身后的警员说:"把他带下去。"

五分钟后,卢霞来到肖安局长的办公室,就见局长对面坐了一位女性,从那苗条的身影已认出,是美人村的美女书记林岚,地上还放着一只大大的马桶包。她只装着没看见,问:"肖局,找我有事?"

局长看了林岚一眼,说:"林书记,这是卢科长。你们认识吧?"

林岚急忙站起,点头说:"认识。"

卢霞挤出了几分笑容,问:"林书记是来看望你们主任的吧?"

林岚说:"不,我是来投案自首的。"

卢霞一惊:"投案自首?"

林岚点头:"是的。"

卢霞更惊,问:"你投什么案,自什么首?"

林岚将面颊上的几根散发牵到耳后,丹凤眼里放出一道柔弱而坚定的光芒,说:"那次给领导茶里投放锦纹的是我,不是翟主任。"

卢霞"啊"的一声,说:"我就说呢,每次审问,翟五毛的回答都是漏洞百出,原来是……"

局长急忙打断说:"卢科,是不是这样,既然他俩都坚持说锦纹是他们自己放的,我看这案件先暂停审问,待我们重新调查后再说。"

林岚急了,说:"局长,卢科长,不要再调查了,我做的事我最清楚,那锦纹真是我放的。"

卢霞仔细一想,问:"你又不是本地人,怎么知道那锦纹吃了会泻肚子?再说,在那极短的时间内,你能去哪里弄到锦纹?"

林岚微微一笑,说:"卢科长你忘了,我虽不是本地人,但我在美人山当了那么长时间的导游,山上那些奇花异草以及它们的性能,我能不了解得一清二楚,能不知道锦纹是忒厉害的泻药吗?"

卢霞见林岚说得天衣无缝,又想起一事,问:"可我听说,那次你们在场的一共是三个人,除了你和翟五毛同志,还有一位,我怎么可以相信给纪主任茶里放锦纹的就是你呢?"

林岚知道,锦纹确实是陆俊给她的,但陆俊不仅胆小,更是上有老下有小,一旦把他说出,不仅连累陆俊本人,更连累了他的全家,如果这样做,岂不是害了陆俊一家老小?

想着,林岚一仰头,将脸颊边的散发全部摆到颈后,说:"不错,那天村里会计是在场,但他一贯胆小,怎么敢想起在茶里放泻药呢?"

肖局长说:"那也不能说明这锦纹就是你放的呀?"

林岚说:"我是专职副书记,见县长亲戚非逼我们村把那风水宝地卖给他,这不是让正干得轰轰烈烈的美人村停止前进的脚步吗?为了挽救美人村,我是实在没有办法,才想出了那个下策呀。"

肖局长问:"那你怎么不早说?"

林岚说:"你们那天抓翟主任时,我就承认了,可你们不听,就把翟主任抓走了。这些天,我在家想来想去,觉得做人应该敢作敢当,这事是我做的,我当然要来投案自首,不能让翟主任背黑锅!"说着,她打开马桶包,翻出衣物,说,"肖局,卢科,我说的都是千真万确,现在我只有一个请求,放了五毛主任,将我这个下药的真正凶手收容起来。看,我这衣物都带来了。"

肖安与卢霞足足对视了数秒,最后说:"林书记,你先回去,你今天反映的情况,我们立即向领导汇报。"

林岚说:"不,那锦纹是我放的,这次我既然来了,就不准备走了。"说着,将行李包拎放到局长的办公桌上……

第七十八章　鲍一虎献策

纷纷扬扬的消息早已传到袁世通耳里。

袁世通尽管已不在位上,但他毕竟当过美人村的主任,和这村的山山水水有着千丝万缕的情感,当听说村里重新乱起来,他确实有过一丝疼痛,但这疼痛很快就消失殆尽。

他最关心的还是单大杆子和刘棉花那两个店,当听说那天单大杆子不仅没与秦川签订合同,更是借着挨打为由联合刘棉花一道吵闹到村里,弄得年轻的代理主任束手无策,最后只得做了妥协时,他硬是高兴得好几个夜晚失眠了!他仿佛看到不仅美人山上的饭庄和客栈能依然存在,更看到美人山上属于他的那两份"干股"每年都以只增不减的钞票源源不断地送到他的手中。

这天下午,袁世通正靠在客厅柯藤椅上想着这些顺心的事,鲍一虎来了。

袁世通知道,单大杆子那天所以敢同开发商秦川大闹下去,这与他事前派鲍一虎去做单大杆子的工作是分不开的。于是,见鲍一虎进来,他急忙坐起,从烟盒里弹出一支香烟抛过去,说:"那事辛苦你了。"

鲍一虎接过香烟,拖椅坐下,说:"老主任吩咐的事,怎么叫辛苦呢?办成了,我才踏实哩。"

袁世通笑笑,对正在厨房择菜的老伴说:"豆蔻妈,晚上加几个菜,我和鲍主任喝两杯。"

鲍一虎说:"好久没和老主任在一块喝酒了,今晚要喝个痛快。"他掏出打火机打着,弓腰上前为袁世通点了香烟,神秘兮兮地说:"老主任,知道不?那个姓林的昨天到县里投案自首去了!"

袁世通一震,问:"她去自什么首?"

鲍一虎闪着眍䁖眼说:"我估计她是想去承担责任,把五毛换回来。"

袁世通"哦"了一声,好久不说话。

鲍一虎知道袁世通在想什么,但他不会去点破,只把话题转了:"老主任,那个姓周的这几天可苦恼啦。"

袁世通问:"他苦恼什么?"

鲍一虎说:"姓周的接手代理主任后,根本就无心开发景区和花场……"

"那他想干什么?"

"听说他整天在想干一件轰轰烈烈的大事。"

"干轰轰烈烈的大事?"

"是的,可他一时又找不到大项目。老主任你说,他能不苦恼吗?"

袁世通觉得周鹏野心不小,就说:"大项目没有,慢慢找嘛,苦恼什么呢?"

鲍一虎将座椅往袁世通面前挪近一步,试探道:"老主任,你以往……"

一句话提醒了袁世通,他惊问道:"你是说那个高尔夫球场?"

鲍一虎竖起大拇指:"姜还是老的辣,老主任一猜就准。"

袁世通高兴起来,说:"哎呀,你不提我险些都忘了。前不久那老板还打电话过来,问这事能不能落实,我说我现在已不在任上了,可他还是盯着要我为他想想办法哩。"

鲍一虎更是高兴,一拍大腿说:"那就更妙了。"稍停又说,"老主任,是不是马上把周主任请过来?"

"我请他干吗?"

"告诉他,你手里有个大项目呀!"

"我有大项目,为什么要给他?"

鲍一虎就连连拍着袁世通的大腿,讨好地说:"老主任,你忘了你山上还有两份'干股'哩。"

一句话提醒了梦中人。袁世通心里顿时亮堂起来,觉得只要抓住周鹏这小子,就用不着担心美人山上那个店会被拆掉,只要那两个店不拆,他那两份"干股"就会永远存在。于是连连拍着藤椅扶手,大声对楼上喊道:"豆蔻,豆蔻,快去把周主任请来。"

两天过去了,林岚还没回来。

周鹏急了,打电话,可始终是关机。

他已无心再想那个毫无踪影的"大项目"了。至于景区和花场的开发,他更无心问及,因为那是前任的事,他这个代理主任何须去狗拿耗子多管闲事呢?于是他整天待在办公室,一会儿坐在电脑前看新闻,一会儿踱到窗口看着窗外的公路,很想在某个时候,能突然看到林岚从那公路上走来,或是搭乘着谁的电动车飞驰过来……

但都不见。

他害怕了,仿佛看到公安部门真的接受了那份自首书,并毫不留情地将林岚关进了拘留所某一间小得仅能容得一人转身的小黑屋里。她尽管双手已被锃亮的铁镣铐着,但她还是那样镇定自若地坐在那里,披肩长发还是那样乌亮、整洁、流畅,几丝散发仍然极其自然地飘散在她那白皙的脸庞上,只是那原本胭脂红的鸭蛋脸变得有些苍白……

"她成嫌疑犯了?"周鹏打了个寒噤,顿然紧张起来。

他不相信林岚会成为嫌疑犯,他相信林岚会平安回来,更相信林岚会回到他身边来——尽管到目前为止,她对他还是那样冷漠,从没接受过他的感情,但他还是坚信,他会用这颗高当量的"燃烧弹",将那透着寒光的"冰美人"融化成一汪清水,一汪永远属于他周鹏的充满柔情的清水。

也许是上天的眷顾,这天正想着,他心中的"冰美人"突然向他走来了,而且来得是那样娉娉婷婷,袅袅娜娜。

她还是那样文静、漂亮,白皙的脸上隐藏着一种让人无法捉摸的笑意,海深般的眸子里装满着男人无法看透的清澈,披肩长发还是那样油亮,额前飘散着的几根发丝,更让人觉得她始终是那样端庄、自然。

"岚,岚,你回来了!"

周鹏此时异常清醒,觉得自己这次无论如何也要速战速决,一定要将林岚的感情俘获过来,将林岚的心俘获过来。

不等林岚到面前,周鹏已不顾一切地扑了过去,并将她紧紧地搂抱到自己的怀抱中!

"周、周、周主任,你、你、你干、干什么呀,干什么呀?!"对方在挣扎。

"岚,岚,我文静漂亮的岚,你终于回来了,终于回来了!"

周鹏不顾对方的挣扎与推搡,一边紧紧搂抱,一边开始在她的脸上、脖颈处疯狂地亲吻着。

"周主任,周主任,是我,是我哩。"

"我知道是你呀,岚,我说过,别说你是个'冰美人',即使是座'冰山',

我周鹏也会用我的热量将你融化,融化成我心中的一汪柔情之水。岚,岚,我的岚!"他仍在狂亲狂吻。

"周主任,我不是林岚,我不是林岚。我是豆蔻,我是袁豆蔻呀!"袁豆蔻挣扎着,一边连推带揉将周鹏推到椅上坐住。

当周鹏认出果真是袁豆蔻时,他"哇"的一声哭了,边哭边用拳头猛砸自己的脑壳:"呜呜,我不是人,我不是人!"

袁豆蔻的恼火并没有持续多久,很快就像什么事也没发生,见周鹏砸得可怜,更是心疼地紧紧拉住他那挥起的拳头,劝慰道:"主任,主任,这何必呢?这里也没外人,更没有谁说你什么。好了好了,主任,主任,我老爸叫我来请你哩。"

周鹏当然知道一个堂堂男子汉在一个女人面前号啕意味着什么,他抬起头,擦去泪水,见对方真没愠怒,满是歉意地说:"豆蔻小姐,对不起,真对不起,刚才我失态了,让你……"

袁豆蔻抹了抹腮上的涎水,有意把话岔开:"周主任,我爸想请你过去吃顿饭,有时间吗?"

周鹏一听,解了尴尬,很是惊讶地问:"你爸请我?"

"嗯嗯。"

周鹏更加感动。自从任代理主任以来,还从来没有人请他吃过饭。这次竟有了,而且还是老主任,这不能不是个莫大的荣耀。然而他很快又犹豫了,想到袁世通是个被免职的村主任,这时去他家,村委会怎么看?村民会怎么看?再说那老村主任请他的目的又是什么?……想着,周鹏只得笑着对袁豆蔻说:"对不起,我现在还有事。谢谢你老爸的好意。"

袁豆蔻已看出周鹏不去的原因,于是扭动一下浑圆的腰肢,嗲嗲一笑,说:"主任,我老爸听说你是个想办大事的人,他那边正有个大项目,这才叫我来请你。"

听说有大项目,周鹏几乎是从椅上弹跳起来,他睁大双眼紧紧盯着对方,想着这些日子一直在为找不到最能展示他能力的机会而苦恼,忽然听说有了大项目,能不喜从天降?

"真的?你老爸真有大项目?不骗我吧?"周鹏顾不了刚才的尴尬,重新拉住袁豆蔻那双肥嘟嘟的小肉手,问。

"主任,我老爸怎会骗你呢?"袁豆蔻不再挣扎,只是傻笑着看着周鹏。

周鹏、袁豆蔻各自骑上电动车,很快到了袁世通家。

酒宴已摆好。

寒暄后,袁世通把鲍一虎介绍给周鹏。

二人就在袁世通的一左一右坐了。

袁豆蔻将三只酒杯斟满,说:"爸,开始吧。"

袁世通三杯酒下肚,就说到大项目的事。

"这个老总在我任主任时,就想来投资,可刚谈过几次,我就下台了……"说着,袁世通似乎很伤感,连连摇头不语。

鲍一虎立即示意周鹏站起,说:"老主任那不叫下台,应该说是主动让贤,来,我和周主任敬老主任一杯!"

三人一饮而尽。

周鹏急于想知道那个大项目,不等酒下肚,就问:"老主任,不知您老刚才说的那位老总是谁?"

袁世通说:"那个老总可是大有来头啦,他不仅手头有钱,更是身后有人,可以说上到中央,下到省市,几乎没有不和他称兄道弟的领导,只要他来投资,你这个主任今后就好当喽。"

听这一说,周鹏更是急不可待,双手捧杯站起,弓腰敬酒:"老主任,既然您说这位大老板手中有大项目,您老能帮我联系吗?"

袁世通将酒喝下,盯着周鹏看了好久,说道:"不,你可以直接同他联系。"

周鹏说:"我不认识呀?"

袁世通在纸盒里扯出纸巾擦过嘴,不慌不忙地说:"这你别急,我马上把那老总的手机号码给你,不就行了!"说着,打开手机翻找……

第七十九章　愤怒的土地

周鹏很快取得了联系,知那老板姓康,叫尔夫,当时曾笑:"为什么叫'康尔夫'？索性叫'高尔夫',岂不更是名实相符！"

"大项目"有了眉目,周鹏喜得几近疯狂。那些天,不管是白天上班还是晚上睡觉,只要两眼一闭,显现在他眼前的不是绿草如茵、占地千亩的高尔夫球场,就是一辆辆载着贵人的轿车络绎不绝地开进了美人村……"好项目不在多,一个顶十个！"他想,"翟五毛搞的景区、花场算什么？充其量不就是将穷山村装扮得漂亮一点,为村民挣上几个小钱而已,哪能和我这个高尔夫球场项目相比。办高尔夫球场那可是一种上档次上品位的事业,这样的事业,是一般人敢想、敢办的？而我周鹏就是想到了,办到了,这是什么？这就是能力,就是胆识,就是气魄,就是勇于开拓的精神。"

如此重大的项目,周鹏当然不敢一人做主,至少形式上得通过村"两委"讨论。幸好林岚不在,会上除了卫青山一人坚持不同意,韩羞草是他的积极拥护者,会计陆俊虽然不同意,但胆小,见反对不起作用,最后还是举了手。三比一,周鹏更有了底气。

会后,周鹏又与康老板通了电话,约定考察时间。

那天,风和日丽,阳光灿烂。

村民听说康老板要来考察球场,一个个早早来到村部门前看稀奇。

上午十点,村部驶进两部豪华黑色奥迪,考察团除了康老板外,还跟随了八位保卫人员(其中两位是司机兼保镖)。康尔夫五十多岁,可能是胖的原因,看上去身高不过一米六几,头戴白色公鸡高尔夫球帽,眼戴宽边黑色墨镜,上身穿件加大的黑白相间的T恤衫,"啤酒肚"更是将那足有三寸宽的皮带挤压到肚脐以下。

袁世通第一个迎上去,拉住康尔夫的手使劲抖动,说:"康总,我们终于又见面了,又见面了。"

康尔夫摘下墨镜,也说:"能再次来到美人村,也算是你我的缘分啦。"

袁世通把周鹏介绍给康尔夫,两人又是一番握手,说些客气话,随后逐一介绍双方成员。

周鹏原本要带考察团到村委会休息,康尔夫说:"我们这次主要是来考察,还是先看场地吧。周主任,上我的车,带路。"

车出村委会向西,刚绕过袁世通家,就看到武喆承包的那八百亩花场,看到花场起伏的山丘、透亮的山塘、开阔的田原,还有上百名民工在整理那迷宫般的花蔓……

康尔夫叫司机停车。

周鹏不知原因,说:"康总,场地还在前面哩。"

康尔夫说:"不,就这里好!上次我来时,看中的就是这地方。"

周鹏一怔,说:"康总,这地皮已被人征用了。"

康尔夫很不高兴,说:"征用了?谁征用了?我上次跟袁主任说的,就是这块地皮,这怎么能租给别人呢?"

周鹏觍着脸笑着指向西边:"康总,那前面还有很多地方哩。"

康尔夫摇头说:"那些地方我都看过,地形过于狭窄,不宜建球场,就是这片土地好,有水有冈有平地。"

周鹏舌头打结了:"康、康总,这、这土地人家已办、办花场了。"

"办花场?他有我订的时间早吗?"

周鹏慌了:"康总,这真的不行。"

康尔夫推下眼镜:"怎么真的不行?"

周鹏说:"人家合同早签过了!"

康尔夫拍着周鹏肩膀说:"这不是刚动工吗?叫他让出来,我赔他损失就是。"

话音刚落,就见一辆宝马"呜"地驰到,武喆从车里钻出来。

原来武喆这天正与闻萱在办公室为看不懂龙小艺设计的九宫八卦迷宫方案犯愁,民工单小六跑来,说球场老板要花场土地。武喆听了恼火,立即驱车赶来。

"土地是我承包的,谁敢叫我让出?"武喆远远问道。

周鹏吓出一身冷汗。他知道师弟脾气,急忙走过去,将他拉到一旁,说:"师弟,情况是这样……"

武喆推开周鹏,说:"你什么也别说,反正这土地我已签过合同了,谁也别想打它的主意。周鹏,我告诉你,谁敢转让,我就跟他没完!"

正说着,村民和上百名民工一起拥过来。

单小六首先从人群中挤出来,说:"我已是花场的职工了,要是把花场变成球场,不是要我失业吗?"

其他民工更是叫嚷:"是呀,要是没有了花场,我们不是都失业了?那我们全家老小今后靠什么生活呀?"

有民工问:"周主任,球场建起来,也要小工吗?"

有民工补问:"是呀,周主任,球场建起来还要小工吗?"

"……"

周鹏一时回答不上,只得看着康老板。

康尔夫做出派头,双手叉腰,高挺大肚,两指捏着墨镜向鼻梁上方推了推,再瞅着花场远眺,久久不予理睬。

周鹏见他不搭话,又小声问道:"康总,要是球场建起来,能要小工吗?"

康尔夫头也不回,冷冷说道:"要啊。"

村民早已听清康尔夫的话,一起拥过来吼道:"康老板,你把我们当傻瓜呀?你以为我们老百姓就不知道高尔夫球场是个什么东西呀?高尔夫球场用的都是些年轻漂亮的女孩,会要我们这些泥巴腿子去给那些有钱的人捡球、递球吗?"

"康老板,说呀,说呀,咋不说啦?"

"……"

村民又一起拥向康尔夫。

周鹏和八大保镖见村民拥过来,急忙将康尔夫围护在中央。

村民继续逼问:"康老板,那美人山景区和花场,都是允许村民带土地入股的,你要在这建球场,也允许我们带土地入股吗?"

这问话又点起一把火,村民纷纷问道:

"康老板,说呀,说呀。"

"康老板,你要是能答应我们也带土地入股,我们就把这土地租给你。"

……

康尔夫再也高贵不起来了,只得取下墨镜,从那肥胖的脸上挤出一丝笑容,说:"乡亲们,不是我不愿让你们带土地入股,而是因为我这球场的投资太大,几十个亿呀,你们想想,你们每家每户那点土地就是带到我这几十个亿里面,能占多大的份额?那还不到大海里的一滴水,喜马拉雅山上的一粒沙子,宇宙中的一个碳原子,就是分红利,你们能分得多少?……可你们要是把这土地卖给我康老板就不同了,就可以一次性地拿到大把大把的钞票,那些钞票足可以让你们买房子,娶媳妇,养老,远比你们带土地入股要好无数倍啊。"

众人更不同意,一起叫道:"不行!不行!土地是我们老百姓的命根子,靠卖土地的那几个钱,用完了,我们怎么办?我们的子孙怎么办?去喝西北风啊?"

"对,不让我们入股,这土地绝对不能卖!"

"对,绝对不能卖!"

"……"

康老板已气愤难当,见村民还在吵闹,就黑着脸转身问周鹏:"主任,你有时间吗?"

慌乱的周鹏忙说:"康总有什么指示?"

康尔夫说:"马上陪我到省里去一趟。"

周鹏立即点头说:"行行行,有时间,有时间。"

康老板重重吐了一口唾沫,恶狠狠地说:"我就不信拿不下这片土地。"

接着,"嘀嘀"几声,两辆奥迪"呜"地卷着黄烟溜了……

第八十章　林岚归来

林岚赖着不走,局长和卢霞科长也没办法,只好向县长汇报。

那天,县长办公室的窗帘拉得严严实实,毕县长正在里面来回踱步,听了汇报,更是火上加油,拍着桌子吼道:"乱弹琴,简直就是乱弹琴。"

这些天他一直都很恼火。恼火自己办了件蠢事不算,还害得人家村主任被拘留。

那是星期天,他正在家里看一封揭发美人村主任翟五毛不顾村民利益,以开发景区、花场为名,从中大捞油水的举报信。就在这时,又接到袁世通的电话,重提买地皮建别墅一事。

毕县长想到当年在铜锣镇当书记时,确实与时任村支书兼主任的袁世通开过玩笑,没想到十多年过去了,袁世通还记得这事。他本不想理睬,但看着手中的举报信,就突发奇想,想借买地皮建别墅为由,去试探试探翟五毛那小子是真的爱财,还是真的想干番事业,于是就将新调来的办公室主任老纪谎称是他家亲戚,带上秘书小马去美人村考察。可万万没想到,这个老纪和小马,竟弄出个什么"立字据"的奇思妙想,以致造成美人村一个被拘、一个前来投案自首的尴尬局面。

一气之下,毕县长把老纪喊进了办公室。

原来在接受任务时,老纪错误地理解了县长意图,以为试探村主任是假,县长私人想买山场建别墅是真;加上老纪私心作祟,认为自己刚到一个新单位,县长就把这么重要的家事交给他办,他更想在县长面前"显示"一下,于是自作聪明,与小马商量,要设法为县长将那块地皮买下。小马也有个人打算,想到自己至今还是个小秘书,也想在新主任面前好好表现,以图早日升迁,于是鞍前马后,积极配合。没想到,两人不仅没将县长交代的事情办好,反而办得如此糟糕。

"我要你俩去考察小翟是否按原则行事,你们怎么竟想起什么'立字据'

的事呢?"老纪刚进门,毕县长就劈头盖脸地问道。

老纪不敢明说自己的真意,只得装出一副哭丧脸说:"县长,我也是想进一步考验那个翟五毛是否真的不畏权势,可没想到……"

一句话又把县长的心说软了。"是呀,只想到派人去考察,却没细想方法……要说办糊涂事,我老毕更有责任!"这样一想,毕县长的火气顿然消失大半,但仍不愿拉下面子,凶煞煞地吼道:"处在大开发,大发展关键时期的美人村,正急需人才,可现在小翟被抓进了拘留所,那个专职副书记又前来自首,你们看,美人村两根台柱子都出来了,村里群龙无首,怎么办啦,啊?老纪,你说说。"

老纪后悔自己聪明反被聪明误,心中懊恼,只好说:"县长,那干脆把两人都放回去算了。"

"啪"的一声,县长又拍了桌子,火气重新蹿起,瞪眼说道:"我看你老纪真得好好学习学习才是。现在是法治社会,在茶里放锦纹,那是触犯了法律,既然触犯了法律,就得按法律办事,能轻易放人?"

老纪见自己又说错了话,更是懊丧,但为取得县长的信任,仍想顺着县长的竿儿往上爬,说:"县长,是不是这样,既然一个被抓,一个自首,那就一起关起来,我们重新组织人力去……"

"更是乱弹琴。"

待老纪走后,毕县长又拨通了公安局长的电话:"肖安吗?美人村那个前来投案的副书记走了没有?……没走,那好,喊她马上到我这里来一下。"

……

听说周主任和康老板已去省里找人,美人村的村民知道这片土地迟早是保不住了,一个个只得另谋出路。

雷大宝、朱山豹首先想起那片最能赚钱的金丝楠木林;尤谷风下山后,虽然也时常作些四言八句,但那终不能变成钞票,也想借机重回"诗仙池";乐一鸣办在新区的诊所收入不菲,可总比不上在景区挣游客钱容易……

这天,雷大宝、朱山豹、尤谷风等人,见一辆辆大车小车,或是一个个背着大包小包的游客匆匆向美人山赶去,他们也顾不了吃早饭,收捡起该带的工具,诸如柴刀、纸笔等等,匆匆向山上赶去。

刚到新区车站,就见林副书记从公交车下来。

大家无不惊讶,有的匆匆回避,有的装作视而不见,有的热情迎上问:

"林书记,这些天你到哪里去了?怎么见不到你的人影呢?"

林岚浅浅一笑,不作正面回答。

卫青山、陆俊得到消息,匆匆赶来。

卫青山砸着拳头说道:"林书记,我们村已彻底乱套了。"就把康老板来办高尔夫球场和村民要重回美人山的事细说了一番。

林岚皱着眉头说:"办高尔夫球场的事,县里已经知道了,毕县长这次要我回来,就是为这事。"

陆俊说:"周主任和康老板已到省里找人去了,他们是铁了心要把这片土地买下来建球场,你回来也是没法制止的。"

林岚说:"找省里也不行,县长说了,农民的土地咋样也不能被占用。"

直到第三天,周鹏才从省城回来,林岚想到球场的事,不得不主动去找他。

那时,周鹏正在办公室与康老板通电话,见林岚进来,匆忙关了手机,不冷不热地说:"回来了?"就装着拖鼠标在电脑上查找什么,把林岚冷落在一旁。

周鹏边看电脑边想:你姓林的不是要去自首吗?结果怎样?救了翟五毛吗?现在就得让你站着仔细想想,我周鹏的话是好还是歹。

林岚倔强,明知周鹏在想什么,自己也不退让,故意装着口渴,拿起一只纸杯,拈了茶叶,去饮水机上倒了开水,远远站着喝着茶水看周鹏玩电脑。

足足僵持了十多分钟,周鹏无奈,只得把建高尔夫球场的事说了。

林岚这才将茶杯放到桌上,说:"这事我在县里已听说了,据说那老板很有来头,是吗?"

周鹏说:"那当然。人家康老板没来头,还敢到省里去找人?刚才康老板来电话说,这次省里已为他在美人村买地皮建球场,专门发了一个特批文件。"

林岚一怔,问:"特批文件?"

周鹏嘴角翘出一丝笑意:"怎么?林书记不信?那你等着吧,康老板很快就会带着那特批文件来美人村的。"

林岚急了,就说了县长意见。

周鹏拨弄一下光亮的分发,轻蔑地一笑,说:"我的林书记,你说县长和省长哪个官大?人家拿着省里的特批文件,别说是县长,就是市长又能怎

第八十章 林岚归来

309

样?还不乖乖听省里的。"

林岚并未恼火,仍然冷静地说:"来头再大,也不得违背中央农业政策呀。他康老板要是在这里建了球场,美人村的村民将来吃饭靠什么?"

周鹏笑道:"书记,你这观念太陈旧了,历朝历代,哪个农民靠种田发了财,致了富?把高尔夫球场建起来就不同了,既可以让农民得到大把的钞票,又可以让他们另找工作挣钱,那等于拿双份工资哩,这个账你不会算?"

林岚见周鹏嘴角翘起的高傲模样,知道自己一时无法说服他,于是想了想说:"周主任,这是关系到全村村民切身利益的大事,是否把这事发在手机群里,让全体村民参与讨论,听听大家的意见,再来决定?"

周鹏笑道:"当断不断,反受其乱,办大事哪能这样婆婆妈妈的,放群里讨论,那不是七个和尚八样腔,能统一得了吗?林书记,我告诉你,康老板就要来了,我们千万不能在这时候还三心二意!"

林岚只得回到自己办公室,给镇里骆书记打了电话。

骆书记也是一声长叹,说:"康老板是个通天人物,来头很大,我们也正为这事犯愁哩。"

第八十一章　沉默的五毛

这天上午,翟五毛正与其他嫌疑犯在大院里打扫卫生,管教过来:"翟五毛,所长叫你。"

翟五毛觉得奇怪。往日管教叫他都是喊:"翟五毛,过来。"今天怎么是所长叫他呢?翟五毛跟随管教去了所长办公室。进门一看,就见所长端坐在办公桌旁边,两眼正看着他一步步走近。

旁边还坐了一位,翟五毛以为是负责做笔录的记录员,也懒得细看,径直向所长走去,离所长办公桌快两米时,他停下脚步,"啪"地一个立正,行个礼,喊道:"报告领导,翟五毛到。"

所长没有往日那样威严凶狠,只是抬起手,指着右边那人说:"翟五毛,你看是谁来了?"

翟五毛这才侧目,就这一侧目,就认出是骆枫书记,一股辛酸顿时从心底涌上,泪水"哗"地滚挂出来,颤声喊道:"骆书记,你怎么来了?"

站起的骆枫早已拉住翟五毛的双手说:"五毛同志,我来接你哩。"

所长说:"书记是特意来保释你出去的。"

翟五毛嘴和眼睛同时张大,不敢相信这是真实。而很快又想起一事,担心地问:"领导,莫非你们拘留了美人村的林书记?"林岚自首他早已耳闻。

所长说:"翟五毛,你乱想什么呢?你们林书记早就回去了。"

翟五毛似信非信:"她真回去了?"

所长点头。

一块巨石落下。

所长接着说:"翟五毛,瞧你的面子多大呀,还让书记亲自来保释你。"

翟五毛再次感激地看着骆枫书记,泪水已模糊了双眼。

骆枫书记这次所以急于要将翟五毛保释回去,主要是镇上经过考验,发现周鹏为人高傲,办事武断,尤其在建高尔夫球场这件大事上,既不接受组织的意见,更听不进群众的呼声,我行我素,独断专行。镇里担心这样长此下去,不仅会把美人村的事情办坏,更会让周鹏逐渐走上歧途,于是想到了翟五毛。翟五毛现在虽然处在拘留期,但他在群众中口碑好,有威信,如果这时将他保释回去,或许对美人村的团结、稳定会起到一定的正面作用。于是,骆枫把镇里的想法同县局作了沟通,当即得到肖局长的支持。

翟五毛回来的这天,林岚正被戴镇长喊去谈话,说康老板正拿着特批文件在给市里县里施压,非得购买美人村那片土地建球场不可。现在唯一能够阻止的办法,就是让林岚去做周鹏的思想工作,坚持不卖土地。

林岚紧咬嘴唇,想了很长一段时间,才说:"镇长,周鹏主任那性格领导不是不清楚,他的工作我实在做不通。"就把上次劝说周鹏失败的经过如实做了汇报。

戴镇长说:"林岚同志,你放心好了,骆书记已到县里去保释五毛主任了,只要把他保释回来,你有什么困难就可以多与他商量,他一定会给你出些主意的。"

听说师兄被保释回来,林岚喜得心儿都快要蹦跳出来,待镇长交代完工作,她匆匆告别了镇长,乘公交车赶回新区,下车就直奔"楼王之所",上到三楼,叩响了师兄大门。

翟五毛虽被保释回来,但他自知是有"罪"在身,随时还得回拘留所接受询问,所以回到家,他哪儿也不去,凡是有人来看望,他都极少说话,再也不像往日那样滑头滑脑满嘴尽是笑话。

听到敲门声,翟五毛开了门,见是师妹,自然高兴,立即请林岚进客厅坐了,问:"听说你到镇里去了?"说着,就为林岚泡茶。

林岚接过茶水,见师兄消瘦得厉害,心里自是别有滋味,但表面仍不露痕迹,只把康老板拿到省里特批文件,正在给层层领导施压的事说了,最后焦急地问道:"镇里叫我回来做周鹏主任的工作,让他取消建球场的念头。师兄,你说怎样才能去说服周鹏主任呢?"

翟五毛正拿着抹布擦茶几,边擦边念叨:"快一个月不在家了,到处都是灰尘。"

林岚知道师兄是在回避,只得明说:"师兄,这么大的事,我真的没办法处理,听说你回来了,我的第一个想法,就是想请你为我拿个主意。"

翟五毛笑笑,擦了茶几擦桌肚……

"师兄,镇里、县里领导都盼你能为这事拿个主意哩。算我求你了,行吗?"林岚满眼噙泪,从未屈求于人的她破天荒地说了这句话。

翟五毛擦桌肚的手渐渐缓慢下来,深深叹了口气,想,是啊,这么大的事,县里镇里领导都无法扛得住,何况一个文弱女子呢。人以食为天,农民更是如此呀。土地是"食"的源头,是农民存活的根基,要是把土地卖去建球场,那农民依赖的"天"不就没了?存活的根基不也没了?既然都没了,一旦遇到天灾人祸,农民还如何存活下去呀?

翟五毛多么想把自己的想法说出来,与师妹、与村委、与全村村民,说说这个简单得不能再简单的道理,让大家一起站出来,为捍卫他们赖以生存的"天"的根基而据理力争。但他不能这样做。他知道,自己是一个刚被保释出来的"嫌疑犯",所长说得再清楚不过,他还要随时回拘留所接受提审。如果这时候跳出来与那特批文件对着干,那不仅于己不利,于村委班子团结不利,不仅保护不了"天"的根基,反而会促使"天"的根基加速丢失。

翟五毛见师妹还在闪着泪眼期待他的回答,经过反复考量,最后苦苦一笑,说:"林书记,这多日我一直不在村里,不仅对村里情况一无所知,对那建高尔夫球场一事,更是闻所未闻。这主意我实在想不出来呀。"

林岚潸然泪下,说:"师兄,我知道你有难处,但我也不是要你出面干涉这事,只是想请你支个招,让我这笨拙的头脑开窍开窍。"

翟五毛继续推脱道:"林书记,不是我不给你面子,别说我没招,就是有招,也不能支呀,你想,要是我支了招,一旦传出去,那对你,对村班子的团结,都是极端不利呀。"他不好点名周鹏不能接受。

心思绵密的林岚听出话音,久久看着师兄,最后只得微叹一声,说:"师兄真的不好支招,那我也只好尽力而为了。"

翟五毛心被刺痛,但处于困境的自己,也只能如此。他就把话题转到"投案自首"上,问:"林书记,你去县里投案了?"见对方点头,又说,"你是个极有头脑的人,怎么能干出这种傻事呢?"

林岚苦笑道:"我是想,美人村少了我林岚毫发无损;可你就不同了,你是本地人,对村里情况熟悉,而且凭你的智慧和能力,以及在村民中的威望,美人村需要你,美人村不能没有你,你不回来不行啊。"

翟五毛说:"林书记,你太天真了。瞧,你一卷进来,我俩都被列为怀疑对象了,这除了给美人村添乱,还能起什么作用呢?"

一句话说得林岚更是后悔,说:"师兄,还是怪我不够坚强,没能把这事一扛到底。"

翟五毛再三劝道:"林书记,从今以后,你不能再想那投放锦纹的事了,而要把全部精力放在怎么去说服周主任停止卖土地建球场这件大事上。"

林岚那蛾眉更是紧锁,愤愤说道:"周鹏那是小人得志,这些天为建高尔夫球场的事,他几乎是喜疯了,哪能听得进我的劝告。"

翟五毛说:"林书记,有句话我想提醒你。你是专职书记,是专门做人思想工作的,周主任那边,你要尽量多接近他,尤其是球场这件事,你一定得主动多找他谈,力争让他……"

林岚抢过话头说:"师兄,你不是不知道周鹏这人,我怎么没主动接触他,可自你走后,我每次去找他,他都是摆出一副高高在上的样子,我能同他谈到一块儿吗?"

翟五毛见师妹泪水涌出,心里难受,只好说:"林书记,你的难处,我当然清楚,但在这非常时期,你一定要坚强,要挺得住。记住师兄一句话,战胜了困难,也就提高了自己。"

林岚点头说:"师兄的话,我记住就是。"

第八十二章　冷眼

回家已五天了,翟五毛无论如何也得去看看义父。

白天去不得,白天路上眼睛多,自己是"有罪之人",如果被人看见,会给义父丢脸;晚上路上行人少,难得碰见人,省了麻烦。

他本想买两瓶酒带上,一想,觉得这次回来也不是什么光彩的事,拎那些反而尴尬。就回到卧室,打开迷彩包,拿出那条在县城买的精品黄山香烟。就在这时,他看到摆在香烟下面那两条大红裤衩。

他小眼睛闪动起来,心里也荡漾起来,又想到义妹对他的那份深情厚谊,于是挠挠头,笑了——这是自他被拘留后的第一次真心的笑。

"对,把这也带上,该好好谢谢义妹!"想着,翟五毛将两条大红裤衩拿出,连同香烟一并放进一只黑塑料袋里装了。

"要是拿香烟时,义父义母看见红裤衩,多尴尬?"

翟五毛想着,重新将大红裤衩拿出,放手中掂量几下,有了主意,三下两下,将红裤衩卷成一团,塞进裤口袋里,再用手在口袋外拍打几下,见一切平展顺溜,提了香烟锁上门,下楼,到新区超市为义母买了提子、山竹,这才骑着电动车,向西两百米,到了他那再熟悉不过的村部。

村委会这时已黑灯瞎火,无人上班,只有看门老人坐在门卫小房子里看电视。

离开这里已整整一个月了,再次看到这既熟悉又陌生的村委会,翟五毛自然是百感交集,就想到他初进村委会办交接那事,就想到他和他的同事们为改造美人山在这里的讨论和争论,就想到在这里做出的修建公路、平整农田、改建徽式庄园、开发景区、开发花场等等的重大决策……

他很想再进去看看他曾经办公的地方,去看看他开会的地方,还有那个老门卫……

但他没有这样做。

他知道自己现在不仅不是主任,而且还是个"有罪在身"的人,这时候进去了不仅不合适,更容易让人产生一些不必要的误解。

心不会顺从他的摆布,脚下的爱玛车还是明显地缓慢下来,只在路上"吱吱"地慢行,两只湿润的眼睛也久久侧向那再熟悉不过的地方,直到脖颈无法侧回为止。

义父一家人还没睡,楼上楼下灯火通明。

到了院门前,翟五毛下了车,将手伸进那不锈钢门的方孔,拉开门闩,推开半扇门,将车推进去停稳,带上香烟水果,又摸摸口袋中那两件宝物,见大门紧闭,于是轻轻叩了三下。

袁母正在厨房洗碗筷,听到声音,就问:"谁呀?这么晚了。"

翟五毛说:"妈,是我哩,五毛呀。"

袁母一边洗刷碗筷,一边喊:"豆蔻,五毛来了。"

袁豆蔻已洗过澡,正在盥洗间拿电吹风"呜呜"地吹着满头短发,听说五毛来了,一面继续吹发,一面装聋。直到老妈喊到第五遍时,她才没好气地回道:"我正吹头发哩。"

当五毛再次喊门时,袁豆蔻关了电吹风,低着头,双手托着脑后蓬乱的短发来开门。

大门开了,翟五毛见那形状,就问:"妹刚洗头?"

袁豆蔻淡淡抬了一下眼皮:"今天回来的?"

翟五毛说:"几天了。"就问,"老爸老妈呢?"

"在里面。"袁豆蔻说着,转身继续去盥洗间吹发。

翟五毛也不计较,将提子、山竹放在桌上,去了厨房,喊声:"妈,忙呀?"

义母不冷不热:"回来啦。"继续洗刷锅碗。

翟五毛"嗯"了一声,问:"妈,爸呢?"

义母说:"他能去哪?不就是整天'趴'在电视上。"

翟五毛"哦"了一声,去了义父卧室,果见义父坐在床前躺椅上看电视,就喊:"爸,看电视呀?"说着,将香烟放到桌上。

电视里正播放《三国演义》凤仪亭那段,袁世通早被貂蝉、董卓那缠绵的场景撩得热血沸腾,明知义子来了,也无心顾及,直到翟五毛再次喊他,他才微微转过身,冷冷地问了一句:"今天回来的?"

翟五毛愧疚地说:"四五天了。"

袁世通开始埋怨:"这叫我怎么说你呢?不就是一块地皮吗?何况人家还要拿钱来买,你怎么就那么傻,给人家茶里放锦纹,这不是知法犯法吗?……真不知道你这个主任是怎么当的哟。"

翟五毛不想争辩,只是低头不语。

袁世通见翟五毛站着不声响,也觉得过意不去,关了电视,说:"到堂前坐。"就领头到了客厅,喊:"豆蔻,给你五毛哥泡杯茶。"

"我头发还没干呢。"就听盥洗间电吹风还在"呜呜"地响着。

过了一会儿,袁豆蔻吹干了头发,带着满身的香水味儿来到客厅,去饮水机旁冲了一杯白开水,重重放在翟五毛面前,转身上楼去了。

翟五毛正感到沮丧,无意间碰到腰间那个宝物,重新燃起那股感激之情,于是急切切地说:"爸,我先找妹说件事哦。"

"你去,你去。"不等五毛上楼,袁世通也急切切回到卧室,拿起遥控器说,"哎呀,凤仪亭那段快放完了吧。"

第八十二章 冷眼

第八十三章　扔到楼下的红裤衩

　　上了楼,袁豆蔻什么也不做,只"哗"地拖出桌前那把不锈钢天蓝色圈椅,坐上,摇摆一下刚吹过的短发,很想使自己冷静下来,但已无法做到,一会儿想着绿草如茵的高尔夫球场上那个苗苗条条活活泼泼为"高雅人士"捡球递球的球童,一会儿看见翟五毛正瞪着一双吓人的眼睛斥责她不该去高尔夫球场……
　　"我都二十七了,也不是小孩,当什么球童?"当第一次听说"球童"这个词儿,她蒙了,直到弄明白"球童"不是"玩球的儿童",而是专为"高雅人士"捡球、递球的服务生,并且每月还能拿到近万元工资时,她乐了,乐得像个调皮的孩子,一下蹦到周鹏面前,双手紧紧吊住他的脖颈,撒娇道:"我要当球童,我要当球童!"周鹏推开她,微皱眉头说:"你各方面都符合条件,只是胖了点。"袁豆蔻这回听懂了,那是嫌她不美。于是下定决心,每晚不吃饭,只稍稍喝点清汤,吃些蔬菜水果。吃过就冲澡,冲完澡就用电吹风吹头发,边吹边用手拉拽,希望一夜间就将那齐耳短发拉拽成一袭飘洒到屁股沟下的"黑瀑布"。吹干头发再回到楼上,趴在床上做一百个俯卧撑(天啦,那也能叫俯卧撑吗?充其量是只想撑起来的病蛤蟆!)。再就拿起借来的小学第一册英语课本,生硬地读着那二十六个字母……
　　得到五毛被保释回来的消息,她的第一预感就是她的球童梦破灭了!
　　她知道,五毛和林岚是一个鼻孔出气,林岚反对建球场,五毛一定也是,也就是说,翟五毛回来之日,就是她球童梦的破灭之时!
　　她能不烦吗?她能静下心不去想吗?
　　"咚咚。"
　　她不动。
　　"咚咚。"
　　"咚咚咚。"

她又摇了摇刚吹过的头发,还是不动。

"妹,开门呀,哥送个好东西给你看!"和往日一样,声音不大,但充满着调皮,也很哄人。

袁豆蔻这次却听得刺耳。

"妹,开门呀,哥真有话要跟你说!"门外认真起来。

直到喊了六七遍,袁豆蔻才极不情愿地拉开锁闩。

翟五毛进来,见义妹面无表情地坐回到不锈钢圈椅上,就满脸抱歉地说:"妹,哥知道这次让你受了委屈。"说着,拖过另一把圈椅坐了,"妹你应该相信,你五毛哥很快就会被释放的,不会吃'八大两'。"

袁豆蔻不听,"腾"地站起,以手拍着圈椅扶手喝问道:"翟五毛,那我问你,林岚主动承认投毒是她干的,你为什么还要一口咬定说那锦纹茶是你放的?你这不是自己找死吗?还说不会吃'八大两'?翟五毛,我说得没错吧?啊,啊?你说呀,说呀。"

连珠炮般的责问,一时使大脑活泛口舌灵巧的翟五毛不得不语塞起来,小眼睛眨动了好久,才结结巴巴说道:"妹,你听哥说,你听哥说。"

袁豆蔻边划着手,边吼道:"谁是你妹?谁是我哥?想得美。"

翟五毛不生气,他以为是自己这次被拘留给义妹带来了痛苦,于是将圈椅挪到近前,轻轻拉动一下袁豆蔻的衣袖,小心赔礼道:"妹,哥这次被拘留,确实给你丢尽了脸面。可哥……"

袁豆蔻"啪"地打了一下那只伸过来的手,恶狠狠地说道:"翟五毛,我不稀罕你的讨好卖乖,你还是去保护你的林书记,保护你的林师妹,从今以后,你别到我这里来,别到我这里来!"说着,就站起,拉着翟万毛往门外推搡。

翟五毛这才听明白,连忙解释道:"妹,妹,不是我要保护林书记,而事实情况就是那样。你想,林书记她也不是本地人,她怎么会知道锦纹吃了会拉肚子呢?再说,就是知道,她一时也弄不来呀。……妹,妹,你想,这么大的事,别说是我,就是任何一个当事人,也要为林书记说句公道话呀!"

袁豆蔻从鼻孔中重重地"吭"了一声,说:"我知道,你是宁愿自己坐牢,也不忍心看着你的林书记、你的林师妹去吃'八大两',你心疼她,她心疼你,你们两个早就心有灵犀,心心相印,哪还有我这个义妹,我这个袁豆蔻呀。"说着,扑到床上大哭起来。

翟五毛慌了,赶忙来到床边,弯下腰,轻轻拍打着袁豆蔻那不停抽搐的身体,劝道:"妹,妹,我两自小一起长大,哥是个什么样的人,你还不知道吗?哥不让林书记去承担责任,那纯是从做人的起码道德上考量,是从做人的良心上去考量,哥真没有你想象的那样坏。"

袁豆蔻突然翻身爬起,怒目圆睁,问道:"你还讲道德?还讲良心?"

翟五毛说:"妹,讲道德,讲良心,这是做人的起码要求,哥怎会忘掉呢?"

听到这里,袁豆蔻把一双厚实的手伸到翟五毛面前,一字一句逼问道:"好哇,你不是很讲道德吗?你不是很讲良心吗?那就把你的'道德'、你的'良心',拿出来给我看看。我袁豆蔻也是个通情达理的人,只要你真的把'道德''良心'拿出来,我一定会原谅你,拿呀,拿呀!"那手在一寸一寸向翟五毛面前逼来。

这"道德""良心"能看得见、摸得着吗?能拿得出来吗?

翟五毛无言了,两只可怜的小眼睛在那威逼下不停地闪动,瘦小的身躯更是随着那手掌的步步逼近而一退再退……

"拿呀,拿呀!"手掌逼迫得更是凶狠。

翟五毛眼看就要被逼到墙角了,就在这时,口袋中那物触动了他那冰凉的手心。

他突然想起,惊喜道:"妹,别急,别急,哥还真能把'道德'和'良心'拿给你看哩。不信,哥拿给你看,哥拿给你看。"

说着,翟五毛将右手伸到裤口袋边,可能是慌乱的原因,那手怎么也摸不着袋口,就让左手过来帮忙,这才一手拉着袋口,一手伸进去,掏呀掏呀,终于将那宝物掏出来,趁势一抖,顿见两团火焰地闪耀起来。

"妹,你看你看,这就是哥的'道德',这就是哥的'良心'。"翟五毛不停地抖动那两团"火焰"。

袁豆蔻不看则已,一看顿时疯狂起来,一边夺那两条大红裤衩,一边吼道:"好呀,好呀,这就是你的'道德'?这就是你的'良心'?给我,给我,给我。"

翟五毛被义妹的突然行动吓蒙了,一边护住两条大红裤衩,一边说:"妹,妹,哥知道这是你的一片心意,哥知道这是你的……"

袁豆蔻哪里听得进去,"啪啪"两下,早将那大红裤衩打落在地。

翟五毛急忙捡起,继续说道:"妹,你知道吗?当得知你又为我买来这两条大红裤衩时,哥是多么感……"

"谁给你买的？谁给你买的？"袁豆蔻几乎是疯狂到了极点,她再次扑过来抢夺那两条大红裤衩。

翟五毛边极力保护,边说:"妹,哥知道你这是气话,这是气话。妹,你知道吗？尽管那些天,哥被旧裤衩硌得痛苦,但想到你曾说过,我俩结婚那天一定要穿着崭新的大红衣裳时,我又忍着痛苦,把这两条大红裤衩留下来……"

袁豆蔻就想到林岚那天在城里买衣的事,更觉得这大红裤衩已不再是两条大红裤衩,而是两条正张着血盆大口要将她袁豆蔻一口吞噬下去的剧毒赤练蛇!

疯狂的袁豆蔻反击了,她左手紧紧揪住翟五毛衣领,右手指着翟五毛的鼻尖,吼骂道:"好哇,好哇,'道德'？'良心'？你这是不打自招啊！难怪自从你当了村主任,我的话,我老爸的话,你翟五毛根本就听不进去,原来你心里早就有人了,早就有你那林书记,你那林师妹了,这就是你的'良心'吗？这就是你的'道德'吗？啊？啊？说呀！说呀！"一边就猛夺那两条大红裤衩。

翟五毛彻底蒙了,边保护裤衩边问:"妹,你这是什么意思,你这是什么意思？"

袁豆蔻再也听不下去了,骂道:"红裤衩是我亲眼看见林岚那婊子买的,你还拿到我这里来表功,表功,你这个蠢货！蠢货！"

骂着,袁豆蔻趁机夺过大红裤衩,拉开窗门,用尽全身力气,重重往外一扔——就见那两条大红裤衩如两只红蝴蝶,一前一后从窗口向楼下飞落去……

第八十三章　扔到楼下的红裤衩

第八十四章　林岚调兵

　　林岚记住师兄的话,想找村委出些主意。人多主意多嘛。为防周鹏生疑,她只得分头上门。

　　她把闻萱喊了,顺便问些与武喆的情况,听说"还算过得去",她心里沉了一下,不好深说,还是把话题转到制止建球场的事上。闻萱想到康老板要强占花场的事,更是气愤,说:"这农田就是荒着,也不能卖给那姓康的建球场,太气人了!"

　　说着,两人到了民兵营长卫青山家。

　　正是吃晚饭时间。妻子大华忙着端饭端菜,卫青山和十岁的儿子却稳当当坐在桌旁等候,见林岚、闻萱来了,问道:"你俩还没吃吧?"就指使妻子,"大华,林书记她俩也在这吃。"

　　林岚、闻萱忙说吃过。

　　青山这才捧起饭碗,说:"那我先吃了。"

　　林岚见青山埋头吃饭,借机把卖土地建球场的事说过,问:"卫营长能不能想出个制止的办法?"

　　满口饭菜的青山边嚼边支吾道:"这事我是想过,可就是想不出好办法。林书记,你有办法了?"

　　林岚想:我有办法还来找你? 知他头脑梗,又去了陆俊家。

　　陆俊正在忙着端饭菜,见了林岚、闻萱,同样说着客气话。

　　这时陆俊的妻子小梅拉着儿子从房间看电视出来,连忙拉两人吃饭。

　　林岚说:"嫂子,我们真的吃过了。你们吃,我找陆会计有点事。"

　　小梅拖出两把小竹椅,让林岚、闻萱坐了,这才吆喝道:"陆俊,还不快给林书记和闻导游泡茶!"

　　陆俊应诺着正要起身,林岚拉住,说:"陆会计,你们吃饭。我们随便聊聊。"

小梅忙说:"林书记有事,我坐这里不方便吧?"说着,端碗要走。

林岚急忙止住她:"没事,你在这正好哩。"就把想不出办法制止建球场的事又说了一遍。

陆俊想了一下,说:"五毛主任不是闲在家里吗?你们去找他,保证他能想出办法。"

林岚知道陆会计是有意回避,说:"他那里我去过,可他现在是两耳不闻窗外事,什么主意也不愿拿啊。"

陆俊叹道:"是啊,他有他的难处哩。"

小梅急了,用筷子"当当"地敲着男人的饭碗说:"唉,五毛兄弟不能想办法,你啊不能帮着想想?一天到晚就顾吃饭啦?"停了一会儿又说,"你这些天不是常在家里念叨,说那土地不能卖去建球场吗,今天怎么哑巴啦?"

锣鼓听音。林岚已听出为阻止建球场这事,陆会计没少动过脑筋,于是说道:"陆会计,我们在会上都说过,土地是农民生存的根基,如果这次把土地卖了,就等于毁了村民生存的根基,在这关键时刻,五毛主任不能拿主意,我们这些村委再不想想办法,一旦真的把土地卖了,我们就对不起美人村三千多父老啊!"

小梅明白了道理,更是拿筷子点着丈夫的脑壳,生气道:"树叶掉下来真能把你的脑壳砸碎啦?你前些天不是说,只要把那个人请回来,就保证能阻止周主任出卖土地吗?你今天咋不说啦?"

林岚一惊,问:"嫂子说的那人是谁?"

小梅继续用筷子点着丈夫:"说呀,说呀,谁给你嘴巴贴封条啦!"

陆俊端着饭碗侧过身,问:"林书记,你和闻导游还记得那次同学会上五毛主任提到的一个人吗?"

林岚想了想,记起:"你是说高总的男朋友?"

闻萱也想起,惊乍乍地说:"贺宝?"

陆俊点头。

林岚问:"他在外地经商,怎能阻止这里出卖土地呢?"

小梅见饭已吃罢,又冲丈夫叫道:"呆货,还不给林书记她们泡茶。"说着,自己麻利地收捡碗筷。

陆俊泡了茶水,让林岚、闻萱坐到桌前,说:"林书记还记得龙小艺那次提到的'艺术农业'吗?"

第八十四章 林岚调兵

323

林岚再次点头说:"记得。"

陆俊说:"要是这时候把贺宝请回来,让他把全村农田承包过来开发'艺术农业'……"

不等陆俊说完,闻萱急了,说:"周鹏是铁了心要建球场,他怎么会让贺宝搞'艺术农业'呢?"

陆俊说:"不!这事我反复想过,周鹏所以要一心建球场,不就是想搞个大项目,制造轰动效应吗?我们可以明确告诉周主任,现在国家非常重视农业,只要把贺宝请回来开发'艺术农业',一旦成功,在全省乃至全国,都会产生巨大的轰动效应,那绝对比建一个高尔夫球场的影响要大得多,只要这么一说,周主任一定能动心。"

闻萱听出了头绪,击掌道:"哎呀,这主意好!这是好主意!"

林岚听着听着,眉头又皱起,问:"陆会计,五毛主任几次请贺宝,贺宝都不愿回来,我们能请得动他吗?"

小梅洗完碗筷出来,说:"这有办法,贺宝的老婆高妖妖不是在我们……"

陆俊连忙打断说:"你说话怎么这么难听呢,人家是高总高经理。"

小梅解着腰间围裙,笑道:"什么高总高经理?不就是靠着那妖,才妖出了几个钱,林书记,没错,找她保证行。"

林岚说:"上次她不是不愿让贺宝回来吗?"

陆俊说:"这次行。"

林岚问:"为什么?"

陆俊说:"景区不是有个最大的工程——'人间天堂'在待建吗?"

林岚、闻萱点头。

陆俊说:"高总这段时间正在找秦总揽那工程。只要请秦总出面,高总一定会答应让贺宝回来。"

林岚觉得这主意确实很好,立即打电话给秦川,详细说了情况。秦川满口答应说:"好,我马上给高总打电话,要她明确表态。"

四十分钟不到,电话回过来,不仅高丽娜同意,就连贺宝也一口应承,同意立即回家乡开发"艺术农业"!

在场的人更是信心大增。

办事缜密的林岚又想起一事,说:"我得在贺宝回来之前,先同周主任沟通一下,把开发'艺术农业'和办球场的利弊和他说清楚。要制止出卖土地,必须先让他改变想法!"

闻萱说:"对,是该先给周鹏一个思想准备。"

陆俊提醒道:"林书记,你找周主任,还必须带一个人——"

林岚稍一思索,微笑道:"你是说龙小艺?"

第八十四章　林岚调兵

第八十五章　鲍一虎再出阴招

送走林岚和龙小艺，周鹏又想着刚才两位谈到的"艺术农业"，急忙回到桌边，打开电脑，在百度搜索栏中敲了"什么是艺术农业"一行字，上面立即显示出来，粗略一看，才知那玩意儿目前确实是世界上最前卫的农业，心中一阵狂喜。

"建高尔夫球场，虽是个'大项目'，但反对的人太多，村民，村委，尤其是林岚，还有那个刚刚回来的翟五毛——虽然翟五毛表面沉默不语，好像对村里的一切都不闻不问，其实他骨子里一定是竭力反对出卖土地建球场的。如果真的让贺宝把美人村的农田办成了'艺术农业'，不仅像林岚说的那样，村民的愤怒会迎刃而解，更会像龙小艺所说的，这种'艺术农业'一旦实验成功，在全省乃至全国一定会产生'轰动效应'！如果真在全国产生了轰动效应，那不比建高尔夫球场更有影响力，更有震撼力？一旦有了影响力、震撼力，还愁美人村不出名？只要美人村出了名，我周鹏还不是水涨船高，也跟着同样出了名。"

周鹏想着，已激动得浑身燥热，索性走到窗口，任由凉风吹拂！

这时，他又想到那个已拿到省里特批文件的康老板。"如果这时突然要放弃高尔夫球场而去搞'艺术农业'，康老板会同意吗？如果不同意，那又怎么办？"

周鹏最后还是拨了康尔夫的手机号。

果然，他刚说了个开头，对方就破口大骂："你周鹏主任怎么能这样出尔反尔、反复无常呢？我叫你先回村稳住村民的情绪，你却朝三暮四，要把我高尔夫球场换掉，做事能有你这种做法吗？啊？他们说的那个'艺术农业'，只不过是异想天开，能成功吗？我老实告诉你，我康尔夫这一生中，凡是想办的事，还没有办不成的，再告诉你，市里县里的事，我已全部搞定，过几天我就带着省里的特批文件来你们美人村，你等着跟我签合同好了。"

周鹏连人带手机"哗啦"一下掉进了冰窟窿。

思前想后,周鹏意识到这是林岚给他设了一个大大的圈套。一气之下,他想立即去隔壁办公室找林岚,把那个"艺术农业"给回绝掉。转念一想,觉得这一过去,定会与林岚争执起来,只要一争执,那些村委势必会帮林岚讲话,这就对自己更加不利了,于是,决定另选时间再找林岚。

晚上,翟五毛站在卧室,木然看着床上那对"红蝴蝶"发呆。

"管教明明说这红裤衩是我义妹送的,怎么变成是林岚买的呢?"他挠着后脑勺想,"林岚为什么要给我买裤衩?而且还是红色?难道她……那怎么会呢?谁都知道她是个不婚主义者呀!"

正想着,林岚敲门进来,第一眼看到床上那大红裤衩,先是一怔,随即装着什么也没看见,只高兴地说道:"师兄,我有好消息告诉你。"

自那天林岚噙泪走后,一直没见师妹露过笑脸,这次听说有好消息,尤其是见她说话时的满面春光,翟五毛很是惊喜,但表面仍是冷冷地问道:"什么好消息?"

林岚抿嘴着一笑,说:"对阻止建高尔夫球场的事,我们已找到了绝妙的办法。"

翟五毛内心震动,但表面还是淡淡地"哦"了一声。

林岚就把贺宝已同意回乡承包农田,以及周鹏已同意将建高尔夫球场换成开发"艺术农业"的事详细说了。

翟五毛虽是频频点头,但还是一言不发。

他知道,贺宝如果真能回来开发"艺术农业",那确实是个绝妙的高招。想到这,翟五毛深为师妹林岚临危不乱的组织能力而感到高兴。"骆书记这人才是选对了!"辗转一想,又不得不怀疑:"凭周主任那性格,他真的就会放弃建球场而转为一心搞'艺术农业'吗?要是中途他又变卦怎么办?"见师妹还是那副极其乐观的样子,他不敢再沉默了,只得微微提醒了一句:"林书记,周主任真的能放弃建高尔夫球场吗?"

林岚笑道:"周主任所以要建高尔夫球场,他真正的目的不就是想办成一件具有轰动效应的大事吗?所以我们这次找他谈话时,反复比较了开发'艺术农业'和建高尔夫球场的利弊,办'艺术农业'产生的'轰动效应'会更大,影响会更广。周鹏是聪明绝顶的人,哪个项目对他更有利,他能不明白吗?"

翟五毛尽管仍然放心不下,但见师妹如此高兴,只得再提醒一句:"林书记,既然这一招好,那你们一定得趁热打铁,进一步做好周主任的工作;并要贺宝尽快赶回来,只要贺宝能赶在康老板之前,与村里把承包农田的合同签了,康老板即使带着特批文件过来,也晚了。"

"还是师兄考虑得周到。"林岚说着,眼睛再次向卧室床上那对大红裤衩瞟了一眼。

翟五毛发现,连忙找话搪塞:"林书记,周主任这人有缺点,但也很有优点,比方说,他上任不久,就想到要为村里办些大事,而且很快就找到了大项目,这说明他很有经济头脑,社交能力更比你我都强,只要今后工作中,你们多多……"

这时,急于回绝"艺术农业"项目的周鹏正赶到"楼王之所"楼下,当看到四楼黑灯瞎火,而三楼翟五毛家却是灯火辉煌时,他疑神疑鬼地侧耳细听,果真就听出那室内正是他再熟悉不过的声音,他的醋意顿时涌起,"嗵嗵嗵"一阵小跑,上到三楼,就见翟五毛大门虚掩,林岚与翟五毛正分坐在韩式餐桌两端谈得火热,他顿时妒火中烧,一头蹿进,冷笑道:"这夜深人静的时刻,你两人谈得好开心呀。"

不等翟五毛喊坐,林岚已站起,问道:"我和翟主任正为你办事有主见而佩服,你怎么这样出口伤人呢?"

周鹏自知刚才一气之下出言唐突,只得收敛火气,说:"我正四处找你,也没别的意思。"

翟五毛见周鹏比前些日子消瘦多了,心生一丝怜悯,急忙将椅子拖到周鹏面前,说:"周主任,有事正好当面说,先坐,我去泡茶。"

周鹏将椅子挪开,咕哝道:"我是来告诉林书记,康总后天就来签订合同了,我们谈的那个'艺术农业'只能放弃了。"

不等林岚接话,周鹏已转身离去。

第二天,周鹏吃过晚饭,心里烦躁,打开电脑,正想看点什么,鲍一虎进来。

"周主任,还没休息?"

自那天在袁世通家喝酒,周鹏已看出鲍一虎这人虽是心术不正,但头脑好使,日后还有用得着他的地方。于是指着沙发让他坐下,问:"鲍主任晚上过来,莫非有事?"

鲍一虎挪动一下屁股,挤出笑容说:"听说周主任这些天遇到不少麻烦事,我们都担心您的身体,所以来看看。"

周鹏翘起嘴角,说声:"谢谢。"

鲍一虎两手按住膝盖,将身体倾向周鹏,显得愤愤不平:"现在的人心坏呀,你周主任一心为民办实事,好不容易引进个球场项目,可他们呢?不仅不理解,更是处处和你过不去。这能不气人吗?"

这些天一直觉得孤军奋战的周鹏,听了鲍一虎的话,心中感激,但为不显露自己无法处置这些难题,仍然淡然一笑,说:"要办大事,哪有不遇到困难呢?"

鲍一虎见风使舵,更是恭维道:"周主任真是办大事的人,泰山压顶不弯腰啊。"

周鹏更为感动,急忙起身为鲍一虎泡了茶,递到他面前,说:"有谁能像你鲍主任这样理解我呢。"

鲍一虎双手接过茶杯,久久盯着对方,问道:"听说林书记把那个贺宝请回来承包农田,还要办什么'艺术农业',主任,有这回事吗?"

周鹏点头,皱眉不语。

鲍一虎看出周鹏有苦难言,更是将身体向周鹏这边靠拢,小声说道:"周主任,不是我姓鲍的爱管闲事,我想你已经看出来了,林书记和那个翟五毛的关系非同一般呀,这次村里不同意建球场,表面看是林书记的意见,其实在幕后操纵的还是他翟五毛,如果这样下去,那康老板来了,我真担心你周主任……"

这正是周鹏的担忧所在。但他表面仍装着镇定,问:"他俩联合起来又能怎样?何况那姓翟的现在还是个被保释的'嫌疑犯'哩。"

鲍一虎连连摇头说:"周主任,你千万不能小看那姓翟的的能量,他是本地人,人缘关系又极好,而且点子多,他虽不露面,但背后干些什么,你不能不防啊。"

周鹏眉宇间拧成的疙瘩隆起。

他想到林岚推荐的"艺术农业",想到那晚林岚在翟五毛家的谈话,想到康老板就要来签订合同……想着想着,他不得不问:"鲍主任,你是村里老领导了,你看这下一步该怎么办比较好呢?"

一直在窥探对方内心活动的鲍一虎,见周鹏终于向他求援了,于是说道:"周主任,恕我说句不该说的话,现在最可怕的不是翟五毛,而是那个林书记。"

周鹏问:"怎么是她呢?你刚才不是说,最可怕的是那个姓翟的吗?"

"不,我刚才只说了一半。"鲍一虎说,"翟五毛虽在幕后操纵,但他现在终究只敢在幕后。而林书记却不同,她可以将翟五毛的主张在幕前四处传说,因为她的漂亮,她的温柔,她的人缘,相信她的人绝不会少于那个姓翟的。何况他们还有个手机群,只要有解决不了的重大事情,那姓林的都发到群里,号召村民出来讲话。周主任,这些,你远不及林书记呀。"

这话刺激太大,周鹏急忙问:"鲍主任,那依你的看法,我该怎么办?"

鲍一虎猴眼眨动,阴笑而不答。

周鹏更急,伸手摇动对方臂膀,叫道:"鲍主任,你说呀,这都是为了村里的发展嘛!"

鲍一虎见对方心情急切,假装皱起眉头,说:"周主任,只怕我这话说出来,你会怨恨我一辈子的。"

周鹏再次摇动对方:"老主任,您都是为我周鹏好,我怎么会怨恨您一辈子呢!"

鲍一虎这才将那尖嘴伸到周鹏耳边说:"你要想在美人村一呼百应,或者说让那些村民不得不听从你的,现在唯一的办法就是连林书记的权力也给拿掉。"

周鹏那瞪大的双眼足足停滞了半分多钟,问道:"老主任,她是专职副书记,我一个主任怎么能拿掉她呀?"

鲍一虎见事已成熟,神秘地笑道:"你不是有个来头很大的康老板吗?"

周鹏一听,顿时领悟。

第八十六章　危机四起

贺宝动作迅速,很快就将温州那边的工作辞了,回家乡来承包土地,开发艺术农业。

林岚得到消息,想到那晚周鹏已明确回绝了开发"艺术农业"的事,她紧张了:"康老板带着特批文件要来签合同,贺宝这边又……"情急之下,林岚与青山、陆俊一番商量,决定再找周鹏作最后一次努力。

这天一上班,她就来到周鹏办公室,见周鹏正坐在办公桌前看着茶杯发愣,就在门上轻轻敲了三下。

周鹏头也不抬,说:"进来。"

林岚见周鹏如此冷淡,也不计较,就把贺宝要回来承包农田开发"艺术农业"的事说了。

周鹏头一昂,皱眉说道:"那晚我不是告诉过你,康老板就要来了,现在再谈那'艺术农业'还有意义吗?"

林岚见周鹏把话说死,也不惊讶,只是冷冷地看了对方一眼,想做最后一次努力:"周主任,既然康老板和贺总都要来签合同,是不是这样,我们把建球场和办'艺术农业'两件事都发到群里,听听村民的意见,如果过半村民同意建球场,我们就建球场;如果……"

周鹏抬头看着林岚,用指头不停顿地点击着桌面,说:"现在已不是村民想办不想办的事,而是一切都由特批文件说了算数。你把这事捅到群里,那不是自惹麻烦吗?林书记,对不起,我还有事,你走时,把我办公室门关上就行了。"说着,拿了桌上提包,出门走了。

林岚正为周鹏的狂妄生气,高丽娜打电话过来,说贺宝已到家了,叫她马上过去。

林岚刚答应,武喆匆匆赶来。

"林书记,麻烦事来了,单小六子和一班村民都要把我花场的土地要回去种庄稼了,水塘也不给花场用水,连我架在水塘边的水泵都被他们搬走了。"

林岚一惊,问:"那些水塘和农田不是都作价入股花场了吗?怎么又要搞回去了?"

武喆说:"单小六子他们说,现在这片土地,一时要建花场,一时要建球场,村里这样反反复复,让他们实在不放心,所以索性什么股份也不参加了,还是走老路,各种各家的田,说那样放心。林书记,你快去做做工作吧。"

林岚问:"周主任刚下去,你没找他?"

武喆说:"他说他有急事,叫我来找你。"

林岚觉得问题严重,就给高丽娜回了电话,说花场遇到急事,等处理完花场的事再去新区。说罢,随武喆去了花场,可花场的矛盾还没解决,刁三骑着摩托从山上赶来,远远就喊:"林书记,你快去山上,快去山上。"

林岚见他慌慌张张模样,知道出了大事,急问:"山上怎么啦?"

刁三喘着粗气说:"雷大宝和秦总打起来了。"

"啊?秦总怎么会打架呢?"林岚更是摸不着头脑。

刁三不断向林岚摆头:"林书记,快走吧,快走吧,不然要出人命的。"

林岚知道情况紧急,只得对武喆说:"我先去山上,回头再找单小六他们。"

武喆听说秦川与人打架,心里一拧,也顾不了花场了,就对林岚说:"那、那我也去。"

说着,三人下楼,林岚坐上武喆的奥迪,刁三骑车,五分钟就到了美人山下,将车停进景区车棚,一路奔跑,到了金丝楠木林,果见雷大宝与秦川正在拉扯,吸引众多游客围在一旁观看。

武喆担心秦川吃亏,冲上去右臂一挥,拨开雷大宝,将秦川拉到一旁,问:"没伤着吧?"

林岚走上前问:"怎么回事?"

秦川虽是女强人,但论力气终究不是雷大宝的对手,一番拉扯,早已是气喘吁吁,对林岚说:"林书记,你看这人是不是太不讲理?楠木林早已入了股,他现在又来向游客收费。"

游客也嚷:"是呀,景区明明说进楠木林不收费,他为什么非要另收我们游客的钱?"

雷大宝不服,瞪着眼珠指着楠木林说:"这是我承包的山,你们进来观赏,我为什么不能收费?"边说边向刚说话的游客扑去。

林岚眼快手疾,右臂轻轻一挡,将雷大宝挡住,问道:"这山不是入股了吗?"

雷大宝僵着脖颈说:"现在不入了,我要单干。"

林岚说:"这是村民大会通过的,又都签过合同,你怎么能出尔反尔,说不入股就不入股呢?"

雷大宝更是吼叫:"什么狗屁合同?村里都乱成这样了,这景区还有前途吗?既然没有前途,我为什么还要拼着和你们死在一块?"

这时卫青山跑来,将林岚拉到一旁,低声说:"林书记,镇里骆书记来了,喊你马上回去。"

林岚说:"我正有事,你先回去,就说我把这些事处理完就来。"

卫青山说:"不行,骆书记说,天塌下来你都别管,一定得马上回去。"

林岚想,既然骆书记这样说了,他那里一定是遇到了什么急事。于是对武喆、刁三说:"你俩要保护好秦总。我有急事,先回村里。"转身又对雷大宝说,"这签了合同的事,你一定不能乱来,即使个人有想法,也得按程序来办!"

林岚交代完,跟随卫青山匆匆下山……

第八十七章　林岚免职

镇党委书记骆枫和组织委员杨政在办公室等候。

周鹏鞍前马后泡茶倒水,一边问茶水是烫了还是凉了,一边用抹布揩着桌上的水渍。

组织委员杨政已从窗口看见林岚和卫青山骑车飞奔过来,就对骆枫书记说:"来了。"

骆枫向窗外看了一眼,对周鹏说:"周主任,你先回避一下。"

周鹏明白过来,又给书记、组委的茶杯加满水,转身出了办公室。

骆枫叮嘱道:"别走远,等会还要找你。"

周鹏说:"我就在隔壁。"

林岚下了车,匆匆上楼,见骆书记和杨委坐在长条靠背椅上,倍感亲切,笑着招呼道:"骆书记、杨委,你们来啦?"

杨政直起身体,说:"等你好久了。"

林岚歉意一笑,说:"我正准备过两天去找领导,可这些天村里的事情太多……"

骆枫书记拿起茶杯,坐到办公桌前,又对杨政说:"你也坐过来,那边让林岚同志坐。"

杨政也提了包,拖把椅子,坐到办公桌侧面。

林岚坐到长条椅上,就感觉气氛有点怪怪的,于是收起笑容,用那凤眼看着两人,空气仿佛凝固了一般。

"林岚同志,"骆枫书记终于说话了,可能是想舒缓一下眼前凝固般的气氛,他有意推动了一下桌上的茶杯,"我们这次谈话,你必须以向组织负责的态度来如实回答我。"

林岚头脑"嗡"的一声,知道骆书记这次找她谈话非同一般,也十分严肃地回答:"我懂。"

杨政早就摊开记录簿,拿了钢笔,准备记录。

骆枫问:"林岚同志,你说那次在茶里投放锦纹的事是你干的,那是真的吗?"

林岚说:"真的。"

骆枫问:"你说是真的,翟五毛同志也说是真的? 可在茶里投放锦纹的事,总有第一个想起的,你俩究竟是谁最先想起的?"

林岚将额前几根散发牵到耳根后,说:"是我第一个想起的,也是我叫翟主任放进纪主任茶杯的。"

杨政停住笔,侧过脸看骆书记。

一向温和的骆枫停了一会儿,又极其严肃地问:"林岚同志,我最后问你一次,情况真是像你刚才所说的那样吗?"

林岚坚定地答道:"骆书记,我已说过多次了,有假拿我是问。"

骆枫不再追问,喃喃地对杨政说:"那就宣布吧。"

林岚以为是宣布拘捕令,先是有些紧张,很快就平静下来,觉得只要将她拘捕,那就证明投放锦纹的罪责全由她一人承担,师兄就不存在保释的事,而完全可以被释放,甚至很快就能官复原职了。"只要师兄官复原职,村里这种混乱局面就有望很快得到解决。"林岚想着,两眼满噙着欣慰与感激的泪花。

这时杨政从皮包中拿出一份盖有红色印章的公文,宣读道:

"根据县公安部门的意见,鉴于林岚同志再三坚持×月×日在县领导茶里投放锦纹一事是她主动所为,经镇党委会议研究决定,在本案未查清之前,暂停林岚同志任美人村党支部专职副书记一职……"

"不是拘留?"林岚很快反应过来,"这就意味着投放锦纹一案还是悬而未决,师兄还是不能被释放,更不可能官复原职。他不能官复原职,就意味着景区、花场那些村民的纠纷以及高尔夫球场,一时还无法解决。"

"林岚同志,你还有什么想法吗?"骆枫书记问着,眼内噙满无限的惋惜与不舍。

林岚苦涩一笑,说:"骆书记,我完全接受组织的处理。不过有两件事,我要当领导面说清楚。"

骆枫点头:"你说。"

林岚说:"自从美人村建高尔夫球场的消息传出后,村民都担心今后会失去土地,所以他们纷纷想要回自己的承包山、承包田去单干,去独自创收。这种趋势如不及时制止,不仅会严重影响景区和花场两个转型产业的开发,更是美人村的一次大倒退,后果不堪设想。我现在虽然不是村班子的人了,但作为一个村民,我还是坚持:美人村的土地不能卖,那个球场更不能建。五毛主任说得对,美人村今后发展的拳头产业就是旅游和'艺术农业',不能让只为少数'高雅人士'服务的球场来冲击我们这里得天独厚的旅游业,那会严重影响全村村民致富奔小康的切身利益。"

骆枫问:"还有吗?"

林岚说:"有。"

"说。"

"在县领导茶里投放锦纹,我是主谋,责任全在我一人身上,现在既已处分了我,那就该恢复五毛同志的职务。因为现在村里这一片混乱的局面,非得他出来收拾不可。"

杨政又看了看骆枫书记。

骆枫沉默良久,还是摇了摇头。

林岚已知骆书记不同意她最后的建议,于是再次恳求:"骆书记,可以说,免了我林岚副书记的职务,对美人村的发展丝毫没有影响,可美人村却不能没有五毛主任啊,骆书记,杨委,我林岚以一个共产党员的使命感再次请求组织了!"

骆枫见林岚已是泪水满面,知道这是一位真正的共产党人所具有的强烈使命感的真实的体现,也是一位善良女性情感的最真实的流露。他反复想了想,说:"林岚同志,你先回去吧。其他的事,我会考虑的。"

林岚临出门时,再次看了看她工作快两年的办公室。

尽管林岚是装着极其轻松地从周鹏办公室前走过去,但周鹏还是看出来:林岚被免职了。

想到免职,周鹏内心蓦然掠过一丝凉意。林岚毕竟是自己的同道师妹,更是自己追求多年的人,尽管她始终没有接受他的一片真爱,他恨她,嫉妒她,但她又实在是一位太美太美的女人,实在是一位极具内涵的女人。自从在武校第一次见到她,直到后来认识她,爱她,追求她……直到她坚持说她是个"不婚主义者"时,他不止一次地抱怨上苍,为什么要将一个如此漂亮的女子塑造成一个"不婚主义者"?为什么要将她塑造成一个不食人间烟火的

"冰美人"？现在,她连专职副书记这唯一的职务也被免除了,但她还是那样坦然,那样镇定,这是为什么？为什么？

当这天骆枫书记宣布周鹏全权掌管美人村工作的决定时,不知是因为谦虚还是心虚,周鹏内心深处反倒有一种说不清的滋味,最后只得轻轻叹了口气,说:"骆书记,杨组委,美人村主任这担子实在太重,我年轻,又缺少经验,真担心自己能否挑得起这副重担。"

骆枫说:"年轻就是资本,加上多动脑筋,搞好团结,充分发挥群众的智慧,美人村的事就一定能办好。"

周鹏很感激,说:"骆书记,我记住了。"

见周鹏点头,骆枫又叮嘱道:"周主任,这几年美人村无论是经济还是人的精神面貌都发生了巨大的变化,要想在这个基础上再上一个台阶,从现在起,你一定要继续做好村民的精神文明建设和搞好美人村景区、花场的建设,尤其是要做好迎接国家 AAAA 级景区评估的工作!"接着想起,又补充道,"对了,还要告诉你,镇里已接到县文明办的电话通知,省美丽乡村现场会初步定在明年上半年在美人村召开,你一定得从现在起,做好现场会前的一切准备工作。"见周鹏频频点头,骆枫又说,"周主任,我有个建议——"

周鹏紧紧盯着骆枫的眼睛:"骆书记,您说。"

骆枫说:"土地永远是农民的命根子,我看在开发'艺术农业'和建高尔夫球场这两个问题上,你是不是——"

从那拉长的语气中,周鹏已听出骆书记说话的底气不足,知道这是上面施压的结果,心中暗喜,也不把这话放在心上,只是微微摆动一下分发,带着几分难以觉察的傲慢说:"骆书记,至于建球场的事,我实在是无能为力,因为那个康老板的来头太大,恐怕想制止也无法制止了。"

骆枫自然听出周鹏话中意思,无奈,只得说:"那你把班子召集起来,我要对大家说几句。"

周鹏又摆动一下分发,问:"现在？"

骆枫说:"现在。"

第八十七章　林岚免职

第八十八章　要的就是这句话

　　卫青山、韩羞草和陆俊三个村委到了，骆枫简要地说明镇里对美人村班子调整的原因，强调村"两委"要全力配合周鹏主任工作，尤其强调了省"美丽乡村"现场会召开在即，全村上下更应该齐心协力做好会前的一切准备工作。交代完，骆枫见大家心情沉重，也不好多说，只得一一打过招呼，与杨政乘车离去。

　　当天下午，民兵营长兼治保主任卫青山没来上班。会计陆俊虽然来上班了，但来与不来没有多少差别，只是一味地看着桌上电脑发愣，周鹏几次问卫青山去哪里了，他都闷闷地回答一句："生病了吧。"

　　只有韩羞草，觉得自己是个女性，只要能保住妇女主任这个位子，每月能拿到工资，就心满意足了，至于谁当领导，都是一样，于是，她仍如往常一样，到时上班，到时下班，上班就做自己该做的事。

　　"这些看起来是坏事，其实是好事哩。"面对村委班子的现状，周鹏想，"至少在今后的工作中，少了一个对立面，少了那些无休止的争论。至于班子力量不足，更没事，那可以在日后的观察中，逐步选出自己的一班人，比方袁豆蔻，她就是个再合适不过的人选。至于村民有不同意见，那更不用害怕，'人服王法草服风'，就凭自己这一身的武功，不信就镇不住那几个想兴风作浪的草民！"

　　他的计划十分明确，就是尽快落实高尔夫球场项目。只要高尔夫球场建成，前来打球的"高雅人士"、大腕就多了，这些人多了，他周鹏自然就会慢慢去结识他们，结识他们就是积蓄人脉资源，有了人脉资源，还愁美人村得不到外援？只要得到外援，还愁美人村的经济不快速发展？经济发展了，还愁村民不富裕？村民富裕了，怕是感谢他周鹏还来不及，怎么会反对他、责怪他呢？真到了那时，不仅是上级领导器重他，重用他，甚至连那个被免职的"冰美人"，也会在某个时间点上突然主动地投进他的怀抱。

"冰美人"没来,袁豆蔻来了。

这天晚上,周鹏在家与康老板通了电话,说了林岚被免职一事,康老板一阵狂笑:"哈哈,我亲自找了县里书记,她一个小小的村支部副书记还能不被免职吗?"

周鹏更是佩服康老板神通广大,更是觉得找对了主儿,正高兴,康老板又问到花场土地转让的事,周鹏一愣,想了想说:"康总放心,这边的事我一定摆平,到时候您来签合同就是了。"

通完电话,周鹏心里并不踏实,就在客厅来回转了两圈,想到村里事情千头万绪,得分轻重缓急理出几条,以便在工作中尽量少出差错。于是,他从抽屉里拿出笔和本,坐在桌前微皱几下眉头,下笔一一记着眼前需办的几件大事。

就在这时,袁豆蔻到了新区。

往日来新区,不论是白天还是晚上,她都是走得大大方方,甩手甩脚,那有力的脚板直踩得地面"嗵嗵"作响。这次不知怎么了,脚板不响,倒是心里"怦怦"地响着。

自那天被周鹏阴差阳错地搂抱了一次,袁豆蔻真的动了心思,常常日里夜里拿风光无限的周鹏与被保释在家的翟五毛作比较。男怕跨,女怕嫁。男人一步跨错,能影响终身前程;女人一旦嫁错,一生难有好日子过!翟五毛虽是生得矮小,但十分固执,单凭自己的泼辣与心计,是没法驾驭他的,指望他为老爸维护山上那两个"干股",只能是小鬼晒太阳——没影子。而周鹏呢,周鹏不同,他看似傲慢,实则内心懦弱,远比翟五毛容易驾驭,何况他现在已是主任了,只要能驾驭他,就一定能维护老爸那山上的两份"干股"!

袁豆蔻是个一不做二不休的人,她想透彻后,就要主动出击。

这天,她带着双重任务,小心翼翼绕过"楼王之所",向左一撇,快速上到周鹏所住的三楼,轻轻敲了"301"号门。

正在拟写工作日记的周鹏听到门响,第一反应是林岚来了,激动得连手中签字笔也忘了放下。

门开了,一股清香扑进。

周鹏见是袁豆蔻,大出意料:"哟,是你。"

袁豆蔻一个侧身进门,随手将门掩上,这才闪了周鹏一眼,大大咧咧地笑问道:"怎么,我的大主任,没想到吧?"

女人的香味熏得周鹏有些手足无措,只得坐下问:"袁小姐有事吧?"

袁豆蔻说:"我老爸听说你这主任已转正,让我来祝贺你。"说着,低头看笔记本上的文字,说,"哟,周主任一笔字写得好漂亮哟,像印版印的一样。"

周鹏知道那是恭维话,并不放在心上,说:"一个小小村主任,有什么好祝贺的。"见袁豆蔻挨在身边看他写字,又问,"袁小姐还有别的事吗?"

袁豆蔻抬起头,微带几分调皮地盯着周鹏说:"不是说了,我代表我老爸来祝贺你嘛。"

周鹏听说没事,又开始埋头写工作安排。

袁豆蔻已不再说话,只是静静地站在周鹏右侧,看周鹏写字,看周鹏的亮发,看周鹏细长的脖颈……当听到异性鼻息加重时,一个成熟女子已完全摸清对方此时此刻的内心活动!

周鹏写着写着,心猿意马,思想混乱,就停住笔,拿起桌上茶杯,准备喝口水清醒清醒头脑,一抬身,肩头正碰着那团柔软而发烫的宝物。

不用看,周鹏已知道那是什么,更不敢坐直身体,只得仍然伏在桌前写着。

周鹏这时虽然心慌意乱,但并未对这女人有好感;由此及彼,他又想到了林岚。"这要是林岚那该多好。"

但终究不是。

想着,周鹏已对那压迫在肩头的"两座大山"有了反感,就将身体趴得更低,想以此来摆脱那个窘境。

事与愿违,他越是趴得低,那"两座大山"压迫得越是沉重。

"主任,我爸有件事想问你。"

周鹏实在承受不了"两座大山"的压迫,见袁豆蔻终于说话,趁机猛地一个抬身,撞击得袁豆蔻连同"两座大山"一起后闪。

浑身轻松的周鹏这才问:"什么事?"

袁豆蔻涨红着脸说:"那两个店……"

周鹏反应过来,说:"你是说棉花客栈和大鹏饭庄?"

袁豆蔻嗲着声音夸奖:"主任反应真快。"

周鹏沉吟片刻,说:"那是翟主任定下来拆迁的,这我就不好说了。"

袁豆蔻立即变了脸色,瞪着眼睛说:"五毛那东西忘恩负义,只想到他个人升官,哪顾老百姓的死活,那两个店拆了,他翟五毛是能升官,可那两户村民从此就别想过好日子了。主任,我老爸说,你一上任,就得到好多村民的拥护,说你最能关心老百姓的疾苦,你才是我们美人村的好主任、好领导哩。"

周鹏叹了口气,说:"我是什么好主任,现在刚上任,势单力薄,前任定下来的事,我哪敢轻举妄动?"

袁豆蔻双手抓住周鹏手腕摇晃:"我的好主任,支持你的人多着哩,连我和我老爸都转过来支持你了,还说没人支持?主任,我老爸说了,山上那两个店,你一定不能让他们拆了。"

周鹏被摇晃得晕头转向,停了一会儿说:"美人山的事我暂时也管不了,回去对你老爸说,那两个店由他看着办就是了。"

袁豆蔻已听出意思,更是高兴,想:"我老爸要的就是你这句话。"仍不满足,又跳到周鹏正面,撒娇道:"主任,还有我呢?"

周鹏睁眼问:"你什么?"

袁豆蔻说:"你是说过的,只要那球场建成,就让我去当球童。"

周鹏这才放心,说:"那球童的事,不是早给你安排好了,急什么?"

听到这里,袁豆蔻也学着城中女子,捧着周鹏双腮,亲吻一口,再就亲着不放……

周鹏急忙推开说:"不能这样,不能这样,林岚马上来找我有事!"

袁豆蔻被吓走后,周鹏也出了门,径直去了林岚宿舍。他要趁林岚落魄之际,伸出援手,将她继续留在村里工作——这既是体现他对林岚的敬重,更是要借机让林岚知道他永远是在爱着她、关心着她……

第八十八章 要的就是这句话

第八十九章　苦闷

翟五毛被拘,林岚被免职,掌管全村工作的周鹏独断专行,看到这一切,美人村的人无不陷入担忧、失望、迷惘的困境中,一个个不得不去寻找自己的出路。

受打击最大的莫过于秦川。

这些天她一直在想,自己原是要独资开发美人山的,可五毛主任非得坚持让村民带山场入股,她无奈那个能说会道句句离不开"村民利益"的五毛主任,只得同意。可现在,五毛主任被拘,接任的主任又一心想另搞"大项目",对景区的事不闻不问,而雷大宝那些村民又要上山重操旧业,她不得不怀疑那带山场入股的形式能否持续下去,景区是否还能继续发展?即使发展,前途又有多大?

这天上午,秦川正在办公室想着如何扭转当前的局面,门卫打来电话,说门楼前有四辆装载石棉瓦、空心砖的卡车要进景区。

秦川问:"装砖瓦进景区干吗?"

门卫说:"大鹏饭庄和棉花客栈要搞扩建。"

秦川更是吃惊。

她知道,单大杆子和刘棉花前段时间虽然拒签承包宾馆、会所的合同,但那只是看到村里的一时混乱,想借机守住山上的饭庄、客栈,而现在不仅要守住,还要扩大,这还了得,这不是公开与景区的开发在唱对台戏吗?于是立即回答道:"砖瓦一律不准进景区,谁放进山,我就拿谁是问。"说完,开车去了村委会。

周鹏主任不在,只有妇女主任韩羞草和会计陆俊在各自办公室忙着。

秦川问了陆俊。

陆俊向门外看了一眼,小声说:"大概是去老主任家了。"

秦川问:"哪个老主任?"

陆俊撇嘴示意袁家方向。

两分钟到了袁家,见院门紧闭,秦川下车敲门,门没锁,开了,一股酒气涌来。秦川瞟了一眼,见客厅有人喝酒,上方坐的是袁世通,左面是周鹏,对面还有一位,瘦猴一般,想了想,认出是原副主任鲍一虎。周鹏身后还站了一人,是袁世通的女儿袁豆蔻。袁豆蔻此时正拿酒瓶斟酒。

"这才几点,就吃午饭了?"秦川皱了皱眉头。

袁世通看见,立即站起伸出筷子叫喊:"那不是秦总吗?快进来,快进来。"就让豆蔻去拿酒杯碗筷。

周鹏见秦川到来,多少有些尴尬,停下酒杯,问:"秦总有事?"

秦川说:"周主任,你出来一下。"

周鹏没动,用手拍着身边剩余的半截板凳说:"来,先吃饭再说。"

秦川说:"不,我真有急事。你出来一下。"

周鹏仍然不动:"什么事就在这里说,都不是外人。"

秦川就把单大杆子、刘棉花要扩大店面的事说了。

周鹏哈哈一笑,说:"秦总,他们要扩大店面,说明你景区的游客在不断增多,这是好事呀。来来来,为你景区的兴旺发达干一杯。"再次招手,邀秦川入座。

秦川还是没动,只是蹙眉道:"单大杆子、刘棉花是答应承包宾馆、会所的,拖了这么长时间,现在却要在山上扩大店面,我能有心思喝酒吗?周主任,这事你一定得马上帮我解决,要不,真会影响景区开发的。"

鲍一虎侧偏着脑袋,眨着猩红眼问:"没秦老板说的那么危险,一个饭庄一个客栈就能影响景区开发?来来来,我们喝酒,喝酒。"端杯在周鹏酒杯上碰了一下,带头吞下。

周鹏饮后,见秦川还是站在那儿,只得苦着脸说:"秦总,说实话,一个球场的事就烦得我头脑发胀,景区的事,我真的管不了了。"

鲍一虎也搭上一句:"周主任这就对了,干大事就得有个轻重缓急,牵牛要牵牛鼻子,人家康老板那么大的工程,当然要全力以赴办好。"

秦川见俩人一唱一和,很是恼火,说:"周主任,我那景区也是上亿的投资呀,更重要的,景区是股份制,景区发展好坏,直接关系到全村村民的切身利益。这怎么能是小事呢?"

周鹏一笑,说:"秦总投资上亿不假,可人家康老板那球场是二十多个亿

第八十九章 苦闷

343

呀。秦总,这孰大孰小,你应该明白。"

秦川听了,气得掉头就走。

通往景区的柏油路上人来车往。

秦川的车速不足三十码,开着开着,看到景区大门处那两幢早已建好的徽式宾馆会所,又想到单大杆子和刘棉花要在山上扩建店面的事。

"单大杆子、刘棉花放着这么有档次的宾馆会所不承包,非要在山上扩建什么饭庄客栈,村里不仅不管,还说这是抓大放小,这样下去……"秦川想着,脑海里突然跳出一人,于是她急忙掉转车头,直接开向"楼王之所"。

除了吃喝拉撒,翟五毛这些天一直躺在床上,连电视都不看。

他想到的不是自己被取保候审,而是美人村当前一片混乱的局面。

上午林岚来了。

翟五毛开了门。

林岚坐下,说:"师兄,有件事想听听你的意见。"

翟五毛本不打算接话,但见师妹满脸乞求,心又软下来,问:"师妹,什么事?"

林岚说:"周鹏昨天找我,说要我继续留在村里工作,不知这事能不能答应?"

翟五毛第一反应是周鹏要借挽留林岚来维系他与她的感情,但这话不能出口,只说:"师妹,既然周主任诚心请了,你就应该接受。"

"为什么?"

"那样可以随时为周主任出些主意。"

林岚说:"他那么高傲,我现在又是个被免职的人了,他会听我的?"

翟五毛说:"既然他要挽留你,就说明他已有了思想准备。再说,正是因为他高傲,为了美人村少走弯路,更需要有人去随时提醒他、帮助他。"

林岚不再言语。

翟五毛知道师妹默认了,稍稍放心,借机问道:"师妹,我也有件事想听听你的意见。"

那双凤眼微微闪了对方一下。

翟五毛说:"陆俊那么胆小,那天他为什么想到在茶里放锦纹,我想去问陆俊,又不知能不能问。"

林岚连忙摇手道:"师兄,这事你可千万别问。上次公安局那么盘问,他都不敢承认。你去问,他会说吗?"

翟五毛说:"这些天我一直在想,陆俊那天主动送来锦纹,是否另有人在背后操纵?"

林岚说:"不会吧?陆俊虽然胆小,但对你一向尊敬,那天一定是见你实在无法摆脱困境,他才敢想出那个主意。"

翟五毛点头说:"这倒也有可能。"

林岚微微叹息一声,说:"只是这事太让师兄受委屈了。"

翟五毛说:"我受委屈事小,还连累了你,真叫人于心不忍呀。"

林岚说:"我算什么?不就是一个副书记吗?可你就不同,你是美人村的台柱子,这两年刚把美人村建设得风生水起,正要大干一番,却突然被免职,这对美人村,对美人村老百姓的损失确实是太大了。"

林岚走后,翟五毛见已到中午,正准备去厨房做点吃的,就见那辆熟悉的雪佛兰车停到楼下,秦川旋风般从车里钻了出来。

翟五毛知道秦川是来找他的,本想回避,但为时已晚。

秦川进了客厅,落了座,说了单大杆子、刘棉花要扩大店面和周鹏不闻不问的事,又提出要买断美人山独自开发景区的想法。

翟五毛本想一如既往,对村里事一概不介入,但听说秦川要独自开发美人山,心里顿时如被蛇蝎噬咬一口,瞪着小眼睛看着秦川,说:"你、你秦总怎、怎么能这样想呢?现在要上山扩大自己店面的人毕竟是少数,绝大多数村民都是拥护这带山场入股开发景区的做法的。你要是独自买断山场,这与康老板那一次性买断农田建球场又有什么区别呢?"

秦川犹豫了,反复搓着双手说:"美人村目前都闹成这样了,我不能眼看着我那上亿的投资就这样打水漂呀。"

翟五毛知道周鹏是个利欲心很重的人,这时只要把美人山景区开发的得失与周鹏个人前途联系起来,晓之以理,说不定他周鹏会重新考虑景区发展的事。但他此时不能直接提醒秦川,担心这个提醒一旦让周鹏知道,会怀疑他这个被保释在家的"嫌疑犯"在村里挑拨离间,制造矛盾。如果那样,就会给全村造成更大的混乱。于是,他只得暗示道:"秦总,你还是多找周主任谈谈,把道理说明白,相信周主任会理解,会转为支持景区开发的。"

秦川更是恼火,说:"找他管屁用,他已说得非常清楚,现在他是抓大放小,一心一意只想建高尔夫球场,哪管什么景区发展。"见翟五毛一个劲挠头,又愤愤说道,"翟主任,周主任现在已经这样了,你要是再不站出来说话,那不仅是美人山景区,恐怕连整个美人村,都要回到原来那种混乱的老路上去了。"

翟五毛对这比谁都清楚,但他此时确实有力不能为呀,想了想,再次暗示道:"秦总,那你去找找林书记想想办法也行呀。"

秦川火气更大,说:"她和你说的一样,她也不在职了。"

又是一声长叹。

秦川见翟五毛只叹气,不出主意,只得赌气道:"既然你们都不管,那我只有去找镇里县里领导,请他们出面处理这事。"

翟五毛本想告诉她,那位康老板此时正带着特批文件给各级领导施压,这时去镇里县里是没用的,但不等翟五毛这话出口,秦川已出门走了。

听着那下楼的脚步声,就如一根根锋利的锥子在扎着翟五毛那颗极其痛苦的心。

待那脚步声渐渐远去时,翟五毛又想到了林岚:"林岚这时在干什么?她找了周鹏吗?周鹏还是很信任林岚吗?"就又想象出美人山上那些即将出现的混乱场面,想到周鹏与鲍一虎,还有他义父,在一起打得火热的情形,更想到自己这个被保释出来却有力不能使的"嫌疑犯"的痛苦处境。

想着想着,翟五毛再也无心去做饭,只得重新回到卧室,上床蒙头大睡。

翟五毛终究是个闲不住的人,整日闷在家里,自然承受不了。

一天,他突然想到"曲不离口,拳不离手"那句话,决定趁着这无事可做的日子,好好练习练习自己的轻功。这样,既可练好那套本领,又可借以排遣心中挥之不去的烦恼。

火神庙那里有片毛竹林,毛竹终年长得郁郁葱葱,竹林深处有块沙子地,方圆近百米。那原是生产队集体拴耕牛的地方,这些年耕牛少了,沙子地也就空闲出来,几经风雨,原来黑黢黢尽是牛粪的沙子地已变成一块黄灿灿的洁净地了。

翟五毛来到沙子地,舒展一番筋骨,给两腿各系上七斤重的铅瓦,再如一头疯狂的瘦狮,把多天来的苦闷、无奈,全部发泄在两条腿上,就在沙子地上来回奔跑。

第九十章　陆俊上门

陆俊这些日子在家一直勾着头走路，不时发出一阵叹息。

妻子小梅早就听到议论，说五毛主任被拘是她丈夫所害。县里那次把她丈夫喊去，丈夫虽是一口咬定没那回事，但从这些天丈夫心神不宁的样子来看，她更相信了村里人的议论，于是也曾好几个晚上追问丈夫，但丈夫只说放锦纹的事他知道，就是不说主谋是谁。

小梅见丈夫说得坚决，只好不再追问。

这天，陆俊早早回来，在门前踱了几圈，回堂前坐下，又像只蔫头耷脑的病鸡，叹气不止。

小梅来了气，说："五毛主任回来已多天了，你不能去看看？整天像个瘟鸡一样。"

陆俊掏出手机看了一下，说："都快放学了，我得去接乐乐。"

乐乐上幼儿园小班，每次散园都由他去接。

小梅说："今天我接乐乐，你去看看五毛主任。人家倒霉了，你连个面都不见，就不怕别人骂你是双狗眼睛？"

陆俊不是不想去，只是觉得去了不知该说什么好，尤其是那投放锦纹的事，更不知如何去说。

小梅见丈夫不动，知道他心里有事，更是紧催不放："都是自小的同学，有什么话不好讲？再说，别看人家生得瘦小，可胸怀大着哩，把话说开了，他能不理解、不原谅你吗？"

或许是妻子最后一句话起了作用，陆俊真的去了。

深秋傍晚的阳光，照得"楼王之所"前的广场黄亮黄亮。

翟五毛此时换了服装鞋子，准备去火神庙沙子地继续练习铁锡碑，刚开门，见陆俊站在楼梯口，一阵惊喜，想，真是请先生不如遇先生，他竟主动来了。

"翟主任,我、我早就想、想来看你,只是、只是……"陆俊讷讷地说着,脸色早就红白变幻。

翟五毛一改多天的苦闷,挠头笑道:"怎么?过生疏啦,平时不是叫五毛吗?今天怎么改口了?"

陆俊说:"不不不,在我心目中,你、你永远是我们美人村的主任,一把手。"

翟五毛把陆俊喊进家里,泡茶让座。

陆俊木讷地坐着,既没喝茶,也不说话。

翟五毛看着着急,本想直截了当问那锦纹茶的来历,想了想,又觉不妥。"林师妹说得对,陆俊是在关键时刻为我出主意,帮我解脱困境,现在我怎么能去追问这事呢?再说,县里调查,他都不敢承认,要是我再追问,岂不是给他增加更大的压力?……还是等他自己主动说出来吧。"翟五毛想着,再次催陆俊喝茶。

陆俊执行任务般喝了一口,将茶杯捧在手上,依然呆呆地坐着。

又僵持了半个小时,翟五毛知他不会说那锦纹的事,就改变了主意,问:"陆俊,你每天这时有空吗?"

陆俊点头说:"有。"

翟五毛说:"那我带你去个地方。"

陆俊问:"去哪?"

翟五毛说:"去了就知道。"

陆俊只好跟随翟五毛出了门。

这时,在外干活的人大多数已回家,除了从美人山景区下来的游客外,新区外面很少有人走动。

翟五毛为尽量避人耳目,出了新区,领头匆匆向火神庙走去。

"去那干吗?"陆俊有些紧张。

"这些天,我天天在那练功,我想教你几招。"翟五毛说。

"我行?再说练功也不是一天两天就能练好的?"陆俊有些犹豫。

"学点武功好,既能锻炼身体,又能防身,一举两得,不好?"

陆俊来了兴趣,说:"要学我就学你那一招!"

翟五毛问:"哪一招?"

陆俊说:"就是手一撒,一道白灰向对方眼睛飞去。"

翟五毛明白了，说："行，但你还得先练好基本功。"

说着，两人来到火神庙沙石地，翟五毛先教陆俊练了扎马功，并约定，每天晚上来这里练上两个小时。

直到第五天晚上，两人练完功，拿了放在场地边的衣物准备回家，陆俊突然说："五毛，我有一件事想跟你商量。"

翟五毛知道他要说什么，一阵激动，立即说："你讲。"

可等了十多分钟，陆俊又支支吾吾，什么也没说。

翟五毛看看西沉的月牙，只好说："那就等你想好了再说吧。"

第九十章　陆俊上门

第九十一章　兄弟，哥求你了

周鹏那天从山上下来，把落实生意的事交给鲍一虎办理，鲍一虎更是得意，当天就去了大鹏饭庄。石和尚摆好酒菜，两人边喝边谈，确定了与周鹏洽谈联办生意的具体时间。

酒足饭饱后，鲍一虎骑车回家，一会儿想着自己曾经的辉煌，一会儿想到翟五毛那小子的被拘，一会儿想到周鹏与袁豆蔻在酒席间的眉来眼去，想着想着，心中陡地一阵狂躁，就想到他曾经的同事、美女主任韩羞草。

那时韩羞草正在厨房做晚饭，鲍一虎一头扎进来，将正在切菜的韩羞草拦腰抱住。

韩羞草吓了一跳，说："快放开，快放开，老陆在上厕所哩。"

鲍一虎松了手，装模作样回到客厅，重重地咳嗽一声，问："人呢？"

正在房间做作业的欢欢答道："妈妈在厨房做饭。"

鲍一虎又大声问："我是说你老爸。"

七岁的欢欢说："老爸还没回来。"

鲍一虎知道韩羞草在骗他，于是再次进了厨房，夺了菜刀，先是将韩羞草抱住，也不顾对方挣扎，就开始胡乱行动。

韩羞草知道鲍一虎这段时间成了周鹏主任的大红人，见鲍一虎动作疯狂，也不敢得罪，只得说："你也不看这是几点了，老陆马上真要回来的。"

鲍一虎说："老陆回来能怎样，他敢得罪我吗？你要知道，我已不是前一阵子的鲍一虎了，我现在是周鹏主任面前的得力参谋，是周大主任的红人，谁敢得罪？"

就在这时，就听"啪啪"两下，一块坚硬的家伙重重砸在鲍一虎那肌肉紧缩的光臀上！

"你这畜生，竟敢大白天跑到我家来干这，打死你，打死你！"板凳就如蒲扇般"啪啪"地砸向那光亮的屁股。

鲍一虎这才清醒过来,知道真是韩羞草男人回来了,吓得急忙拿了衣裤,捂着屁股就跑。

陆登山更是气得不行,举着板凳追出门外,边追边叫:"鲍一虎,你这个畜生,竟敢光天化日之下来搞我女人,老子和你拼了,老子和你拼了!"

正要追撵过去,迎面撞上一人,见是本家兄弟陆俊,就愤愤道:"兄弟,兄弟,快帮哥出出这口恶气,快帮哥出出这口恶气!"

这晚,一直心事重重的陆俊本想出来散散心,让那混乱的思绪清醒清醒,没想到竟碰到堂兄。

"哥,怎么了?把你气成这样?"陆俊见堂兄手举板凳,脸色乌紫,知是出了大事。

"鲍一虎那个畜生,今天趁我不在家,他竟跑去与你嫂子……这个畜生!这个畜生!"

鲍一虎与韩羞草的事,陆俊早有耳闻,只是自鲍一虎停职后,就不曾听说了,这天又说他与韩羞草干起那事,觉得奇怪,问:"哥,真的吗?"

陆登山道:"兄弟说傻话,这哪是什么光彩的事,哥敢随便乱说,兄弟,快帮哥去追那畜生,把那畜生的腿敲断!"

陆俊心里装的是茶里放锦纹的事,哪有心思顾及这些,见堂兄哀求,只说:"这人都跑不见了,去哪敲断他的狗腿?"

陆登山说:"那哥马上就去起诉那畜生。"

陆俊说:"你该起诉就起诉呗。"说着,继续向前走。

陆登山伸手拉住:"兄弟,你识字比哥多,要起诉,你得帮哥写状纸呀。"

陆俊说:"这搞女人的事,叫我怎么写?再说,现在生活作风的事,上面已没有往日那样追究厉害了,就是把状纸写上去,又能怎样?"

陆登山急了,将板凳重重往路上一掼,说:"这鲍一虎仅仅是乱搞女人吗?还有比这更违法的事哩。"

陆俊一怔,问:"还有更违法的?"

陆登山见堂弟不再走开,就说:"兄弟,那一号桥突然倒塌的事你还记得吧?"

一号桥垮塌,五毛主任险些遭受处分,陆俊见堂兄这天提起,自然警觉起来,问:"哥,莫不是那桥墩垮塌与鲍一虎有关系?"

陆登山说:"那你说呢?"

第九十一章　兄弟,哥求你了

陆俊急忙问："到底是怎么回事？"

陆登山说："修公路不是由鲍一虎负责吗？开始我们还觉得他蛮负责，每天起早摸晚在工地上走走看看，问这问那，直到一号桥辅桥快完工那几天，他经常一个人躲到僻静处给什么人打电话。"

陆俊紧张起来，问："给谁打电话？"

陆登山说："当时我也不知道，直到一号桥辅桥出事的头天晚上，我的卷尺忘了带回家，晚饭后到工地上去找，这时就听到辅桥下有声音，我觉得奇怪，想这么晚了，还有谁在干活？就赶过去往桥下一看，你猜怎么着？"

胆小的陆俊已是毛骨悚然，说："你说，你说。"

陆登山说："原来是鲍一虎正在撬辅桥的支架……"

陆俊大惊，说："这么大的事，你为什么当时不报？连累五毛主任险些吃了'八大两'！"

陆登山说："那天翟主任上桥问到质量的事，我正要说，那个畜生挤到我前面，把翟主任应付过去了……"

"这么大的事，你怎么能让那姓鲍的应付过去呢？你应该及时向翟主任汇报呀。"

陆登山说："那工程是那畜生分管，我敢得他罪吗？"

"那、那你、你现在又……"

"现在那畜生竟骑到老子头上拉屎了，这次老子是豁出性命也要把他告上法院，告上法院！兄弟，哥求你了，这写纸的事，你一定得帮哥一把！"

由此及彼，陆俊也想到那次送锦纹的事。

那天，陆俊正在门外为五毛主任立字据着急时，鲍一虎来了。

"陆会计怎么了？急得像热锅上蚂蚁？"

陆俊知道鲍一虎头脑灵活，就把县长亲戚蛮横的要求说了。

鲍一虎听了，两只狡诈的眍䁖眼一阵闪动，说他有办法，就把一包锦纹交给了陆俊。

陆俊先是害怕、犹豫，仔细一想，觉得为了给五毛主任解难，只能如此，于是接过锦纹，送给林岚。可万万没想到，那锦纹竟弄得五毛主任被拘、林岚书记被免职……

想到这，陆俊毅然答应："哥，那状纸我晚上就帮你写。"

陆俊说完回家，拿出信纸，摊在桌上，刚写下"揭发"二字，又吓得笔头停住,就想到五毛主任被拘的当天晚上,鲍一虎匆匆找来,警告他说:"陆会计,我给你锦纹,那是为救五毛主任脱难,今后你如果把我说出去,我就把你拿石和尚钱的事向政府汇报。"

原来鲍一虎暗中勾结黑势力,石和尚到月给他三千元"报酬"。一次,恰被陆俊看见,鲍一虎担心陆俊会透露出去,只得塞给陆俊二千元封口费。

想到鲍一虎的威胁,陆俊浑身瘫软,哪敢再写揭发材料。

第九十一章 兄弟,哥求你了

第九十二章　合力镇周鹏

秦川这天正同武喆在办公室商讨景区与花场如何统筹兼顾以吸引更多更远的游客前来游玩的方案,得到周鹏与游客在石佛洞打架的消息,吃惊不小,立即与武喆赶去,不等到近前,就见天井处已打得嗷嗷怪叫,一片混乱!

秦川更是着急,就要上前劝阻。

武喆一把拉住,说:"周鹏这人我知道,一旦打红了眼,一般人是劝阻不了的。"

秦川说:"那怎么办?我不能眼睁睁看着景区就这样乱下去啊!"

武喆说:"这样,我去劝说周主任,你立即下山,把我师兄五毛叫来,现在恐怕只有他才能说服周鹏了。"

秦川觉得是个办法,就跑步下山。

正在家练功的翟五毛听说周鹏在山上与孩子家长打起来,急得连连挠头说:"怎么能这样呢,这不是胡来吗?"

秦川更是催促:"主任,现在只有你去才能劝住周鹏了,快呀,快呀!"

翟五毛想到自己目前的身份,自然不便去。"不行,那打架的场合,我是绝对不能介入的。"说着,去椅子上坐下。

秦川再三拉拽,还是无法拉动稳当当坐着的翟五毛。

秦川想了想,就去阳台拿来翟五毛常穿的运动鞋,放到脚下,哀求道:"主任,你要是不去,我那景区真的就彻底乱套了。快把鞋换了吧!"

林岚得到消息,也匆匆赶来,见秦川要为师兄换鞋,急忙提醒道:"师兄,你是在保释期间,那场合怎能去得?"

秦川抬头看了林岚一眼,说:"主任是去劝架,也不是打架,怎么就去不得?"就将翟五毛左脚的布鞋脱了。

林岚连忙夺回布鞋,说:"我听说武总已在山上了,如果这时师兄再去,周鹏一定以为师兄是伙同大家欺他一人,事后他一定会向领导汇报,这一汇报,师兄你还不是罪加一等?"

翟五毛重新穿上布鞋,说:"秦总,林书记说得对,我这时去了真的不妥。"

秦川睁大杏仁眼说:"你是好心去劝周主任,他周主任怎么会责怪你呢?事情哪有那么严重?"伸手拉下翟五毛的布鞋,帮着穿运动鞋。

林岚又夺过运动鞋,帮着套上布鞋,说:"秦总,那种场面我师兄真的去不得!"

秦川重新拉掉布鞋,再穿运动鞋:"我就不信,周鹏就是那种不讲道理的人,主任,今天你去得去,不去也得去,穿上,穿上!"

林岚见拉来拉去实在难堪,就一下捉住秦川的手腕,说:"秦总,我师兄真的去不得,去了定是凶多吉少。"

秦川不听,继续帮翟五毛换鞋。

林岚见无法劝阻,只得说:"秦总,真要是这样,那我去劝周主任好吗?"

秦川知道周鹏一直在追求林岚,听这一说,杏仁眼闪动两下,说:"行。"

翟五毛正要阻拦,林岚、秦川已跑出门了。

下了楼,林岚让秦川开车先走,自己喊了青山、陆俊、文生,各自骑上电动车,风驰电掣向骚客峰奔去,一边又给闻萱打了电话。

闻萱此时正在花场办公室边吃冰激凌,边听龙小艺说那雌雄二花如何授粉而弄得面红耳赤,芳心怦动,接到林岚电话,很是扫兴。

龙小艺听说周鹏与游客打架,觉得这非小事,就说:"现在我们都是美人村的人了,这么大的事,哪能袖手不管呢?"

闻萱想到这些天武喆一直在秦川那里,也想去看个究竟,于是两人合骑一辆电动车,上山去了。

崔青草早把周鹏打小孩一事告诉了石和尚。

石和尚这才知道周鹏遇事不够冷静,这一打闹,肯定坏了他的大事,于是匆匆带上崔青草和苍蝇,溜出了大鹏饭庄。

周鹏本以为展示一下武功,就能把这班"童子军"和他们的家长震慑住,可万万没想到不仅没震慑住,反倒是自己被打得头破血流,于是更加震怒,也顾不了村主任的身份,一咬牙,使出了自己的真实功夫。

孩子们和孩子的家长们自然抵挡不住周鹏那暴风骤雨般的拳脚,一个个被打得落花流水,惨叫声一片……

武喆见孩子们和家长们被打得可怜,急得在一旁大声叫道:"周主任,周师兄,不能打了,不能打了。"

周鹏哪能听得进去,依然对那些赤手空拳的家长拳打脚踢。

武喆急了,冲进人群,拉住周鹏一只胳膊说:"你疯了?你是一村之主任,怎么能这样乱打无辜呢?"

周鹏指着头上的流血,怒吼道:"你看我这,你看我这,不都是被他们打的吗。我姓周的从来都没受过这么大的侮辱,人不犯我,我不犯人;人若犯我,我绝不饶人!"说着又挥动拳脚。

武喆死死拉住周鹏的一只胳膊,说:"师兄,习武之人,怎能打赤手空拳的游客呢,这不是恃强凌弱吗?"

周鹏更是抹一把脸上血迹,愤愤道:"会武就该被人欺负不成?你看我都被打成这样了,还说他们是赤手空拳,他们既能打我,我为什么就不能打他们?"说着,又是一阵猛打。

鲍一虎更是在一旁借势助威。

武喆见家长们和孩子们被打得可怜,急忙张开双臂,拦住周鹏和鲍一虎,让"童子军"和家长们从他的臂下逃出洞口。

鲍一虎不放,继续上前追打,武喆看不下去,一脚踹去,将鲍一虎蹬倒在地,放走孩子和家长。

周鹏不舍,追出洞外。

武喆本想拦住,无奈周鹏跑得太快,只得拉住周鹏衣角,大声劝道:"师兄,你现在是村主任,真的打不得,真的打不得!"

已冲到洞外的周鹏急了,回头一拳,正打在武喆脸上。

武喆顿时火起,骂道:"你真是狗咬吕洞宾,不识好人心,竟打起我来了?!"不等骂完,一个右鞭腿,直冲周鹏腰部扫去。周鹏反应神速,一个闪步后退,伸出双手挠那来腿。

已提前赶到的闻萱见了,担心武喆吃亏,一个单推掌,直冲周鹏背后击去。

周鹏见武喆、闻萱联合斗他一人,完全忘记师兄师妹情意,一个"犀牛摆角",直捅闻萱腰部,闻萱顿时倒地。

同时赶到的龙小艺见状,扑上去救闻萱,周鹏顺势一脚,又将龙小艺踢到数米之外。

秦川这时赶到,见龙小艺被踢飞,急忙与闻萱一道上前抢救。

武喆见秦川、闻萱抱着龙小艺痛哭,他心中已是五味杂陈,更把火气发泄在周鹏身上,再次扑上,一阵恶斗。

这时,秦川见林岚、青山、陆俊、文生也赶来,知道林岚武功了得,急忙喊道:"林书记,快去劝阻周主任,他已打红眼了!"

林岚见四处逃散的"童子军"和家长们,已明白了一切,听到秦川叫喊,就冲周鹏、武喆喊道:"这是景区,你们这样做太出格了,还不快快停下来,停下来!停……"

已打红眼的周鹏同样给了林岚一拳。

闻萱见师姐被打,再次扑上,也被周鹏一拳击倒。

秦川见周鹏越战越勇,担心武喆、林岚他们吃亏,急得在一旁搓手跺脚,最后将陆俊叫到一旁,说:"陆会计,看来今天不把五毛主任喊来,就没人能制服周鹏了。"

文生说:"对,快把师父喊来!"

陆俊已吓得两腿发颤,嘴里"呜呜",头摇得如拨浪鼓一般。

卫青山突然想起,说:"对对对,五毛主任还在保释期,这种场面他万万来不得。"

文生也想起:"对,这时候不能喊五毛主任过来!"

秦川见大家都不愿让翟五毛出面,再见周鹏、武喆已打得你死我活,想着自己景区的稳定、安宁,一咬牙,再次下山去请翟五毛。

第九十三章 软禁

这天上午，骆枫刚上班就接到肖局长电话，说有急事马上与卢霞科长一道过来。

骆枫正答应，就见一个戴着红头盔的人冲进来，一眼认出是周鹏，见他脸上有伤痕，惊问道："你怎么啦？"

周鹏将头盔往桌上一掼，气嘟嘟地说道："骆书记，这主任我是绝对不能再干了。"

"怎么回事？冷静些。"骆枫拖椅让周鹏坐了。

周鹏习惯地摆动一下蓬乱的分发，两片薄嘴唇就弹动起来说："骆书记，是这样，昨天有一班游客在山上闹事，我去制止，翟五毛却带着村委一班人赶来，不仅不支持，还一起围攻我。你看，你看——"就一一指点脸上伤痕。

"联合打你？"骆枫两眼睁大。

"他们不仅是联合打我，翟五毛更是直接点了我这里。"周鹏边说边指着两只手腕，"骆书记，你看你看，要不是我会解穴，早就不得来见你了。"说着，不停地抖动两条软塌塌的手腕。

骆枫更是吃惊："他还会点穴？"

周鹏更是添油加醋："骆书记不知道吧？前些日子，他的师父来了，教了他点穴功夫，这次他就是用那点穴功要置我于死地。"见书记惊讶，周鹏那两片薄嘴唇弹得更是利害，"骆书记，我刚到美人村就看出，那些村委都和翟五毛是一伙的，现在翟五毛和林岚被停职，那班村委都以为是我周鹏从中捣了鬼，他们不仅平时不支持我工作，更是处处刁难我。"

"真有这事？"

"骆书记，我周鹏在您面前说过假话吗？"

这时肖局长和卢霞科长到了。

骆枫想了想对周鹏说："你先回去，我马上派人去调查，待调查清楚后，再作处理。"

"那行。"周鹏答应,拿起桌上头盔,向局长和卢霞打过招呼,走了。

骆枫要去泡茶。

卢霞忙说:"书记,我来。"就去饮水机处拿了纸杯,泡了茶。

坐下后,肖安局长把接到美人村帖子,说被保释在家的翟五毛为泄私愤,联合村里一班人要置周鹏主任于死地的事说了。

骆枫已明白一二,说:"我刚才说了,马上派人去调查,待调查清楚后,立即处理。"

卢科长说:"骆书记,那个发帖人要求非常迫切,说翟五毛的能量太大了,如果再把他放在村里,村里就没法工作了。"

肖局长也说:"骆书记,那个翟五毛不是还在保释期吗,是否这样,我们马上把他叫来,立即审问这事。"

骆枫同意。

半小时后,翟五毛骑车赶到。

"昨天你和你的师弟师妹,还有几个村委,联合起来围攻周鹏主任,有这回事吗?"审讯在镇派出所进行。

"有。"翟五毛高度自觉地毕恭毕敬地站着回答。

"你也参加了?"肖局长板着面孔问。

"后来参加了。"

坐在局长一旁的卢霞"唰唰唰"地记录着。

"你用点穴功将周主任两条胳膊点瘫痪了,是吗?"

"是他要置我于死地,我迫不得已才出了手。"

"他置你哪里死地了?"

"没等他手到,我就点了他的太渊穴。"

"太渊穴?什么太渊穴?"肖局长不懂。

"就是手腕处的穴位。"卢霞提醒。

局长停了一下,继续审问:"听说你要用点穴功将周鹏主任置于死地,是吗?"

"没有,我只点了一头水牛的穴位。"

"为什么点水牛穴位?"

"我想以点水牛来震慑周主任。"

第九十三章 软禁

359

"你知道你还在保释期吗?"审问继续。

"知道。"

"那你知不知道在保释期内参加斗殴是罪上加罪?"

"知道。"

"既知道,为什么还要参加?而且还要置人于死地?"

"我没有置人于死地!"

"还嘴硬!将人家两条手臂都致残了,还说没置人于死地?翟五毛,你听着,从今天开始,你得老老实实在家待着——具体说,就是不准出门,不得和任何人接触,待我们把情况调查清楚后,再作处理。听到了吗?"

"听到了。"

"能保证做到?"

"能。"

"把你的手机交出来。"

翟五毛稍微犹豫了一下,最后将手机掏出,放到桌上。

当天,由徐海所长将翟五毛送回"楼王之所"三楼,待翟五毛已关了门,所长又找到周鹏,要他在村里安排一个专门看管翟五毛的人。

周鹏稍一思考,就说:"这看管人就交给鲍一虎吧。那人精明,干事负责。"

徐所长点头同意。

听说翟五毛被软禁在家,林岚、秦川、高丽娜、青山、陆俊、文生等更是气愤,纷纷跑到"楼王之所",不等上到三楼,就见鲍一虎站在楼梯口咧嘴讪笑。

卫青山火气上来,重重将鲍一虎推往一旁,说:"你在这干什么?滚开!"

鲍一虎一个趔趄,站稳后还是讪笑,说:"兄弟,不是我要在这里,这是县公安局领导安排我在这里,我有什么办法呢?"

文生、陆俊更是叫嚷:"既然你没办法,那滚开就是了!"

众人说着,一齐要往三楼拥去。

鲍一虎早已张开双臂,边阻拦边叫嚷:"不能去,不能去,肖局长有话,谁与翟五毛接触,同样要关禁闭的,去不得,去不得!"

兵多不由将,何况是面对一个瘦猴般的鲍一虎哩。

翟五毛这时已站到阳台处,拉开护栏门,冲楼梯处喊道:"青山,文生,你们不要上来,来了不仅对我没好处,对你们更是不利。你们要相信组织,相信组织会调查清楚的。鲍主任也是执行公务,你们不要为难他。快下去吧,算我求你们了!"

林岚已泪水涟涟,喊道:"师兄,我们只想见你一面,见过面就走,不会为难鲍主任的。"

秦川更是羞愧,说:"主任,是我害了你,你就和我们见一面吧,见一面就走,这次绝不会再干那为难你的事了!"

众人说着,又要往上冲。

鲍一虎眼看阻拦不住,正要撒手,翟五毛又发话说:"你们上来也没用,我不会开门见你们的。"

说着,防护栏上的不锈钢管门已"哗啦啦"一阵关紧,窗帘也"呼呼"几下拉得严严实实……

第九十三章 软禁

第九十四章　骆枫暗访

翟五毛遵守规定,每天除了吃饭睡觉、像一头被困在笼里的狮子不停地在主卧室和客厅之间焦躁地徘徊,就在挂满人体经络、穴位示意图的小卧室里苦练铁指功、点石功、插少功……以此来排遣心中的委屈、焦虑和痛苦。

这天,翟五毛正练得艰苦,又听到楼梯间一阵吵闹,他以为又是林岚、青山他们来看他,心里更烦,想:"不是说过,我在禁闭期间,不与外面任何人打交道,你们为什么还要来呢?"

这时就听鲍一虎在吼叫:"叫别上去就别上去,谁要是强行上,我就打电话给徐所长了,不准上,不准上,我真打了,我真打了!"

"老鲍,我们找翟主任有紧急事,不准上也得上!"师妹林岚的声音。

"鲍一虎,你不让我们上去,今天要是出了大事,这责任你是负不起的!"卫青山也在吼叫。

鲍一虎声音更高:"我的责任就是看管翟五毛,这是肖局长的命令,有责任也是他们负,……别上,别上!再上我就用电棍打人了,真打了! 真打了!"

翟五毛一惊,他知道县局为防止外人强行来看他,已给鲍一虎配了电棍,如果青山他们真的要强行上来,鲍一虎一定会动用手中武器的。

正着急,就听到鲍一虎一种挣扎的叫喊:"你们敢绑我,你们敢绑我?我马上就给局长打电话,马上就给局长打电话……"

这时,已有人敲门:"师兄,快开门,快开门!"

翟五毛恼火,在门里嚷道:"叫你们不要来,不要来,你们怎么就是不听呢?"

林岚说:"我已让青山、陆俊把鲍一虎绑了。"

翟五毛更是吃惊:"你们这样做是严重违法的,懂吗?"

林岚也提高了声音:"我们是遇到紧急情况,不得不这样做了!"

"再大的紧急情况也不能这样做!"

"骆书记的安全受到威胁了!"

"啊!?"

"骆书记上美人山了。"

翟五毛大惊,急问:"他这时候上山干什么?"

林岚说:"我们也不清楚,只是觉得他上山很危险,所以才来找你商量。"

翟五毛不再犹豫,"砰"地拉开大门,问:"就骆书记一个人上了山?"

"门卫刘老说两个。"

"另一个是谁?"

"刘老说不认识。"

翟五毛急得双手抱头抓挠,说:"这、这、这……我现在被关禁闭,出不去呀!"

就在这时,楼梯处又传出一阵嘈杂声,不久,县局侦缉科长卢霞上来,进门就叫:"翟主任,快,快,快去山上,快去山上,快,快呀!"

翟五毛已知情况危急,什么也不说,跟随卢科长出门。刚到楼下,就见鲍一虎两手被铐,四个警察正将他推上警车。

翟五毛忙问:"卢科,这是怎么回事?"

卢霞说:"现在别问这个,上山保护骆书记要紧!"说着,上车,向翟五毛挥手道:"主任,你们快去吧!我马上要赶回县里。"说着,与四名警察押着鲍一虎乘车走了。

原来那天陆俊见五毛主任被禁止出门,又见鲍一虎狐假虎威,经过一番激烈的思想斗争,最后壮胆将那份未写完的揭发材料赶写出来,并亲自送到县局,肖局长和卢科长看后,再次赶到铜锣镇,把陆俊揭发材料里的内容逐一向骆枫书记做了汇报。

骆枫听后长长"哦"了一声,说:"原来如此。"

卢科长说:"那鲍一虎不仅是怂恿陆俊在茶里放毒借以陷害翟五毛的策划者,更是长期与黑势力头子石和尚暗中勾结,人们不是说石和尚有个'窃听器'吗?据陆俊的揭发,那个'窃听器'就是鲍一虎。因为石和尚每月都要给鲍一虎一定的好处费,所以只要村里有什么重要消息,他都会在第一时间通知石和尚。正因为这样,石和尚这股黑恶势力才能在美人山上待得稳!"

骆枫长叹一声,说:"我早就在想,美人村这么多年为什么一直很混乱,原来是这么回事!"

肖局长说:"所以我和卢科长这次来,不仅是向你转达揭发材料的事,更要立即拘捕鲍一虎。"

骆枫问:"马上拘捕?"

"对,马上!"

骆枫端起纸杯,连喝了两口茶水,说:"为不打草惊蛇,让石和尚警觉,我们是不是……"

骆枫与肖局长、卢科长一番商量后,决定由他先上美人山进行一次暗访。

为防止被人认出,骆枫这天别出心裁地套了披肩假发,穿着深秋长裙,背着黑色双肩包,扮作少妇。骆枫本就生得英俊,这一化装,更是楚楚动人。同行的徐海所长也脱了警服,穿套黑色西装,佩戴深色宽边墨镜。两人扮作一对情侣,乘公交车,进入美人村地界,见路面乌亮,田原整齐,山畈边修竹苍树掩映着高挂着红灯笼的徽派的"山庄""农家乐",无不充满着喜气,不得不由衷地赞道:"事在人为呀,短短几年时间,这个'三不管'地方竟发生了如此大的变化!"

车到美人村新区,见新区整洁,里面公园花红草绿,更有老者在那里练拳、下棋、闲聊。骆枫正要与徐所长进去打听一二,却被门卫刘荒拦住,盘问进新区找谁? 骆枫见老人憨厚,就问了村里打架一事。

刘荒如实说了。

骆枫又问起周鹏这天的去处。

刘荒已多了个心眼,反复看了看这个漂亮的"女游客",吞吞吐吐说道:"可能,可能是上山办、办什么公司去了。"

骆枫一惊,问:"是不是办博彩公司?"

刘荒更是结巴:"大概是、是吧,反正我也搞不清。"

骆枫见老人有了提防,不再追问,掉头与徐海上山去了。

骆枫、徐海走后,刘荒忽然想起那个"女游客"有些面熟,细想一阵,就想到在电视里曾见过的镇上书记,于是打电话给周鹏主任,周鹏关机,他又拨通了林岚的电话。

林岚一听急了,知道山上混乱,骆书记去了危险,情急之下,约了青山、陆俊,再次来找翟五毛。

翟五毛领着林岚、青山、陆俊跑了一段路,觉得这样不行,急让大家停下,说:"我们不能这样上去。骆书记既是化装上山,一定有特殊任务,我们这样风风火火跑上去,必然会坏了他的大事。这样……"翟五毛看了看高高的美人山,想了想,说,"林书记,你把闻萱喊来,然后全部化装上山;青山立即回去把民兵组织起来,暗中上山保护骆书记!"

大家按照分工,各自立即行动。

骆枫、徐海到了景区,买了门票,导游急忙过来接洽,徐海谢绝,说是"自由行"。导游骂声"小气鬼",转身另揽生意去了。

骆枫、徐海过了"黄金通道",上到美人湖大坝,见湖中皮艇泛游,波光粼粼,山影荡漾,却无心观赏。

徐海问道:"书记,先去哪?"

骆枫将两座山峰看了看,一时拿不准,问:"你说呢?"

徐海小声说:"听说石佛洞赌场生意最红火,说不定周主任就在那里。"

骆枫说:"好,就去石佛洞。"

徐海点头,跟随骆枫踏上骚客峰山道。

沿途见到古人类遗址那边传出阵阵祖先劳作和奇禽猛兽的吼声及打斗声,一股敬畏之情油然而生。再向上,来到楠木林,恰逢雷大宝、朱山豹又为争抢游客在争吵,骆枫见了,想到在翟五毛的治理下,美人山刚刚有了起色,现在又变成这样,心中难免痛苦。

过了诗仙池,到了石佛洞。

骆枫见洞口高敞,带头进去。

"S"形的洞口全部装上了电灯,走了几米,洞内嘈杂声越来越厉害,骆枫知道天井处的赌场到了,边留心头顶石壁碰撞,边向赌场走去。

就在这时,洞中传出一阵骚乱,就见众多赌徒拥向石桌争抢赌资。

这时,又见一人"噌"地跳上石桌,伸手轻轻一挠,抓起两个抢赌资的人,再重重往地下一摔,大声吼道:"谁敢再乱动,这两人就是你们的榜样!"

那些抢钱的赌徒立即争先恐后跳下石桌,唯恐迟了会被抓起。

赌场顿然安静下来。

周鹏这时站在石桌中央,双手叉腰说道:"大家要切切记住,我们公司办的博彩,绝对公平,公正,绝不赌假。只要你们查出有假,我们假一赔百。"

有人就叫:"你们不赌假,我们能次次输钱吗?"

周鹏笑道："那都是你们的手气和运气不好,怪不得我们公司。"接着又说,"我周鹏丑话在前,我们这赌博是文明赌博,谁要敢胡闹,就别怪我姓周的不客气。"

众赌徒都知道周鹏武功厉害,听他这么一说,果真没有一个敢闹事,一个个重回原位,继续豪赌。

周鹏见场面稳定,自己也坐下,身旁一位美女为他掏钱押到石桌上。

徐海看得明白,在骆枫耳边轻轻提醒一句:"周鹏身边那个女人就是石和尚的情妇崔青草。"

骆枫"哦"了一声,正想继续观察,周鹏已看到他,招手喊道:"美女过来,过来,玩几把,试试你的手气和运气。"

骆枫知道回避不了,索性抻动衣裙,摆动一下头上披肩假发,装着娇滴滴的样子,款款走了过去。

刚到外围,周鹏已向骆枫前面赌众喊道:"让开点,让开点,让美女进来,听见没有,让开点。"

骆枫更是大摇大摆沿着让开的人缝,来到赌桌旁。

周鹏见这"美女"生得娇羞,白白净净,更是招手喊道:"过来,过来,坐到我这边来。"

骆枫仍不回避,挤开赌众向周鹏走去。

周鹏这时已无法控制感情,伸出两臂,做着拉手姿势:"美女,过来,就坐到我这边好,就坐到我这边好。"不等到身边,周鹏已猛地将骆枫揽进怀中,正要亲吻,所长徐海挤进人群,扑了上去,大声喊道:"周鹏,你好大胆,连骆书记也敢欺负。"

赌众一听,如晴天闻惊雷,顿时吓得四散逃窜,崔青草更是趁着混乱溜走。

骆枫扯下假发,命令徐海:"快通知肖局,立即搜捕石和尚!"

早已潜入山中的肖安,接到电话,立即带领全体警员,拉网式地向美人山中心收拢。

这时,林岚、闻萱、青山、陆俊、文生也赶到了石佛洞,就见周鹏已低垂着脑袋站在骆枫书记面前。

林岚立即想到石和尚,一招手,大声喊道:"快,快抓石和尚!"说着,带头出洞,冲向大鹏饭庄……

第九十五章　勇者仁慈

这天,黑道头子石和尚正悠闲地躺在大鹏饭庄客房躺椅上,做着已与美人村签订了联办博彩公司的合同,从此可以名正言顺地在美人山长久驻扎下去的美梦,就见情妇张皇失措地跑进来,说了镇上书记前来暗访一事,他顿知情况不妙,急忙收拾细软,装进一只紫红木匣,再将木匣放进铝制密码箱,出门向四周窥视一番,没见公安人员,这才拉着情妇抄小道,跌跌撞撞往山下逃去。

路边的木条如皮鞭般抽打在身上,荆棘更是拉扯得两人满脸血痕。

下了骚客峰,又登美人峰,爬了一段,崔青草忍受不住,叫道:"仲德,我实在跑不动了,休息一会儿吧。"

石和尚说:"不行,这里危险,只要进了水晶洞就平安无事了。"拉着崔青草继续沿小道向水晶洞方向奔跑。

崔青草越跑越艰难,一手紧拉情夫,一手托住大肚子说:"仲德,孩子就要出世了,我跑不动事小,肚里孩子承受不了啊。"

石和尚一怔,想着孩子已足月,两眼又朝四周搜索了一番,不见警察人员,就说:"那就稍微休息一下吧。"找块平坦石头,让崔青草坐下。

这时,满山游客中,有的扶老携幼,有的卿卿我我,有的摆弄相机拍照,崔青草更是羡慕,再见一向阴沉的情夫此时两眼睁得更是阴森可怕,于是哀求道:"仲德,我们不要再逃了。你看,那些人多幸福啊,我们要是能像他们那样,也找份工作,平时上班,闲时带着孩子出来游山玩水,过着平静的生活,那该多好。何必整天过着这种东躲西藏提心吊胆的日子呢?"

石和尚狠狠瞪了情妇一眼,吼道:"妇人之见,你有本事去找份工作给我看看?"

崔青草清楚情夫脾气,委屈得泪水汪汪。

这时,苍蝇赶到,将只紫红小木匣递给石和尚,说:"大哥,这么贵重的东西,你怎么把丢了呢?"

石和尚想起刚才逃走时,只带了只大匣,而忘了小匣。于是打开一看,见小匣里金银珠宝一个不少,很是感动,拉住苍蝇的手说:"好兄弟,幸亏你了!"随即拿出两支金条。

苍蝇再三推让,最后收了。

石和尚拍着木匣对崔青草说:"不干这行,我们到哪里能弄到这些东西?"

崔青草明白情夫仍然痴迷于这样生活,不再说话。

苍蝇催道:"大哥,快走吧,那镇里县里的公安人员已全部混在游客中,再不走,就没法逃出美人山了!"

石和尚又观察了一番,确认周边没有公安人员,这才将小木匣也放进密码箱内,拉起崔青草,想从大路向水晶洞逃走。

刚上大路,就听一声吆喝:"站住!公安人员全在山上,你石和尚还能跑到哪里去?"

石和尚"咝"地吸了一口凉气,就见路中央挺立一位小个子,这小个子立着八字步,双手垂挂,一双小眼睛如闪着寒光的利剑直逼过来。

石和尚认出是美人村前主任翟五毛,陡生几分寒意,急忙拉着情妇掉头重回小路逃走,但为时已迟,翟五毛"噌"地一跃,又拦到小道前面。

"石和尚,还不快快跟我去自首,求得政府宽大处理!"

原来翟五毛与林岚等一路飞跑,本想立即赶到石佛洞或是大鹏饭庄去救骆书记,当得知肖局和镇上已派出大批警员,早将美人山围困,就知石和尚想从山上逃走已不可能,就想到一处,立即与林岚等重新分工,自己独自来到美人山路口等候,不料果真等到石和尚。

石和尚见小路被翟五毛堵死,拉着崔青草调头重新跑回大路。翟五毛又"噌"地跳到大路中央,再次劝道:"石和尚,整个美人山都被封锁了,你休想逃走,还不赶快投降!"

石和尚早就听说翟五毛身怀绝技,现见自己已无路可退,想到"拳打力不过"那话,见自己身高马大,浑身是力气,仍不把既小又瘦的翟五毛放在眼里,于是假装一脸尿相,上前说道:"主任,看在我夫人就要临产的分上,我愿去自首,但你一定要放她母子一条生路。"

翟五毛见那女人愁眉不展,腹部确实浑圆隆起,自然生出怜悯,就信了石和尚的话,说:"那好,你们跟我走。"

就在翟五毛转身的瞬间,石和尚突然伸出右臂,来个"苍龙献爪",如铁钩挠鸡,将翟五毛拦腰抓住,再双手合力,将翟五毛高高举过头顶。

就在被举起的刹那间,冷静的翟五毛已知自己一时无法施展功夫,只能等待时机,再作打算。

石和尚见翟五毛没有反抗,以为他已无法反抗,就想到自己这两年被这小子追查得整天如野狗般东躲西藏的惨景,现见他就在自己的手上,更是恨不能将他翟五毛摔成八瓣掼成肉泥方可解恨。于是,见翟五毛在头顶上空丝毫不动,他深深吸上一口气,将自己所有的力气运送到两只手上,将翟五毛一举再举,等举到最高点,他突然猛喝一声,将翟五毛向路边一块青石岩上重重砸去。

眼看就要落到石岩上,就在这刹那间,翟五毛使出了绝技鼓上轻身功,假装重重摔在青石岩上,并微微弹动几下,再就无声无息。

石和尚以为翟五毛真被摔死,但仍不解气,又要来个"卞庄刺虎",想再次将翟五毛抓起掼下。

就在石和尚两手伸来的瞬间,仰躺在石岩上的翟五毛早已看清石和尚那光亮的大脑壳,本想劈掌击他脑壳的前项穴,但想到师父的叮嘱,不得随意伤人性命,于是一个鹞子翻身,就势用中刚指戳到石和尚的头维穴。顿时,就见那光亮的脑壳肿大如斗,石和尚也就地旋转了两圈,"哦哦"几声,口不能张。

苍蝇见了,一边叫主子快逃,一边自不量力,来个"黑狗钻裆",向翟五毛胯下撞来。翟五毛正好使力,以"一指金针"击中那伸过来的太阳穴!苍蝇顿时如打晕头的鸡,满脸浮肿,泪下如注,就地盘旋不止。

翟五毛这才发现石和尚和他的情妇早已逃走。于是放弃苍蝇,沿着大路向水晶洞方向追去,眼看就要追上,这时丛林中又跳出马彪和猴子。

两人放过石和尚和崔青草,拦在路中央,说道:"翟五毛,老子今天倒要见见你的真功夫,有本事全给老子拿出来!"

说着,马彪两脚蹬地,身体右转拧成马步,右臂屈肘向头上方架桥,左臂直肘向体左侧推爪,做个"罗汉撞钟"架势……见对方闪过,又改右脚蹬地,脚跟上提,转身向左拧成骑龙步,双爪变掌,直臂向翟五毛头部劈出。

猴子见马彪使出"劈山救母"功夫,自己也来个"金砖拍地",要从下身置

第九十五章 勇者仁慈

369

翟五毛于死地!

翟五毛早就看清两人的招式,不慌不忙,右脚向前横脚上步,屈膝下蹲,双手撑地,就地一个侧滚翻,力上右脚,先以右脚尖猛击马彪盲门穴——就听一阵剧烈的咳嗽,马彪腰不能直,狂笑不止。翟五毛接着又用底锋足跟顺手牵羊,直砸猴子臀外侧环跳穴,就听猴子"啊"的一声尖叫,双手抱腿,动弹不得。

翟五毛撇下两人,继续追赶石和尚。

石和尚虽然口不能言,但奔跑速度不减,拉着崔青草翻过山巅,爬过火山遗址,到了水晶洞,再进洞过天井,下斜坡,沿河道堤埂跑了一段,到了尽头水潭处。石和尚早有准备,戴上头灯,叫情妇崔青草憋住呼吸,也不顾深秋河水寒冷,硬是拉着崔青草跳下水潭,一个扎猛,钻到石崖下面,三五分钟,到了石崖对面,再拉着情妇站起,摇动身上水渍,就要沿河道继续向南逃遁。

崔青草正想说话,肚子疼痛难忍,赶忙哀求道:"仲德,我怕是要产生了,这河水太冰,我不能再跑了。"

石和尚听明白,微微看了情妇那高挺的肚子一眼,肿枣眼闪动了几下,就看见河岸正有一块平地,就拉着情妇上岸。

就在这时,"哗啦"一声巨响,就见石崖处又蹿起一支水柱,水柱中显出一人。

石和尚认出,"啊"地一声,想:"那小子怎么也知道这里?"

翟五毛抹了一下脸上水珠,叫道:"石和尚,你唯一的退路也被堵死了,还不快快……"

石和尚虽不能张口,但见这水洞之中仅翟五毛一人,胆壮起来,待翟五毛刚要上岸,他双脚一蹬,屈膝沉胯,拧腰发力,来个"黑虎掏心",伸拳直冲翟五毛胸部击去。翟五毛身轻眼疾,一个侧身,早已跳到岸上。石和尚哪能放过,更趁对方立足未稳,来个"推山入海",要将翟五毛重重击回水中。

翟五毛知道石和尚冥顽不化,早已瞅准那跨出的右腿,正想以燕尾指击那腿控穴,石和尚发现,"嗖"地腾空跃起,变成"苍龙升天",右腿横着一摆,右脚跟直冲翟五毛左太阳穴重重砸来。

翟五毛看得真切,立即发力,以金铲指相迎,不偏不倚,正好如两支钢钉扎在石和尚右腿肚承筋穴上,就听"啊"的一声惨叫,石和尚跌落在地,顾不得腿部抽筋，拉住崔青草跳入河中再逃。

这时，就听在河水中奔逃的崔青草大声哭喊："仲德，仲德，我要死了，我要死了，快放了我吧，快放了我吧！"

石和尚不听，仍旧拖着崔青草继续在水中奔逃。

临产的崔青草不仅是疼痛难忍，更是被水花呛得呼吸困难，到了这时，已无力嘶叫，只得任由石和尚如拖着向前奔命。

这时，正在追赶的翟五毛就闻到一阵浓烈的血腥味，借着前面灯光细看，就见水面一片殷红，想到崔青草刚才的嘶叫，立刻明白是怎么回事，就边追赶边大声喊道："石和尚！石仲德，你还有没有一点人性？妻子已到这等地步了，你还不顾她性命？快回头上岸，不然，你妻子就没命了，听到没有，你这个没有人性的王八蛋！"

就在这里，肖安局长带着干警从洞的前端截来，林岚、闻萱、青山、陆俊、文生也从后洞赶到。

石和尚见前后夹击，知道已无路可逃，只得木然呆立在水中。

翟五毛大声向林岚、闻萱喊道："快，快，快将那女人抱上岸。抱上岸！"

第九十五章　勇者仁慈

尾声　人间天堂

　　第二年春上，铜锣镇和梅县政府几乎同时接到重要通知，一是国家旅游主管部门初定这年春末夏初来美人山评估验收国家AAAA级景区，二是省"美丽乡村"现场会订于六月份在美人村召开。为慎重起见，县长毕福林非要亲自打前站，到美人村调研这两件大事的准备工作。

　　这天上午，毕县长在铜锣镇党委书记骆枫和村主任翟五毛、副书记林岚以及景区老总秦川等陪同下，首先登高望远，上了骚客峰。

　　刚到骚客峰"南天门"，毕县长就情不自禁"啊"的一声惊叫，就见此处门楼高耸，云雾缠绕；进入门内，更见那山岚缥缈中，不时现出金碧辉煌的"玉皇""太极""广寒"等宫阙，以及那座设计精巧的锥形魔幻塔；"南海瑶池"里，流水潺潺，红白莲花绽放，清香四溢，呈现一派安宁祥和的景象；更有那气势恢宏晶莹剔透的玻璃墙栈道，自"南天门"广寒宫凌空飞越，直达对面美人峰睡美人处，桥上游客来来往往，谈笑风生。县长看后惊讶不已，脱口说道："好一幅人间天堂美景呀！"

　　秦川急忙接话说："老领导，此景点正叫'人间天堂'哩。"

　　毕县长更是赞叹，说："这名字取得好，取得好，仙境不只天上有，人间何处不胜仙呀！"

　　骆枫书记见老县长诗意大发，随即提醒道："领导，你看的这些仙境，都是根据神话传说设计出来的；还是看看我们人间的真实画面吧！"说着，就指向美人山下。

　　毕县长顺势看去，就见山麓那八百亩花场鲜花盛开，九宫八卦迷宫式的花墁一段段，一浪浪，一片片，七彩纷呈，香云缭绕，扑朔迷离。再往花场后看，更是震惊，就见东阳、西阳两条深远而开阔的山冲，已不再是简单的一片庄稼地，而是根据季节由人工设计的两条油菜巨"龙"，此时正是油菜花开的时节,乘着荡漾的春风,在沟渠、麦田、民居掩映下,两条巨大的"黄龙"活灵活现地在"云雾"中翻滚腾跃,昂首长啸——更是呈现一幅震撼心魄、叹为观止的农田艺术的江南巨画!

毕县长看得目瞪口呆,脱口说道:"嗨呀,真是'不识庐山真面目,只缘身在此山中'啊!我从山下经过时,只觉得车多,游客多,以及那花场、油菜田、民居色彩搭配得很艳丽,谁知这登高一望,更是别具天地,大开眼界,大开眼界呀!"

骆枫说:"县长,谋事在人,成事在天,想当年……"

不待骆枫书记说完,毕县长更是激动得拍着翟五毛的肩头说:"你小子厉害呀,短短几年时间,竟将一个'乱、散、穷、偏'的'三不管'给建设得如此美好,什么叫美丽乡村?这就是最好的典范,最好的典范呀!"

听到毕县长夸赞,翟五毛忽然想起"人间天堂"那副空缺的楹联,于是看了秦川一眼,说道:"领导,我们那'南天门'门楼二面至今还缺一副楹联,想请您老留个墨宝,不知肯赏脸否?"

正是诗兴满满的毕县长当即应允,重新回到"南天门"门口,先是看了气宇轩昂的门楼及门楼两旁挺拔的立柱,再将山上山下远处近处细看一番,反复来回走动几趟,双掌一击,说道:"啊,有了,快拿笔墨来。"

秦川早将笔墨准备好,再将上等宣纸铺上桌面,又端来座椅。

毕县长不坐,只是微弓腰杆,手提斗笔,饱蘸浓墨,手腕暗中使力,挥毫一笔一画,顿时一个个中规中矩的颜体跃然纸上。

众人见那颜体字字笔力苍健、老到,一个个伸头端详,欣赏。

毕县长刚写完最后一个字,骆枫已看出楹联中的玄妙,带头击掌道:"妙联,妙联!"

毕县长提笔站立,"呵呵"一笑,问妙在何处?

骆枫说:"此联妙就妙在将景点'人间天堂'四字分别镶嵌在上下联首尾。"

众人细看,果然如此!

就见上联是:

人伫云山，瞻一桥贯二峰，八方游客往来，谈笑无间；

下联是：

天抚琼宇，瞰众居落群英，七彩奇葩绽放，瑞光满堂。

大家看后，无不夸赞县长不仅文学功底深厚，更是写出了美人村山水的艳美及人间的欢乐。

毕不久，一支二十人的评估团在美人山整整考察了十天，景区顺利通过了国家 AAAA 级验收。

五月，根据县委县政府决定，将美人村升格为美人村管理委员会。翟五毛任管委会党总支书记兼管委会主任，林岚任专职总支副书记；卫青山提升为管委会副主任，民兵营长及治保主任由文生接任；韩羞草、陆俊原职不动，级别各提升半级。

会后，骆枫与五毛书记单独深谈了一次，一是商讨六月份全省"美丽乡村"现场交流会召开的具体准备工作；二是周鹏的去留问题。镇里考虑为了便于工作，建议将周鹏调出。翟五毛想，周鹏还在"警告期"，如此时调走，觉得自己有愧于师兄，于是说道："骆书记，山山水水都能改造好，不信就改变不了一位同志！"坚持要把周鹏留在村班子内。骆枫知道翟五毛重情重义，但还是提醒道："你如果真想把周鹏留下来，最好还是先征求一下林书记的意见。"

翟五毛觉得骆书记考虑周到，点头说："那我马上去找林书记谈。"说着，去了隔壁办公室，林岚不在，正遇到韩羞草，问："看见林书记了？"

韩羞草说："林书记去新区了。"

翟五毛问："去那干吗？"

韩羞草说："孙背时将屎尿泼到人家床上了！"

翟五大惊："啊，有这等事？"

韩羞草说："孙背时从小区回家，楼上突然扔下一袋垃圾，正砸在他的头上，一气之下，他就跑上楼，砸开了人家大门，搬起人家的尿盆就……"

翟五毛一怔，觉得这事非小，不待听完，"嗵嗵嗵"跑下楼，骑上爱玛车，火速向新区赶去……

——完

2016 年 11 月 4 日动笔

2018 年 5 月 12 日第三稿

2018 年中秋改完于繁阳。

后　记

　　笔者的几部长篇，除了二十岁写的那个因后来上学而搁置的《觉醒的人》和由香港出版的《师娘》外，另几部都是被一些偶然的小事件触碰灵感而写成：曾经在一份地方志中看到一个叫"胡尺君"的人名，觉得这名字取得有"水平"，也够雅致，于是萌生以这个人名写部小说的想法，于是有了《我有钢炮》；儿时听长辈们说，家乡有母女俩，长得非常漂亮，后与时任新四军游击队连长和指导员的叔侄俩有了浪漫爱情的故事，于是写出了《罗曼蒂克家族》。

　　这部作品也不例外。

　　那是2016年元旦，某届学生举办联谊会，这种会是要"凑份子"的，原则上每个学生出500元钱，当然多多益善，并在客厅屏幕上打出所有学生捐款的数额，其中不乏一千两千的，但最使我吃惊的，有一位竟出了6000元。

　　我奇怪的不是那"鹤立鸡群"的6000元，而是这个学生。

　　这个学生笔者熟悉。他在校时就是黄头发尖下巴，生得既小又瘦，至今也没有太大的变样。在笔者的记忆中，这个学生从初中到高中，都是全校有名的"惹不起"，有次被小痞子打了，为了报仇，他独自一人提着猎枪跑到小痞子所在的村里，从村前找到村后，直吓得那小痞子再也不敢与他照面。

　　按常理，那次联谊会他出资最多，应该是个最吸睛的人物，可事实恰恰相反，除了屏幕上将他的姓名和捐款数排在第一位外，在整个一天一夜的活动中，他是一个地道的孤家寡人。联欢会上，酒酣耳热后，一百多名男女生整整三十年没见面，这天重新相聚，一对对、一组组，要么谈友情、谈家庭、谈事业，要么上台大展歌喉，相互赠送鲜花，借以表达当年深藏在内心的情感……

　　而这位同学呢？可能是无人与他交谈的缘故，他只得拿着话筒在舞台上唱了一曲又一曲，既没鲜花，也无掌声，是一位地地道道的茕茕孑立形影相吊的孤独者!

笔者当时就想:既然这样,这学生为什么还要赞助那么多钱?为什么在无鲜花无掌声中还要唱一首又一首歌曲?

就觉得这个学生有点"意思",于是又萌生出该为这样的学生写点什么?这就是写这部作品的动因。

文学作品是不允许刻录生活的。于是,由这个学生又想到另一个同样身材矮小的青年,那青年为了当村委,不惜跑到村委会打滚耍赖,可当上村委后,不仅忘了初衷,更是人小鬼大,吆三喝六吓唬村民;又联想到农村某些仪表堂堂的年轻人,一旦爬到村委这个位子上,虽然对集体无所作为、无大作为,却能在短短几年任期内,将自己的小家庭治理得"焕然一新":别墅似的小洋楼,四合院、门楼、鱼塘、花池……

当然也想起另一个"小乡官"。他也是既小又瘦,有一次下乡他突然生病了,同事用自行车将他驮着送往医院,由于他身体过轻,中途不幸从车上掉下了,骑车人竟然不知,当骑过两里多路发现他不在车上时,急回头来找,才见他正一步步艰难地走过来……就是这样一位"小乡官",他的人缘极好,只要他下乡,村民都会留茶留饭,有时还会给他送点土特产。这个"小乡官"所以能与村民相处得如此之好,他有两个"法宝",一是抽香烟时,不管是谁,他都一个不落地散到;二是在家吃饭时,如有村民找上门,他一定得先留那人吃饭……

以上这些就是这部作品中主要人物的由来。

作品写好后,给一位老师看了,好心的老师提醒笔者要防止"概念化"。

这个提醒使笔者彻夜失眠了,反复琢磨书中人物,尤其是主要人物形象是不是概念化、脸谱化?尽管后来我为作品中人物的丰满、多样性、复杂性,作了一定的梳理和修改,但囿于功力,还是没能达到预期的效果,只得借此机会向老师们、读者朋友们,深深致歉!

这部作品所以能出版,首先得感谢芜湖市委宣传部。近几年,笔者有三部文学作品得到市委宣传部的扶持,而前两部由于种种原因,一直未面世,但事不过三,所以这次无论如何也得将这部作品弄出来,同时得感谢芜湖市文联、市作协,繁昌县委宣传部、县文联、县作协的支持与推荐;感谢著名作家、中国文学评论家协会网络文艺委员会委员、爱读文学网总编吴长青先生为本书作序;当然,一部文学作品的面世,更离不开出版社编审老师们的辛勤劳动。这部书稿是由另一个出版社临时转交给安徽文艺出版社的,但该出版社并没有因为作者不是主动投稿而给以冷落与歧视。编辑部汪爱武主任,虽与笔者素未谋面,但自从接到书稿,第一时间就主动与笔者联系,积极整理材料,及时上报选题;在审稿过程中,张星航老师连作品中的某一个细节、某一句话,甚至对某一个人的称呼,都要及时与笔者取得联系,进行沟通与商榷。笔者不得不为编审老师们这种谦逊、敬业、充分尊重作者的职业精神所深深感动。在本书的出版过程中,中国作协会员、芜湖市作协副主席张诗群女士为推荐本部书稿做了大量工作,省摄影协会会员陈运松先生不仅为本书的写作提供了重要素材,同时对本书初稿的修改也提出了很好的意见;安徽省诗词学会副会长刘表位先生,芜湖市文联副主席吴黎明先生,安徽省美协会员黄晓林先生,以及安师大朱金云先生,汤明余先生,为本书的创作、出版均给予了极大的支持和关心,在此一并表示诚挚的感谢!

疆疆

2019 年 7 月 1 日